CLAUDIUS CRÖNERT

Letzter Tanz auf Sankt Pauli

CLAUDIUS CRÖNERT

Letzter Tanz auf Sankt Pauli

Roman

GMEINER

Immer informiert

Spannung pur – mit unserem Newsletter informieren wir Sie regelmäßig über Wissenswertes aus unserer Bücherwelt.

Gefällt mir!

Facebook: @Gmeiner.Verlag
Instagram: @gmeinerverlag
Twitter: @GmeinerVerlag

MIX
Papier aus verantwortungsvollen Quellen
FSC® C083411
FSC www.fsc.org

Besuchen Sie uns im Internet:
www.gmeiner-verlag.de

Im Ehnried 5, 88605 Meßkirch
Telefon 07575/2095-0
info@gmeiner-verlag.de

1. Auflage 2021

Lektorat: Claudia Senghaas, Kirchardt
Herstellung: Mirjam Hecht
Umschlaggestaltung: U.O.R.G. Lutz Eberle, Stuttgart
unter Verwendung eines Fotos von: © ullstein bild - Ewald Hoinkis
und ullstein bild - mauritius
Druck: CPI books GmbH, Leck
Printed in Germany
ISBN 978-3-8392-0042-1

EINS

Der Reisewecker auf dem Nachttisch zeigte kurz nach 1 Uhr, als im Wohnzimmer das Telefon klingelte. Hannes Krell versuchte, das Geräusch in seinen Traum einzubauen, doch der schrille Ton passte nicht, deshalb öffnete er die Augen und stand schnell auf. Er wollte vermeiden, dass die ganze Familie wach wurde. Mit einer Hand am Geländer tastete er sich im stockdunklen Haus die Treppe hinab, einerseits eilig, damit der Anrufer nicht auflegte, andererseits vorsichtig, denn die Stufenbretter knarzten laut. Das Telefon hatte einen durchdringenden Ton, der noch lauter war, weil die Wohnzimmertür offen stand.

Krell riss den Hörer von der Gabel. Die Dienststelle, wie vermutet. Ein Toter auf Sankt Pauli. Neben dem Apparat lag ein Block, dazu ein Bleistift. Da kein Licht brannte, konnte Krell nichts sehen. Trotzdem kritzelte er die Adresse, die der Kollege ihm durchgab, auf das raue Papier.

»Ist gut«, sagte er, »rufen Sie bitte Kriminalassistent Schubert an. Ich mache mich auf den Weg.«

Das Badezimmer lag oben, er musste die knarrende Treppe also wieder hinauf. Unrasiert aus dem Haus zu gehen, war eine lächerliche Vorstellung, und außerdem hingen Hemd und Anzug im Schlafzimmer. Im Bad hatte er das Fenster mit schwarzer Pappe verklebt, so konnte er die Lampe über dem Spiegel anmachen, zumal es nur eine Funzel mit mattem Schein war. Eine stärkere Birne durften sie nicht benutzen, das hatten sie vom Garten aus überprüft, nur dieses schwache Licht war nicht zu sehen. Er schlug die Rasierseife schaumig und pinselte sich ein. Das Messer war nicht richtig scharf, es musste geschliffen werden. Er schob diese Aufgabe bereits seit mehreren Tagen vor sich her, jetzt war er froh über seine Nachlässigkeit, denn wenn man schläfrig war und gleichzeitig in Eile, schnitt man sich leichter.

Er gähnte. Ihm ging ein Gedanke durch den Kopf, den er festhielt: Er konnte selbst entscheiden, wie er sich innerlich zu diesem neuen Fall stellte. Es gab viele Gründe, sich zu ärgern und zu fluchen – nur zwei Stunden Schlaf, und mehr würden es an diesem Tag auch nicht werden, dann das verpasste Frühstück mit der Familie, und möglicherweise würde er auch noch einer Hinterbliebenen die Todesnachricht überbringen müssen. Genauso gut aber konnte er sich frohgemut ans Werk machen. Er war Kriminalbeamter, dies war seine Arbeit, er machte sie gerne, es verschaffte ihm geradezu Freude, mit immer neuen Erkenntnissen und Details Licht ins Dunkel zu bringen. Nicht zu verachten war auch, dass ihm seine Stellung einige entscheidende Vorteile brachte, ein sicheres Einkommen und vor allem, dass er nicht in den Krieg musste. Es gab derzeit wenige Männer in Deutschland, die so gut dastanden wie er.

Dies war die richtige Einstellung. Er nickte seinem Spiegelbild zu, wusch sich den Rasierschaum vom Gesicht, trocknete es ab und schaltete die Lampe aus.

Leise drückte er die Türklinke zum Schlafzimmer herunter.

Wiebke war wach. »Musst du los?«

»Ja.«

»Soll ich dir eine Tasse Kaffee kochen?«

Sie hatten sowieso nur Ersatzkaffee im Haus, ein Zichoriengebräu, das einen nicht wach machte. »Nicht nötig. Schlaf weiter.«

»Bestimmt?«

»Ganz bestimmt.«

Mit Hut und Mantel trat er hinaus in die Nacht. Der Mond stand hinter einer Schleierwolke und schien milchig. Er gab das einzige Licht weit und breit. Krells Augen passten sich schnell an, sodass er zumindest Schemen ausmachen konnte. Die Verdunklungspflicht galt seit Kriegsbeginn, seit anderthalb Jahren, Zeit genug, sich daran zu gewöhnen. Die Bewohner ihrer Siedlung hielten sich streng daran, nicht so sehr, weil der Blockwart sie kontrollierte und strenge Strafen aussprach, sondern weil niemand wollte, dass sein Haus aus der Luft gesehen wurde. Die Flugzeuge der Tommys kamen vornehmlich nachts, die Piloten setzten darauf, zu dieser Zeit die deutsche Flak zu unterlaufen.

Krells Opel stand vor der Tür. Nach Vorschrift hatte er die Lampen zu schmalen Schlitzen verklebt. Bei der nächtlichen Fahrt würde ihr Strahl ihm kaum nützen, aber er fuhr den Weg jeden Tag und würde ihn finden, auch ohne viel zu sehen. In den Straßen war es stockfinster, in keinem der Häuser brannte auch nur das kleinste Lämpchen. Der Mond war inzwischen von einer dichteren Wolke verdeckt.

Krell bog auf die Landstraße. Von nun an ging es praktisch nur noch geradeaus. Erst am Backsteinbau des Altonaer Bahnhofs hielt er sich südwärts Richtung Elbe. Vor ihm tauchte der Schornstein der *Sankt Pauli*-Brauerei auf. Ein Peterwagen, mit zwei Rädern auf einem Bürgersteig abgestellt, zeigte ihm, dass er angekommen war. Auch an diesem Auto waren die Lampen ausgeschaltet. Die Regeln galten für die Polizei genauso wie für alle anderen. Nachts durfte man nicht einmal das Blaulicht anstellen, selbst in Notfällen nicht.

Krell parkte hinter dem Peterwagen und schritt durch eine Einfahrt, die aus zwei Backsteinpfeilern bestand. Vor ihm lag ein düsterer Hof mit einem Boden aus gestampftem Lehm, trocken und staubig, denn es hatte, untypisch für Hamburg, lange nicht geregnet. Das war ein Vorteil, falls es Spuren gab. Außerdem schonte es seine Schuhe; nichts klumpte und verdreckte mehr als aufgeweichter Lehm. Am Ende des Hofes machte er die Konturen eines Schuppens aus und sah beim Näherkommen, dass er wie ein Kaninchenstall aus ungehobelten Brettern bestand, die auf einem knöchelhohen Fundament aus Steinen aufgerichtet waren. Das Dach war ebenfalls aus Holz, mit ein wenig Teerpappe darüber. Die Schuppentür stand offen, die beiden Schupos hatten sich wie zwei Torwächter davor postiert. Sie rauchten, was Krell nicht passte, weil die Spurensicherung ihre Kippen dem Täter zuordnen würde. Er ging weiter. Der gesamte Platz hatte etwas Gespenstisches, wie ein Friedhof bei Nacht. Kein guter Ort zum Sterben.

Er nickte den beiden Schupos zu und sagte »Moin.«

Sie grüßten zurück.

»Wer hat ihn gefunden?«

Die zwei sahen aus wie Brüder, beide groß gewachsen, hager und kahl. »Wir«, sagte der ältere und ranghöhere der beiden. »Es gab einen Anruf auf der Wache.« Er sprach breites Hamburgisch.

»Von wem?«

»Anonym. Eine Frauenstimme. Das hat der Kollege, der das Gespräch entgegengenommen hat, jedenfalls gesagt. Na, und dann sind wir hergefahren und haben ihn gefunden. Der hatte wohl keine Lust mehr. Wir haben Ihre Dienststelle angerufen.«

»Von dem Fernsprecher da vorne.« Der jüngere zeigte in Richtung Hafenstraße und die Landungsbrücken. Krell schaute dorthin, aber es war kaum etwas zu erkennen, der Hafen lag genauso im Dunklen wie der Rest der Stadt, bestenfalls ein paar Umrisse waren auszumachen. Auch bei Tageslicht gab es dort nicht mehr viel zu sehen, denn Handelsschiffe machten nur noch selten fest. Die zivile Seefahrt war wegen des Krieges weitgehend eingestellt. In der Elbmündung hatten die Briten Minen abgeworfen, in der Nordsee genauso.

Krell forderte die Schupos auf, das Rauchen einzustellen und ihre ausgedrückten Kippen aufzulesen. Dann trat er in den Schuppen. Da drin war es noch dunkler, weil der Mond, so schwach er auch leuchtete, nicht hereinschien. Krells Augen mussten sich wieder umstellen, und bis es so weit war, hörte er nur das surrende Geräusch von Fliegen und roch den Geruch nach Feuchtigkeit, nach Moder, der streng war, obwohl die Tür offenstand. Krell war versucht, sich die Nase zuzuhalten. Als er zumindest ein paar Konturen wahrnehmen konnte, blieb der Eindruck eines schäbigen Ortes, selbst für Sankt-Pauli-Verhältnisse. Für einen Schuppen war der Raum zu groß, eher handelte es sich um eine kleine Lagerhalle. Möglicherweise gehörte sie zur Brauerei, war aber offensichtlich nicht in Betrieb, denn sie stand leer. Eine schwarze Lampe baumelte von der Decke. Der Fußboden bestand auch hier aus gestampftem Lehm. Die Bretterwände hatten daumenbreite Fugen, die Schiebetür rollte auf einer rostigen Schiene. Spinnen hatten sich breitgemacht, ihre Netze hingen in den Ecken und vor dem Fenster.

Er knipste seine Taschenlampe an und beleuchtete den Mann am Boden. Während er ihn betrachtete, kehrte der Gedanke zurück, den er beim Rasieren vor dem Spiegel gehabt hatte. Er war bei dieser Arbeit in seinem Element, sie war ein Teil von ihm, über ihr konnte er vieles, oft sogar alles andere vergessen. Man musste nicht jubeln, wenn man mitten in der Nacht irgendwo auf Sankt Pauli vor einem Leichnam stand, aber beklagen brauchte man sich auch nicht.

Auf den ersten Blick sah er, dass der Tote sich nicht selbst das Leben genommen hatte, wie die Schupos vermutet hatten. Ein Selbstmord war das sicher nicht. Die Pistole lag zwar in der Hand des Toten, der Lauf zeigte aber Richtung Becken. Hätte er sich im Stehen erschossen, in den Kopf, wo die Wunde war, wäre die Waffe heruntergefallen und läge irgendwo in der Nähe. Wenn er sich aber vorher hingelegt und dann abgedrückt hätte – was schon unwahrscheinlich genug war, niemand legte sich gerne in den Dreck, auch nicht in seinen letzten Minuten – dann hätte der Arm mit der Waffe in der Hand diese Bewegung zum Becken hin nicht mehr ausführen können. Und selbst wenn der Mann nach dem Schuss noch einen Rest Leben in sich gehabt und den Arm bewegt hätte, müsste es eine Spur im Staub geben. Die fehlte aber. Nein, hier wollte jemand die Polizei auf eine falsche Fährte locken, höchstwahrscheinlich der Mörder. Bei den beiden Schupos war es ihm auch gelungen.

Krell besah sich den Toten genauer. Die eine Hälfte des Kopfes war durch den Einschuss ziemlich entstellt. An der Schläfe hatte die Kugel ein kraterartiges Loch gerissen, das inzwischen mit getrocknetem Blut verklebt war. Der Einschlag war so heftig gewesen, dass das Auge herausstand und dem Gesicht, das womöglich einmal ganz ansehnlich gewesen war, etwas Abstoßendes gab, so sehr, dass man kaum hinsehen mochte. Der Mann war schmal, auch recht klein, kaum größer als einen Meter 65. Er trug einen graubraunen Anzug, an Ärmeln und Hosensaum abgestoßen, das Muster ausgebleicht, die Wolle an manchen Stellen fadenscheinig. Bei einem seiner Schuhe war die Sohle so dünn, dass das Leder bald ein Loch bekommen hätte. Ein Hafenarbeiter war er nicht, die trugen ihre blauen Hosen und Drillichjacken, und für körperliche Arbeit wäre der Tote sowieso zu schmächtig gewesen. Krell verortete ihn eher auf die Reeperbahn. Ein Animateur an einer Lokaltür vielleicht oder ein Hausmeister in irgendeinem Etablissement. Womöglich ein Arbeitsloser, der sich an der Wehrmacht genauso wie an staatlichen

Arbeitsprogrammen vorbeigemogelt hatte. Was mochte so einer ausgefressen haben, dass ihn jemand mit Vorsatz und Planung getötet hatte? Das würde die Frage sein, die ihn auf die Spur des Täters brachte, denn nach einem eskalierten Streit, nach Wut und Prügel und schließlich einer Pistole, sah die Situation nicht aus. So etwas erledigte man direkt vor Ort, dafür ging man nicht in einen Schuppen fernab der Hauptstraße.

Krell zog seine Taschenuhr heraus. Es war inzwischen 2.30 Uhr. Man konnte nicht abschätzen, wann die Kollegen von der Spurensicherung und der Gerichtsmedizin eintreffen würden, unterbesetzt, wie sie waren. Es war überall dasselbe: Mitarbeiter hatten sich freiwillig zur Wehrmacht gemeldet, waren eingezogen oder in die eroberten Länder versetzt worden, und den Aderlass merkte man inzwischen bei allen Dienststellen der öffentlichen Verwaltung, auch bei der Polizei. Gejammert wurde trotzdem nicht, auch Krell verbot es sich. Es galt, mit dem klarzukommen, was war, und das Beste daraus zu machen.

Immerhin traf Schubert ein, sein Kriminalassistent. Er streckte den rechten Arm aus. »Heil Hitler.«

Krell nickte ihm zu, während die Schupos mit den gleichen Worten und ebenfalls ausgestreckten Armen grüßten, wie es deutschen Beamten vorgeschrieben war.

»Wir warten auf die Kollegen von der Technik?«, fragte Schubert, nachdem er einen Blick auf die Leiche geworfen hatte.

»Ja«, erwiderte Krell. Er hielt die Hand vor den Mund, damit Schubert nicht sah, dass er gähnte. »Nach Lage der Dinge kann das allerdings dauern.«

»Wenn Sie wollen«, schlug Schubert vor, »greife ich dem Mann mal vorsichtig in die Jackentaschen. Vielleicht erfahren wir so, wer er war.«

Krell gab nicht gleich eine Antwort. Ein solches Vorgehen verstieß eindeutig gegen die Dienstvorschrift. Er schaute seinen Assistenten an. Schubert mochte um die 30 sein, wirkte aber älter, weil er weitgehend kahl war. Er war ein Provinzei irgendwo aus dem Holsteinischen und noch nicht lange dabei, trotzdem hielt Krell ihn schon jetzt für einen besseren Bewerber als die meisten jungen Männer, die er in den letzten Jahren erlebt hatte. Schubert stellte sich geschickt an und dachte mit, und er wirkte auch intelligent, wozu vor allem seine Nickelbrille beitrug, die ihn ein wenig wie einen Professor, zumindest wie einen Lehrer aussehen ließ. In nicht allzu langer Zeit würde der Assistent einen guten Kommissar abgeben, aller Wahrscheinlichkeit nach bei der Hamburger Kripo. Es gab keinen Grund für ihn, woanders hinzugehen, und eingezogen wurde er nicht mehr. Er war 1939 beim Polenfeldzug dabei gewesen und angeschossen worden, ausgerechnet ins Knie. Jetzt war es steif. Er zog das Bein nicht nach, machte aber beim Auftreten jedes Mal eine seltsame Bewegung, als drehe er das kaputte Gelenk von außen nach innen. Es sah fast wie ein Tanzschritt aus.

Krell nickte. »Also los.«

Schubert stellte sich breitbeinig über den Leichnam und beugte sich herunter, wobei sein Rücken gerade blieb, fast wie ein Brett. Beide Knie hielt er durchgedrückt. Krell hatte sich inzwischen daran gewöhnt, dass seine Haltung manchmal seltsam aussah, genauso wie er akzeptiert hatte, dass Schubert nicht in der Lage war, Verbrecher zu Fuß zu verfolgen. Viel wichtiger war, dass er Aufgaben wie die jetzige gewissenhaft erledigte. Vornübergebeugt knöpfte er dem Mann vorsichtig das Sakko auf und griff mit spitzen Fingern erst in die linke, dann in die rechte Innentasche. In beiden fand er nichts, woraufhin er die Außentaschen betastete, die jedoch ebenfalls leer waren.

Er kam wieder hoch. »Die Hose auch?«

Krell seufzte und drehte den Kopf zur Seite. Es gefiel ihm ganz und gar nicht, seinen Segen zu einem derart vorschriftswidrigen Tun zu geben. Die Regel war eindeutig: Man hatte einen Leichnam unberührt liegen zu lassen, bis das Umfeld nach Hinweisen abgesucht und er von allen Seiten fotografiert worden war. Allerdings bedeutete es eine kolossale Zeitverschwendung, stundenlang auf die Spurensicherung und den Arzt zu warten. Womöglich arbeiteten die Abteilungen nachts gar nicht mehr, dann würden sie bis zum Morgen hier herumstehen müssen. Die Zeit konnte man besser nutzen, zum Beispiel die Kartei nach Vermissten durchforsten und sich dann einen Plan für die Ermittlung machen.

»Doppelt so vorsichtig«, sagte er.

Nur mit Zeige- und Mittelfinger strich Schubert über die vorderen Hosentaschen. Aber die, auf die es ankam – wo Männer ihre Brieftaschen trugen, wenn sie sie nicht im Sakko hatten – waren hinten. Ohne Krells Hilfe würde es nicht gehen. Er kam sich vor, als plante er etwas Verbotenes, und so war es ja auch. Die Aufmerksamkeit der Schupos hatten sie bereits erregt, die beiden langen Kerle sahen ihnen aus sicherem Abstand zu. Selbst wenn sie nicht die Hellsten waren, musste ihnen klar sein, dass der Kommissar und sein Assistent gegen die Vorschriften handelten. Also waren sie nun auch noch ein schlechtes Vorbild.

Und dennoch trat Krell heran und ging neben Schubert – und neben der Leiche – in die Hocke. Während er die Bewegung vollzog, wurde ihm bewusst, dass sie für Schubert unmöglich war. Krell war heilfroh, dass er unversehrt war. Auch er war im Krieg gewesen, damals, 1917 und 1918. Aber er war mit heilen Knochen zurückgekehrt.

»Sie ziehen hier am Gürtel«, sagte er. »Schön langsam, ja? Er braucht nur ein kleines bisschen hochzukommen.«

Er hätte ihn nicht ermahnen müssen, Schubert blieb trotz seiner vorgebeugten Haltung auch bei diesem Handgriff ausgesprochen vorsichtig. Krell tastete die linke hintere Tasche ab, dann wiederholten sie die Prozedur auf der anderen Seite.

Es war nichts zu finden. Krell schüttelte den Kopf.

»So 'n Schiet«, sagte Schubert, als sie wieder aufrecht standen.

»Wohl wahr.«

»Dann können wir nur hoffen, dass uns die Fingerabdrücke des Mannes vorliegen. Wenn nicht, steht uns ein ziemliches Stück Arbeit bevor.«

Krell legte die Hand an die Wange. Ein neuerliches Gähnen kündigte sich an. Er schluckte es herunter. »Wir haben eine Leiche«, sagte er mit einem Blick auf den toten Körper zu ihren Füßen, »und wissen nicht, wer das war. Zeugen gibt es auch keine. Nur eine Anruferin, die anonym bleiben wollte.«

»Wo sollen wir anfangen?«

»Wenn wir Schwein haben, ist er schon vermisst gemeldet. Aber ich kann mir bei jemandem wie ihm auch vorstellen, dass er niemandem fehlt. Das prüfen wir als Erstes. Dann befragen wir die Nachbarn. Der Umkreis muss so weit gezogen werden, wie man einen Schuss hören kann.«

»Wie weit ist das?«, fragte Schubert.

»200 Meter vielleicht. Da hinten stehen ein paar Mietshäuser.« Krell starrte in die Dunkelheit. Er wusste, dass es dort Wohnhäuser gab. Sehen konnte man sie nicht. »Gleich morgen früh fangen Sie damit an. Aber jetzt geht es erst mal in die Dienststelle, und wir kochen uns eine Tasse Kaffee. Hoffentlich gibt's echte Bohnen.«

ZWEI

Länger als eine Woche war die zehnte Klasse der Rissener Schule um den neuen Schüler herumgeschlichen, ohne dass einer von ihnen mehr als drei Worte mit ihm geredet hätte. Der Neue war ein Einzelgänger; er stand abseits auf dem Pausenhof, den Blick sonst wohin gerichtet, die Hände in den Taschen, ohne Interesse an den anderen. Was sie von ihm wussten, dass seine Familie ausgebombt worden war und dass er Christian Ullmann hieß, hatte er der Klasse und ihrem Lehrer Doktor Petersen am ersten Tag mitgeteilt.

Es war direkt nach den großen Ferien gewesen. Der fremde Junge war plötzlich aufgetaucht und hatte ein wenig verloren an der Klassenzimmertür gestanden. Jette hatte den Blick kaum von ihm abwenden können. Jemanden wie ihn hatte sie noch nie gesehen. Seine Haare reichten bis über die Ohren, das karierte Jackett war ihm zu weit. Im Gegensatz zu den anderen Jungen trug er lange Hosen und dazu Lederschuhe wie ein Erwachsener. Er hatte eine Hornbrille auf der Nase, die er mit dem Zeigefinger zurechtrückte, und wusste offenbar nicht, wohin mit sich. Die Aufmerksamkeit der anderen Schüler war ebenfalls geweckt. Jettes Banknachbarin Elisabeth starrte geradezu Richtung Tür. Ihr Kopf bewegte sich nicht, die Augen waren aufgerissen, als wäre eine Figur aus ihrem nächtlichen Traum erschienen. Niemand machte Witze, wie Neue sie sonst über sich ergehen lassen mussten. Karl – einer von denen, die in Zivil in die Schule kamen – klopfte auf den leeren Platz neben sich, auf den der fremde Junge sich setzte.

In langsamen Bewegungen nahm der Neue Heft und Bleistift aus seinem Ranzen und legte beides vor sich auf den Tisch. Er stand weiterhin im Zentrum aller Aufmerksamkeit, und Jette machte da keine Ausnahme. Sie rätselte, was so besonders an diesem Jungen war, und fand für sich schließlich eine Erklärung: In nichts, was er tat, zeigte er jene Zackigkeit, die Schule und Hitlerjugend ihnen beibrachten und die als deutsch galt. Im Gegenteil: Er war – das war das Wort, das ihr in den Sinn kam – lässig.

Doktor Petersen trat in den Klassenraum, schloss mit einer schwungvollen Bewegung die Tür und grüßte mit dem üblichen »Heil Hitler«. Dann hieß er den Neuen, sich vorstellen.

Christian nannte seinen Namen, sagte, dass sie ihre Wohnung verloren hatten und er deshalb zurzeit bei seinem Großvater in Rissen lebe.

»Zurzeit, soso. Und wo wohnst du sonst?«

»In Altona.«

Doktor Petersen war ein älterer Herr im Anzug, mit dünnem weißem Haar und einer kleinen runden Brille, die er oft abnahm. Das S-T sprach er nach Hamburger Art spitz aus, was die Jungen in der Pause manchmal nachmachten. Im Weltkrieg war er Soldat gewesen und erzählte hin und wieder von deutschen Heldentaten in den Schützengräben. Auf der anderen Seite waren die Franzosen gewesen. Doktor Petersen fand sie weibisch und verzog, wenn er sie erwähnte, das Gesicht, als ob er sich ekeln würde. Manche Schüler lachten darüber. Doktor Petersen trug einen Stock, an dem er quer durch den Klassenraum schritt. Vor der Bank von Karl und Christian machte er halt. Jette ahnte, dass der Neue eine Ermahnung bekommen würde, vielleicht sogar Schlimmeres.

»Dein Jackett scheint dir zu gefallen.«

Christian gab keine Antwort.

»Tweed und bunte Muster«, fuhr Doktor Petersen fort. »Solche lächerlichen Karos, das können sich nur die Engländer auf ihrer Insel ausdenken. Weißt du, wer euch in Altona ausgebombt hat? Na?« Er wartete nicht lange auf eine Antwort. »Die Tommys. Bist du ein Dummkopf und trägst die Kleidung deines Feindes?«

Christians Schultern hingen herab, das karierte Jackett war so groß, dass die Ärmel über die Handgelenke reichten. Er sagte nichts, sondern blickte den Lehrer nur mit reglosem Gesicht an.

Doktor Petersen schien die ausbleibende Reaktion zu ärgern. Seine Stimme wurde schärfer. Er war, wie er oft erzählt hatte, Hauptmann gewesen, und so klang er nun auch. »Du bekommst deinen Mund nicht auf? Umso besser, dann hast du die Muße, mir zuzuhören. Erstens: Wenn du glaubst, du könntest hier ein Lotterleben führen wie im roten Altona, so bist du auf dem Holzweg. Das werde ich von Anfang an unterbinden. Zweitens: Deutschland befindet sich im Krieg. Vielleicht hast du es in Altona noch nicht gehört, aber unser Volk hat eine historische Aufgabe. Wir bewahren Europa vor dem Bolschewismus und vor den Juden. Drittens: Wer meint, die Heimat könne der kämpfenden Truppe noch einmal in den Rücken fallen wie 1918, der irrt. Der irrt gewaltig. In meiner Klasse dulde ich das nicht. Wenn du mich verstanden hast, dann möchte ich jetzt ein Ja hören.«

»Ja«, sagte der Neue. Es war wieder nicht das HJ-Ja, das herausgestoßen wurde wie ein Schuss aus einer Pistole, sondern es kam langsam und so trotzig, dass alle in der Klasse die Luft anhielten.

Doktor Petersen starrte ihn an. Sein Kopf war rot. Er hob seinen Stock ein wenig an, gerade so weit, dass es wie eine Drohung wirkte.

»Dein Vater ist Soldat?«

»Ja.« Zackig klang das immer noch nicht.

»Infanterie?«

»Ja.«

»Wo stationiert?«

»In Frankreich. Am Ärmelkanal.« Christian klang weiter wie ein Zivilist. Jette hatte den Eindruck, er verweigere mit voller Absicht, was Doktor Petersen von ihm wollte. Sie alle beherrschten den Soldatenton, einfach weil er in der HJ genauso wie in der Schule verlangt wurde.

»Ach, in Frankreich«, wiederholte Doktor Petersen. Er dehnte die Worte, als wollte er Christian auf den Arm nehmen. »Da lässt er sich's wohl gut gehen.«

In diesem Satz schwang eine Unterstellung mit, die sie alle schon oft gehört hatten. Wer in Frankreich stationiert war, so hieß es, dem ging es prima, da gab es gutes Essen und Wein, die Frauen trugen aufreizende Kleider und waren leicht zu haben, und in seiner Freizeit konnte man durch Paris spazieren oder sich am Strand in die Sonne legen.

Neben Jette streckte Elisabeth ihren Arm in die Höhe. Es gehörte Mut dazu, Doktor Petersen zu unterbrechen, wenn er in Rage war. Er sah sie nicht gleich und hob seinen Stock noch ein kleines Stück höher. Die Drohung wurde verschärft.

»So, Christian aus Altona, jetzt gibst du mir deine Antworten noch einmal, aber diesmal so, wie es sich für einen deutschen Jungen gehört. Klar und deutlich.«

Elisabeth räusperte sich. »Entschuldigung.«

Sie war ein Liebling der Lehrer, weil sie strebsam war und immerzu alles konnte und wusste. Ob Bockspringen oder Kopfrechnen, sie war fast überall eine der Besten. In der letzten Zeit hatte sie sich verändert. Sie trug keine Zöpfe mehr, sondern eine richtige Frisur, bei der ihre Haare auf eine Seite fielen. Auch war sie etwas runder geworden, nicht mehr nur Haut und Knochen wie früher, sondern sie hatte einen Busen bekommen. Jette musste zugeben, dass sie nicht schlecht aussah. Jetzt hatte sie einen roten Kopf.

»Elisabeth, was gibt's?« Doktor Petersen drehte sich zur ihr, während er mit beiden Händen seinen Stock umfasste.

»Mein Vater ist auch in Frankreich stationiert. Er hat uns vorgestern geschrieben. Sie bauen Befestigungsanlagen. Er arbeitet jeden Tag mit dem Spaten.«

Jette hielt den Atem an. Bei manchen Lehrern, gerade bei den älteren, die sie aus dem Ruhestand geholt hatten, nachdem viele der jüngeren eingezogen worden waren, konnte man gefahrlos widersprechen, die begriffen kaum noch, was los war. Bei Doktor Petersen war das anders. Er hatte sein Parteiabzeichen am Revers und wollte seine Schüler, wie er oft sagte, zu anständigen Deutschen erziehen, zu Jungen und Mädchen mit Gehorsam und Disziplin.

Die Sekunden verstrichen. Elisabeth war immer noch rot im Gesicht. Mit halb geöffnetem Mund wartete sie auf eine Antwort.

»Es ehrt dich«, sagte Doktor Petersen schließlich, »dass du deinen Vater in Schutz nimmst. Und du hast recht, im vergangenen Jahr hat das ganze Reich bewundert, wie schnell die Wehrmacht Frankreich unterworfen hat. Der Führer selbst war in Paris.«

Doktor Petersen kehrte zu seinem Pult zurück, ohne Christian eines weiteren Blickes zu würdigen. Jette glaubte nicht, dass die Sache für den Neuen damit ausgestanden war, zumal in den nächsten Stunden andere Lehrer ähnlich auf Christian reagierten wie Doktor Petersen. Umso mehr wurde er zum Gesprächsstoff. Es war irgendein Geheimnis um ihn. Wenn Jette und Gregor nach der Schule gemeinsam nach Hause gingen, redeten sie über ihn und zählten auf, was an diesem Christian so besonders war: Kleidung, Frisur, Auftreten, Mut, Lässigkeit. Vor allem, so glaubte Gregor, schien er keine Angst zu haben.

Am Donnerstag berichtete er, Christian sei nicht beim HJ-Nachmittag gewesen.

»Vielleicht war er krank«, vermutete Jette.

»Jette, ich bitte dich. War er gestern in der Schule?«

»Ja klar.«

»Also – was soll das für eine Krankheit sein? Eine, die nur nachmittags auftritt? Oder eine Mittwochskrankheit? Eine Mittwochnachmittagskrankheit? Die will ich auch!«

»Und wo war er?«, fragte sie.

»Das wüsste ich genauso gerne wie du.«

Niemand aus der Klasse schwänzte Hitlerjugend oder Mädchenbund. Jette ging jeden Mittwoch und Sonnabend, zusammen mit Elisabeth und den anderen Klassenkameradinnen. Ihre Mutter entschuldigte sie nur, wenn sie Fieber hatte, einen anderen Grund akzeptierte sie nicht, und wenn Jette jammerte, erklärte sie mit einem Achselzucken, sie müsse auch zum Frauenbund, das gehöre dazu, so sei das neue Deutschland, da gelte es, sich zu fügen.

Allerdings zeigte Jette nicht viel Eifer. Das ewige Medizinballwerfen fand sie langweilig und machte es so langsam wie möglich, erst recht verabscheute sie die Märsche, zehn, manchmal 15 Kilometer, oft im Gleichschritt, mit Stiefeln und schwerem Rucksack, egal bei welchem Wetter, und Pausen wurden nur selten eingelegt, denn: Wer rastet, der rostet. Die Lieder, die sie dabei singen mussten, kamen ihr zu den Ohren heraus: *Unsre Fahne flattert uns voran.*

Bei den Heimabenden hörte sie nur halbherzig zu. Ihre Mädchenführerin hieß Lina und sprach am liebsten darüber, dass die höchste Bestimmung der deutschen Frau im Kinderkriegen lag. Lina war 18, zwei Jahre älter als sie, trug dicke Zöpfe und hatte stämmige Beine, ihre Füße steckten meistens in klobigen Stiefeln. Es war schwer vorstellbar, dass sich ein Junge für sie interessierte. Kinderkriegen stand bei Lina vorläufig wohl nicht auf dem Programm.

Gregor war schließlich derjenige, der Kontakt zu dem Neuen aufnahm. Es war nach dem Zeichenunterricht bei Herrn Jessen, einem älteren Herrn mit buschigem Schnauzbart, der an ein Walross erinnerte. Jessen trug stets eine schief sitzende Fliege, das war sein Markenzeichen. Die meisten Schüler gingen davon aus, dass er in Wahrheit kein Lehrer war, sondern ein Künstler, der mit anderen Malern und Schriftstellern in finsteren Spelunken auf Sankt Pauli verkehrte, wo sie die Damen mit Vornamen ansprachen. Lehrer war Jessen nach dieser Legende nur geworden, um nicht als Asozialer ins Lager gesperrt zu werden.

Einige aus der Klasse, wie Elisabeth, die eine gute Zeichnerin war, liebten seinen Unterricht. Jessen war immer in gleicher Stimmung, freundlich, aber distanziert. Er gab sich keine Mühe, sich die Namen der Schüler zu merken, sondern sprach einfach jeden mit Du an. Und er war der einzige Lehrer, der die Stunde nicht mit »Heil Hitler« begann und beendete. Er sagte »Guten Tag« und »Auf Wiedersehen«. Meistens dauerte es dann nur ein paar Sekunden, bis einer der uniformierten Schüler ihm sein »Heil Hitler« entgegenrief, dann grüßte Jessen entsprechend zurück. Gleichwohl registrierte Jette, dass er die beiden Wörter nicht von sich aus gebrauchte.

So wie sie im Physikunterricht Geschossgeschwindigkeiten auszurechnen hatten, zeichneten sie bei Jessen Flugzeuge im Luftkampf, brennende Fabriken in England oder den aufopferungsvollen Einsatz von Schwestern des Deutschen Roten Kreuzes. Der Unterschied zum Physikunterricht war, dass sich Jessen, während sie mit ihren Bildern beschäftigt waren, auf einen freien Platz neben einen der Schüler setzte und ihnen von der europäischen Kunstgeschichte erzählte. Er liebte die Renaissance und die niederländischen Maler wie Rembrandt oder Vermeer. Was er schilderte, war unbedenklich, die Italiener waren Verbündete, die Holländer sogar Germanen. Gelegentlich hatte Jessen einen Bildband dabei, den er herumreichte, sodass sie sehen konnten, wovon er sprach. Die Zeichnungen der Schüler dagegen korrigierte er nur, wenn man ihn ausdrücklich darum bat. Auch darin unterschied er sich von den anderen Lehrern: Jessen machte den Eindruck, als überließe er es ihnen, wie viel von seinem Wissen und Können sie abhaben wollten.

Neben der Kunstgeschichte sprach er über alte Literatur und über Musik. Er wusste unendlich viel. Jette vermutete, dass er bei den Schülern die Lücken auszugleichen versuchte, die durch den Krieg und den Ausfall von so viel Unterricht entstanden. Manchmal summte er ihnen sogar Melodien vor, kleine Stücke von Mozart, Beethoven und Wagner, aber selbstverständlich keine verbotenen Komponisten.

An diesem Tag fragte er die Klasse nach Musik aus anderen Ländern. Ein paar Namen wurden genannt – Verdi, Tschaikowski, Berlioz, Grieg. Jessen ergänzte jeweils die Länder.

Schließlich fragte er: »Wie ist es mit Amerika?«

Jette, die bis dahin nichts beigetragen hatte, hätte gerne geantwortet. Sie kannte aber keine amerikanischen Komponisten.

»Cole Porter«, sagte Christian.

»Sehr gut«, erwiderte Jessen. »Keine klassische Musik wie in Europa, sondern Jazz.«

»Das ist verboten«, rief Björn, ein hellblonder Junge mit streichholzkurzem Haar. Er trug eine HJ-Uniform. Seine Stimme war scharf, geradezu schneidend.

»Verboten nicht direkt, aber undeutsch. Doch wenn du

aufgepasst hast, Junge, dann weißt du, dass Christian nicht gesagt hat, dass er diese Musik hört. Und ich habe euch nicht dazu aufgefordert. Die Frage war, ob ihr den Namen eines Komponisten kennt, um den ihr besser einen Bogen macht.«

Björn staunte. Jessen hatte ihn reingelegt.

Christian unterdrückte ein Schmunzeln, während Jessens Gesicht keinerlei Regung zeigte, der dunkle Schnauzbart hing herunter wie immer. Am Ende der Stunde tat er etwas Ungewöhnliches, er trat an Christians Bank, schaute auf seine Zeichnung, lobte sie, tippte mit dem Finger auf einige Stellen und machte Verbesserungsvorschläge. Und er nannte ihn ein zweites Mal beim Vornamen. Offenbar mochte er den Jungen, trotz seiner langen Haare. Vielleicht sogar deswegen.

Obwohl sie alle diesem Vorfall zugeschaut hatten, änderte sich nach der Stunde nichts, zumindest nicht sofort. Christian stand allein auf dem Hof, der vor dem Schulhaus, einem eher kleinen Backsteingebäude aus der Kaiserzeit, lag. Das Haus bot Platz für nur eine Klasse pro Jahrgang. Für Rissen war das genug, mehr Schüler gab es nicht, deshalb war hier auch die Anordnung der Behörden nicht umsetzbar, Jungen und Mädchen möglichst getrennt zu unterrichten.

Christians Platz war unter der Eiche, an deren Stamm er lehnte und die ihm Schutz bot. Er tat nichts, redete mit niemandem, schaute die anderen nicht an, sondern war in Gedanken. Jette kam er wie eine Insel vor, ein Stück Erde irgendwo im weiten Ozean. Sie war davon überzeugt, dass er sich nicht für die Klassenkameraden interessierte, weil er sie für hinterwäldlerisch hielt. Sie registrierte auch das Verhalten von Elisabeth, die sich, wann immer es ging, in Christians Nähe stellte. Es war ziemlich offensichtlich, dass sie darauf hoffte, von ihm angesprochen zu werden. Aber das passierte nicht.

Gregor stand mit den anderen Jungs zusammen. Während seine Freunde die üblichen Reden schwangen, wirkte er unruhig. Er knetete seine Finger, trat von einem Bein aufs andere, machte ein paar Schritte aus ihrem Kreis, kehrte zurück.

Schließlich ging er von den anderen fort und schritt mit gesenktem Kopf quer über den Hof auf Christian zu. Jette folgte ihm. Sie wollte mitbekommen, was der Neue sagte.

»Sag mal«, fragte Gregor, »wer ist Cole Porter?«

»Ein amerikanischer Komponist. Hast du doch gehört.«

»Was ist das für Musik?«

»Jazz. Swing, genauer gesagt.« Christian legte den Kopf auf die Seite und grinste. »Verboten.«

»Unerwünscht«, korrigierte Gregor.

»Von mir aus«, meinte Christian achselzuckend.

Gregor nickte schwerfällig. Zwischen den beiden Jungen gab es in diesem Moment ein ziemliches Gefälle, einen Unterschied in dem, was sie kannten und wussten, der nur deshalb nicht noch größer wurde, weil sich Christian zurückhielt. Hätte er weiter über Jazz und Swing gesprochen, hätte er sich Ansehen erworben. Von den linientreuen Schülern war keiner in der Nähe, da waren nur Jette und Elisabeth, die gebannt gelauscht hatten. Aber das kurze Gespräch war schon wieder vorbei. Christian lächelte. Dabei drehte er sich um und wandte ihnen den Rücken zu.

DREI

Nach Ende des Krieges, als er zu Fuß aus Flandern nach Altona zurückkehrte, wog Hannes Krell weniger als 50 Kilo. Er war einen Meter 90 groß, ein Mann, der die Leute in seiner Umgebung stets überragte. Die 50 Kilo brachte er wohlgemerkt in Uniformhose und Hemd auf die Waage, im Lazarett hatte man sich nicht die Mühe gemacht, vor dem Wiegen die Kleidung abzulegen. Am Hintern fehlte jedwedes Fleisch, an der Brust stachen die Rippen heraus, und wenn er unterwegs in ein spiegelndes Fenster blickte, sah er einen hohlwangigen 19-Jährigen mit wirr flackernden Augen. Kurz vor Weihnachten traf er zu Hause ein und fand die Wohnung so, wie er sie zwei Jahre zuvor verlassen hatte. Die Mutter war gestorben, das hatten sie ihm ins Feld geschrieben, aber davon abgesehen hatte sich nichts verändert. Seine ältere Schwester Hilde führte dem Vater den Haushalt, die zweite Schwester Erika unterstützte sie dabei. Sie warteten beide darauf, dass jemand ihnen den Hof machte, doch Männer waren knapp in dieser Zeit, Abertausende waren gefallen, ihre toten Körper verwesten auf den Schlachtfeldern oder waren in endlos langen Reihen auf den Soldatenfriedhöfen in Belgien und Nordfrankreich verscharrt. Es kam niemand, weder für Hilde noch für Erika.

Auf sein Klopfen hin hatte damals der Vater die Tür geöffnet und einen Moment gezögert, während er sich wohl gefragt hatte, was der abgemagerte Kerl wollte, der da vor seiner Tür stand.

Dann hatte er die Hand ausgestreckt. »Ich freue mich, Hannes, dass du heil zurück bist. Auch wenn es um unser Deutschland nicht gut steht.«

Krell war es schwergefallen, sich wieder einzugewöhnen. Beinahe alles in seinem Elternhaus ging ihm auf die Nerven, obwohl er es von früher kannte: die knappen Anweisungen des Vaters, der unbedingte Gehorsam der Schwestern, das viele Schweigen, selbst das Ticken der Standuhr im Wohnzimmer. Den Befehlston des Alten hielt er nur mit größter Selbstbeherrschung aus, und es gab Momente, da formten sich wilde Schreie in ihm und wollten heraus. Es kostete ihn viel Kraft, sie zu unterdrücken. Er schaute sich dabei zu, wie er die Zähne zusammenbiss und die Kiefer anspannte.

Auch das Tischgebet konnte er kaum ertragen:

Alle guten Gaben,
alles was wir haben
kommt, o Gott, von dir,
Dank sei dir dafür.

Gott war nicht in Flandern gewesen, und wenn er dort nicht war, war er auch nirgendwo sonst. War sein Vater blind, dass er das nicht sah? Oder schauten er und die Schwestern nur auf sich und auf niemanden sonst? Der Hungerwinter hatte die Familie nicht weiter beeinträchtigt, ein preußischer Finanzbeamter war auch während des Krieges versorgt worden, und auch jetzt gab es ausreichend zu essen. Aber Krell schmeckte es nicht, weder die sämige dunkelbraune Soße, in der die Kartoffeln schwammen, noch die Linsen und auch nicht das Fleisch am Sonntag. Er kaute auf seinen Bissen herum und nahm nicht zu. Er schlief schlecht, kürzer als je im Feld, schreckte nachts auf und konnte nicht wieder zur Ruhe finden, weil sein Herz so laut pochte. Nicht ein einziges Mal erkundigte sich der Vater nach seinen Erlebnissen, und nach seinem Vorbild taten es die Schwestern auch nicht. Den Krieg – genau genommen die Niederlage – gab es nicht, durfte es nicht geben. Seine einzige Frage stellte der Alte am Abend des zweiten Weihnachtstages. Er saß in seinem Sessel, ein Glas Weinbrand in der Hand und seine Tonpfeife im Mund, ein Rauchutensil aus dem letzten Jahrhundert, während er sich mit zwei Fingern den Backenbart kratzte:

»Was wirst du tun, Sohn?«

»Ich suche mir eine Arbeit«, erwiderte Hannes. Beinahe von selbst kam der zweite Teil des Satzes hinterher: »Und eine Unterkunft.«

Der Vater verzog keine Miene und gab keinen Kommentar ab, neuerliches Schweigen legte sich über das weihnachtliche Zimmer. Man glaubte, das Brennen der Kerzen am Tannenbaum zu hören. Die Standuhr tickte. Hannes schloss die Augen und stellte sich vor, zur See zu fahren, er wollte weg, nur weg, alles hinter sich lassen, Familie und Krieg und Erinnerungen, er träumte vom Blau der Ozeane und sah sich fremde Länder entdecken. In seiner Fantasie tauchte stets der Süden auf, mit bunten Farben und herzlichen, lebensfrohen Menschen. Aber im Hungerjahr 1919 gab es keine deutsche Handelsschifffahrt. Die britische Blockade an der Nordsee dauerte an, nicht weniger total als während des Krieges, die Reedereien im Reich hatten den größten Teil ihrer zivilen Flotte verloren, und den anderen Nationen ging es ebenso. Deutschland durfte nicht einmal Küstenschifffahrt oder Hochseefischerei betreiben. Handel gab es fast nicht, zumal die heimische Industrie daniederlag und die Bevölkerung kein Geld hatte, um eingeführte Waren zu kaufen. Krell fand ein Zimmer auf Sankt Pauli, in der Seilerstraße, mitten im Vergnügungsviertel, eine Dachkammer mit Bett, Kleiderschrank, einem Stuhl und einem gusseisernen Ofen. Er verdingte sich auf dem Bau, manchmal auch am Hafen, wenn doch einmal ein ausländisches Schiff entladen werden musste, und im Spätsommer als Erntehelfer auf den Obstfeldern im Alten Land. Sankt Pauli wurde sein neues Zuhause. An seinen Vater und die Schwestern dachte er am Anfang hin und wieder, dann immer weniger. Zu einem Besuch konnte er sich nicht aufraffen.

Obwohl Hannes Krell seit mehr als 15 Jahren nicht mehr auf dem Kiez wohnte, akzeptierten ihn die Anwohner. Im Normalfall mieden die Sankt Paulianer die Obrigkeit und sprachen nur mit der Polizei, wenn es nicht anders ging, wenn Beugehaft oder Knüppelschläge drohten, und selbst dann behaupteten sie meistens, sie hätten nichts gesehen und wüssten nichts, ehrlich nicht. Bei Krell war das anders. Mit ihm redeten sie.

Er schritt über die Reeperbahn Richtung Große Freiheit und grüßte, wenn er einen Bekannten sah, zweimal deutete er sogar ein Hutheben an. Vor drei Jahren hatte dieser Teil von Sankt Pauli noch zur Stadt Altona gehört, doch das war nun Vergangenheit. Ohne jegliche Ankündigung hatte die NS-Regierung Altona in einem Verwaltungsakt der Stadt Hamburg zugeschlagen. Die Stellung als selbstständige dänische und später preußische Stadt war mit einem Schlag vorbei gewesen. Viele Leute, auch Krell, hatten sich darüber mokiert, allerdings war er Beamter, es stand ihm nicht zu, Kritik zu äußern, und wenn man ehrlich war, musste man einräumen, dass sich durch den Zusammenschluss nicht viel verändert hatte. Auch der Altonaer Teil von Sankt Pauli und die Reeperbahn blieben nach dem Zusammenschluss, was sie vorher gewesen waren. Die Einbußen, unter denen der Kiez litt, waren dem Krieg geschuldet, der eingestellten Handelsschifffahrt. Seit U-Boote den Atlantik beherrschten, kamen kaum noch Matrosen, gleichwohl ging das Leben hier weiter, die Amüsierlokale öffneten Abend für Abend, halbnackte Mädchen tanzten oder warteten auf Kundschaft, es wurde gesoffen, gehurt und um Geld gespielt wie früher, und wie damals fand sich mancher am nächsten Morgen nicht nur verkatert, sondern auch pleite.

Auch das Bild, das die Reeperbahn am Vormittag abgab, hatte sich nicht verändert. Wie früher hatte man den Eindruck, man dürfe nicht zu laut sein, weil die Anwohner noch schliefen. Muffiger Geruch kam aus den Fenstern der Lokale und aus den Hauseingängen, auf dem Bürgersteig lagen Scherben von mancher Bierpulle, an den Wänden gab es gelbliche Pfützen und Flecken. Die Nazis machten den Betrieb in ihren Reden und Zeitungsartikeln verächtlich, weil er unsittlich war. Aber sie duldeten ihn. Offenbar blieb ihnen nichts anderes übrig.

In der Großen Freiheit öffnete Krell eine Tür. Eine Glocke klingelte. Er stieg drei Stufen hinab in ein Souterraingeschäft. Der Mann hinter dem Tresen sah von seiner Lektüre auf. Der Raum war länglich, dabei ziemlich eng. Auf dem Tresen lagen Zeitungen, an der Rückwand waren Zigarettenschachteln in ein Regal sortiert. Schnaps lagerte unter dem Tisch und wahrscheinlich auch in der Kammer, deren Türumrisse in die Tapete geschnitten waren.

»Oh, der Herr Kommissar.« Der Mann hatte eine von Tabak und Alkohol kratzige Stimme. »Da sage ich doch gleich mal brav: Heil Hitler.«

»Heil Hitler, Jan.«

»Moin.«

Jan Weller hatte ein kräftiges Gesicht mit vollem Bart. Die grauen Haare waren nach hinten gekämmt, aber so ganz ließen sie sich nicht zähmen. Er mochte zehn Jahre älter sein als Krell, dann wäre er Anfang 50. In seiner Hand hielt er eine Zigarre.

»Ich habe den *Völkischen Beobachter*. Druckfrisch von heute Morgen.«

»Schön.«

»Nehmen Sie einen?«

»Nein danke.«

»Seltsam – warum habe ich mir das gedacht? Vielleicht 'ne Zigarre?« Er öffnete ein Holzkistchen und hielt es Krell hin. »Geht aufs Haus.«

Krell griff zu. »Danke«, sagte er, als Jan ihm seine Streichhölzer hinüber schob. Er entzündete den Tabak, beide begannen zu paffen, heller Rauch erfüllte den Laden. Unter dem Fenster gab es einen zweiten Stuhl. Das Polster der Sitzfläche war abgeschabt, man konnte das Muster kaum noch erkennen. Krell zog ihn zu sich heran und setzte sich.

»Büsschen über die alten Zeiten plaudern?«, fragte Jan.

»Jo. Und büsschen über heute.«

»Was gibt's da zu erzählen? Heldengeschichten aus unserem Krieg? Da kenne ich keine. Für so was habe ich *Landserhefte*.« Er zeigte auf die Seite des Tresens. »Wenn Sie solche Sachen lesen, Kommissar …«

Anstelle einer Antwort zog Krell an seiner Zigarre und pustete den Rauch aus. Sie brannte nicht gut. Er drehte die Spitze zu sich und blies gegen sie, woraufhin sie aufglühte. Auf Sankt Pauli gehörten die mokanten Töne dazu. Mancher Kollege hätte sie gemeldet, sie erfüllten gleich mehrere Tatbestände, Defätismus, bürgerliche Kritisiererei, vielleicht sogar Wehrkraftzersetzung. Krell aber achtete darauf, sich seine Kontakte auf der Reeperbahn zu bewahren. Sie waren nützlich bei der Verbrechensbekämpfung, und er hatte sich vor Längerem dazu entschieden, nicht jedes Wort auf die Goldwaage zu legen, erst recht nicht bei einem Mann wie Jan.

Die Glocke schlug an, die Tür ging auf, eine junge Frau trat ein. Sie hatte Sommersprossen im Gesicht, war in einen weiten hellen Mantel gehüllt, die roten Haare hatte sie notdürftig zusammengebunden. Ihre Schuhe hatten hohe Absätze, doch ihr Gang darauf schien nicht ganz sicher zu sein. Ohne ein Wort von ihr griff Jan hinter sich und nahm ein Päckchen *Juno* aus dem Regal.

»Moin«, sagte sie mit leiser Stimme und nickte auch Krell zu. »Herr Kommissar.«

»Morgen, Bella«, entgegnete Krell.

»Wie geht's dir?«, fragte Jan.

»Wunderbar«, sagte sie gegen den Augenschein. Sie sah blass und übernächtigt aus und wirkte wie jemand, der die Zeit vor dem Mittag verabscheut.

»Das ist schön«, sagte Jan trotzdem.

»Finde ich auch.« Ihre Münzen hatte sie bereits abgezählt, sie legte sie auf den Tresen, nahm die Zigaretten, warf Krell einen Blick zu, nickte und verschwand.

»Sie kennen Bella, Herr Kommissar?«

Krell gab nicht gleich eine Antwort, er war in Gedanken. »Ja«, sagte er schließlich.

»Na, ist ja auch egal. Wo waren wir stehengeblieben?«, fragte Jan. »Beim Krieg, stimmt's? Ich bin zu alt, um eingezogen zu werden. Ich kann nicht mal mehr richtig laufen. Sie wissen ja, Herr Kommissar, in unserem stolzen Vaterland bin ich nicht der Einzige, der untauglich ist. Unser Flugzeugminister würde mit seiner Wampe in kein Cockpit passen, und der Radiominister hat 'nen Hinkefuß, der schafft es sicher nicht bis Afrika.«

»Jan!«, mahnte Krell.

»Jo. Ich spar mir den Rest. Weiß ja sowieso jeder, dass wir besser nicht nach der Abstammung des obersten Führers fragen. Der hat ja selber keine Ahnung, wer sein Vadda war.«

»Mensch, Jan, nu' is' gut. Du sabbelst dich noch um Kopf und Kragen.«

Jan setzte ein unschuldiges Gesicht auf, zog die Schultern hoch und breitete die Hände aus. »Sie haben doch das Thema aufgebracht, Herr Kommissar.«

Krell schüttelte den Kopf. »Ich wollte über einen anderen reden.«

Schubert und er hatten, nachdem sie die Fingerabdrücke des Toten bekommen hatten, mehrere Stunden beim Schein ihrer Schreibtischlampen im abgedunkelten Büro über der Kartei gesessen. Der Abgleich hatte schließlich einen Namen preisgegeben. Der Mann war zu Lebzeiten zweimal wegen Diebstahls aktenkundig geworden. 1931 hatte er sieben Monate in Fuhlsbüttel gesessen.

»Nun bin ich aber gespannt«, meinte Jan.

»Gustav Limba.«

»Ach, Limba. Kein großes Licht.«

»Kein großes Licht gewesen«, sagte Krell.

»Hat jemand ausgepustet«, entgegnete Jan ohne sichtbare Gefühlsregung. »Schon gehört.«

»Ach«, machte Krell.

»Die Reeperbahn ist ganz wie früher.« Jan klopfte auf den Zeitungsstapel vor ihm auf dem Tresen. »Eigentlich brauchst du hier keine Zeitungen, so viel wie hier geschnackt wird.«

»Hast du auch gehört, wem Limba im Weg war?«

Jan lachte. Es klang künstlich, trotzdem lachte er weiter, bis es in ein Husten überging. »Bin ich der Kommissar, oder was?«

»Das nicht. Aber du bist der mit den Ohren auf der Reeperbahn.«

»Das stimmt. Leider kann ich nicht helfen, davon hab ich nichts gehört.«

Krell pustete neuen Rauch in die Luft. Die Glut seiner Zigarre hatte jetzt eine satte rötlichgelbe Farbe. Der Tabak war aromatisch, er schmeckte etwas süßlich. Trotz des Krieges hatte Jan gute Ware in seinem Laden.

»Limbas Leiche wurde in einem Schuppen neben der *Sankt Pauli*-Brauerei gefunden. Von den Nachbarn dort hat niemand etwas mitbekommen«, behauptete Krell, obwohl Schubert noch nicht zurück war und also auch noch nicht berichtet hatte. »Fast könnte man denken, es sei allgemeine Taubheit ausgebrochen.«

»Tja«, machte Jan.

»Was soll das heißen?«

»Fragt sich der Kriminale da nicht, warum das so ist?«

»Doch, sicher. Und ich frage dich. Müssen wir an ein hohes Tier denken, das allen Leuten auf dem Kiez eingeschärft hat, auf keinen Fall das Maul aufzumachen? Vielleicht sogar einem freundlichen, Zigarre rauchenden Herrn in einem Zeitungskiosk.«

Jan paffte gedankenversunken. Krell hatte den Eindruck, er überlege sich seine Antwort. Anders als bei seinen losen Reden über die hohen Nazis wirkte er auf einmal bedacht, ja kein falsches Wort von sich zu geben. Er bekam eine Verlängerung seiner Bedenkpause, als die Tür ein weiteres Mal aufging. Ein Mann, der seinen Hut nicht abzog, verlangte nach einem Päckchen *Nil.* Während Jan ihm die Zigaretten auf den Tresen legte, musterte der Mann Krell mit zusammengekniffenen Augen und fragte sich offenbar, ob er von ihm etwas zu befürchten hatte. Dann sagte er zu Jan: »Ich hab so einen trockenen Mund. Gib mir was zum Befeuchten.«

Unter dem Tresen zog Jan eine Schublade auf und nahm ein etwa fingergroßes Glasfläschchen heraus. Der Kunde drehte am Deckel und trank einen ersten Schluck. Er zahlte und grüßte mit einem Nicken, bevor er ging.

»Die Tageszeitungen gehen offenbar nicht so gut?«

»Zeitungen? Die laufen unten am Fischmarkt besser. Als Packpapier. Im Unterschied zu hier ist es da schietegal, wie alt sie sind. Steht doch sowieso nur Mist drin.«

»Mensch, Kerl«, seufzte Krell. »Pass bloß auf, dass sie dich nicht mal abholen. Weißt du noch, wo wir waren?«

»Sicher. Das große Schweigen auf dem Kiez.«

»Lass mich mal theoretisch fragen: Wenn du mir erzählen würdest, was wahrscheinlich schon ganz Sankt Pauli weiß ... Aber für mich wäre das ein entscheidender Hinweis ... Und daraufhin verhafte ich einen der Großluden, den Kahlen Conny oder Paul mit der Narbe – könntest du dann sicher sein, dass du morgen deinen Laden noch aufschließen kannst?«

»Über die Zukunft kann man sich nie sicher sein. Da ist der liebe Gott vor.«

»Heute kommst du mir aber ganz besonders blöd, Jan. Der liebe Gott lebt nun gewiss nicht auf'm Kiez.«

»Stimmt auch wieder.« Jan rauchte und mied dabei Krells Blick. »Obwohl wir hier 'ne Kirche haben.« Plötzlich richtete er sich auf. Auch seine Stimme veränderte sich, sie bekam etwas Offiziöses. »Sie haben recht, Herr Kommissar, es gibt viel Sünde im Viertel des heiligen Paulus, und es gibt eine Menge Leute, die glauben, der Herr wird eines Tages Feuer über uns ausgießen wie über Sodom und Gomorrha.« Jan steckte seine Zigarre zwischen die Lippen und schmunzelte, er wollte zeigen, dass er einen Scherz gemacht hatte. »Soll ich mal ganz ehrlich antworten, Herr Kommissar?«

»Ich bitte darum.«

»Ich habe keine Ahnung, wer Limba ins Jenseits befördert hat und warum. Das Einzige, was ich sagen kann: Auf Sankt Pauli war der Junge ein kleines Licht. Ein besserer Laufbursche. Manchmal verdiente er 'ne Mark oder zwei damit, dass er mit älteren Damen tanzte, deren Männern das zu anstrengend war. Und wenn sie das mochten, hat er seine Hand auch über ihren Hintern gleiten lassen. So einer war der Limba.«

»Mit einem solchen Typen geben sich die großen Tiere nicht ab?«

Jan zuckte mit den Achseln.

»Verstehe«, sagte Krell. »Wo hat er gewohnt?«

»In der Pension Grüber, soweit ich weiß. Können Sie mich aber nicht drauf festnageln.«

»Am Hamburger Berg?«

»Genau da.«

Krell stand auf. Seine Zigarre war erst zur Hälfte geraucht. Er würde sie mitnehmen und auf der Straße weiterpaffen. »Mach's gut, Jan. Bis zum nächsten Mal.«

»Es ist mir immer eine Ehre, Herr Kommissar. Viel Glück.«

»Dir auch.«

»Und dann noch Heil Hitler. Damit Sie beruhigt sind.«

»Heil Hitler«, erwiderte Krell und verschwand.

VIER

Schubert war mit jener Nachricht zum vereinbarten Treffpunkt gekommen, die zu erwarten gewesen war – keiner der Nachbarn hatte etwas gehört oder gesehen. In der Brauerei wurde nachts nicht gearbeitet, und die Anwohner hatten in ihren verdunkelten Wohnungen geschlafen. Die beiden Kommissare waren auf dem Weg zum Hamburger Berg.

Krell betrachtete die Straßen mit Schuberts Augen. Was mochte der arme Kerl aus der holsteinischen Provinz für einen Eindruck haben? Die wenigen Hakenkreuzfahnen, die es gab, hingen schlaff an den Masten, sie waren schmutzig, eine sogar eingerissen. Von den Schupos der Davidwache abgesehen, trug kein Mensch auf dem Kiez Uniform. Es gab weder Hitlerbilder in den Schaufenstern noch Schmierereien gegen Juden. Krell war sich nicht sicher, wo Schubert politisch stand, eins aber war klar: Dieses Sankt Pauli musste einen Mann, der nicht von hier kam, befremden. Der Stadtteil vermittelte den Eindruck, als gehörte er nicht zum Deutschen Reich, eine Exklave, freizügig und frech wie eh und je, mit Striptease und Prostitution, zudem heimlich dem Kommunismus zugeneigt. Die nationale Erhebung war an diesem Viertel vorbeigegangen. Auch auf Krell wirkte der Kiez, zumindest wenn er Schuberts Blick einnahm, seltsam, und zwar in doppeltem Sinne, denn er spottete nicht nur all dem, wofür das neue Deutschland stand, sondern die Stadtverwaltung schreckte gleichzeitig davor zurück durchzugreifen. Für das Amüsement der Bevölkerung war sie bereit, ein Auge oder gleich beide zuzudrücken.

Altona war schon immer widerständig gewesen, es war kein Zufall, dass gleich hinter der Grenze, wo Hamburg früher endete, die Straße auf Altonaer Seite »Große Freiheit« hieß. Krells Vater hatte diesen Unabhängigkeitsgeist aus tiefster Seele verabscheut, für den Alten war das renitent und unpreußisch gewesen, und er hatte größten Wert darauf gelegt, dass er aus Bahrenfeld stammte, einem zu seiner Kindheit noch eigenständigen Dorf, nur zufällig dem widerborstigen Sankt Pauli benachbart. Krell hingegen war hier nach den beiden Jahren in den Schützengräben wieder ein Mensch geworden, und das vergaß er nicht. Als Polizist hatte er nun dafür zu sorgen, dass Gesetzesübertretungen geahndet wurden. Welche Meinungen die Bevölkerung vertrat, scherte ihn nicht.

Am Hamburger Berg hielten sie vor einem Haus mit schmuddeliger Fassade, an der in ausgeblichenen Lettern »Pension Grüber« stand. Es war eingequetscht zwischen einer düsteren Seemannskaschemme und einem Lokal namens *Frivoli*, das mit Bildern leichtbekleideter junger Damen im Fenster warb. Da es keine Klingel gab, öffnete Krell die Tür. Ein schummrig beleuchteter Gang führte hinein, eine Art Diele mit einem ausgeblichenen Läufer. Der Eindruck von Unscheinbarkeit, den das Haus von außen gemacht hatte, blieb bestehen, doch wurde er erweitert. Es schien halbwegs sauber zu sein. An den Wänden hingen Bilder, naive Hafenimpressionen mit Segelschiffen, glücklichen Matrosen und winkenden Bräuten. Die Rahmen waren goldfarben gestrichen.

»Hallo«, rief Krell. »Ist jemand da?«

Niemand antwortete. Rechter Hand führte eine Treppe ins Obergeschoss, in dem wahrscheinlich die vermieteten Zimmer lagen. Die Diele selber lief in einem Vorraum aus, von dem drei Zimmer abgingen. Eine Flügeltür stand offen. Sie schauten in ein Esszimmer mit einem langen ovalen Tisch, unter den die Holzstühle geschoben waren. An der Wand hing ein weiteres Ölgemälde, erneut in verziertem Goldrahmen, diesmal eine Hafenansicht mit stürmisch-grauem Himmel.

»Hallo«, wiederholte Krell. »Frau Grüber?«

Eine Tür öffnete sich und eine Frau trat heraus, die Krell auf Mitte 40 schätzte. Ihm fiel der Ausdruck »drall« ein. Ein rot-weiß gestreifter Pullover spannte über Brust und Bauch. Sie hatte blondes gewelltes Haar und ein Schweinchengesicht, das für Krells Geschmack zu stark geschminkt war, Mund und Wangen rötlich, die Lider schwarz. Die vielen modernen Diätratschläge schienen an ihr abzuperlen. Krell unterstellte, dass sie die entsprechenden Zeitschriftenartikel las und trotzdem weiteraß.

»Sie wünschen?« Ihre Stimme klang rauchig. In ihrer kühlen Bestimmtheit hörte man die Geschäftsfrau, die den Umgang mit fremden Männern gewohnt war.

Krell zog seine Dienstmarke hervor. »Kommissar Krell, Kripo Hamburg. Das ist Kriminalassistent Schubert.«

»Die Polizei?«

»Wir haben ein paar Fragen. Könnten wir in einen geschlossenen Raum gehen?«

»Bitte.«

Sie führte sie in das Zimmer, aus dem sie gekommen war. Es war ihr Büro, mit einem weichen, schmuddeligen Teppich ausgelegt. Am Fenster stand ein Schreibtisch, von dem aus man die Tür im Auge hatte. Ein paar Papiere lagen darauf. Neben der Lampe gab es ein schwarzes Telefon, dahinter ein Schlüsselbrett mit Nummern. Gegenüber, an der Wand, war ein breites Sofa, und darüber gab es ein weiteres Bild, diesmal ein Waldidyll. Mit einer Armbewegung bot die Grüber ihnen den Platz darauf an und setzte sich selber in einen Sessel.

»Was kann ich für Sie tun? Sie suchen doch kein Zimmer?«

»Es geht um einen Ihrer Mieter, Gustav Limba.«

Krell fiel auf, dass ihre Mundwinkel für einen kleinen Moment unkontrolliert zuckten. Sofort hatte sie sich wieder im Griff. »Was hat er ausgefressen?«

»Ausgefressen – so würde ich es nicht ausdrücken«, sagte Schubert. Nach den ersten Tagen in der Dienststelle hatte Krell ihn ausdrücklich ermutigt, selber den Mund aufzumachen und eigene Fragen zu stellen. Es war wesentlich günstiger, sowohl bei Zeugen als auch bei Verdächtigen, wenn man sich abwechselte. Zu einem von beiden fasste die dritte Person meistens Vertrauen.

»Ich verstehe Sie nicht. Können Sie ein bisschen deutlicher reden? Ich habe mit Limba sowieso noch ein Hühnchen zu rupfen.«

»Weshalb?«, fragte Krell.

Frau Grüber lachte auf und zündete sich eine Zigarette an. Sie hielt sie mit gespreizten Fingern von sich. »Er hat seine Miete nicht bezahlt. Der Mann schuldet mir Geld.«

»Wie viel?«

»Drei Monatsmieten. 21 Mark.«

»Sehen Sie, Frau Grüber«, sagte Schubert, »Ihr Mieter, Herr Limba, ist tot.«

Diesmal reagierte sie stärker. Sie riss die Augen auf. Auch ihr Mund stand offen, sodass ihre gelblichen Zähne zu sehen waren. Beides dauerte wieder nur einen kurzen Moment. Krell fiel auf, dass ihre Hand zitterte, als sie die Zigarette zum Mund führte. Sie nahm einen Zug »Das glaube ich nicht«, sagte sie, während sie den Rauch auspustete.

»Sonst wären wir nicht hier, Verehrteste«, erklärte Krell.

Sie machte ein krächzendes Geräusch, wie ein verwundetes Tier. Auch das ging vorüber, kaum, dass es erklungen war.

»Dann kann ich mein Geld wohl abschreiben?«, sagte sie mit einem Zittern in der Stimme.

»Ich fürchte, ja«, entgegnete Krell.

»Was ist passiert, warum ist er tot?«

Krell wechselte einen Blick mit Schubert, der sich offenbar zurückhalten wollte. »Das wissen wir noch nicht. Wir haben mit unseren Untersuchungen gerade erst angefangen.«

Sie schüttelte den Kopf. Es war eine automatische Bewegung, wie bei einer Puppe. Krell bemerkte, dass sie Tränen in den Augen hatte.

»Können Sie nicht …?«, begann sie. »Ich meine, der Staat …

Krell schüttelte den Kopf. »Ich fürchte, jetzt verstehe ich Sie nicht.«

»Die Miete. Mein Mann ist gefallen, ich hab die Pension ganz alleine am Hals. Das ist viel für eine Witwe, das können Sie mir glauben.« Sie schluchzte auf, was Krell künstlich vorkam.

»Wir werden sehen. Zunächst, Frau Grüber, was können Sie uns über Limba sagen? Mit wem hatte er Umgang? Hatte er Feinde? Irgendwelche Pläne?«

»Darüber weiß ich nichts.«

»Denken Sie nach«, insistierte Schubert. »Er wird Ihnen doch versprochen haben, die ausstehende Miete zu begleichen.«

»Ja. Im Versprechen war er groß.« Sie biss sich auf ihre rot bemalte Unterlippe, woraufhin ein wenig der Farbe an ihrem Schneidezahn klebte. »Dann hat er einen mit seinen braunen Augen angeschaut ...«

»Wie wollte er das Geld verdienen? Hatte er Arbeit?«, fragte Krell.

»Ach, Herr Kommissar, das hat er mir nicht erzählt. Soweit ich weiß, hat er hier und da kleinere Dienste übernommen.« Sie hielt sich die Hand vor den Mund. »Ich hätte ihm das Zimmer niemals geben dürfen. Mein Mann hätte direkt Nein gesagt, der mochte solche Schönlinge überhaupt nicht. Ich bin einfach zu gutmütig. Und jetzt sitze ich da mit dem Schaden.«

Sie zog wieder an ihrer Zigarette. Krell unterstellte, dass sie sich einen Schnaps einschenken würde, sobald sie gegangen waren.

»Mit wem hatte er Umgang?«, wiederholte Schubert.

Sie zog die Schultern in die Höhe. »Ich spioniere meinen Mietern doch nicht nach.«

»Das unterstellt auch niemand«, sagte Krell. »Aber es wird geredet. Sie essen doch alle gemeinsam.«

»Wir sitzen alle an einem Tisch, ja. Da wird Konversation

getrieben, meistens übers Wetter. Neulich ging es mal um einen Bombenangriff, das war eine große Ausnahme. Politische Gespräche dulde ich nicht, schon gar nicht zu Kriegszeiten, da wird dann gestritten, und am Ende kommt man in Teufels Küche. Nee, nee.« Sie winkte ab. »Ob Limba Bekannte hatte – woher soll ich das wissen? Es wird sicher welche gegeben haben. So was hat doch jeder. Und Feinde? Meine Herren, das entzieht sich meiner Kenntnis, ich bitte Sie … Ich kann auch nicht alles hören, ich muss ja andauernd in die Küche rennen. Immerzu fehlt den Herrschaften irgendetwas – Salz, dann wollen sie neue Butter oder Aufschnitt. Sie haben ja keine Vorstellung …«

Inzwischen sah ihr Gesicht ein wenig wüst aus. Durch den Anflug von Tränen war ihre Schminke an den Augen verwischt, ein Zahn war rot, dafür gab es an der Unterlippe eine Lücke in der Farbe. Gleichzeitig appellierte sie ein wenig zu deutlich an das Mitleid ihrer Besucher.

»Frau Grüber, hat Limba …«

Sie schien Krell überhaupt nicht gehört zu haben. Mit einem Schluchzen sprach sie weiter: »… wie hart das Leben für eine Witwe ist. Mein Mann ist in Griechenland gefallen. Seitdem stehe ich ganz alleine in der Welt. Die meisten Mieter sind Kerle, und manche davon keine Ehrenmänner, die betrügen, wo immer es geht. Da muss man sich stark machen als Frau, das kann ich Ihnen sagen, sonst tanzen die einem auf der Nase herum.«

»Geben Sie uns doch bitte eine Liste Ihrer Mieter. Und wir müssen Limbas Zimmer sehen. Es wird für einige Zeit verschlossen bleiben.«

»Das ist nicht Ihr Ernst!«

»Unsere Techniker müssen Spuren sichern.«

»Und wer kommt dafür auf?«

Diesmal war es Krell, der die Schultern in die Höhe zog.

»Frau Grüber, hat Limba Ihnen nicht doch mitgeteilt, wie er das Geld für seine Mietschulden verdienen wollte?«, fragte Schubert wieder. »Ich meine, Sie werden doch insistiert haben.«

»Das habe ich, Herr Kommissar.«

»Kriminalassistent«, korrigierte Schubert. »Was hat Limba gesagt?«

»Er hat mich vertröstet, Woche für Woche, mit irgendwelchen Versprechungen. Er war irgendwie wie ein großer Junge.« Wütend drückte sie ihre Zigarette im Aschenbecher aus.

Krell glaubte, sie führe ein schlechtes Schauspiel auf. Er hatte den Wunsch, es zu beenden. »Geben Sie uns bitte die Liste mit den Mietern.«

»Sie wollen mit allen sprechen? Das wird Unruhe geben.« Sie zog einen Schmollmund, was den Eindruck eines Schweinchengesichts verstärkte.

»Das ist unabdingbar. Machen Sie uns die Liste gleich, oder sollen wir sie morgen abholen?«

Sie schniefte und schaute dabei auf ihre Armbanduhr. »Wenn Sie ein bisschen Zeit haben, geht das jetzt.«

»Inzwischen sehen wir uns sein Zimmer an.«

»Da muss ich doch mit.«

»Nicht nötig. Es reicht, wenn Sie uns einen Schlüssel geben und die Zimmernummer nennen.«

»Nummer neun. Er wohnte in der Neun. Ich …« Für einen Moment schien sie verwirrt, aber dann fing sie sich wieder und nahm einen Schlüssel vom Brett hinter dem Schreibtisch.

»Es fehlen Schlüssel. Also sind Mieter im Haus?«, fragte Krell.

Sie starrte ihn an, als hätte sie seine Frage nicht verstanden. Erst nach einigen Momenten schaute sie nach. »Ich glaube«, sagte sie dann. »Die Reichert müsste da sein. Und Herr Hispel.«

»Und eine dritte Person.«

»Nein.«

»Es fehlen drei Schlüssel außer dem, den Sie mir gerade gegeben haben«, stellte Krell fest.

Ihr Gesichtsausdruck wirkte, als hätte sie seine Beobachtung überrascht. »Die Sechs, ja. Der fehlt.«

»Ach so?«

»Seit Längerem.«

Sie gab keine weiteren Erklärungen. Krell und Schubert bekamen Limbas Schlüssel und stiegen die Treppe hinauf. Das Zimmer lag auf der rechten Seite, weit hinten. Es war eng und schlicht eingerichtet mit Bett, Schrank, Waschbecken und einem kleinen Tisch. Über den zugehörigen Stuhl hing ein Jackett, in dessen Taschen sich nichts fand. Im Schrank gab es ein zweites Hemd, zwei Paar Socken, etwas Unterwäsche und ein Nachthemd. Mit spitzen Fingern hob Schubert die Sachen an, es war nichts darunter versteckt. Auf Krells Anweisung hin durchsuchte Schubert auch das Bett, er schaute sogar unter die Matratze. Wieder nichts. Das ganze Zimmer war derart unpersönlich, dass Krell sich fragte, ob Limba noch ein zweites hatte, vielleicht bei einer Frau, und dieses nur als Ausweichquartier nutzte.

Sie klopften bei der Nummer zwei, einem der Zimmer, deren Schlüssel nicht am Brett gehangen hatte.

»Ja?«, rief jemand von innen.

Schubert öffnete. Vor ihnen stand eine Frau mittleren Alters in einem schwarzen Kleid mit weißer Kellnerschürze. Sie schaute sie überrascht an. Krell erklärte ihr, warum sie gekommen waren.

»Der Limba? Soso«, sagte sie.

»Was wissen Sie über ihn?«, fragte Schubert.

»Nichts.«

»Sie wohnen mit ihm in einem Haus und wissen nichts über ihn?«, sagte Krell.

»Man geht arbeiten und lebt sein Leben. Ich kümmere mich nicht um die Nachbarn. Entschuldigen Sie, aber dafür habe ich keine Zeit, wirklich nicht. Genauso wenig wie ich mir die Gäste in unserem Lokal anschaue.« Sie stieß einen kurzen Lacher aus. »Ich bitte Sie. Dann käme ich ja zu gar nichts.«

Sie hakten nach, aber mehr war von Mieterin Reichert nicht herauszubekommen. In der Nummer sieben, wo der Schlüssel ebenfalls nicht am Brett gehangen hatte, öffnete ihnen ein Mann namens Ernst Hispel. Er mochte Mitte oder Ende 30 sein, hatte ordentlich gescheiteltes Haar, trug aber nur ein Unterhemd mit rotkarierten Hosenträgern darüber. Sein Fenster war offen, davor stand ein samtig gepolsterter Stuhl mit einem Block und einem Stift darauf, und auf dem Fensterbrett ein Aschenbecher – offenbar sein Platz. Auch ihm erzählten sie von Limbas Tod.

»Der Gustav, ehrlich? Unglaublich.« Er legte den Kopf schief. »Manchmal kann es verdammt schnell gehen.« Sein Satz klang wie eine Phrase.

Hispel bat sie nicht herein, sie unterhielten sich über die Türschwelle hinweg. Er erklärte, er sei Vertreter italienischer und französischer Weine; seine Geschäfte seien kriegsbedingt derzeit recht eingeschränkt. Mehr Auskunft als die Reichert zwei Zimmer weiter wollte auch er nicht geben. Schubert insistierte und wies darauf hin, dass Hispel und Limba offenbar per Du gewesen seien, doch Hispel ließ diesen Vorstoß an sich abprallen, sie wären zwei- oder dreimal auf ein Bier in die Kneipe gegangen, wobei sie aber nichts Persönliches gesprochen hätten. Schubert legte die Stirn in Falten und blickte Krell an, der die Frage ahnte, die sein Assistent ihm wortlos stellte. Es war die nach Zwangsmitteln. Ein, zwei Nächte im Keller ihres Polizeigebäudes an der Stadthausbrücke brachten die Leute meistens zum Reden. Früher, zu Zeiten der Republik, waren derartige Dinge ausgeschlossen gewesen, und Krell hatte den Vorsatz, an dieser Arbeitsweise festzuhalten, auch wenn sie dann den mühsameren Weg nehmen mussten. Sie verabschiedeten sich gerade von Hispel, als die Grüber die Treppe hinaufkam. Sie schnaufte heftig. Im gleichen Moment wurde eine weitere Zimmertür geöffnet, die mit der Sechs, zu der angeblich der Schlüssel fehlte.

Eine Frau in einem verblichenen blauen Kleid trat einen Schritt heraus. Ihr Gesicht hatte eine graue Farbe, das Haar war strähnig, als sei es seit Ewigkeiten nicht gewaschen worden, sie selbst schaute verängstigt und verwirrt um sich. Dabei hielt sie sich die flache Hand vor den Mund. Eine Verrückte, schoss es Krell durch den Kopf.

Obwohl sie nach der Treppe außer Atem war, machte die Grüber ein paar eilige Schritte auf sie zu und schob sie zurück ins Zimmer.

»Ich will nicht, ich hab Hunger«, rief die andere Frau. Ihre Stimme hatte etwas Schrilles, als hätte sie die Erfahrung gemacht, anders kein Gehör zu finden.

»Du bekommst gleich etwas. Aber jetzt geh zurück.«

Die Frau im blauen Kleid jaulte auf. Unsanft drückte die Grüber sie zurück ins Zimmer und schloss die Tür hinter ihr. Als sie zu Krell und Schubert schaute, wirkte sie wie ein ertappter Ladendieb.

»Bitte, meine Herren. Ich bitte Sie …«

»Was denn?«, fragte Krell.

Frau Grüber kam dicht zu ihnen und redete leise. »Meine Schwester. Sie ist nicht von Geburt an so. Das ist nicht erblich, bitte denken Sie das nicht. Sie hatte als Kind einen Unfall, seitdem ist das so. Sie war schon im Irrenhaus. Aber da …«

Sie brachte ihren Satz nicht zu Ende. »Als mein Mann gestorben war, habe ich sie von dort weggeholt. Sie tut niemandem etwas und bekommt ganz sicher kein Kind.« Sie senkte ihren Blick. »Ich will nicht, dass sie abgeholt wird.«

Krell warf Schubert einen Blick zu. Der verzog keine Miene, offenbar überließ er diese Entscheidung seinem Vorgesetzten.

»Verehrte Frau Grüber, wir ermitteln in einem Todesfall«, sagte Krell. »Der Rest geht uns nichts an.«

Augenblicklich machte sich Erleichterung auf dem Gesicht der Grüber breit, die Züge entspannten sich, fast lächelte sie. Für Krells Geschmack kam sie zu nahe an ihn heran, er trat einen halben Schritt zurück, während er einen sachlichen Ton anschlug und sie nach der Liste fragte, die sie ihm dienstwillig aushändigte und die er direkt an Schubert weiterreichte. Er konfrontierte sie mit der Beobachtung, dass Limbas Zimmer äußerst unbewohnt wirkte. Ob er wohl eine zweite Wohnung gehabt habe?

Sie wies die Vermutung mit Entrüstung zurück. »Herr Limba ist jeden Abend nach Hause gekommen.«

»Dann müsste Ihnen aufgefallen sein«, meinte Schubert, »dass er letzte Nacht fortblieb.«

»Das ist es auch«, räumte sie ein. »Ich habe mir nicht viele Gedanken darüber gemacht. Abends sitze ich noch etwas länger, höre Radio und löse Kreuzworträtsel, dann gehe ich ins Bett.«

Krell nickte Schubert zu, und sie verabschiedeten sich von Frau Grüber mit der Ermahnung, Limbas Zimmer nicht zu betreten. Sie hatten nichts in der Hand außer dem Namen des Toten. Die Angelegenheit würde so schwierig werden, wie Schubert am Vorabend vermutet hatte.

FÜNF

Für ein Mädchen von 16 Jahren schickte es sich nicht, einen Jungen abzupassen, auch dann nicht, wenn er ihr kaum aus dem Kopf ging, bei allem Bemühen nicht. Am vergangenen Donnerstag hatte Jette, als sie für ihre Mutter Besorgungen machte, Christian zufällig am Rissener Bahnhof gesehen, sich aber schnell hinter einem Baum versteckt, damit er sie nicht entdeckte. Nun, eine Woche später, schnappte sie sich das Einkaufsnetz ihrer Mutter und machte sich wieder auf den Weg, diesmal mit einem mulmigen Gefühl, einem von Scham und Unehrlichkeit. Dass sie nur mal schauen wollte, redete sie sich ein, ob er jede Woche zur gleichen Zeit Richtung Innenstadt fuhr, und dass sie ihn natürlich nicht ansprechen werde, das auf keinen Fall. Sie würde sich wieder hinter dem Baum verstecken. Selbst das war keine gute Vorstellung. Sie spionierte Christian nach, und das gehörte sich nicht. Deshalb hielt es sie nicht in ihrem Versteck, sondern sie überquerte vor dem Bahnhof die Straße und schaute in alle Richtungen. Er war nicht zu sehen.

Schade, dachte sie. Keine regelmäßige Fahrt. Es war dumm gewesen, das anzunehmen. Nur Leute, die zur Arbeit mussten, nahmen immer zur gleichen Zeit einen Zug.

Die Frage, wo er hingefahren war, hatte sie geradezu umgetrieben, sie hatte sich verschiedene Möglichkeiten ausgemalt, von denen die Schlimmste war, dass er sich mit Kunstlehrer Jessen und dessen Damenbekanntschaften in einer Spelunke auf Sankt Pauli traf. Sie hatte diese Gedanken nicht gewollt, doch wie von selbst waren sie immer wiedergekehrt. Am Ende hatte sie ein Lied angestimmt, um sich abzulenken.

Nun würde sie keine Antwort auf ihre Frage bekommen. Es ging sie auch nichts an. Er kam nicht.

Irrtum, da kam er doch. Mit weiten Schritten, eine Hand lässig in der Hosentasche. Er wurde keinen Deut schneller, als man den Zug bereits hörte. Jette kannte es nicht anders, als dass die Leute, die knapp kamen, rannten. Nicht so Christian. Es schien ihm egal zu sein, ob er ihn verpasste und warten musste.

Jette schaute ihm entgegen.

Die Bahn hielt am Gleis. Wenn er die Treppen hinaufgespurtet wäre, hätte er sie vielleicht noch bekommen. Doch er blieb bei ihr stehen. »Was machst du denn hier?«

Sie war froh, dass sie das Einkaufsnetz bei sich hatte, und hob es hoch. »Besorgungen. Und du?«

»Ich fahre nach Altona. Willst du auch in die Stadt?«

Sie spürte, dass sie rot wurde, und wich seinem Blick aus. Sie wollte den Kopf schütteln, doch das gelang ihr nicht. »Ja«, sagte sie leise, überzeugt davon, dass er ihre Lüge durchschaute.

»Ich glaube auch, dass man dort leichter Lebensmittel bekommt«, entgegnete er. »Die Innenstadt versorgen sie einfach besser.«

»Und warum?«, fragte sie, weil sie nicht wusste, was sie sagen sollte.

»Keine Ahnung. Vielleicht weil dort mehr Leute wohnen oder weil es hier Bauern gibt und die Leute Hühner halten.«

»Wir haben Kaninchen.«

»Auch nicht schlecht. Wer schlachtet?«

»Mein Vater. Wir anderen bringen das nicht fertig. Meine Mutter nicht und ich auch nicht. Und meine Schwester ist zu klein.«

»Ich könnte so einem Viech auch nicht den Kopf abschlagen.«

Das war ein seltsamer Satz. Sie schaute in Christians Gesicht mit der Hornbrille und den langen Haaren. Alle Jungen machten bei der Hitlerjugend Schießübungen und sangen Kriegslieder. Die meisten in ihrer Klasse redeten davon, dass sie Soldaten sein wollten, und sie wären stolz darauf gewesen, wenigstens einem Karnickel den Kopf abzuschlagen. Christian war offenbar auch in dieser Hinsicht anders.

»Was machst du in Altona?«, fragte sie.

»Ich besuche Freunde. Wir quatschen ein bisschen und hören Musik.« Er zeigte auf den Bahnhof. »Gehen wir hoch?«

Sie wischte sich die Hände an ihrem Rock ab und wünschte sich, dass sie etwas weniger aufgeregt wäre. Beide kauften sie einen Fahrschein am Schalter und hockten sich auf eine der Holzbänke auf dem Bahnsteig. Die Sonne schien auf sie, es war spätsommerlich warm. Er erkundigte sich weiter nach ihrer Familie – wo sie wohnten, ob ihr Vater eingezogen war – und fragte auch nach Gregor. Sie erzählte von dem großen Haus, in dem er lebte, und dass er oft alleine war, weil sein Vater Generaldirektor einer Zigarettenfabrik war und die Mutter oft weg. Auch dass sie zwei Autos besaßen, erzählte sie. Er stieß einen Pfiff aus und wollte die Marken wissen, die sie ihm nicht nennen konnte. Er schlug einige Namen vor – Horch, Mercedes – aber ihr sagte das nicht viel, deshalb war sie froh, als der Zug eintraf und sie einstiegen. Jette überlegte, wo sie wieder aussteigen sollte. Sie und Christian setzten sich auf zwei nebeneinanderliegende Plätze. Es war eng, sein Arm drückte gegen ihren. Sein Bein war nur wenige Zentimeter von ihrem entfernt.

Sie hätte gerne gewusst, welche Musik seine Freunde und er hörten, ob sie von diesem Cole Porter stammte, wagte es aber nicht zu fragen, erst recht nicht mit so vielen Ohren ringsherum.

»Kann man ihm trauen?«, wollte er plötzlich wissen. Er redete leise, wie alle anderen Fahrgäste im Abteil.

»Wem?«

»Gregor.«

»Ja klar.« Sie schaute ihn an. »Wie meinst du das?«

»Wie ich's sage. Ob man ihm trauen kann.«

»Ja, natürlich kann man das.«

Auch nach Elisabeth erkundigte er sich.

Jette zog ihren Arm zu sich, sodass er seinen nicht länger berührte, und legte ihn auf ihren Schoß. »Was ist mit ihr?«

»Die gleiche Frage: ob man ihr trauen kann.«

Sie pustete den zurückgehaltenen Atem aus. »Sie ist ganz in Ordnung.«

»Ehrlich?«

»Ja. Warum nicht?«

»Keine Ahnung, ich kenne sie ja nicht. Beide nicht.«

Jette ging der Gedanke durch den Kopf, dass er sie auch nicht kannte, und sie fragte sich, bei wem er sich wohl nach ihr erkundigte. Als sie in Blankenese umsteigen mussten, dachte sie nicht mehr daran. Die S-Bahn stand bereits auf dem gegenüberliegenden Gleis. Christian redete leise darüber, dass sein Vater fürchte, aus Frankreich an die Ostfront verlegt zu werden. Er schreibe das nicht so deutlich, trotzdem gehe es aus seinen Briefen hervor. Warum ihr Vater nicht eingezogen sei, wollte er von Jette wissen. Sie erzählte ihm, dass er bei der Kripo und deshalb unabkömmlich sei, zumindest vorerst.

»Er ist also *uk* – wie schön für ihn und für euch.«

Sie dachte daran, dass ihr Vater zwar oft erst spät am Abend nach Hause kam, aber sonntags war er da und während der Woche meistens zum Frühstück. Es wäre eindeutig leerer bei ihnen, wenn er fort wäre, um Tausende Kilometer entfernt an irgendeiner Front zu kämpfen. Und sie würde immerzu Angst haben.

»Alle Männer können doch nicht eingezogen werden«, meinte sie. »Irgendjemand muss doch auch hier Dienst tun.«

»Wahrscheinlich, ja. Mein Vater ist Angestellter bei einer Bank. Seitdem er weg ist, müssen die Kunden einfach länger warten, bis sie drankommen.«

Er tat ihr leid, obwohl er auf der anderen Seite so vieles kannte und wusste, von dem sie in Rissen noch nie gehört hatten. Ihre Arme berührten sich wieder. Am liebsten hätte sie seine Hand gehalten und gedrückt.

»Er wird schon wiederkommen«, sagte sie.

»Ja, glaube ich auch.«

Sie fasste einen Plan: Sie würde am Holstenbahnhof, eine Station nach Altona, aussteigen und dort den Zug zurück nehmen. Zwar würde sie sich eine neue Fahrkarte kaufen und noch einmal 15 Pfennig ausgeben müssen, aber das war in Ordnung. Dafür war sie mit Christian gefahren.

Als der Zug in den Altonaer Bahnhof einfuhr, stand Christian auf, viele andere Leute auch. Jette blieb sitzen. Er hielt eine Hand an die Haltestange. Sie wartete auf seinen Abschiedsgruß. Er sagte: »Wenn du es nicht eilig hast, komm doch mit. Meine Freunde sind nett. Und die Musik …«

Sie freute sich über die Aufforderung, und trotzdem schaffte sie es nicht, sie anzunehmen, erst recht nicht mit einem beiläufigen, nicht zu begeisterten Ja. Gedankenfetzen strichen ihr durch den Kopf. Dass sie ein 16-jähriges Mädchen war und auf keinen Fall mit einem quasi unbekannten Jungen mitgehen durfte. Dass sie überhaupt nicht in Altona sein sollte. Vor ihr stand eine Frau mit schwarzem Hut und Schleier, eine Kriegerwitwe wahrscheinlich, und Jette war sich ganz sicher, dass sie sie für unanständig hielt und schon dafür verurteilte, dass sie überhaupt überlegte.

Der Zug hielt. Christian machte ein fragendes Gesicht.

Jette nahm beide Hände zu Hilfe und drückte sie auf das

Holz der Sitzbank, um aufzustehen. Dabei schaute sie auf die Armbanduhr, die sie zur Konfirmation bekommen hatte. »Zu lange darf es nicht dauern.«

»Ist versprochen.«

Die Gegend vor dem Bahnhof war ihr durchaus bekannt. Ihr Vater bezeichnete sich als Altonaer, obwohl er eigentlich aus dem benachbarten Bahrenfeld stammte. Er hatte seinen Töchtern einige Orte seiner Kindheit gezeigt. Was Jette in Altona aber fehlte, war diese blinde Sicherheit, die Christian hatte. Er musste sich nicht orientieren, und der viele Verkehr, all die Autos, Straßenbahnen und Pferdewagen waren für ihn selbstverständlich.

Sie gingen ein Stück, bevor sie in einer Gasse in ein Haus traten und die Treppen hinaufstiegen. Es war angenehm kühl. Christian klingelte an einer Wohnungstür. Ihnen öffnete ein Junge, der ebenfalls ein kariertes Jackett trug, dessen Ärmel ihm bis auf die Hände reichten. Auch seine Haare waren lang. Er grinste und begrüßte sie mit einem genuschelten Gruß.

Jette glaubte, sie hätte sich verhört. Was hatte er gesagt? Das war doch nicht »Sieg Heil« gewesen.

Christian gebrauchte die gleichen Wörter, und diesmal verstand sie sie genau: »Swing Heil. Das hier ist Jette.«

Swing Heil?

»Kommt rein.«

Sein Freund hieß Erik, er wohnte hier. Im Wohnzimmer war noch ein dritter Junge, Walter. Nur auf den ersten Blick sahen sie einander ähnlich, alle drei mit Jacketts und diesen Frisuren. Walter war groß und blond, ein Schlacks, Erik einen halben Kopf kleiner und kräftiger. Er zeigte auf einen braunen Sessel, auf den Jette sich setzte, während die anderen sich nebeneinander aufs Sofa hockten. Das Zimmer war ein wenig düster, das Fenster ging zum Hof. Ein vollgestopftes Bücherregal füllte eine ganze Wand aus. Gegenüber hing ein Ölbild, ein Gemälde, das ihr Vater »ganz alter Schinken« genannt hätte. Sie fühlte sich sehr fremd und begann, vor Aufregung auf ihre Fingerkuppen zu drücken. Zu ihrem grauen Rock trug sie grobe Wollstrümpfe, ihre Schuhe waren ausgelatscht. Die Jungs dagegen waren schick, nicht nur wegen der Jacketts, sondern auch in ihren geputzten Schuhen und den Tuchhosen. Sie fragte sich, wie wohl die Mädchen waren, mit denen sie Umgang hatten. Sicher nicht so wie Jette. Sie strich sich über die Haare. Ihre Frisur war das Einzige, was sie halbwegs passabel an sich fand. Ihre Mutter hatte sie geschnitten, die Haare fielen auf die Schulter, wo sie von selber eine Welle machten. »Sieht toll aus«, hatte ihre Mutter gesagt.

Jette vermutete, dass die beiden anderen Jungen auch nicht zur HJ gingen – mit den langen Haaren war das beinahe unvorstellbar. Zu gerne hätte sie gewusst, wie sie das anstellten, wagte aber nicht zu fragen. Überhaupt schaffte sie es nicht, etwas zu sagen.

Erik nahm eine Platte in die Hand, machte ein verzücktes Gesicht und sagte: »Haltet euch fest, Freunde. Ganz neu. Habe ich vorgestern eingetauscht.«

Er bediente das Grammofon. Kurz darauf erklangen die ersten Takte. Die Musik war schnell, sie hatte etwas Treibendes, als eile sie voran, und die Zuhörer mussten folgen. Zwischendurch hatten einzelne Instrumente Solopassagen, vor allem die Trompete, aber auch die Trommeln. Es war klar, dass es sich um Jazz handelte und sie etwas Verbotenes taten. Jette spürte ihre Angst. Wenn jemand hereinkäme, wäre sie verloren. Gleichzeitig faszinierte sie, was sie taten.

»Louis Armstrong?«, fragte Christian.

»Satchmo«, erwiderte Erik. »Volltreffer.«

Die drei Jungs lehnten sich im Sofa zurück, schlugen ihre Beine übereinander und wippten mit der Fußspitze im Takt.

Einer wie der andere schnippte mit dem Daumen über zwei Finger, wobei sie ein wenig wie eine Ballettgruppe aussahen. Jette entspannte sich etwas. Dann achtete sie wieder auf die Musik.

Es war ein einziges Spiel. Ein Wechsel zwischen zart vorgetragenen Takten und der vollen Bläserkapelle. Gesang von einer tiefen Männerstimme, die einem durch und durch ging. Sie hatten keinen Englischunterricht mehr, der Lehrer war nach seiner Einberufung nicht ersetzt worden, doch dass hier etwas Freches gesungen wurde – *Kiss me, hold me in your arms* – das begriff sie auch so.

Das nächste Lied wurde von einer Geige dominiert, und auch die klang vollkommen anders als alles, was sie je gehört hatte, sie war wild und ungezügelt. Ihr kam der Ausdruck »Fiedel« in den Sinn. Christian hatte die Augen geschlossen, sein Kopf bewegte sich im Takt. Er öffnete sie kurz und schaute grinsend zu ihr, als der Geiger zum Ende kam. Als Nächstes folgte ein Duett. Alles verstand sie nicht, aber dass die Frau den Mann »Darling« nannte und irgendwie herausforderte, begriff sie. Und er spielte mit. Sie konnte die beiden regelrecht vor sich sehen.

»Und du?«, fragte Erik sie. »Was hörst du für Musik?«

Jette wurde rot. Sie hatten zwar ein Grammofon, aber nur drei Schallplatten, deshalb lief meistens der blöde Volksempfänger, den ihr Vater vor Jahren angeschafft hatte. Ihre Mutter sang manchmal mit den Mädchen, daher kannte sie deutsche Volkslieder, aber nichts, was sie hier hätte anführen können.

»Nur Märsche?«, setzte Erik hinzu. Seine Stimme klang rau.

Jette fühlte sich bloßgestellt. Märsche gefielen den Linientreuen. Sie kam sich blöd vor, weil sie weder Cole Porter noch Louis Armstrong kannte, überhaupt keinen Namen, den sie hätte einwerfen können.

»Lass sie«, mischte sich Christian ein. »Jette ist in Ordnung.«

Sie hätte sich gerne bei ihm bedankt.

»Na, wenn du das sagst«, entgegnete Erik spitz.

»Kinder«, mahnte Walter und streckte den Finger in die Luft. Er wollte zuhören. Auch der Rest der Platte war unglaublich, Jette war, als schaute sie in eine neue Welt. Sie würde niemandem je davon erzählen können, ihrer Mutter nicht, ihrer kleinen Schwester sowieso nicht und auch keinem ihrer Freunde in der Schule. Insgeheim wünschte sie sich mehr von dem Neuen, aber auch ihre Angst war wieder da. Sie starrte zur Zimmertür und rechnete damit, dass sie jeden Moment aufgestoßen wurde.

Sie hörten ein Trompetenstück. Immer wieder steigerte sich das Spiel, es war wie die Ankündigung von etwas Großem, aber diese Ankündigung wurde jedes Mal wieder enttäuscht. Bis der volle Klang endlich durchbrach, war sie gespannt, und als er dann da war, hätte sie lachen können. Selbstverständlich hielt sie sich in der fremden Umgebung zurück.

Im nächsten Moment klopfte es. Sie waren ertappt! Jette wollte aufspringen.

Das Klopfen kam nicht von der Zimmertür, sondern von weiter weg, vielleicht vom Wohnungseingang.

Erik rollte mit den Augen, Walter nannte einen Namen, Parteigenosse Schulz, er zog ihn in die Länge, während er gleichzeitig die Zunge herausstreckte, und alle außer Jette wussten Bescheid. Sie weihten sie ein. Ein Nachbar, erklärte Erik, während er das Grammofon ausstellte, ein Aufpasser und Schießhund, der sein Ohr an die Wand hält und mit Meldung droht, sobald er Jazz hört. Dabei sei die Musik doch ganz leise gewesen. Mit der letzten Bemerkung stimmte sie nicht überein, sie hatte sie ziemlich laut gefunden. Aber das sagte sie nicht.

Christian stand auf. »Jette kann sowieso nicht so lange bleiben.« Er schaute sie an. »Wollen wir gehen?«

»Ja.«

Auf dem Rückweg zum Altonaer Bahnhof schwirrte ihr die Musik im Kopf umher. Das Geigenstück hatte es ihr besonders angetan, aber auch die tiefe Männerstimme – *Kiss me, hold me in your arms*. Das war alles unglaublich. Ein Pferdefuhrwerk rumpelte über das Kopfsteinpflaster, es regnete leicht. Sie streckte ihre Hand aus, auf die ein paar Tropfen fielen. Das war alles echt. Und Christian ging neben ihr.

In der S-Bahn waren die Bänke besetzt. Sie standen in der Nähe der Tür, die mit einem Haken verschlossen gehalten wurde. Sie fragte Christian leise, was es mit dieser Musik auf sich habe. Wo sie herkam.

»Amerika«, erwiderte er. Er flüsterte ihr das Wort beinahe ins Ohr. »Swing«, sagte er und: »Jazz.« Sie wollte wissen, wie Erik an die Platten gekommen sei.

Bevor er antwortete, schaute er durchs Abteil. Es war natürlich nicht möglich, einen Gestapomann oder einen Spitzel zu erkennen, trotzdem musterte Christian die Leute gründlich.

»Man kann sie kaufen«, sagte er schließlich halblaut, »wenn man die richtigen Leute kennt. Sie werden gehandelt. Zumindest früher ging das, bevor der Krieg angefangen hat. Heute werden sie unter denen gehandelt, die sie besitzen. Manchmal verkauft, manchmal getauscht.«

»Und sie kommen aus dem Ausland?«

»Klar.«

»Wahnsinn«, sagte Jette.

Wahrscheinlich wäre es klüger gewesen, sie hätte ihre Naivität nicht so deutlich gezeigt. Nach dem Besuch bei Erik und der Musik war es das zweite Mal an diesem Nachmittag, dass er sie einen Blick in eine unbekannte Welt erhaschen ließ. Es gab diese Platten, auch hier bei ihnen, im Deutschen Reich, und es gab Leute, die sie verkauften, und welche, die sie hörten. Ihr kam Doktor Petersen in den Sinn, der kein Lotterleben dulden wollte. In Wahrheit hatte der alte Mann nicht die geringste Vorstellung davon, was sein Schüler und dessen Freunde trieben, und hätte er es erfahren, hätte er mit seinem Gehstock wild um sich geschlagen und Wörter wie »Urwaldmusik« und »Negerjazz« durch den Klassenraum geschrien.

Die Wahrheit allerdings war, dass sie und ihre Freunde auch keine Ahnung hatten. Dass die Bahn nach Rissen von allen Leuten »Vorortbahn« genannt wurde, passte ziemlich genau. Sie lebten in der Provinz, und dorthin kam einfach nichts, was modern war, es sei denn, jemand wie Christian oder ihr Kunstlehrer Jessen wurde durch einen Zufall dorthin verschlagen. Aber dann blieben sie fremd in ihrer neuen Umgebung.

Sie hätte Christian gerne gefragt, ob seine Freunde auch nicht zur HJ gingen. Im Abteil war das nicht möglich. Sie sprachen auch nicht weiter über die Musik, sondern über unverfängliche Dinge, und auch das so leise wie alle anderen.

Als sie in Rissen ankamen und sich vorm Bahnhof die Hand reichten, schlug sich Christian mit der flachen Hand an die Stirn: »Jetzt haben wir deinen Einkauf vergessen!«

Sie spürte, wie ihr zum zweiten Mal an diesem Nachmittag die Röte ins Gesicht schoss. Ganz am Ende war ihre Lüge doch noch aufgeflogen. »Äh …«, entfuhr es ihr. Sie riss sich zusammen. »Das mache ich hier in der Gegend.«

»Soll ich mitkommen?«

Sie schüttelte den Kopf, drehte sich um und eilte davon. Sofort danach pochte das Gefühl, einen verkorksten Abschied hingelegt zu haben, in ihr. Weder hatte sie sich bedankt noch sonst irgendwie gezeigt, wie beeindruckt sie war. Sowieso war es fraglich, wie sie in der Schule, vor den Augen und Ohren der anderen, an diesen Nachmittag anknüpfen sollten. Es gab keine Worte dafür. Sie zumindest hatte keine.

Als sie um die Ecke bog, wurde sie langsamer und ließ die Sorgen fortziehen. An ihre Stelle trat die Musik, die Melodien und der Rhythmus, die in ihren Kopf zurückkehrten. Sie wünschte sich, sie würde sie nie vergessen, selbst wenn sie niemandem davon je erzählen könnte und auch wenn sie in ihrem ganzen Leben keinen Swing mehr hören würde. Dieser Nachmittag war außergewöhnlich gewesen. Sie ging besser nicht davon aus, dass er sich wiederholen würde.

SECHS

Kriminalrat Tessow hatte sein Büro, mit Hakenkreuzfahne und übergroßem gerahmtem Foto von Reichsinnenminister Frick, im zweiten Stock des Polizeigebäudes an der Stadthausbrücke. Weiter unten saß die Gestapo, die außerdem im Keller Zellen eingerichtet hatte. Neben Tessow residierten die leitenden Beamten der anderen Kripo-Abteilungen, alle mit Besprechungstischen, Porzellanaschenbechern und großen Fenstern zur Straße. Im obersten Stockwerk, wo die Kommissare saßen, ließ sich der Kriminalrat praktisch nie sehen. Wollte er einen seiner Untergebenen außerhalb der morgendlichen Lage sprechen, ließ er ihn zu sich rufen. Gerade in letzter Zeit, als mehrere der Männer Einberufungsbescheide erhalten hatten, war das öfter passiert. Kriminalrat Tessow besaß genügend Respekt vor seinen Mitarbeitern, um einen Kommissar, bevor er sich für dessen Verbleib im Dienst einsetzte, zu fragen, ob er das überhaupt wollte. Im Falle einer Zustimmung schrieb er einen Brief an das Wehrmachtskommando, legte dar, warum ausgerechnet auf diesen Beamten nicht verzichtet werden konnte, bat um Rückstellung und unterzeichnete mit Deutschem Gruß. In der Regel wurden diese Bitten abschlägig beschieden. Die Kollegen aber sahen das Bemühen ihres Vorgesetzten und empfanden Dankbarkeit. In der Grundausbildung taten sie sich dann hervor, weil sie bereits schießen konnten. Nach einigen Wochen wurden sie verlegt, seit Beginn des Russlandfeldzuges in der Regel an die Ostfront.

Als Kriminalrat Tessow nun die Tür zu ihrem Flur öffnete und eintrat, blickten die Kommissare erstaunt auf. Er war ein Herr von 60 Jahren mit länglichem Habichtsgesicht und Nickelbrille, sein dünnes weißes Haar war streng nach hinten gekämmt. Trotz der spätsommerlichen Wärme trug er einen Dreiteiler mit einfarbiger Krawatte. Sein Parteiabzeichen steckte am Revers, über der Weste hing seine goldene Uhrenkette. Hannes Krell fragte sich, was dieser Besuch wohl zu bedeuten hatte, und ging davon aus, dass er eine schlechte Neuigkeiten verhieß, also weitere Einberufungen. Krells Nacken spannte sich an. Er musste an Wiebke denken und stellte sich vor, wie sie eine solche Nachricht aufnehmen würde. Auch die Kollegen schienen nichts Gutes zu erwarten. Sie gaben sich besonders geschäftig, taten so, als durchforsteten sie Akten auf der Suche nach einem übersehenen Hinweis oder als läsen sie konzentriert. Zwei von ihnen zündeten sich beinahe gleichzeitig eine Zigarette an, die Geräusche der Rädchen am Feuerzeug, die sich schnell über die Feuersteine drehten, gingen ineinander über. Kriminalrat Tessow begann eine Runde durch die Abteilung. Er blieb bei Hagemüller stehen, stellte mit vernehmlicher Stimme zwei Fragen zu Fortschritten beim laufenden Fall des Kollegen, wartete die Antwort ab, nickte befriedigt, sagte ein aufmunterndes Wort und zog weiter. Kam zu Idstein, wiederholte die Prozedur. Grüßte den Assistenten Schubert, der aufstand und den rechten Arm hochriss, hielt vor Krell und wollte wissen, wie es bei ihm voranging.

Krell wiederholte, was er bereits am Morgen in der Lagebesprechung gesagt hatte, dass man im Falle Limba nach jetzigem Stand von einem Mord auszugehen habe. Die Ergebnisse der Gerichtsmedizin lägen allerdings immer noch nicht vor.

Kriminalrat Tessow stand vor ihm und schien nachzudenken. Im Saal herrschte Stille. Tessow stützte die Fingerkuppen auf Krells Schreibtisch und beugte sich vor. »Angesichts der Personalsituation«, erklärte er, »sind wir gezwungen, uns auf die wichtigen Fälle zu beschränken. Das gilt ab sofort. Ich hoffe, Kommissar Krell, Sie haben mich verstanden.«

»Die wichtigen Fälle«, wiederholte Krell. »Selbstverständlich, Herr Kriminalrat.«

Tessow trat zwei Schritte zurück, sodass alle ihn sehen konnten, und hielt wie ein alter Soldat die Hände an die Hosennaht: »Meine Herren, ich wünsche allseits einen erfolgreichen Tag.« Er schlug die Hacken zusammen, drehte sich um und verschwand wieder.

Krell sah ihm nach. Nach diesem Auftritt hatte er mehr Fragen als Antworten. Er schaute zu Schubert hinüber, der seinen Blick aber nicht erwiderte. In der Mittagspause fragte er die Kollegen, wie sie Tessows Anweisung verstanden hatte, musste aber feststellen, dass weder Hagemüller noch Idstein oder ein anderer die Worte des Kriminalrates überhaupt mitbekommen hatten. Tessow hatte zwar etwas leiser gesprochen, geflüstert hatte er aber keineswegs.

Krell wiederholte seine Frage an die Kollegen: »Sie haben das wirklich nicht vernommen, meine Herren? Die wichtigen Fälle, das hat er eindeutig gesagt.«

Die Kollegen blieben bei ihrer Antwort und schauten ihn an, als redete er wirres Zeug oder hätte Gespenster gesehen. Krell wechselte das Thema. Er zweifelte dennoch nicht an sich, er hatte die Worte des Kriminalrates eindeutig gehört. Aber warum nur er? Schubert war nicht da. Er würde ihn fragen, fand aber, dass das Zeit hatte. Es war Sonnabend, ein angenehmer Nachmittag mit klarem Himmel, ein paar kräftig weißen Wolken darauf und leichtem Wind. Milde Luft kam durch das offene Fenster. Ob der Fall des toten Limba in Tessows Sinne wichtig war, konnte er einschätzen, aber er war sicher nicht so bedeutend, dass Krell dafür auf einen pünktlichen Feierabend verzichtet hätte. Wenn er es recht bedachte, hatte Kriminalrat Tessow ihm auf seine etwas umständliche Art wohl genau das mitteilen wollen, dass er besser keine weiteren Überstunden anhäufte. Im Falle einer Einberufung würden sie eh ersatzlos verfallen. Man durfte es gemächlich angehen, solange das noch möglich war.

Am Sonntag traf Krell seinen Freund Bernd Euler, der am Heiligengeistfeld bereits auf ihn wartete. Männer in abgetragenen Anzügen, mit fleckigen Hüten oder ausgeblichenen Elbseglermützen zogen in Richtung Stadioneingang an ihnen vorbei. Euler und er kamen, wann immer es ihnen möglich war. Der Fußball hatte sich in den acht NS-Jahren nur wenig verändert. Es gab keine Juden mehr, und mancher Spieler war eingezogen und durch einen ersetzt worden, der aus der eigenen Jugendmannschaft stammte. Das gesamte Sankt Pauli-Mittelfeld bestand inzwischen aus Halbwüchsigen mit rosigen Gesichtern, ebenso der Torwart. Aber der Ball lief nach wie vor.

Krell schüttelte Eulers leicht verschwitzte Hand. Euler hatte ein rundes Gesicht und einen Bauch, sein Atmen war, vor allem, wenn er sich anstrengte, eher ein Schnaufen. Innerlich pflegte Krell ihn seinen »dicken Freund« zu nennen. Euler gehörte zu der Sorte Mann, die sich mit dem Älterwerden nicht veränderten, sein Gesicht blieb rund und faltenlos, die Haare behielten ihre blonde Farbe, die Augen strahlten.

Sie kannten einander, seit sie im Jahr 1927 gemeinsam an einer Serie von Raubmorden in Blankenese und Nienstedten gearbeitet hatten. Nach den ersten beiden Einbrüchen, einer davon mit einem Todesopfer, war eine Ermittlungseinheit eingerichtet worden, der Kollegen vom Raub und vom Mord gleichermaßen angehörten. Zu Euler hatte er vom ersten Moment an einen Draht gehabt. In der Ermittlung allerdings waren sie nicht vorangekommen. Die Täter waren kaltblütig und machten keine Fehler, die Angst wuchs, angefeuert durch die Hamburger Zeitungen, die von einem »Phantomräuber« sprachen, von Geistern, die nie jemand zu sehen bekam. Selbstverständlich stimmte das nicht, irgendwann gab es immer einen Zeugen, in diesem Fall einen Nachbarn mit Schlafstörungen, der aus dem Fenster schaute, die Einbrecher sah und den Notruf wählte. Vier Tote hatte es bis dahin gegeben, darunter zwei Frauen, und eine Serie von elf Einbrüchen. Von den Tätern starb einer auf der Flucht, als ihr Auto frontal mit einem Peterwagen zusammenstieß. Die anderen beiden wanderten ins Zuchthaus.

Es war die Zeit, als Krells zweite Tochter, Mareike, auf die Welt kam. Abends beim Bier fragte er Euler, ob er ihr

Taufpate werden wolle. Euler fühlte sich geehrt und sagte zu, und ihre Verbindung erhielt auf diese Weise ihre Stetigkeit.

Sankt Pauli spielte gegen Kiel – kein Renner, aber doch eine Begegnung, die einige Spannung versprach. Euler und er suchten sich stets einen Stehplatz an der Gegengeraden. Der Weg dorthin war zwar etwas weiter, aber er lohnte sich, denn man hatte einen guten Blick aufs Spielfeld. Es war wichtig, rechtzeitig zu kommen, damit nicht zu viele Zuschauer vor einem standen. Den langen Krell störte das nicht, aber Euler war deutlich kleiner, und er hasste es, sich recken zu müssen, um etwas zu erkennen.

Rund um sie füllten sich die Plätze. Ein Westwind wehte, er kam direkt von der See, nicht stark, aber doch so, dass die Luft frisch und sauber schien. Es war immer noch sonnig, nur morgens und abends spürte man die Frische des nahenden Herbstes. Im Radio kamen Erfolgsmeldungen der Wehrmacht aus Russland. Der Vormarsch ging zügig voran. Doch der Winter nahte.

Während sie auf den Anpfiff warteten, erzählte Euler von einer neuen Masche der Einbrecher, die kamen, wenn es Alarm gegeben hatte und die Bewohner im Luftschutzkeller waren. Eine dieser Schlaumeierbanden hatten sie hochgenommen, die drei Beteiligten hatten sie bereits in ihr Hehlerlager geführt. Nun saßen sie in U-Haft, aber es gab andere mit der gleichen Methode.

»Keine schönen Aussichten«, bemerkte Krell. »Entweder fällt eine Bombe und deine Sachen sind verbrannt, wenn du zurückkommst, oder jemand hat die Wohnung ausgeraubt.«

»Wir tun, was wir können.«

»Ich weiß. So war das nicht gemeint.«

Es wurde enger um sie, die Fußballer von Sankt Pauli hatten treue Anhänger. Die beiden Polizisten unterhielten sich leiser miteinander, sie wollten nicht, dass Umstehende sie verstanden, allein schon wegen möglicher Nachahmereffekte. Außerdem war die Polizei in dieser Gegend nicht besonders gut gelitten.

»Und bei dir?«, fragte Euler.

Das war die Frage, mit der Krell gerechnet und die er auch gefürchtet hatte. Er war nicht sicher, ob er Euler einweihen sollte oder nicht. Für beides gab es gute Gründe. Auf der einen Seite gefiel es ihm nicht, dem Freund zu verschweigen, was ihn seit gestern beschäftigte, auf der anderen mochte er ihn nicht belästigen. Jeden Tag gab es in ihrem Beruf Widrigkeiten, nicht nur durch den Krieg, sondern durch die gesamte Neuorientierung seit 1933. Krell wollte nicht, dass Euler, wie es seine Art war, eine Lösung suchte, die man womöglich gar nicht fand.

In der Hamburger Polizei gab es niemanden, der gegen die nationale Erhebung war, zumindest zeigte es keiner. Die gesamte Mordkommission war gleich nach der Machtergreifung per Sammelantrag in die NSDAP eingetreten, lange bevor das neue Beamtengesetz herausgekommen war. Sie alle hatten Stellung beziehen, hatten zeigen wollen, dass sie zum neuen Deutschland gehörten und die Veränderungen befürworteten. So, wie es vorher war, hatte es nicht bleiben können, auch nach Krells Ansicht nicht. Abertausende von Schauerleuten und Werftarbeitern waren arbeitslos gewesen, das Elend allerorten ließ sich mit Händen greifen. Mit der Hitler-Regierung wurde es bald besser, es gab neue Arbeit im Hafen. Als Beamte hatten sie damals ihre Ariernachweise zusammengestellt, für sich selbst, die Ehefrauen, Eltern und Großeltern. In der Mordkommission hatte es keine Juden gegeben, in anderen Dezernaten aber verloren sie ihre Stellung. Was die Kollegen befremdete, war, dass auch diejenigen entlassen wurden, die nur einen einzigen jüdischen Ahnen hatten. Wer mit einer Jüdin verheiratet war, wurde zur Scheidung aufgefordert oder verlor ebenfalls seine Arbeit. Diese Dinge rissen auf der einen Seite Lücken in den Dienstplan, und auf der anderen standen Schicksale, Familien hingen an all dem, die nun sehen mussten, wie sie über die Runden kamen.

»Gibt's nichts Neues bei euch?«, wiederholte Euler. »Ermittelt ihr nicht?«

»Doch, sicher.«

Die Spieler und der Schiedsrichter liefen bereits ein. Das Publikum klatschte. Während der Partie konnte man schlecht reden, aber noch machten sich die Fußballer warm, deshalb hieß es für Krell, jetzt zu reden oder mindestens bis zur Halbzeit zu schweigen. Er entschied sich für Ersteres und erzählte in Kurzform vom Fall Limba und vor allem von dem seltsamen Satz, den Kriminalrat Tessow gesprochen hatte und der ihm seit gestern im Kopf umherschwirrte.

Euler legte die Stirn in Falten. »Die wichtigen Fälle – was soll das heißen?«

»Ich weiß es nicht.«

»Hast du nachgefragt?«

»Nein.«

»Warum nicht?«

»Dazu war keine Gelegenheit. Er ist gleich wieder gegangen.«

Euler drehte den Kopf und schaute Richtung Spielfeld. Die Fußballer liefen immer noch übers Feld, dehnten die Muskeln oder spielten sich den Ball zu. Der Schiedsrichter ging Richtung Mittelkreis. Er würde gleich anpfeifen.

»Ein toter Zuhälter ist kein wichtiger Fall?«, fragte Euler.

»Er war kein Zuhälter. Davon abgesehen weiß ich es nicht. So deutlich hat Tessow das nicht gesagt.«

»Ab wie viel Einkommen bist du denn ein wichtiger Fall?«

»Hör auf«, wehrte sich Krell. »Du verwechselst etwas. Die Anweisung kam nicht von mir. Ich habe sie bekommen.«

»Verzeih«, erwiderte Euler. »Was treibt den Kriminalrat?«

»Ich denke, es geht darum, dass mittlerweile vier von unseren Leuten bei der Wehrmacht sind.«

»Mmmh«, machte Euler.

Während die Mannschaften Aufstellung nahmen, wurde es lauter im Stadionrund. Man hörte vereinzelte Rufe, die den Spielern galten: »Reißt euch am Riemen, Jungs!« oder »Lasst euch nicht wieder überlaufen, sonst stelle ich meinen Opa auf!« oder auch, ein wenig unpassend »Ein deutscher Junge weint nicht!«. Andere lachten oder stimmten zu. Krell nahm wahr, wie alle Augenpaare aufs Feld gerichtet waren. Einige Zuschauer hatten ihre Hüte abgenommen und hielten sie in der Hand, bereit, sie gleich beim ersten Tor in die Luft zu werfen. Die Kieler hatten Anstoß, der Schiedsrichter pfiff an. Im Gegenzug gab es gleich eine Chance für Sankt Pauli, ein mächtiger Schuss aufs Tor. Das Publikum ging mit und feuerte seine Mannschaft an. Nur Hannes Krell war nicht recht bei der Sache.

In den acht Jahren seit 1933 hatte sich viel verändert. Krell hatte zunehmend Zweifel und konnte nichts dagegen tun. Im Radio kamen immer nur Siegesmeldungen, Zeitungen las er schon lange nicht mehr, auch den *Völkischen Beobachter* nicht, den sie nur deshalb bezogen, weil es Nachfragen vom Blockwart oder von Nachbarn, die sich allzu gern einmischten, verhinderte. Sie nutzten das Papier, um Feuer im Herd anzuzünden. Unter der Hand hörte man von Grausamkeiten der SS in Polen, Griechenland und auf dem Balkan, und die vielen Juden, die abgeholt worden waren, wurden offenbar in riesigen Lagern festgehalten. Ihre Lebensbedingungen konnte man sich unschwer ausmalen. Trotzdem war Krell nicht bereit, den Gedanken zuzulassen, dass alles falsch gewesen war, was er vor wenigen Jahren noch richtig gefunden hatte. Und womöglich stimmte es ja auch nicht, vielleicht waren das nur böse Gerüchte, letztlich würde man es erst in der Zukunft entscheiden können. Inzwischen trieb er in einem Gewässer mit unterschiedlichen Strömungen und wusste nicht mehr, was er glauben sollte. In den Momenten, in denen er sich das eingestand, kam er sich verloren vor.

Wiebke war in dieser Hinsicht viel eindeutiger. Sie hielt es mit ihrem Vater, der schon kurz nach Kriegsbeginn, als er sich mit seinem Schwiegersohn nach einem sonntäglichen Kaffeetrinken eine Zigarre angezündet hatte, eine Weltkarte aus der Schublade gezogen und auf die Länder gezeigt hatte, mit denen Deutschland im Krieg war. Sein Fazit war klar – das konnte nicht gut gehen, die Nazis waren verrückt. Die Erinnerung war für Hannes Krell jederzeit abrufbar, als Vater Kraus die Nickelbrille abnahm, an seiner Zigarre zog und erklärte: »Wenn sich das Reich mit der Sowjetunion anlegt, oder es den Engländern gelingt, die USA in den Krieg zu ziehen, dann ist es mit dem Spuk bald vorbei.« Der alte Mann schloss die Augen. Der Rauch der Zigarre stieg zwischen seinen Fingern auf. »Bis dahin werden viele sterben.«

Wiebke teilte die Meinung ihres Vaters und fand, sie müssten sehen, dass sie selbst durchkämen, zumal sie die Sorge um ihre kränkliche Tochter Mareike hatten. Nicht auffallen, nicht anecken, genug zu essen im Haus haben, einfach überleben – das war ihre Devise. In Krell sträubte sich alles gegen diese Haltung. Ohne echte Überzeugungen war es doch kein Leben, und er war Deutscher, da musste man zu seinem Land stehen.

Als der Schiedsrichter zur Pause pfiff, hatte er kaum etwas vom Spiel mitbekommen. Immerhin wusste er, dass Kiel mit zwei zu eins führte, aber auch nur, weil es auf der Anzeigetafel stand.

»Ich verstehe noch nicht«, sagt Euler, »wie ihr unterscheiden sollt, was ein wichtiger Fall ist und was nicht. Vielleicht kommt das bald bei uns auch, wer weiß? Du wirst also zu einem Mord gerufen – und dann? Nimmst du den Tatort auf? Rufst du die Technik? Sichert ihr Spuren?«

»Das ist unsere Aufgabe.«

»Bis der Herr Kriminalrat sagt – unwichtig, mach was anderes? Oder wie?«

Krell zog die Schultern hoch. Für ihn war die entscheidende Frage, ob es sich bei Tessows Satz um eine Dienstanweisung gehandelt hatte oder ob es eher um das Ermessen der Kommissare ging, um ihren Arbeitsaufwand im Angesicht der reduzierten Personalstärke. Derzeit hatten Schubert und er keinen anderen Fall.

»Ich werde ganz normal weitermachen.«

»Das wird wohl am besten sein«, erwiderte Euler. »Man sollte nicht jedes Wort auf die Goldwaage legen, auch nicht, wenn es vom Kriminalrat kommt.«

Sie schauten der zweiten Halbzeit zu. Das Spiel endete zwei zu zwei, die Zuschauer waren zufrieden. Krell ging mit Euler am Millerntor in eine Kneipe voller Sankt Pauli-Anhänger, wo sie kaum einen Tisch fanden. Sie tranken jeder zwei Biere, dann fuhr er nach Hause, in sein »Dreimädelheim«, wie Euler zu sagen pflegte. Wiebke hatte Abendessen für ihn beiseitegestellt. Mareike, die eine böse Erkältung hatte, schlief bereits. Als er nach ihr sah, lag sie zusammengerollt in ihrem Bett. Er legte seine Finger auf ihre Stirn, Fieber hatte sie nicht mehr. Jette las in ihrem Zimmer. Er begrüßte sie, dann ging er zu seiner Frau zurück. Er erzählte vom Spiel und von Euler, sparte aber sein Rätselraten über Tessows Ausspruch aus. Das fiel nicht weiter auf, denn er redete zu Hause fast nie über seine Fälle. Es galt eine gewisse Pflicht zur Verschwiegenheit, und er wollte auch nicht, dass sich Wiebke aufregte. Er fragte, wie es den Mädchen ging. Ob sein Eindruck stimmte, dass Mareike das Schlimmste hinter sich hatte.

SIEBEN

Irgendetwas lag in der Luft. Während Jette auf den Beginn des Unterrichts wartete, hatten die uniformierten Schüler mitten im Klassenraum einen Kreis um Björn gebildet, der wie ein Hauptmann auf seine Kompanie einredete, nicht besonders laut, aber eindringlich. Seine Hände waren zwei Fäuste, die auf und nieder fuhren, während er sprach. Das Gesicht war rot, und der Eindruck wurde durch den Kontrast zu seinem flachsblonden Haar noch verstärkt. Die Wangenknochen stachen hervor. Er wirkte wie jemand, der immer bereit war für eine Schlägerei.

Jette beobachtete die Gruppe von ihrer Bank aus, genauso wie die Klassenkameraden das taten. Wenn Björn etwas ausheckte, wurde es gefährlich, zwar nicht für sie persönlich, denn Mädchen behelligten sie nicht, das entsprach, wie sie meinten, nicht deutscher Art. Aber sie hatten jemanden im Visier.

Christians Platz war leer, was wiederum Gregor nervös zu machen schien. Er achtete nicht auf die HJ-ler, sein Blick pendelte zwischen der Tür und Christians Platz. Schließlich stand er auf, ging zu Karl hinüber und zeigte auf den Stuhl neben ihm, der noch an die Tischplatte gerückt war.

»Kommt er heute nicht?«

Karl zuckte mit den Achseln. »Woher soll ich das wissen?«

Die HJ-ler schlugen die Hacken zusammen, als Björn seine Ansprache beendete. Sie hatten irgendetwas beschlossen, und das verhieß nichts Gutes. Wie sie da standen, wirkten sie wie ein Trupp halbwüchsiger Soldaten, die auf einen Angriff warteten. Jette glaubte zu wissen, wen sie sich zum Ziel auserkoren hatten. Christian, den Swingboy, den »Tanzbubi«, wie Doktor Petersen einmal zur Freude der Linientreuen gesagt hatte. Seitdem hatten sie ihren Spitznamen für ihn.

Und Gregor, weshalb war der so unruhig? Jette hielt es für möglich, dass er von ihrem Ausflug nach Altona erfahren hatte. Weil sie meistens zusammen nach Hause gingen, schien Gregor daraus eine Art Anspruch auf sie abzuleiten. Vielleicht war Jette in seiner Vorstellung bereits so was wie seine Verlobte, auch wenn sie über solche Dinge noch nie auch nur ein Wort verloren hatten. Aber warum sprach er sie dann nicht auf den Nachmittag in Altona an, sondern wartete auf Christian? Oder hob er sich die Vorwürfe gegen sie für den nächsten gemeinsamen Heimweg auf? Ihr war nicht wohl bei dem Gedanken, sie überlegte bereits, wie sie ihm nach der Schule entkommen konnte, zumal sie auch eine Bemerkung über ihre Kleidung fürchtete. Sie trug nicht ihre üblichen groben Wollstrümpfe zum Rock, sondern die feinen aus Seide, ihre Schuhe waren blank geputzt und die Haare gewaschen. »Junge Dame«, hatte ihre Mutter beim Frühstück gesagt.

In der Klasse hing eine dumpfe, abgestandene Wärme, obwohl es draußen merklich kühler geworden war. Jette öffnete eines der Fenster. Die uniformierten Schüler standen immer noch beieinander, nun aber in jener Haltung, die man »rührt euch« nannte. Jette war erleichtert, als Doktor Petersen eintrat, sein übliches »Heil Hitler« auf den Lippen. Die Schüler brüllten ihren Gruß und setzten sich, Björn und seine Freunde genauso wie Gregor. Doktor Petersen schloss die Tür, die im nächsten Augenblick wieder geöffnet wurde.

Christian. Zu spät.

Grußlos und ohne irgendjemanden anzusehen, ging er zu seinem Platz. Er hatte es auch diesmal nicht besonders eilig, sondern schritt seelenruhig durch den Klassenraum, sodass alle Welt sah, was er anhatte. Er trug nicht sein Jackett, sondern einen hellen Übergangsmantel, der leicht schäbig wirkte, und hielt dazu einen Regenschirm in der Hand, was nicht weniger britisch aussah als die Karos auf dem Sakko. In aller Ruhe lehnte er seinen Schirm gegen die Wand, zog seinen Mantel aus und hängte ihn an einen Haken. Doktor Petersen stand an seinem Pult, drehte seine Brille durch die Finger und fixierte Christian. Eine Ermahnung stand an, womöglich ein Wutanfall, vielleicht eine Strafe. Björn starrte Christian an, seine Freunde genauso.

Doch Doktor Petersen ignorierte ihn. »Wenn dann endlich alle so weit sind, fahren wir fort. Wo waren wir stehengeblieben?«

Mehrere Arme schnellten in die Höhe. Doktor Petersen rief Elisabeth auf.

»Die Völkerschlacht bei Leipzig.«

Weder lobte noch korrigierte Petersen sie. Die Antwort reichte ihm nicht. Er wartete ein paar Augenblicke, ob von ihr noch ein Zusatz kam. Als das nicht geschah, sagte er selber, was er hatte hören wollen: »Die Völkerschlacht bei Leipzig, ein historischer Sieg Preußens und Deutschlands und selbstverständlich des Ariertums. Welchen Feldherren haben wir sie zu verdanken?«

Die Namen Yorck und Blücher hatte er so oft genannt, dass die Schüler wie im Chor antworteten. Petersen nickte und erwähnte auch die anderen beteiligten Armeen, die Österreicher, Russen und Schweden. Ohne Preußen aber, erklärte er, wäre Napoleon nicht besiegt worden.

Jette hörte nur mit einem Ohr zu. Etwas ging im Klassenraum vor sich, das war deutlich zu spüren, und es hatte mit Christian zu tun. Gregor blickte immer wieder zu ihm, genauso wie Björn von seiner Ecke aus. Nur Christian schien davon nichts mitzubekommen. Er lehnte sich gegen die Stuhllehne, strich sein langes Haar zur Seite, säuberte die Brillengläser, schrieb auch hin und wieder etwas in sein Heft. Seine Bewegungen hatten etwas Provozierendes in ihrer Langsamkeit. Doktor Petersen schenkte ihm keine Beachtung. Wenn er sich meldete, was zweimal vorkam, ignorierte er ihn.

Kaum hatte es geläutet, machte sich Gregor auf den Weg zu Christian. »Ich will dich etwas fragen.« Er zeigte mit dem Daumen Richtung Tür. »Draußen.«

Christian zog die Schulter hoch, als interessiere ihn die Aufforderung nicht weiter. »Von mir aus.«

Nebeneinander gingen sie hinaus, was ein ungewohntes Bild war, weil Christian seine Pausen sonst immer alleine verbrachte. Auch Jette hatte es nicht geschafft, diese seltsame Mauer um ihn zu durchbrechen, über ihre gemeinsame Bahnfahrt und den Nachmittag in Altona hatten sie seitdem kein einziges Wort gesprochen. Sie hatte sich überhaupt nicht wieder mit ihm unterhalten, was sicherlich nicht nur an ihm lag. Wenn sie an ihren Ausflug zurückdachte, stellten sich Freude und Scham gleichzeitig ein, und die Scham kam deshalb, weil sie sich so leicht zu dieser Fahrt hatte überreden lassen, und sie war ein Teil der unsichtbaren Grenze zwischen ihnen. So oder so, sie konnte nicht mit Christian an das gemeinsame Erlebnis anschließen, und das lag nicht nur daran, dass es rund um sie so viele Augen und Ohren gab.

Sie ging den beiden Jungs nach, die auf der Rückseite von Christians Eiche zum Stehen kamen.

»Wir haben eine Jazzplatte zu Hause«, sagte Gregor ohne weitere Einleitung. »Ich habe sie gestern angestellt. Von Count Basie.«

Er sprach den Namen deutsch aus, er klang wie »Kont«. Christian korrigierte ihn und betonte den Namen englisch, »Kaunt«, nicht auftrumpfend, sondern in unaufgeregter Weise. Gregor verbesserte sich schnell. Fast hätte man denken können, er habe sich nur versprochen.

»Ich wollte dich fragen«, sagte er, »ob du Lust hast, sie zu hören.«

»Wo?«

»Bei mir zu Hause.«

Anstelle einer Antwort warf Christian Jette einen Blick zu, und sie verstand, was er wissen wollte. In der Bahn hatte er sie gefragt, ob man ihm trauen könne. Jetzt erbat er eine Bestätigung, vielleicht nur ein leises Kopfnicken. Sie kam nicht dazu, denn plötzlich stand Björn bei ihnen, umringt von seinen Freunden. Wie ein erwachsener Mann presste er seine beiden Daumen in den Koppelgürtel, eine Unteroffiziersgeste, in der eine Drohung lag.

»He, Tanzbubi, ich will von dir wissen, in welcher HJ-Gruppe du bist. Jetzt sofort.«

Christian sah ihn durch seine Brillengläser an, er wirkte erstaunt und machte den Eindruck, als müsse er die Aufforderung des anderen Jungen erst einmal verarbeiten. Seine Reaktion war, wie oft in der Klasse, unaufgeregt, eher nachdenklich. Björn war rot im Gesicht, sein Zorn wuchs mit jedem Moment, den Christian ihn warten ließ. Gewalt lag in der Luft. Fünf uniformierte Schüler standen Christian gegenüber, alle trainiert und bereit, ihre Kräfte einzusetzen. Ob sich Gregor auf Christians Seite schlagen würde, war nicht gewiss, erst recht nicht, ob andere Jungen dazukommen würden. Die meisten waren in einem anderen Abschnitt des Hofes.

Christian verzog den Mund. Nun lag die Andeutung eines Lächelns darauf. »Ich möchte auch vieles wissen und erfahre es nicht.«

Björn rückte näher an ihn heran. »Was zum Beispiel?«, zischte er.

»Zum Beispiel, was dir das Recht gibt, mir solche Fragen zu stellen.«

»Deutschland!«, rief Björn. »Also: welche Gruppe?«

Christian trat einen halben Schritt zurück, er versuchte, den Kreis des rotköpfigen Björn zu verlassen und in den Schutz der Eiche zu gelangen. Dabei pustete er Luft aus, als habe der andere Mundgeruch. Als er antwortete, tat er es in einem Ton, als mache er sich über Björn lustig. »Na, wenn's um Deutschland geht – ich bin suspendiert.«

»Weshalb?«

Christian schüttelte den Kopf. »Darüber muss ich keine Auskunft geben.«

Björn rückte wieder an ihn heran. Seine Freunde folgten ihm und bildeten einen Halbkreis um ihn. »Oh doch. Das musst du.«

»Nein. Das weiß ich zufällig genau.«

Beide standen so nahe beieinander, dass sie auf den jeweils anderen hätten einschlagen können. Keiner von ihnen rührte sich, Christian wich nicht weiter zurück, Björn griff nicht an. Er hatte seine Daumen immer noch in dem breiten Gürtel eingehakt. Inzwischen hatten sich andere Schüler eingefunden, Mädchen genauso wie Jungen, die einen zweiten Kreis um die Streitenden bildeten. Es war nicht vorherzusagen, wer von ihnen im Falle einer Schlägerei wem helfen würde. Man verdarb es sich nach Möglichkeit nicht mit den HJ-lern, denn die vergaßen nie und konnten einen überfallen, besonders wenn man allein war. Zudem schützte sie ihre Uniform. Wenn ein Lehrer eingriff, bekamen sie nie die Schuld.

»Wenn er eine Krankheit hat«, mischte sich Gregor ein, »muss er einem Kameraden darüber nicht Auskunft geben, sondern nur einem Vorgesetzten.«

Es war nicht klar, ob er eine offizielle HJ-Vorschrift zitiert oder sich das gerade ausgedacht hatte.

»Das ist einfach so«, setzte er hinzu.

Björn schaute von Gregor zu Christian und wieder zu Gregor. Sein Mund stand halb offen, er zog die Daumen von seinem Gürtel und ballte die Fäuste. Nicht nur die Umstehenden, auch seine Freunde warteten auf seine Entscheidung. Kämpfen oder nicht kämpfen. Nichts bewegte sich. Es war ein Moment, in dem die Zeit eingefroren schien.

Schließlich sagte Björn: »Ich werde mich erkundigen. Diese Sache ist noch nicht zu Ende.« Mit einer energischen Kopfbewegung zur Seite zog er ab. Seine Freunde folgten augenblicklich. Auch der Kreis der anderen Schüler löste sich auf, wenn auch deutlich langsamer. Hier und da wurden Bemerkungen gemacht oder gelacht.

Jette blieb zurück, Elisabeth mit ihr. Christians Entscheidung stand noch aus, seine Antwort auf Gregors Frage. Gregor wartete sichtlich darauf, und als sich Christian nicht äußerte, sagte er: »Also, was ist?«

»Count Basie. Verlockend. Ja, warum nicht? Wo wohnst du?«

Gregor nannte ihm seine Adresse.

»Und wann?«

»Heute Abend?«

»Einverstanden. Vielleicht bringe ich auch zwei oder drei Platten mit.«

»Gute Idee«, sagte Gregor.

»Ich möchte auch kommen«, rief Elisabeth. »Darf ich?«

»Dann bin ich auch dabei«, sagte Jette.

Noch mehr als am Morgen beschäftigte Jette die Kleiderfrage. Es gab gute Gründe dafür, sich umzuziehen, und stichhaltige dagegen. Der graue Rock, den sie anhatte, war bequem, aber man sah ihm an, dass er abgetragen war, die Falten hielten nicht mehr richtig, die Farbe war ausgeblichen, der Bund ausgeleiert und deshalb zu weit. Sie besaß einen schickeren, er lag in ihrem Schrank. Bliebe sie in dem alten, würde sie sich darin wohlfühlen, käme sich aber ähnlich provinziell vor wie neulich bei Christians Freund in Altona. Wenn sie den neuen anzöge, würden es Elisabeth und Gregor und vielleicht auch Christian merken und sich ihren Teil denken, nämlich, dass sie auffallen wollte. Sie konnte sich nicht entscheiden. Erst als es schon dämmerte und sie sich auf den Weg machen musste, ging es schnell. Sie wusch sich gründlich mit dem Schwamm, kämmte sich, ließ die Seidenstrümpfe an, nahm den guten Rock und eine frische Bluse dazu. Ihr Vater war noch bei der Arbeit, ihre Mutter räumte die Küche auf.

»Oh«, machte sie. »Gehst du aus?«

Jette war auf die Frage vorbereitet, auch wenn sie einen so spitzen Ton nicht erwartet hatte. Sie gehe zu Gregor, sagte sie, der ihr etwas in Physik erklären wolle, das sie nicht verstanden habe. Es war eine halbe Lüge. Sie drehte sich weg, damit ihre Mutter ihr Gesicht nicht sah, falls es rot wurde. Zum Glück hatte sie sich wieder dem Geschirr zugewandt, das sie in den Schrank räumte. »Komm nicht so spät zurück.«

Gleichzeitig mit Elisabeth traf Jette bei Gregor ein. Neben dem Messingschild mit dem Namen »Jacoby« drückten sie auf die Klingel. Während sie warteten, nahm Jette wahr, dass ein süßlicher Duft von Elisabeth ausging, und als sie genauer roch, wurde ihr klar, dass ihre Freundin ein Parfum benutzt hatte. Elisabeth war weiter gegangen als sie selber, sie hatte sich mehr getraut, worüber Jette sich ärgerte. Sie wusste nicht einmal, ob ihre Mutter überhaupt Parfum besaß.

Gregor führte sie ins Wohnzimmer. Jette war schon öfter in diesem Raum gewesen, sie kannte die Holzvertäfelung, die beiden braunen Ledersofas, die in Form eines großen L aneinandergestellt waren, das Bücherregal und auch das Hitler-Porträt an der Wand, das deutlich größer war als das bei ihr zu Hause und in einem verschnörkelten Rahmen hing. Auf dem Esstisch lag eine Platte in Papierhülle. Es war die, von der Gregor am Morgen gesprochen hatte. Ein schwarzer Mann am Klavier war auf dem Foto. Count Basie. Jette erinnerte sich daran, wie Christian den Namen ausgesprochen hatte.

Elisabeth stand neben ihr und schaute das Foto ebenfalls an. Jette stieg wieder der süßliche Duft ihres Parfums in die Nase. Sie hatte sich ebenfalls umgezogen, und doch gab es einen Unterschied: Elisabeth war zusätzlich geschminkt. Auf den Augenlidern war schwarze Farbe, auf den Wangen rote, beides ganz leicht, aber so, dass man es sah. Mit ihren Wimpern hatte sie auch etwas gemacht, sie standen einzeln heraus und fielen auf.

Jette verkniff sich eine Bemerkung, die ihren Ärger nur schlecht kaschiert hätte. Sie kam sich blöd vor, als hätte Elisabeth sie bei einem Wettlauf überholt, bei dem sie selbst im Vorfeld siegesgewiss gewesen war.

»Er wird schon noch kommen«, meinte Gregor. Er meinte Christian.

Unschlüssig standen die drei Jugendlichen im Zimmer, betrachteten abwechselnd die Plattenhülle auf dem Tisch, die sie inzwischen kannten, und wussten nicht recht, was sie tun sollten. Endlich klingelte es, Gregor öffnete und kehrte mit Christian zurück, der sich ebenfalls umgezogen hatte, er trug nun wieder sein kariertes Jackett und ein weißes Oberhemd. Unter dem Arm hatte er ein paar Schallplatten, fünf vielleicht oder sechs, die er auf dem Tisch ablegte.

Gregor staunte. »Wo hast du die alle her?«

»Gerettet, als unser Haus bombardiert wurde.«

»Und wie?«

»Ich hatte sie immer bereitliegen. Wenn wir in den Keller mussten, habe ich sie mitgenommen.«

»Klasse«, rief Gregor.

Christian nahm die Hülle von Gregors Platte in die Hand, ließ die schwarze Scheibe herausrutschen und legte sie auf das Grammofon. Er brauchte nicht zu fragen, wie man es bediente, er wusste es. Count Basie war, wie auf dem Plattenfoto zu sehen, ein Pianist. Neben ihm gab es Bläser und Schlagzeuger, die Instrumente harmonierten, aber gleichzeitig waren sie viel freier als in einem Orchester. Die Musik hatte etwas Schnelles und beinahe Vibrierendes. Jette setzte sich auf eines der Sofas und schlug wie eine Erwachsene die Beine übereinander. Elisabeth hockte sich neben sie, während Gregor das andere Sofa nahm. Als das Lied zu Ende war, hob Christian den Arm des Grammofons, drehte die Platte um und stellte die andere Seite an. Die Instrumente waren noch deutlicher zu hören als auf der ersten Seite. Elisabeth bewegte vorsichtig die Fußspitze im Takt. Gregor hatte den Kopf auf ein Kissen gelegt und die Augen geschlossen. Die Musik schien ihn zu verzücken.

»Sind deine Eltern da?«, fragte Christian ihn.

»Nein.«

»Und kommen auch nicht gleich zurück?«

»Ich glaube nicht. Warum fragst du?«

»Pass auf – hör zu.«

Er legte eine von seinen Platten auf. Bläser spielten, und eine Frauenstimme sang auf Englisch. Aber es war nicht nur Englisch – dazwischen kam eine Zeile, die man verstehen konnte, zumindest ungefähr.

»Was bedeutet: Bei mir bistu shejn?«, fragte Jette.

»Bei mir bist du schön«, sagte Christian und schaute sie und Elisabeth abwechselnd an. »Ich finde dich schön.«

»Welche Sprache ist das? Doch nicht Deutsch«, meinte Elisabeth.

»Das ist Jiddisch.«

Nach diesem Wort herrschte Schweigen. Nun war nicht mehr zu leugnen, dass sie etwas Verbotenes taten, alle wussten es. Es war der Apfel, und sie bissen hinein. Erst die Musik eines schwarzen Mannes und jetzt auch noch Jiddisch. Jette hatte diese Sprache noch nie gehört, sie hatte nicht einmal gewusst, dass es sie gab. Aber hier war sie, zusammen mit Englisch. *Bei mir bistu shejn.* Offenbar war dieses Jiddisch dem Deutschen so ähnlich, dass man die Wörter und sogar ganze Sätze verstand, vielleicht nicht alle, aber viele. Und wen fand Christian nun *shejn*? Sie – oder Elisabeth?

»Wahnsinn«, meinte Gregor, als das Lied zu Ende war.

Christian nahm die Platte, ließ sie zurück in ihre Hülle gleiten und legte eine andere auf, wieder eine von denen, die er mitgebracht hatte. »Dann hör dieses. Es heißt *In the Mood*. Glenn Miller und sein Orchester.«

Sofort setzte das Vorwärtstreiben wieder ein, das Jette in der Wohnung von Erik so sehr aufgefallen war, diesmal auf ruhigere, irgendwie undramatische Art. Lässig, dachte sie. Christian setzte sich neben Gregor auf das zweite Sofa. Sein Kopf nickte im Takt, genauso wie an jenem Nachmittag in

Altona. Diese Musik passte unglaublich gut zu ihm. Sie war klar und zugleich rätselhaft, voller unbekannter Melodien. Es war eine Tanzmusik, das spürte Jette in ihren Beinen, die sich bewegen wollten, und im ganzen Körper. Sie stellte sich vor, erwachsen zu sein, diese Musik hören zu dürfen und nach ihr zu tanzen, in einem Lokal mit vielen anderen ausgelassenen Leuten. Es war ein schönes Bild, das da in ihrem Kopf auftauchte.

Elisabeth stand auf, ging die drei Schritte auf das andere Sofa und Christian zu und streckte ihre Hand aus. »Zeig mir doch mal ein paar Tanzschritte dazu.«

Augenblicklich kehrte Jettes Ärger zurück. Sie war ein Hase, Elisabeth aber der Igel, der immer schon da war, wenn sie kam. Sie hoffte, Christian würde sie abweisen. Er wirkte überrascht und rückte seine Brille zurecht, aber dann nickte er, kam ebenfalls hoch, nahm ihre Hand und umfasste ihre Hüfte. »Das ist ganz einfach. Der Grundschritt geht so: zurück – vor – vor.«

Jette biss sich auf die Unterlippe. Sie hatte vom Erwachsensein nur geträumt, Elisabeth dagegen wartete nicht auf eine ferne Zukunft, in der man alt genug war, um in die Tanzlokale zu gehen. Wie mit Schminke und Parfum war sie auch hier mutiger und geistesgegenwärtiger gewesen, und das Ergebnis war, dass sie dort mit Christian stand, eine Hand in seiner, die andere auf seiner Schulter, und die Schritte lernte, die er ihr beibrachte.

ACHT

Es gab damals, nach dem Weltkrieg, weit mehr Arbeitswillige als Beschäftigung, ein ganzes Heer abgemagerter Gestalten, Kriegsheimkehrer fast alle, mit schmutzigen Anzügen und stinkenden Hemden, eingeschränkt durch Verletzungen und Amputationen, und dennoch bereit, alles zu tun, wenn sie nur am Abend nicht mit knurrenden Mägen ins Bett gehen mussten. Morgens hatte man sich vor 6 Uhr am Sammelpunkt auf dem Millerntorplatz einzufinden. Meistens war es kalt und windig. Krell besaß keinen Mantel, sein Wollpullover hatte Löcher, den Hosenbund musste er mit einem Strick an seiner Hüfte festbinden. Wenn ein Lastwagen mit offener Ladefläche vorfuhr oder ein Vorarbeiter vom Hafen heraufkam, wurde er nur selten ausgesucht, fast immer waren es andere, die den Vortritt erhielten, auch Männer, die nicht gerade kräftig aussahen und nicht richtig gehen konnten. Es dauerte eine Zeit lang, bis Krell den Grund verstand. In diesen Wochen konnte er seine Miete nur mit Mühe aufbringen und manchmal auch gar nicht. Er aß noch weniger als in der letzten Kriegsphase, an Bier oder Tabak war nicht zu denken. Das Geheimnis war, die Vorarbeiter zu schmieren. Wenn man nach einem Arbeitstag Lohn bekommen hatte, gab man ihnen etwas davon ab und nannte den eigenen Namen. Sie ließen die Münzen augenblicklich in ihren Taschen verschwinden, merkten sich aber, wer sich gut mit ihnen gestellt hatte. Als er das verstanden hatte, wurde seine wirtschaftliche Lage besser. Nun ging er abends ab und zu in die Kneipe.

Seine Vermieter in der Seilerstraße, ein Ehepaar, das nur Platt sprach, hatte Mitleid, wenn er die Miete nicht zahlen konnte. Im ersten Jahr ließen sie ihn das Dach reparieren. Ihr Haus stammte aus der Kaiserzeit, es hatte ein Spitzdach. Aus seinem Mansardenfenster kletterte er hinaus und schob sich halb liegend höher. Gelegenheiten zum Festhalten gab es nur wenige, den Schornstein und ein paar Griffe. Die Ersatzpfannen hatte er in einem Lederbeutel, der um den Bauch gebunden war, das Bitumen in einem Eimer, den er hinter sich herzog. Er wechselte einzelne Dachpfannen und schmierte die Kanten am Schornsteinblech mit der dickflüssigen schwarzen Farbe ein, damit dort kein Wasser eindrang. Die Angst abzustürzen wurde weniger, mit den Tagen lernte er, sich sicherer auf dem Dach zu bewegen und niemals nach unten zu schauen. Als Frost kam, war er fertig mit der Arbeit. Danach strich er das Treppenhaus und arbeitete dabei so, dass er nur die eine Hälfte des Aufgangs mit Zeitungspapier auslegte und malerte, damit man die andere benutzen konnte. Mehr Fleisch auf die Rippen bekam er nicht. Wenn er sein Hemd vorm Schlafengehen auszog, stachen sie hervor, er fand sich einem Skelett ähnlicher als einem Mann, einem Skelett von einem Meter 90. Die »Große Freiheit« blieb Hohn in seinen Ohren. Was nützte einem die Freiheit, wenn man immerzu damit zu tun hatte, satt zu werden. »Großer Hunger« wäre ein passenderer Straßenname gewesen. Immerhin kam er über die Runden, zumindest bis die Zeit der schnellen Geldentwertung begann. Dann kehrte mit einem Schlag der Mangel zurück, das ewige Magenknurren, denn selbst, wenn er gleich nach Feierabend in ein Geschäft eilte und allen Lohn ausgab, bekam er kaum etwas für sein Geld, gerade mal ein Stück Brot und Margarine, selten ein Stück Butter oder Wurst.

In dieser Zeit ließ sein Überlebenswille, der ihn durch die ersten beiden Jahre getragen hatte, nach. Lange Stunden lag er auf seinem Bett unter der Dachschräge, die Hände unter dem Kopf verschränkt, und oft gingen ihm dabei Bilder vom

Krieg durch den Kopf. Als er begann, war er 15 gewesen und fand wie alle anderen, die Lage sei eindeutig, das Reich müsse die arroganten Franzosen und Engländer mit aller Macht in die Schranken weisen. Er war Schüler, verfolgte zusammen mit seinen Klassenkameraden die Kriegsberichte und lernte dabei die Namen europäischer Städte und Flüsse kennen. Zwei Jahre später meldeten sich Gleichaltrige aus seiner Umgebung, um das Vaterland zu verteidigen, ganze Klassen, die es kaum abwarten konnten, in die Schlacht zu ziehen, doch in seiner Altonaer Schule standen die Lehrer heimlich den Kommunisten oder der USPD nahe und hielten durch spitze Bemerkungen den Patriotismus ihrer Schüler im Zaum. Bei Krell war es am Ende sein Vater, der sagte: »Hannes, wenn das Vaterland ruft, kann man nicht an der Seite stehen. Das wäre feige.«

Das war kurz vor seinem 17. Geburtstag gewesen. Ein Vierteljahr später begann er seine Grundausbildung in einer Kaserne in der Lüneburger Heide. Mit ihm war sein Schulkamerad August Nowack, der aus einer Soldatenfamilie stammte. Diese zehn Wochen waren in seiner Erinnerung zusammengewachsen zu einer Mischung aus andauerndem Grüßen und Schlamm, durch den sie immerzu robben mussten, aus Bohneneintopf, der ihnen mit einer Kelle abends in die Schüssel geschöpft wurde, und der Quälerei ihres Korporals, der stets eine Reitgerte in der Hand hatte und sie bei kleinsten Fehlern auf die Knie zwang. Zusammengekauert hatten sie ihm die Stiefel zu küssen, während sie um Vergebung baten, und um einen knallenden Strich mit der Gerte kamen sie trotzdem nicht herum. Einzelheiten konnte er auf seinem Mansardenbett in der Seilerstraße nicht mehr unterscheiden, die Bilder waren verschwommen, er hörte nur einen fernen Nachklang der gebrüllten Flüche des Ausbilders.

Der Krieg selbst dagegen war in ihm höchst lebendig. In Belgien regnete es noch öfter als zu Hause, der Himmel war grau, als gäbe es keine anderen Farben, und immerzu hatte man den Knall von Schüssen oder Explosionen im Ohr. Oft sah er vor seinem inneren Auge den Tag, an dem er in Flandern verschüttet worden war. Als die Granatensalve in ihrer Stellung einschlug, war er in der Hocke, er hatte sich gerade gebückt, um neue Munition aufzunehmen. Der Einschlag war so schwer, dass die Stützpfeiler wegbrachen, es knirschte und knackte, instinktiv drehte er den Kopf zur Seite, doch im nächsten Moment rutschten Sand und Erde auf ihn, eine Lawine, die ihn begrub. Er lag auf dem Bauch, lebend und bei Bewusstsein, die Augen geschlossen, den Mund gerade so weit offen, dass er die Luft, die in einer Art Blase unter ihm war, einatmen konnte. Nun kommt der Tod, dachte er. Sein Verstand war hellwach, er zeigte ihm Bilder seiner Mutter, die vor Kurzem an einer Lungenentzündung gestorben war. Es schien ihm, als riefe sie ihn zu sich. Sich zu befreien, war nicht möglich, die Erde über ihm war schwer wie Blei, er konnte weder Arme noch Beine bewegen. Die Zeit verging, er fragte sich, wie lange er warten müsse und ob er an Atemnot sterben würde, an Sauerstoffmangel. Aber plötzlich riss ihn jemand an seiner Uniformjacke in die Höhe. Nowack, dem eine Blutspur über der Stirn lag. Er hatte seinen Helm verloren, ein Splitter hatte ihn am Kopf getroffen, er steckte noch darin, deshalb sah Nowack aus wie ein Einhorn. Seine Haare und ein Auge waren verschmiert.

»So eine Scheiße«, schrie Nowack. »Sieh dir diese Schweinerei an.«

Krell hatte Sand und Erde am ganzen Körper, im Mund, in den Augenwinkeln, in den Stiefeln, selbst im Po. Er spuckte aus und musste sich kratzen und in der Nase bohren. Meterweit war die Grabenwand eingebrochen. Überall waren Schwerverletzte und Tote. Manche lehnten sitzend an einer Wand, die Köpfe auf die Schultern gesunken, als würden sie ein Nickerchen machen, andere lagen ausgestreckt da, ihre Gewehre in der Hand; einige hatten die Augen geschlossen, während neben ihnen welche zum Himmel starrten und zu grinsen schienen. Die Sterbenden riefen nach ihren Müttern, entweder schreiend oder wimmernd, aber immer mit dem gleichen Wort: »Mami, Mami!«

Wie auf Kommando hob plötzlich Geschrei an. Es kam aus verschiedenen Richtungen, drang aber nur wie durch einen Filter in Krells sandige Ohren. Er kam sich vor, als sei er unter Wasser. Unter lauten Rufen kamen Sanitäter herbeigelaufen, ihre Tragen und Rotkreuzkästen in der Hand, sie hielten die Rücken gebeugt und die Köpfe eingezogen. Ein Leutnant brüllte ununterbrochen irgendwelche Befehle und fuchtelte wild mit den Armen. Für Krell sah er aus wie ein Hampelmann, an dessen Schnüren jemand zog, überhaupt war alles Geschehen ein einziges Puppentheater, er selbst saß im Publikum, in der letzten Reihe, unendlich weit weg von der Bühne. Die Worte der Kommandos verstand er nicht, er schob sich erneut einen Finger ins Ohr und drehte ihn, um den Sand herauszukratzen. Aber es wurde nicht besser. Der Leutnant schrie immer weiter, sein Mund war aufgerissen, Speichel lief heraus. Krell hörte nichts als dumpfe Laute. Nowack mit seiner blutigen Stirn hatte sein Gewehr gegriffen und war hinter dem kümmerlichen Rest ihres Grabens in Deckung gegangen. Endlich begriff Krell – der Feind kam. Die Franzosen glaubten, nach den Granatentreffern leichtes Spiel zu haben. Hunderte von ihnen rannten über das Feld auf sie zu. Auch sie machten Krach, sie brüllten. Von ihnen verstand Krell ebenfalls kein Wort. Aber er sah die aufgerissenen Mäuler.

Als Nowack zu schießen anfing, griff sich Krell ein herumliegendes Maschinengewehr mit Stütze und platzierte sich neben seinen Schulfreund und Retter. Er feuerte anders als zuvor, schoss, obwohl er ein Maschinengewehr hatte, nicht schnell und gestreut, sondern präzise. Ihn überkam eine ungekannte Lust zu töten. Er wartete mit dem Abdrücken, bis er sicher war, den Angreifer zu erwischen, und zielte genau, in den Kopf, auf die Augen oder ins Herz. Es jagte ihm Freudenschauer den Rücken herunter, wenn er die Franzosen vor sich zusammenbrechen sah. Mancher stürzte mitten im Lauf und stand nicht wieder auf, andere suchten Deckung hinter ein paar Sträuchern. Aber die Pflanzen waren so mickrig, dass Krells Kugeln durch sie hindurchgingen. Die Blätter rissen auf und stoben davon und würden niemandem mehr Schutz bieten.

Große Teile ihrer Munition waren verschüttet, aber es gab links und rechts neben ihm viele tote Soldaten, die ihre Waffen nicht mehr benötigten. Krell unterbrach sein Schießen nur, um sich ein neues Gewehr zu nehmen. Wie unter seiner Erdlawine verlor er erneut alles Gefühl für die Zeit, empfand weder Hunger noch Durst, spürte keine Erschöpfung, sein Verstand war wach, auch wenn er nichts hören konnte, die Augen waren weit geöffnet, sein Blick fiel auf immer neue Angreifer, die er niederstreckte.

Nowack wurde an diesem Tag ein zweites Mal getroffen, diesmal tödlich. Ohne eine Spur von Entsetzen oder Mitleid nahm Krell auch sein Gewehr, als er ein neues brauchte. Er schoss immer weiter, so lange, bis der Angriff der Franzosen abgewehrt war. Am Ende wurde der Einsturz für ihn ein Glück, abends durfte er mit den restlichen Überlebenden den Graben verlassen. Auf einem Lastwagen fuhr er in die Etappe. Zum ersten Mal seit Wochen badete er in einer Wanne, schlief er wieder in einem Bett, zu Mittag gab es eine warme Mahlzeit, und ein Dach schützte vor dem beschissenen belgischen Regen. Er besuchte seine Kameraden in einem Lazarett, in dem es nach Schweiß, Urin und Desinfektionsmittel roch. Den meisten wurden Arme oder Beine amputiert, sie waren verzweifelt und fragten ihn, was nun werden solle, wie sie je eine Arbeit finden würden. Seine Antwort, dass sie doch froh sein könnten, noch am Leben zu sein, klang schal. Er ging nicht wieder hin. Da er nicht verletzt war, durfte er nur ein paar Tage bleiben, gerade solange, bis er wieder hören konnte, dann fuhr er erneut hinaus und stieg in den nächsten Graben. Dort glaubte er, er würde den Verstand verlieren, er sabbelte wie aufgezogen, konnte sich weder setzen noch hinlegen, sondern schritt immerzu auf und ab, und es juckte ihn am ganzen Körper. Das sei bloß der Frontkoller, meinte sein Hauptmann, den hätten viele. Er versorgte ihn mit einer Extraration Schnaps.

Was wäre gewesen, fragte sich Krell in seiner Mansarde, wenn Nowack ihn damals nicht herausgezogen hätte? Was wäre ihm alles erspart geblieben? Eine müßige Frage – er hatte überlebt, und die Zeit drehte sich, nach der Inflation wurde die Rentenmark eingeführt, die ihren Wert behielt. Man konnte sich für seinen Verdienst wieder etwas kaufen. Wenn er nicht so viel vom Krieg geträumt hätte, hätte es ein normales Leben sein können.

Der Tag war lang gewesen und hatte trotzdem kaum Fortschritte gebracht. Krell war auf dem Weg zu seinem Auto, als sein Name gerufen wurde. Der Vorname: »Hannes?«

Er hielt an, aber es war niemand zu sehen. »Ist da jemand?«

Eine Frau trat hinter einer Litfaßsäule hervor. Sie trug einen weiten Mantel und ein Kopftuch. Ihr Gesicht sah er nicht, aber er kannte ihren Gang, die leicht tänzelnden, damenhaften Schritte auf den hohen Absätzen, und als sie näher kam, konnte er ihr rotes Haar ausmachen.

»Bella?«

»Ja, ich bin's.«

Als sie neben ihm stand, reichte Krell ihr die Hand. Ihr Kopftuch war kariert, sie hatte es locker genug gebunden, um ihre Locken hervorscheinen zu lassen. Nur ihre Sommersprossen waren in der Dunkelheit nicht zu erkennen. Er wusste aber, dass sie da waren. Er hatte sie immer gemocht.

»Wir haben uns lange nicht gesehen«, sagte sie.

»Doch, Anfang der Woche im Laden von Jan Weller.«

»Das war doch nur ganz kurz.« Sie hakte sich bei ihm ein. »Komm, führ mich aus. Auf der Reeperbahn haben die Lokale noch offen.«

Er schüttelte den Kopf. »Ich bin auf dem Weg nach Hause.«

»Ach richtig, du bist ja verheiratet. Hannes Krell, der sorgende Ehemann.«

Ihr Satz klang mokant, es gefiel ihm nicht, dass sie so redete. Vor seiner Ehe war er manchmal zu ihr gegangen – wenn, dann zu ihr –, aber das war lange vorbei, Jette war 16, geheiratet hatte er vor 17 Jahren. Viel Zeit für Bella, sich daran zu gewöhnen.

»Was willst du?«, fragte er.

Sie steckte sich eine Zigarette in den Mund und wartete darauf, dass er ihr Feuer gab. Als sie brannte, nahm sie einen tiefen Zug. »Vielleicht eine Aussage machen«, sagte sie schließlich.

»Dann komm morgen in mein Büro.«

»Ph«, machte sie. Sie rauchte und blickte sich um. Die Straße war dunkel, aus den Fenstern kam kein Fitzelchen Licht, und es war auch kein Mensch in der Nähe. Trotzdem kam sie seinem Gesicht nahe und wurde leiser. »Ist der Tote an der *Sankt Pauli*-Brauerei dein Fall?«

Ihr Geruch war ihm vertraut, nach all den Jahren noch,

er war leicht süßlich, wie bei einer Blüte im Sommer. »Hast du was gesehen?«

»Ein Auto.«

»Ach so?« Krell war skeptisch. »Um welche Zeit?«

Sie stand weiterhin dicht bei ihm, so nahe, dass er nun auch die Sommersprossen in ihrem Gesicht sah. »Nachts. 1 oder 2 Uhr morgens.«

»Was hattest du um diese Zeit da unten zu suchen? Ihr müsst doch in der Herbertstraße stehen.«

Auf Anweisung der NS-Gauleitung, die keine Prostituierten auf den Bürgersteigen duldete, hatte die Polizeibehörde schon vor Jahren feste Bezirke fürs Gewerbe eingerichtet, sogenannte Bordellstraßen, die mit hölzernen Trennwänden abgegrenzt wurden. Nur dort war es erlaubt, sich anzubieten, außerhalb nicht.

»Jaja. Die hohen Tiere. Nur für sich selber machen sie gerne eine Ausnahme.«

»Du warst bei einem von denen?«

»Das nicht. Ich sage nur, dass sie dann ein Auge zudrücken. In der Herbertstraße kann sich so einer natürlich nicht zeigen. Er könnte ja gesehen werden, und Prostitution ist doch so unsittlich und undeutsch.« Sie zog die beiden letzten Wörter in die Länge. »Wie auch immer, ich war bei einem anderen Kunden. Der wohnt über seinem Laden.«

»Wie heißt er?«

Sie tippte ihm auf die Brust. »Hannes, bitte, was tut das zur Sache?«

»Einverstanden. Was hast du gesehen?«

»Ein Auto, wie gesagt. Direkt vor der Hofeinfahrt. Und drei Männer. Einer lag auf dem Boden, die anderen beiden standen vor ihm. Sozusagen über ihm.«

»Und das hast du trotz Verdunklung beobachtet?« Krell hörte seinen Ton, und er gefiel ihm nicht. Er rechnete es

Bella hoch an, dass sie ihn abgepasst hatte, um diese Aussage zu machen; es war nicht nötig, dass er sie anzweifelte. Zum ersten Mal seit langer Zeit verstand er auch wieder, was ihm damals an ihr gefallen hatte, ihre offene, irgendwie unverdorbene Art, die sie sich trotz ihres Berufs bewahrt hatte. Aber er war verheiratet, ermahnte er sich, und es gab Dinge, die waren nicht möglich.

»Der Mond schien.«

Das stimmte, Krell erinnerte sich.

»Hast du einen der Männer erkannt?«

»Dazu waren sie zu weit weg.«

»Was für ein Auto war es?«

»Mensch, Hannes, was stellst du für blöde Fragen.« Sie lachte und nahm gleichzeitig seine Hand. »Ich habe keine Ahnung, Automarken kenne ich nicht. Horch oder Mercedes oder BMW, für mich ist das alles eins, vier Räder, Türen, ein Motor. Die Dinger könnte ich nicht auseinanderhalten, selbst wenn ich direkt davorstünde.«

»Zivil oder Militär?«

»Zivil«, erwiderte sie schnell, dann dachte sie nach. »Ich bin mir nicht sicher.«

»Hast du dir das Autokennzeichen gemerkt?«

»Wo denkst du hin? Aber ich wusste, die beiden Männer, die standen, hatten den dritten, der am Boden lag, erschossen. Also habe ich gemacht, dass ich da wegkam. Und zwar geräuschlos. Ich habe mich versteckt, bis sie weg waren.«

»Dir ist nichts aufgefallen?«

Sie legte den Kopf auf die Seite und schloss die Augen. »Auf dem Nummernschild waren viele Zweien.«

»Was meinst du?«

»Das, was ich sage. Ich habe am 2. Februar Geburtstag, die Zwei ist meine Glückszahl, wenn ich eine sehe, macht es mich froh. Auf dem Schild waren mehrere Zweien.«

»Hast du auch Buchstaben erkannt?«

»Nur die Zweien. Die sind mir aufgefallen, als ich auf das Auto zugegangen bin. Also vorher. Hinterher war ich viel zu aufgeregt, da wollte ich nur noch weg.«

»Du weißt«, fragte er, »wer der Tote war?«

»Limba. Der Gustav.«

»Kanntest du ihn?«

»Flüchtig. Ein Kunde war er nicht, wenn du das meinst. Eher so ein Kerl, wie es viele auf dem Kiez gibt. Man weiß nicht recht, wie sie sich durchschlagen, aber irgendwie schaffen sie es. Was ist passiert?«

»Das kann ich dir nicht sagen, wir stehen ganz am Anfang. Hatte er Streit mit jemandem?«

»Davon weiß ich nichts. Ich glaube nicht, dass ich jemals mit ihm geredet habe. Man kennt sich eher so aus der Ferne. Das brauche ich dir doch nicht zu sagen, du hast doch selbst lange dazugehört.«

Er schaute sie an, sie lächelte, nein, sie grinste, und er glaubte, einen Anflug von Schwermut in ihrem Blick auszumachen.

Sie wandte sich ab. »Ich muss nach Hause.«

Krell zog seinen Autoschlüssel aus der Tasche und klimperte damit. »Ich auch.«

»Schade«, sagte sie leise, »dass du damals nicht mich geheiratet hast. Ich hätte dich genommen, Hannes Krell. Mir hast du gefallen, ich habe mich immer gefreut, wenn du zu mir gekommen bist.«

Sie trat wieder nahe an ihn heran, diesmal so dicht, dass sie einander berührten. Er aber wich einen Schritt zurück und reichte ihr die Hand. Ihre war warm und weich, und ihn überkam die Erinnerung. Aber er wollte sie nicht und schob sie beiseite.

»Mach's gut, Bella«, sagte er. »Danke für deine Auskunft.«

Er öffnete die Autotür, dann drehte er sich noch einmal um. »Ach, Bella ...?«

Sie war bereits ein Stück entfernt. Er ging ihr nach. »Warst du die anonyme Anruferin bei der Davidwache?«

»Anonym? Was heißt das?«

»Dass man seinen Namen nicht nennt. Der andere soll nicht wissen, wer man ist.«

Sie verzog das Gesicht. Die Mundwinkel gingen nach oben, aber so übertrieben, dass man das Gespielte an der Geste erkannte. Er kannte diesen Ausdruck von ihr, eine Mischung aus Unsicherheit und Stolz, aus Schwäche und Selbstbehauptung. Das Leben schmerzte Bella – hatte ihr immer Schmerz zugefügt –, aber unterkriegen ließ sie sich deswegen noch lange nicht.

»Ich würde sagen, wenn jemand seinen Namen nicht nennt, dann hat das einen Grund. Oder stimmt das nicht?«

»Doch, sicher, das stimmt. Gute Nacht, Bella. Pass auf dich auf.«

»Du auch, Hannes. Auf dich und auf deine Familie.«

Es war spät, als er nach Hause kam, er war hundemüde. Wiebke erwartete ihn im Wohnzimmer, sie stand auf und fragte ihn, ob sie ihm ein Bier holen solle, sie müsse mit ihm sprechen. Er setzte sich auf seinen Sessel, sie auf die Couch daneben. Als sie sprach, hatte er Mühe, ihr zu folgen. Es ging um Jette, so viel verstand er. Aber mehr nicht.

Er blieb sitzen, bis er sein Bier ausgetrunken hatte. »Können wir morgen weitermachen? Mir fallen die Augen zu.«

»Hannes, es ist wichtig.«

»Was soll ich machen, wenn ich nicht mehr zuhören kann?« Er stand auf, wankte kurz und streckte ihr die Hand entgegen. »Morgen, ja?« Er gähnte tief.

Am nächsten Morgen setzte er gleich nach Dienstbeginn, noch vor der Lagebesprechung, Schubert über seine nächtliche Begegnung mit Bella in Kenntnis. Sein spezielles Verhältnis zu ihr sparte er aus, das tat nichts zur Sache. Zu zweit begannen sie, die Kennzeichenkartei der Stadt Hamburg zu durchforsten, erkannten aber, dass es zu viele Nummern mit mehreren Zweien gab. Mit Bellas Auskunft ließ sich leider nicht viel anfangen.

NEUN

Am Heimnachmittag stand die Mädchenführerin Lina vor ihnen und hielt einen ihrer bekannten Vorträge, den über Judas, der ein Jude war und Jesus Christus für 30 schäbige Silberlinge an die Römer verraten hatte. Sie alle konnten dieses Referat beinahe auswendig, so oft hatten sie es gehört. Lina aber hatte trotzdem ihre Zettel in der Hand und las von ihnen ab.

»Das Verhalten von Judas muss jedem Deutschen zu denken geben. Es zeigt uns, dass Geld den Juden über alles andere geht. Wir spüren ihre Gier, eine unersättliche Gier, die sie so gefährlich macht. Ehre dagegen kennen sie nicht, sie wissen nicht, dass man einen Freund nicht anschwärzt. Derartiges Betragen ist bei Juden nicht verpönt, im Gegenteil, Verrat ist bei ihnen allgemein üblich, solange man daran verdienen kann.«

Lina hatte vor Urzeiten abgefragt, wer aus ihrer Gruppe christlich war, und weil sich damals viele Mädchen gemeldet hatten, verschonte sie immerhin den Gottessohn, was andere Leute nicht taten. Ein Lehrer in ihrer Schule hatte Jesus als Mann ohne festen Wohnsitz bezeichnet, als Landstreicher, den man in Deutschland eingesperrt hätte. So weit ging Lina nicht. Ihr reichte es, auf dem Verrat von Judas herumzureiten.

Die Mädchen saßen in einem Halbkreis vor ihr. Ihre Stühle hatten alle den exakt gleichen Abstand zueinander, genau eine Fußlänge. An der Wand hingen zwei gleich große Bilder, eines von Hitler und eines vom Jugendführer von Schirach. Da sie regelmäßig und gründlich sauber machten, gab es an ihnen keinerlei Staub, auch nicht an den Rahmen. Überhaupt duldete Lina keinen Schmutz im Heim, für sie war, wie sie sagte, Ordnung ein Ausdruck von Schönheit, sie wollte das reinste und gepflegteste BDM-Heim im ganzen Reich haben. Die Fenster wurden jede Woche geputzt und die Messinggriffe poliert, bis sie glänzten. Wenn die Mädchen arbeiteten, schritt Lina von einer zu anderen und kontrollierte ihr Werk. Es kam vor, dass sie nicht zufrieden war, dann fuhr sie mit einem Finger über eine Scheibe und hinterließ eine Fettspur oder warf einen Stapel gefaltete Handtücher auf den Boden, und sie mussten von vorne anfangen.

Alle Mädchen schauten Lina an. Man hatte aufmerksam zu sein, Ablenkung konnte bestraft werden, es war schon vorgekommen, dass eine von ihnen ganz alleine das Heim säubern musste. Nur aus den Augenwinkeln blinzelte Jette zu den anderen hinüber. Soweit sie sehen konnte, waren die Gesichter starr.

Lina war inzwischen auf der dritten Seite angekommen, beim Überlebenskampf des deutschen Volkes, das vom Weltjudentum vernichtet werden sollte, von den Bolschewisten genauso wie vom amerikanischen Kapital. Dafür gab es einen festen Plan, deshalb musste sie wachsam sein. Lina war mit ihrem Vortrag fast fertig. Er würde mit der Ermahnung enden, das deutsche Blut rein zu halten, das sei ihre Verpflichtung als deutsche Frauen. Sie dürften sich nur mit Ariern paaren, so wie es die Gesetze vorschrieben.

Jettes Gedanken wanderten. Am Vorabend hatten sie wieder in Gregors Haus Swingmusik gehört. Wenn Lina das wüsste, wäre es mit einer Strafarbeit nicht getan, wahrscheinlich würde sie Elisabeth und Jette ins Gefängnis bringen. Sie durfte diese Dinge auf keinen Fall erfahren, niemals, durfte weder von der Musik noch von der Sprache etwas hören, die sie auf einmal benutzten. Feindessprache. Als Christian eingetroffen war, hatte Gregor ihm einen neuen Namen verpasst, nämlich Chris, und den von da an immer gebraucht, wenn er den neuen Freund ansprach. Auch für sich selbst hatte er einen amerikanisch klingenden Namen gefunden. Er wollte Greg genannt werden.

»Dann bin ich Liz«, hatte Elisabeth gerufen.

Für Jette gab es keine amerikanische Abkürzung, ihr Name war und blieb norddeutsch, und auch sonst hatte sie sich, zumindest streckenweise, nicht sonderlich wohlgefühlt. Wieder waren sie zu viert, was, wie es ihr schien, darauf hinauslief, dass es zwei Paare gab, und das gefiel ihr ganz und gar nicht. Sie ging nicht mit Gregor, nicht offiziell jedenfalls, auch wenn es die halbe Klasse vermutete. Es stimmte, dass er sie nach der Schule auf ihrem Heimweg begleitete, und auch, dass er manchmal ihre Hand hielt, wenn es niemand sah. Seine Haut fühlte sich rau an, fast wie Schmirgelpapier, und das passte zu seinem Gesicht mit der verkürzten Oberlippe. Gregor hatte etwas von einem Hund, äußerlich, aber auch innerlich, er war stark, stets bereit zu bellen und im Notfall auch zu beißen. Jette hatte sich schon manchmal abends vor dem Einschlafen nach ihren Gefühlen für ihn gefragt, und es war seltsamerweise vor allem Mitleid, das sich immer wieder einstellte. Er wohnte in diesem großen Haus, seine Eltern besaßen eine Menge Geld und zwei Autos, er hatte viele Freiheiten, niemand fragte ihn, wohin er ging und wann er zurückkam, und trotzdem tat er ihr in erster Linie leid. Etwas war an ihm, das sie glauben ließ, hinter seiner Kraft und Angriffslust halte sich ein trauriger Junge versteckt, ein kleineres Abbild von Gregor, das er der Welt auf keinen Fall zeigen wollte.

Lina hatte ihren Vortrag beendet, stand aber noch vor ihnen, die Zettel, von denen sie abgelesen hatte, in der Hand. Sie blickte sie an, und die Augen aller Mädchen waren nach wie vor auf sie gerichtet. Man rührte sich nicht, bevor sie es gestattete. Ein Moment von Stille trat ein. Ausnahmslos trugen sie die weißen Blusen, dunkelblauen Röcke und die Wollstrümpfe des Mädchenbundes. Die Unterschiede waren fein und meistens in den Frisuren zu sehen. Die einen hatten Zöpfe, die nicht vorgeschrieben, aber erwünscht waren, andere – wie sie und Elisabeth – einen richtigen Haarschnitt.

Mit einem Klatschen in die Hände beendete Lina die Stille. Sie sollten nach draußen. Eine Stunde noch, zeigte Jettes Armbanduhr. Christian und seine Musik gingen ihr nicht aus dem Kopf, sie konnte sie nicht fortschieben. Es waren widersprüchliche Gedanken, die sie umtrieben. Der Neue beschäftigte sie, aber dabei hatte sie immer wieder die Vorstellung, dass Elisabeth und Christian ein Paar würden. Elisabeth war forsch. Sie hatte sich gestern Abend wieder geschminkt und auf ziemlich freche Art die Hand nach ihm ausgestreckt und ihn aufgefordert, mit ihr zu tanzen. Erst danach hatte auch Jette den Mut gehabt, sich von Christian die Grundschritte zeigen zu lassen, und am Ende hatten sie sich abgewechselt, zwei Jungen und zwei Mädchen.

Trotzdem, wenn alle Welt vermutete, dass sie zu Gregor gehörte, dann blieben Elisabeth und Christian übrig. Und das störte sie.

Zum Glück ließ Lina die Medizinbälle im Schuppen. Sie bildeten einen Kreis, Lina hatte einen leichteren Ball in der Hand und warf ihn einem Mädchen zu.

»So, und jetzt schnell!«, rief sie. »Wie der Blitz.«

Wer den Ball fing, hatte ihn augenblicklich und ohne jede Überlegung weiterzuwerfen. Lina trieb sie an. Jette schmiss ihren zu Elisabeth, die ihr schräg gegenüberstand.

»Schneller, schneller!« Vor allem sollte man die Kameradin überraschen, zu der man warf. Sobald sie den Ball wiederhatte, machte Lina vor, was sie verlangte, und schmiss ihn zu einem Mädchen, ohne sie anzuschauen.

»Und schneller«, rief sie wieder.

Kaum hatte man den Ball gefangen, wurde er schon weitergeworfen.

»Das trainiert die Aufmerksamkeit«, erklärte Lina, die bereits einen roten Kopf hatte, und tatsächlich konnte Jette jetzt nicht mehr träumen wie eben im Haus. Sie musste aufpassen. Nicht zu fangen, konnte eine Strafe nach sich ziehen. Zumindest blamierte man sich.

Erst als die Übung vorbei war und Lina sie mit der Erinnerung entließ, dass sie nächsten Sonnabend Kleiderspenden fürs Winterhilfswerk sammeln würden, dachte sie wieder an Christian. Er verpasste diese Nachmittage und hatte stattdessen Freizeit. Hörte Musik, las oder döste. Oder besuchte seine Freunde in Altona. Was auch immer. Aber weil er so frei war, war auch Gefahr um ihn; die spürte sie genau.

»Kommt am Sonnabend pünktlich und seid ausgeschlafen«, rief Lina. »Ich erwarte, dass unsere Schar von allen Hamburger Gruppen die meisten Sachen sammelt. Wir wollen stolz auf uns sein.«

Jette hörte sie nur noch mit einem Ohr. Gregor hatte Christian am Vorabend gefragt. »Wieso musst du nun eigentlich nicht zur HJ?«

»Das geht dich nichts an.«

»Ich weiß. Aber ich bin neugierig.«

»Ich auch«, hatte Elisabeth sofort ausgerufen.

Anstelle einer Antwort hatte Christian seine Hand in Jettes Richtung ausgestreckt. Die Musik lief. Jette hatte sich zu ihm gestellt und nach unten geschaut, auf ihre Füße, sie musste sich auf die Tanzschritte konzentrieren, während er sie auswendig konnte. Entweder blickte er seine Tanzpartnerin an oder lauschte mit geschlossenen Augen der Musik. Seine Füße schienen sich von selbst zu bewegen.

Gregor konnte von Natur aus keine Ruhe geben, wenn er eine unbefriedigende Antwort erhalten hatte. Jette kannte diesen Zug an ihm, er fragte wieder und bohrte nach, bis man ihm endlich sagte, was er hatte wissen wollen. Sie war deshalb dazu übergegangen, ihm gegenüber manche Dinge gar nicht erst anzusprechen, um sich sein Verhör zu ersparen.

»Jetzt sag schon, Chris«, bettelte er, nachdem das Lied zu Ende war, »warum gehst du nicht zur HJ?«

Jette schämte sich für Gregor und erkannte im gleichen Augenblick, wie sinnlos das war.

Christian seufzte. »Ich hab's doch diesem Uniform-Heini in der Schule schon gesagt.«

»Und was für ein Attest hast du?«

Anstelle einer Antwort drehte Christian die Platte um. Ein neues Lied erklang. Jette kannte es nicht. Christian setzte sich aufs Sofa und schlug die Beine übereinander. Seine Tanzstunde war beendet.

»Was ist nun?«, wiederholte Gregor.

»Lass mich in Ruhe«, sagte Christian, ohne lauter oder barscher zu werden. Nur den Kopf drehte er weg.

»Ich lass dich in Ruhe. Es war nur eine Frage. Gib mir doch einfach eine Antwort.«

»Vielleicht nächstes Mal.« Christian stand auf. »Ich muss gehen.« Er steuerte auf den Tisch zu, auf dem seine Platten lagen.

»Aber nein! Bleib doch noch.«

Als hätte er ihn nicht gehört, legte Christian seine Platten zu einem Stapel zusammen. Keiner sagte etwas. Abschied lag in der Luft. In Gregors Wohnzimmer waren die schweren Vorhänge zugezogen und nur eine funzelige Stehlampe brannte. Was gerade erst begonnen hatte, war schon wieder zu Ende. Jette wollte etwas Versöhnliches sagen und suchte nach Worten. Gleichzeitig fragte sie sich, ob sie mit Christian fortgehen oder bei Gregor bleiben sollte. Und Elisabeth, was würde die machen?

Mit einem Ruck drehte sich Christian zu ihnen um. »Weiß ich denn, ob ich dir trauen kann?«, fragte er Gregor.

Der Satz schlug ein. Sie begriffen, dass es ein Geheimnis gab. Christians Mund stand halb offen. Er sah aus, als hätte er seine Worte am liebsten zurückgenommen.

»Ich würde dich nie verraten, Chris«, rief Gregor. »Nie! Das schwöre ich.« Sofort spreizte er drei Finger.

Christian drehte sich zu Elisabeth, die zwischen ihm und Gregor stand.

»Ich auch nicht«, sagte sie mit fester Stimme. »Bestimmt nicht.«

Jette wartete darauf, dass er auch sie fragen würde, aber das tat er nicht.

»Gut«, sagte er und bewegte dabei den Kopf von einer Schulter zur anderen, »wenn es euch so wichtig ist, erzähl ich's euch. Ihr habt mir geschworen, dass ihr nichts verratet.«

Beide, Elisabeth wie Gregor, wiederholten ihr Ja, und Jette verstand nicht, was es bedeutete, dass er sie übergangen hatte. Sah er sie nicht oder nahm er sie nicht ernst? Es gab eine dritte Möglichkeit, so schön, dass sie sie kaum zu denken wagte – er vertraute ihr und konnte auf ihre Zusicherung verzichten. Leider gab es nicht viel, was dafürsprach.

»Es geht um meine Kennkarte«, sagte Christian leise. »Sie muss beim Übergang von den Pimpfen zur HJ verloren gegangen sein. Jedenfalls wurde ich nie aufgefordert. Und ich hoffe, dass sich das nicht ändert.« Er schüttelte den Kopf. »Das ist das ganze Geheimnis.«

Gregor ging auf ihn zu und streckte die Hand aus. Als Christian sie ergriff, schüttelte er sie. »Danke, dass du uns vertraust.«

»Bitte. Und jetzt muss ich wirklich los.« Christian nahm seine Schallplatten. »Swing Heil«, sagte er, als er an ihnen vorbeiging.

»Swing Heil!«, rief Gregor. »Swing Heil!«

ZEHN

Mareike und Jette waren vom Abendbrottisch aufgestanden, Wiebke deckte ab. Krell streckte die Beine aus und schaute zum Fenster. Die Blätter färbten ihr Laub, der Herbst war im Anmarsch. Er dachte an den Limba-Fall, an die Aussage von Bella, und für einen Moment stellte er sich ihr Gesicht vor und fühlte beinahe ihre weiche Hand in seiner. Es waren keine guten Gedanken, aber abstellen ließen sie sich auch nicht.

Das gelang erst, als Wiebke zurückkam. Sie hatte einen Korkenzieher und zwei Gläser in der Hand, dazu eine Flasche Moselwein, von dem ihre Eltern ihnen eine Kiste geschenkt hatten. »Möchtest du?«

»Ist denn heute Weihnachten?«

Sie setzte sich auf ihren Platz. »Musst du gleich zur Arbeit?«

»Am Sonntag? Nein!«

»Und bist auch einigermaßen ausgeschlafen?«

Er zuckte mit den Achseln.

»Ich muss mit dir reden, Hannes. Es geht um Jette. Ich mache mir Sorgen um sie. Sie hat sich verändert. Da ist irgendwas im Busch.«

Krell zog seine Zigaretten aus der Jackentasche. Er rauchte nicht regelmäßig, manchmal tagelang nicht, dann vergaß er, dass er überhaupt Zigaretten bei sich hatte. Doch in bestimmten Situationen gefiel es ihm. Seine Marke war *Finas*. Er hielt Wiebke das geöffnete Päckchen hin. Zu seiner Überraschung nahm sie eine. Er gab ihr Feuer, dann brannte er seine Zigarette an.

»Jette? Und was ist mit Mareike?«, fragte er, als er den Rauch auspustete.

»Der geht es besser. Ab morgen kann ich sie wieder zur Schule schicken. Heute möchte ich mit dir über Jette reden.«

»Schieß los«, sagte er und ahnte, dass es an diesem Abend nicht bei einer Zigarette bleiben würde. Er öffnete die Weinflasche, schenkte Wiebke und sich ein und trank gleich einen großen Schluck. Der Wein war angenehm kühl und schmeckte milde.

»Seit Neuestem zieht sie sich anders an. Wie soll ich das beschreiben? Schicker auf jeden Fall. Wie eine junge Dame.«

»Das Kind wird eben erwachsen. Ist das nicht normal?«

»Doch, sicher.«

»Also?«

»Hannes, bitte sei nicht blöd. Sie ist ein BDM-Mädel, da kann sie nicht rumlaufen, als gäbe es das alles nicht.«

»Also darum geht es«, sagte er.

Krell hielt sein Glas in der einen und die halb heruntergebrannte Zigarette in der anderen Hand. Wie immer wusste Wiebke, was richtig und was falsch war, und er hatte keine Ahnung, wie sie das schaffte. Warum hatte sie nie Zweifel? Ein Grund war wahrscheinlich, dass sie nicht so viel zu verlieren hatte wie er. Sie hatte so lange wie möglich SPD gewählt und war der nationalen Erhebung ausgesprochen skeptisch gegenübergestanden. Deshalb musste sie nun nicht fürchten, alles zu verlieren, woran sie geglaubt hatte. Aber das reichte nicht als Erklärung, allein daraus ließ sich ihre Sicherheit in allen Entscheidungen nicht herleiten. Er liebte sie und würde sie jederzeit wieder heiraten, aber manchmal wünschte er sich insgeheim, sie besäße etwas weniger von ihrer Entschlossenheit. Womöglich beneidete er sie nur, aber es fehlte ihm etwas bei ihr, ein Moment von Zweifel, eine Unsicherheit. Manchmal malte er sich aus, wie sie beieinandersaßen und gemeinsam nach einer Lösung suchten. Eine solche Situation würde er mit ihr wahrscheinlich nie erleben. Sie war immer schon am Ziel.

»Ich rede mit ihr«, sagte er, während er einen Seufzer unterdrückte. »Vielleicht ist es besser, ich warte noch einen oder zwei Tage, bis ich es selber sehe. Dann denkt sie nicht, ihre Mutter hätte sie verpetzt.«

Sie nickte und schaute ihn mit ihren hellen Augen an.

Als er damals zum ersten Mal seit Kriegsende zum Heiligengeistfeld – dem Hamburger Dom – gegangen war, hatte er nur eine einzige Mark in der Tasche gehabt, genug für zwei Bier, mehr war nicht drin, jedenfalls keine Vergnügungen, die Geld kosteten. Leute anschauen war zum Glück umsonst. Es gab Karussells und Musik, Zwerge und Riesen, Frauen, die ihre Eimer schwenkten und Lose aus ihnen verkauften, Stände, wo man mit dem Luftgewehr schießen konnte. Und ein Publikum, das sich durch die Gassen schob und sich auf Teufel komm raus amüsieren wollte. Viel Geschnatter und Gelächter. Krell kam sich unter diesen Leuten seltsam vor, er gehörte nicht dazu, er war ein Außenseiter, obwohl es andere Gestalten wie ihn gab, genauso hohlwangig, mit ähnlich verschlissener Kleidung. Man konnte jedem auf den Kopf zu sagen, ob er eine vernünftige Arbeit hatte oder nicht.

Er selbst war größer als die meisten, wahrscheinlich auch kräftiger, aber er brachte nichts zustande. Selbst sein Hut hatte neuerdings ein Loch, das er mit dem Stoffband nur notdürftig überdecken konnte. Er schämte sich. Bier war die einfachste Möglichkeit, auf andere Gedanken zu kommen, deshalb kehrte er ein. Das Lokal hieß *Große Trommel*. Es befand sich in einem Zelt. Lange Tische und Bänke standen darin, es war voll, verraucht und ziemlich laut, auch wenn die Geräusche nach oben wegzuziehen schienen. Krell blieb am Eingang stehen und suchte nach einem Platz. Diese Wahl war immer schwierig. Er wollte nicht zu nah bei anderen sitzen, Enge erdrückte ihn, am liebsten war ihm ein Bankende, wo es zumindest auf einer Seite keinen Nachbarn gab. Er fand nichts, was ihm zusagte, war kurz davor, wieder zu verschwinden, zog dennoch weiter ins Zelt hinein, als ihm ein Besoffener in die Arme fiel und sich im gleichen Moment erbrach.

Der Mann hatte seinen Kopf im letzten Moment so weit herumgerissen, dass er auf die Erde spuckte, nicht gegen Krell, und trotzdem landete ein Teil des Erbrochenen an seinem Hosenbein. Der Kerl kam ihm gerade recht, wie eine Leuchtrakete stieg die Wut in Krell auf, heiß und brennend. Wahrscheinlich ging es nicht um die Saufnase in seinem Arm, aber das war jetzt völlig egal. Er packte den Kerl am Kragen, brachte ihn in den richtigen Abstand und holte aus. Niemand würde sich beschweren, wenn er einem Idioten, der ihm aufs Hosenbein gekotzt hatte, eine verpasste. Der Saufkopp hatte einen glasigen Blick, sein Kopf wackelte, er ahnte nicht einmal, dass er gleich auf die Bretter gehen würde.

»Bitte schlagen Sie ihn nicht«, rief eine Frau neben ihm.

»Das ist meine Sache. Er hat mir an die Hose gespuckt.«

Sie hatte etwas Flehendes in der Stimme. »Ich weiß. Aber ich bitte Sie. Er kann nichts dafür.«

Weil Krell nicht weitermachte, entstand eine seltsame Situation. Er hatte den Mann am Schopf, seine Faust war bereit, der Gegner hatte weiche Beine, und dazu diese Frau mit ihren hellen Augen, die ihn durchdringend anschaute und dafür sorgte, dass die Wut aus ihm strömte wie Luft aus einem kaputten Reifen.

»Er säuft, bis es ihm oben wieder rauskommt, und kann nichts dafür?« Ein letzter Versuch. Krell wusste schon, dass er nicht mehr zuschlagen würde. Dass er es gar nicht mehr wollte.

Sie nickte. »Er hatte eine Flasche Korn in der Hosentasche. Ich hab sie nicht gesehen.«

»Frontsoldat?«

Wieder ein Nicken.

»Ihr Mann?«

»Mein Bruder.«

Krell ließ die Faust sinken. Der Besoffene hatte von dem

Wortwechsel nichts mitbekommen. Krell schaute der Frau ins Gesicht. Ihre Augen waren wirklich hellblau und sahen aus wie der Himmel im Sommer. In diesem Moment entdeckte er in ihnen ein Versprechen auf eine gute Zukunft. Das Leben musste nicht düster sein, es gab eine andere, bessere Möglichkeit. Es war eine Art Verheißung, die sich in ihm ausbreitete, so deutlich, dass er weiche Beine bekam wie der Besoffene, den er nach wie vor am Kragen hielt.

Nach einem Augenblick verschwand das Bild.

»Wir bringen ihn raus«, sagte er. »Die frische Luft wird ihm guttun.«

Beide hakten sie den Besoffenen unter und führten ihn vors Zelt, wo er kurz die Augen öffnete und etwas Unverständliches lallte. Krell sann dem Bild der Verheißung nach, aber es war bereits blass geworden, flüchtig wie ein Traum, der sich auch nicht festhalten lässt.

»Wohnen Sie weit? Soll ich Ihnen helfen, ihn nach Hause zu bringen?«

»Ich möchte Ihnen Ihren Abend nicht verderben.«

»Schon gut. Ich kann genauso gut morgen feiern. Dom ist ja noch ein paar Tage.«

Sie wohnte im alten Kern von Altona, und da sie mit ihrem Bruder, den sie stützten, nur langsam vorankamen, hatten sie Zeit, sich einander vorzustellen und sich etwas zu erzählen. Dabei erfuhr Krell, dass Wiebke Kraus Schneiderin war. Sie hatte einen Beruf, den sie erlernt hatte, ging an sechs Tagen in der Woche zur Arbeit in ein Atelier am Neuen Wall, nähte Kleider, Hemden und Anzüge. In der Wohnung, zu der sie unterwegs waren, lebte sie mit Eltern und Bruder. Ihr Bruder, versicherte sie, sei durchaus ein vernünftiger Mann, dem nur manchmal die Gäule durchgingen, umso mehr, wenn er trinke. Nur ob sie verlobt war, erfuhr er nicht. Er traute sich nicht, sie danach zu fragen.

Sie zog ihren Haustürschlüssel aus der Tasche. »Kommen Sie bitte mit herauf, damit ich Ihnen die Hose saubermachen kann.«

»Sie müssen meine Hose nicht abwischen. Im Dunkeln sieht es niemand, und ich bin gleich zu Hause.«

Er half ihr, ihren Bruder in den ersten Stock zu bugsieren, was im Treppenhaus schwierig war, weil der die Beine nicht auf die Stufen setzte. Gleichzeitig legte sie wegen der Nachbarn größten Wert darauf, dass sie leise waren. Er war kurz davor, sich ihren Bruder über die Schulter zu legen, ließ es aber sein.

An ihrer Wohnungstür senkte er den Blick. Er flüsterte beinahe. »Würden Sie vielleicht morgen auf dem Dom ein Bier mit mir trinken?«

»Ja«, sagte sie und setzte sogar noch ein »gerne« hinzu.

Noch bevor sie aufgeschlossen hatte, verabschiedete er sich, indem er den Hut zog. »Um sieben vor der *Großen Trommel*«, sagte er noch.

Krell ging nach Hause. An diesem Abend hatte er eine Einsicht. Egal, wie schön die Verheißung war, und einerlei, ob Fräulein Kraus zur Verabredung kommen würde oder nicht, sie und er, das passte nicht. Auf der einen Seite war da ein hübsches, zuversichtliches Mädchen, eine Schneiderin, angestellt in einem renommierten Atelier, wo wohlhabende Kunden ihre Kleider nähen ließen. Dagegen er, der nur unregelmäßig Arbeit hatte und dann Säcke, Steine und Bretter schleppte, und der, wenn er nichts fand, in seiner Mansarde blieb und von Flandern träumte oder einfach schlief. Es war an der Zeit, dass er aufwachte und etwas aus sich machte, auch ohne Fräulein Kraus.

ELF

Hannes Krell hatte eine neue Klinge in seinen Rasierapparat gelegt und sich einen Schnitt am Kinn verpasst. Es dauerte, bis er das Blut stoppen konnte, so war er der letzte aus seiner Familie, der sich an den Frühstückstisch setzte. Es war spürbar, dass die Atmosphäre angespannt war, gleichwohl tat er so, als habe er es nicht gemerkt und wünschte Wiebke und den beiden Töchtern einen guten Morgen. Sein Blick fiel auf Jette. Ihr Mund war rot, leicht nur, aber doch so, dass es auffiel. Wiebkes Lippenstift, glaubte er. Er kannte die Farbe. Nun sah er, was seine Frau ihm am Vorabend hatte sagen wollen, und er ahnte auch, über was Mutter und Tochter stritten.

»Geh ins Badezimmer und wisch dir das wieder ab. Jetzt«, sagte Wiebke.

Jette legte die Stirn in Falten und tat so, als habe sie nicht verstanden. Aber so konnte man mit Wiebke nicht umgehen. Sie streckte Arm und Zeigefinger aus.

»Mutti!«

»Die deutsche Frau schminkt sich nicht, heißt es.«

»Vielleicht beim BDM«, meinte Jette.

»Wo du hingehörst, meine Liebe«, gab Wiebke spitz zurück. Dann wandte sie sich an ihn. »Hannes?«

Krell hatte sich eine Scheibe Brot genommen und war gerade dabei, sie zu bestreichen. Mit seinen Gedanken war er bereits bei seinem Fall; er wollte auf dem Weg zum Dienst der Pension Grüber noch einen Besuch abstatten. Doch jetzt musste er hier seinen Mann stehen.

»Das hat noch Zeit, min Deern.«

Mareike feixte. Sie sah immer noch blass aus, aber es gefiel ihr, dass ihre große Schwester Ärger hatte.

»Vati, das bisschen.«

»Streite nicht, Tochter. Das geht nicht. Du bist zu jung dafür.«

Sie schüttelte den Kopf. »Viele Mädchen in meiner Klasse machen das.«

»Mag sein«, erklärte Wiebke. »Das müssen die mit ihren Eltern ausmachen. Wir tragen für dich die Verantwortung.«

Krell mochte es nicht, wenn Jette so scharf zurechtgewiesen wurde. Befehl und Gehorsam – so hatte sein Vater erzogen. Er bevorzugte einen anderen Weg. »Ich verstehe dich ja, Jette, aber es geht nun mal nicht.«

»Ph«, machte Jette. Sie schob sich das letzte Stück ihres Marmeladenbrotes in den Mund, stand auf und ging ins Bad. Als sie zurückkam, hatte sie die Schminke abgewischt und bereits ihre Jacke an und den Ranzen in der Hand. »Ich muss los. Einen guten Tag allerseits.«

»Warte doch auf Mareike«, rief Wiebke ihr nach.

»Heute nicht. Ich habe es eilig. Klein-Mareike schafft das bestimmt allein.«

Wiebke schaute ihn an, er verzog den Mund und gab wahrscheinlich ein unbeholfenes Bild. Das entsprach durchaus seinem Gefühl. Früher hatte er sich nie vorgestellt, wie schwer es war, Kinder großzuziehen. Die Jahre mit seinen beiden Töchtern hatten ihn eines Besseren belehrt. Hoffentlich begriff Jette wenigstens, dass es ihm um ihre Sicherheit ging.

»Findest du den Weg?«, fragte Wiebke Mareike.

»Na klar, Mutti«, sagte sie mit nach wie vor kratziger Stimme. »Ich bin doch schon groß.«

Den Eindruck machte Mareike durchaus nicht, sie wirkte noch kränklich und schwach. Ob sie zur Schule ging oder nicht, diese Entscheidung überließ er Wiebke. Er hatte es jetzt eilig und saß eine Viertelstunde später in seinem Opel auf dem Weg nach Sankt Pauli, zum Hamburger Berg. Frau Grüber war überrascht, als er eintrat und sie nach ihrem Mieter Hispel fragte.

»Der war vorhin beim Frühstück. Er müsste auf seinem Zimmer sein. Sagen Sie, Herr Kommissar, hat er …?«

»Was?«

»Ob er? Ich meine, Herrn Limba?«

»Aber nein, Frau Grüber, wo denken Sie hin. Ich habe nur noch eine Frage an ihn.«

Er stieg die Treppe hinauf, klopfte an Hispels Tür, und als niemand antwortete, trat er ein. Der Mann war nicht da. Krell warf einen schnellen Blick in sein Zimmer, das er beim letzten Mal nur oberflächlich gesehen hatte. Das Bett war noch nicht gemacht. Der gepolsterte Stuhl stand wieder am Fenster, der Aschenbecher davor. Das war offensichtlich sein Stammplatz, aber die Frage war, was er dort trieb. Man konnte doch nicht den ganzen Tag sitzen, rauchen und zum Fenster hinausschauen. Krell fragte sich, warum Hispel nicht eingezogen wurde. Ein Handelsvertreter, dessen Geschäfte schlecht liefen, weshalb wurde der verschont?

Er hörte Schritte auf dem Flur. Hispel, der aus dem Bad kam. Er hatte einen Beutel mit Waschutensilien in der Hand und war frisch rasiert.

»Herr Kommissar! Wollten Sie zu mir?«

»So ist es. Wir haben Fingerabdrücke gefunden, Herr Hispel, die von Ihnen stammen. Wir haben Sie in unserer Kartei. Sie sind aktenkundig und wurden seinerzeit auch angeklagt, und zwar wegen Betruges.«

»Ach, hören Sie auf mit der alten Geschichte. Das ist doch mindestens zehn Jahre her. Außerdem wurde ich damals freigesprochen.«

Hispel war ein schmaler Kerl mit vorstehender Brust und dünnem bräunlichem Haar. Etwas an ihm stimmte nicht, aber Krell konnte nicht fassen, was es war, und es erst recht nicht benennen. Er schätzte Hispel jetzt nicht mehr auf Mitte, sondern eher auf Ende 30, aber so oder so wäre er zu jung, um im Weltkrieg gewesen zu sein. Ein entscheidender Unterschied zu ihm selbst

»Ist geschenkt. Tatsache ist aber, dass Ihre Fingerabdrücke in Limbas Zimmer gefunden wurden, und zwar an einer Stuhllehne. Nun habe ich mich gefragt, wie die Abdrücke dorthin gekommen sind. Die einzige plausible Erklärung, die mir einfällt, ist, dass Sie sich dort hingesetzt haben. Vorher haben Sie sich den Stuhl herangezogen. Wenn das stimmt, wäre es gut gewesen, Sie hätten das bereits ausgesagt. Ich frage Sie noch einmal: Wie gut kannten Sie Gustav Limba? Wie eng war Ihr Verhältnis?«

Krell ließ ihn nicht aus den Augen. Hispel blieb standhaft. »Nicht eng, Herr Kommissar, glauben Sie mir.«

Krell suchte weiterhin nach einem Begriff für das, was ihm an Hispel auffiel. Der schmale Mann wand sich nun doch ein wenig, es trat ein Hauch von Röte in sein Gesicht, aber nicht genug, um sicher zu sein, dass er log.

»Es kann sein, dass ich ihn mal in seinem Zimmer besucht und mich auch gesetzt habe. Aber deshalb waren wir noch lange keine Freunde. Ich weiß nichts über ihn. Wirklich nicht.«

Er hatte seine Sicherheit zurückgewonnen, recht zügig, wie Krell fand. Fast war es ein wenig zu viel Sicherheit dafür, dass er von der Kriminalpolizei befragt wurde.

»Herr Hispel, ich fordere Sie dringend auf, mir die Wahrheit zu sagen. Sollte ich herausfinden, dass Sie mich belügen, dann lasse ich Sie einsperren, seien Sie sich dessen gewiss.«

»Aber Herr Kommissar, ich lüge nicht. Bestimmt nicht. Dafür habe ich gar keinen Grund.«

Im Erdgeschossflur vernahmen sie Männerstimmen. Krell konnte die Worte nicht verstehen, aber der Ton klang eindeutig militärisch. Auch die Grüber sagte etwas, wurde aber sofort unterbrochen. Es gab schwere, entschlossene Tritte auf der knarrenden Treppe, einen Gleichschritt. Krell dachte an Militär.

Hispel wurde plötzlich blass. Er machte den Eindruck, als hätte ihn eine Lähmung erfasst, er war stocksteif, der Hals lang, der Kopf unbeweglich. Nur der Adamsapfel stieg auf und ab.

Im nächsten Moment reagierte er. Er nahm seinen Waschbeutel in die andere Hand, ging in die Knie, sagte leise: »Verraten Sie mich nicht, Herr Kommissar. Bitte!«, und rollte sich unter das Bett.

Beinahe zur gleichen Zeit traten zwei Männer ein. Sie trugen beide lange Ledermäntel, die deutlich machten, zu welchem Verein sie gehörten. Trotzdem zeigte der vordere eine Dienstmarke. »Geheime Staatspolizei. Weisen Sie sich bitte aus.«

Krell schlug die Hacken zusammen. »Heil Hitler, meine Herren. Kommissar Krell, Kripo Hamburg. Wir kennen uns übrigens vom Stadthaus.« Dort hatten beide, Staats- wie Kriminalpolizei, ihren Sitz. Krell zog seine Dienstmarke ebenfalls aus der Tasche und hielt sie den Beamten vor die Nase. Der Vordere schaute genau hin. Krell kannte seinen Namen nicht, dazu arbeiteten die unterschiedlichen Zweige der Polizei zu getrennt voneinander. Er war einen Kopf größer als sein Kollege und deutlich älter, unter seinem Hut zeigte sich weißgraues Haar. Offensichtlich stand er im Rang über dem anderen.

»Kommissar Krell, ich muss Sie fragen, was Sie hier machen.«

Krell versuchte blitzschnell, seine Gedanken zu ordnen.

Hispel musste gewusst haben, dass ihm unangenehmer Besuch ins Haus stand, deshalb lag er jetzt versteckt unter seinem Bett. Krells Befürchtung war, dass er keine Aussage mehr von ihm erhalten würde, wenn die Gestapo ihn mitnahm. Auf der anderen Seite galt natürlich, dass man als Beamter staatlichen Organen keine Erkenntnisse vorenthielt.

»Ermittlungen, Herr Kollege«, sagte er.

»In welchem Fall?« Der Ton des Mannes war unverändert scharf.

»Ein Todesfall. Der Name des Opfers ist Limba. Gustav Limba.«

»Limba? Was hat Hispel Ernst mit dieser Sache zu tun?«

Krell hatte in den acht Jahren seit Hitlers Machtantritt nicht ein einziges Mal eine kollegiale Zusammenarbeit mit der Gestapo erlebt. Das Verhältnis war vielmehr so, dass die Gestapo stets Informationen verlangte, selbst aber keine abgab. Die Herren nahmen für sich in Anspruch, wichtiger zu sein und über der normalen Polizei zu stehen. Außerdem hatten sie Methoden, die man kaum gutheißen konnte. In der ganzen Stadt war bekannt, dass Festgenommene im Keller ihres Dienstgebäudes an der Stadthausbrücke gefoltert wurden, bis sie aussagten. Krell war nie dort unten gewesen, er hatte auch keinen Zutritt. Schreie hörte man nie. Trotzdem bezweifelte er die Gerüchte genauso wenig wie seine Kollegen bei der Kripo. Schall ließ sich mit dichten Türen zurückhalten.

»Ein Zeuge«, sagte Krell. »Darf ich fragen, was Ihr Interesse ist?«

»Das ist geheim. Sie haben den Hispel nicht angetroffen?«

»Nein.«

»Die Wirtin sagt, er sei im Haus.«

»Ich bin gerade erst gekommen.«

Der kleinere der beiden Männer trat ins Zimmer hinein.

Er schob die Vorhänge zur Seite und öffnete die Schranktür. Die Vorhänge waren zu kurz, der Schrank zu klein, stellte Krell fest. Als Nächstes würde er sich bücken. Dann galt es, eine Ausrede zu finden.

Der Gestapobeamte tippte mit dem Zeigefinger jede einzelne ausgedrückte Kippe in Hispels Aschenbecher an. »Die hier ist noch warm. Er muss in der Nähe sein. Ich sehe im Badezimmer nach.«

Krell blieb mit dem ranghöheren der Männer zurück. Ein gespanntes Schweigen trat ein. Krell zog hinter seinem Rücken, wo er beide Hände ineinander gelegt hatte, den Daumen mit zwei Fingern in die Länge. Allgemein gab es unter seinen Kripokollegen in der Frage der Kooperation mit der Gestapo zwei Fraktionen, und das war unabhängig davon, dass sie alle durch Order des Reichspolizeiführers zur Zusammenarbeit verpflichtet waren. Die einen standen zu dieser Gemeinsamkeit und hielten es für ihre Pflicht, ihren Teil zu einem effektiven Staatsschutz beizutragen, die anderen pflegten eine heimliche Gegnerschaft zu den Geheimpolizisten, und das nicht nur wegen deren Selbstherrlichkeit. Krell war bisher noch nicht in die Situation gekommen, sich zwischen beiden Seiten entscheiden zu müssen. Aber jetzt war er ohne langes Nachdenken über eine Grenze gegangen, er hatte nicht nur die Auskunft verweigert, sondern die beiden Männer regelrecht belogen. Unmittelbare Gefahr bestand für ihn nicht, glaubte er, selbst wenn sie Hispel fanden, könnte er behaupten, nichts von dem Versteck gewusst zu haben. Das Problem war eher, dass er zwei Staatsbeamte mit Absicht in die Irre geführt hatte. Er musste an seinen Freund Euler denken, dem er die Geschichte unter dem Versprechen der Verschwiegenheit erzählen würde. Er brauchte jemanden, dem er sich anvertrauen konnte, denn er war dabei, sich in eine unglückliche Lage zu manövrieren.

»Machen Sie Untersuchungen im Fall Limba?«, fragte er den verbliebenen Gestapobeamten.

»Ich darf über laufende Ermittlungen keine Auskunft geben.«

»Das weiß ich. Ich meinte die Frage eher … wie soll ich sagen? … unter uns.«

Der Gestapomann hatte graugrüne Augen und schaute ihn an, als hätte Krell ihn in einer Fremdsprache angeredet. Er schien keine Antwort geben zu wollen. Erst nach einem langen Moment des Schweigens sagte er: »Ich habe diesen Satz nicht gehört.«

Es war eine Erleichterung, als der zweite Mann zurückkehrte. »Im Badezimmer ist er nicht. Ein Schweinestall dort, Wasserdampf und Schimmelpilz. Wir sollten das Gewerbeamt schicken.« Er verhielt sich nicht nur wie ein Untergebener, sondern redete auch so. Die Befehle gab der andere.

»In den anderen Zimmern nachsehen?«

»Nein. Wir kommen wieder.«

»Ich auch«, seufzte Krell. Er spielte den beiden Männern etwas vor. Dabei erinnerte er sich daran, dass seine Schwestern und er als Kinder die Regel aufgestellt und regelrecht ausformuliert hatten, dass sie, wenn sie logen, es richtig tun mussten, denn eine halbe Unwahrheit kam viel leichter heraus und zog die gleiche harte Strafe nach sich.

»Kann sich ja nicht in Luft aufgelöst haben, der gute Mann«, erklärte er.

Krell ermahnte sich. Er durfte nicht zu viel tun, das wäre ebenso auffällig. Ein kritischer Augenblick würde kommen, falls die Gestapobeamten Frau Grüber erneut nach ihrem Mieter fragten. Doch das passierte nicht. Die Wirtin war nicht im Flur, und die beiden Geheimpolizisten riefen nicht nach ihr, sondern strebten dem Ausgang zu.

»Meine Herren«, sagte Krell, als sie die Straße erreicht

hatten, »es war mir eine Ehre. Heil Hitler.« Er riss den rechten Arm in die Höhe.

Die Gestapobeamten grüßten knapper und gingen davon. Krell steuerte eine Telefonzelle an, warf eine Münze ein und tat so, als würde er eine Verbindung herzustellen versuchen. Er beobachtete, wie die beiden Männer in Richtung Reeperbahn verschwanden. Sollten sie umkehren und ihn erneut in der Pension antreffen, wäre er in akuter Erklärungsnot. Er wollte aber unbedingt mit Hispel sprechen, jetzt noch viel dringender als vor einer halben Stunde. Der gute Mann hatte sicherlich nicht ohne Grund die Gestapo an seinen Fersen.

Krell kehrte zurück. Hispel war nicht in seinem Zimmer. Weder saß er auf seinem Platz noch lag er unter dem Bett. Krell wandte sich an die Grüber.

Die tat erstaunt. »Ich weiß nicht. Sagen Sie mir bitte einmal, was Herr Hispel ausgefressen hat. Erst suchen Sie ihn, dann auch noch die Gestapo. Ich muss ihn vor die Tür setzen. Der ruiniert mir mein ganzes Haus.«

»Haben Sie ihn gesehen?«

»Nein! Das sage ich doch.«

»Frau Grüber«, begann Krell. Angesichts des Satzes, der sich in seinem Kopf formte, konnte er sie kaum anschauen, sondern starrte an ihr vorbei zu ihrer Bürotür. »Ich sage es ungern, aber bitte bedenken Sie, wie großzügig ich mich Ihnen gegenüber verhalten habe.«

Sie wollte etwas erwidern, ihr Mund öffnete und schloss sich. Ein Wort aber kam nicht heraus.

»Ich habe Ihnen zugesagt, über Ihre Schwester zu schweigen. Sie wissen wahrscheinlich besser als ich, dass die Behörden in Fällen von Schwachsinn hart durchgreifen. Richter ordnen Zwangssterilisierungen an. Es gibt Heime, die …« Er atmete laut aus. »Lassen wir das. Ich war Ihnen gegenüber freundlich, und das ist der Dank?«

»Herr Kommissar ...« Ihre Stimme zitterte. »Ich schwöre bei allem, was mir heilig ist, dass ich Herrn Hispel nicht gesehen habe. Das Einzige, was ich weiß, ist, dass im Esszimmer ein Fenster offensteht, das heute Morgen geschlossen war.«

»Zeigen Sie es mir.«

Sie führte ihn in den großen Raum mit dem ovalen Tisch und dem Bild der Hafenansicht bei Sturm. Er schob die Gardine zur Seite und schaute durchs Fenster in einen engen Hof. Auf der Rückseite war ein Durchgang in Richtung Talstraße. »Dies hier war offen?«

»Ich habe es eben zugemacht.«

»So ein Mist«, entfuhr es ihm.

Als die Grüber ihn streng anblickte, bat er um Entschuldigung und ging. Auf der Straße versicherte er sich, dass die Gestapobeamten nicht auf ihn warteten, dann fuhr er zur Dienststelle, wo er Schubert mit kurzen Worten informierte. Sie hatten nach wie vor nichts in der Hand. Der Fall Limba war zäh.

Zum Mittagessen ging er mit Schubert in ein Lokal auf der anderen Straßenseite. Dort nahmen viele Kollegen ihre Mahlzeiten ein, überall an den Tischen wurden Ermittlungen besprochen, und er hielt es nicht anders. Sie aßen Bockwurst, Bratkartoffeln und Sauerkraut, dazu tranken sie ein Bier.

»Ich wüsste gerne«, sagte Krell zwischen zwei Bissen, »was die Gestapo von Herrn Hispel will.«

Schubert schob sich die Nickelbrille zurecht. »Das werden wir kaum in Erfahrung bringen.«

»Ist er ein alter Kommunist? Ein Verschwörer?«

Schubert trank von seinem Bier. Krell hatte seine Fragen nicht an ihn gestellt, deshalb gab er auch keine Antwort.

»Umgekehrt: Wenn deren Ermittlung mit Limba zu tun hat, ist das vielleicht doch kein unwichtiger Fall.«

Mit seiner Serviette tupfte Schubert sich die Lippen, und Krell bekam in diesem Moment einen seltsamen Eindruck von seinem Gegenüber: Er wirkte desinteressiert. Der junge Kriminalassistent schien sich nicht sonderlich um den Fall zu scheren.

»Raus mit der Sprache, Schubert«, rief er. »Was denken Sie?«

Bevor er antwortete, hob Schubert sein Glas zum Mund und trank einen Schluck Bier, den er lange im Mund behielt. Er schien geradezu damit zu spülen. Krell wurde ungeduldig.

»Wenn es stimmt«, sagte der Assistent endlich, »dass Hispel und Limba sich nur flüchtig kannten, dann ist gut möglich, dass die Gestapo etwas anderes von Herrn Hispel wollte. Warum sollte die Staatspolizei in der Limba-Sache ermitteln? Ich meine, wenn der Kriminalrat den Fall für uns schon als nichtig bestimmt …«

»… dann?«

»Dann gibt es doch erst recht kein Interesse für die Gestapo.«

»Und was folgt daraus?«

Schubert machte nun den Eindruck, als wollte er nicht aussprechen, was er dachte. Er stocherte mit der Gabel in seinem Essen umher, schob die Bratkartoffeln auf die eine Tellerseite und das Sauerkraut auf die andere. Krell, der aufgegessen hatte, war drauf und dran zu gehen. Laut und ungeduldig atmete er aus.

Schubert legte sein Besteck zur Seite. »Wir könnten«, sagte er sehr leise und sehr langsam, »den Limba-Fall …«

Krell brauchte den Satz nicht bis zum Ende zu hören, um seinen inneren Widerstand zu spüren. Er würde nicht so handeln, wie Schubert vorschlug. Ganz sicher nicht.

»… ich meine, wir sollten ihn zu den Akten legen, wie der Kriminalrat vorgeschlagen hat.«

Krell trank den letzten Schluck von seinem Bier. Er hatte Lust zu rauchen, und als er sich eine *Finas* angesteckt hatte und den Aschenbecher auf dem Tisch zu sich heranzog, fielen ihm die Zigarettenkippen ein, gegen die der Gestapobeamte in Hispels Zimmer getippt hatte. Wenn er es richtig im Kopf hatte, war das Souterraingeschäft an der Großen Freiheit der nächstgelegene Laden, wo Hispel seinen Tabak kaufen konnte.

Er setzte Schubert nicht über sein Vorhaben in Kenntnis, sondern machte sich direkt nach Dienstschluss ein weiteres Mal auf den Weg nach Sankt Pauli und parkte seinen Opel direkt an der Großen Freiheit.

Die Glocke läutete, als er die Ladentür öffnete. »Guten Abend.«

Jan Weller schaute auf und fuhr sich mit der Hand durch den Bart. »Der Herr Kommissar. Auf eine Gratiszigarre?«

»Wo denkst du hin, Jan? Hältst du mich für ein so verdorbenes Subjekt?«

»Aber im Leben nicht, Herr Kommissar. Wie kommen Sie darauf?«

»Oder erhoffst du dir einen Vorteil, wenn du dich mit einem Vertreter der Obrigkeit gut stellst?«

Jan winkte ab. »Ich ziehe mein Angebot zurück.« Er hielt Krell eine Zigarre hin. »Zwei Groschen. Beste Ware.«

»Nein danke. Ich will dir eine Frage stellen, Jan. Kennst du einen gewissen Ernst Hispel?«

»Nein. Wer soll das sein?«

»Ein Mann vom Kiez, außerdem ein Zimmernachbar des toten Gustav Limba.«

»Aus der Pension Grüber?«

»Ja.« Krell dachte, dass es eine sinnlose Frage war, die Jan gestellt hatte. Er selbst hatte Krell gesagt, dass Limba in der Pension am Hamburger Berg wohnte. Es war selbstverständlich, dass Hispel, wenn er Limbas Nachbar war, ebenfalls dort lebte.

Krell schaute sich aufmerksamer im Laden um. Er fand nichts Auffälliges. »Ein Raucher«, sagte er.

Jan lachte auf. »Davon gibt es viele. Welche Marke?«

»Das weiß ich leider nicht. Ein eher schmaler Mann, vielleicht Ende 30. Ordentliche Frisur. Ein Weinvertreter.«

»Ach. Wenn er *Ernte 23* raucht, dann weiß ich, wen Sie meinen.«

»Er kauft seine Zigaretten hier?«

»Gelegentlich, ja.«

»Wann war Hispel zum letzten Mal hier?«

Jans Mund blieb geschlossen, während seine Lippen zuckten. Es war nur ein flüchtiger Moment, doch für Krell dauerte er lange genug.

»Zeig mir doch mal dein Hinterzimmer, Jan. Oder soll ich mich alleine umschauen?«

»Wie Sie wünschen«, erwiderte Jan formal. Er ging die wenigen Schritte zur Kammertür, die wie in die Tapete geschnitten wirkte. Sie ließ sich, da sie auf dem Boden schleifte, nur mit Krafteinsatz aufschieben. Vor Krell lag ein dunkler Raum. In einem Wandregal lagerten mehrere Pappkartons, lose Schnapsflaschen und Tabakwaren. Auf dem untersten Brett lagen drei Bündel von zusammengebundenem Zeitungspapier. Auf einem Stuhl am Fenster saß Ernst Hispel und rauchte.

»Lass uns bitte allein, Jan«, sagte Krell. »Herr Hispel, ich habe mit Ihnen zu reden, und zwar dringend.«

ZWÖLF

Jette blickte vom Fenster des Schulhauses in den Hof hinunter. In der letzten Zeit hatte sich viel verändert, keineswegs nur das Wetter, das herbstlich kühl geworden war, man merkte, wie die Tage kürzer und die Dunkelheit länger wurde. Das Laub von Christians Eiche war gelb, wenn die Sonne schien, leuchtete es, strahlte geradezu. Er stand nicht mehr allein dort, Gregor war inzwischen immer in seiner Nähe, und beide trugen nun Jacketts. Gregors war nicht kariert, sondern einfarbig grau, es war ein altes von seinem Vater. Wie bei Christian war es zu weit und zu groß, er hätte ein Kissen darunter schieben können, die Ärmel fielen auf die Handrücken. Auch hatte er jetzt lange Hosen an wie ein Mann und ließ sich seine Haare nicht mehr schneiden. Sie kräuselten sich bereits über den Ohren.

Elisabeth war fast immer in ihrer Nähe, und auch Karl, Christians Banknachbar, suchte Anschluss an die kleine Gruppe. Er tat es aber unentschlossen, seine Haare blieben kurz und seine Kleidung so, wie es von einem deutschen Jungen erwartet wurde. Christian und Gregor gaben ihm seine Halbherzigkeit auf eine feine, kaum spürbare Art zurück; sie stießen ihn nicht fort, aber sie benutzten in seiner Anwesenheit keine verbotenen Ausdrücke, ihre Unterhaltungen blieben harmlos, als wäre er ein Spitzel. Obwohl er gefragt hatte, ob und wann sie zusammen Musik hörten, war er noch nicht ein einziges Mal in Gregors Haus eingeladen worden. Jette vermutete, dass er nichts Genaues von diesen abendlichen Zusammenkünften wusste.

Jettes Sorge war nicht Karl, sondern Elisabeth, Liz, wie

sie sich nennen ließ, die mittlerweile immer ihren Lidschatten auftrug, außer natürlich an den BDM-Nachmittagen, an denen sie ungeschminkt blieb wie alle anderen. Sie war die zweitjüngste von vier Töchtern. Der Vater war weit weg, er lag mit seiner Kompanie in Frankreich, die Mutter schaute offenbar nicht so genau auf die Kinder, während die beiden großen Schwestern Elisabeth manchen Tipp gaben. Von Anfang an war Elisabeth an Christian interessiert gewesen, und daran hatte sich nichts geändert. Jette konnte nicht mit ihr mithalten, gerade bei der Schminke nicht. Sie dachte an die Ermahnungen ihrer Eltern beim Frühstück vor ein paar Tagen. Inzwischen hatte sie verstanden, dass Mutter und Vater sie nur beschützen wollten, aber das nützte ihr nichts, denn sie wollte und musste dazugehören. Deshalb hatte sie sich ein Stück vom Lippenstift ihrer Mutter abgebrochen und brachte es, in Papier eingewickelt, in ihrer Tasche mit sich. Morgens trug sie sich in der Schultoilette eine dünne Schicht davon auf die Lippen auf, gerade so viel, dass sie etwas roter wurden. Wer nicht genau hinsah, bemerkte es nicht, der konnte denken, das wäre ihre natürliche Farbe.

Abends vorm Einschlafen hingegen stellte sie sich manchmal vor, alles wieder zurückzudrehen, Zöpfe zu tragen und ein normales BDM-Mädchen zu sein, ohne jede Schminke, dafür mit Wollstrümpfen. Wahrscheinlich würde sie in einem oder zwei Jahren eine eigene Gruppe führen und ihr Vorträge über Juden und Arier halten. In weiterer Zukunft würde sie heiraten, dann wäre sie eine Volksgenossin und Mutter, die Söhne auf die Welt bringt und sie nach ein paar Jahren bei den Pimpfen anmeldet, und an dieser Stelle weigerte sich ihr Verstand, diesen Gedanken weiterzuverfolgen. Er lieferte einfach keine Bilder mehr.

Die Wahrheit war: Jette wollte diese neue Musik hören, die englischen und jiddischen Texte verstehen. Trotz aller

Angst hatte sie große Lust zu tanzen und die Schritte besser zu lernen, das Neue reizte sie, da war ein Gefühl, das sie nicht benennen konnte, aber das sie glücklich machte, manchmal so sehr, dass sie hätte laut lachen können.

Die Lehrer, nicht nur Doktor Petersen, sondern auch die anderen, ignorierten Christian. Er war für sie wie Luft, ein Nicht-Anwesender, jemand, den man übersah. In den ersten Wochen hatte er sich noch manchmal gemeldet, war aber nie drangenommen worden. Inzwischen machte er sich nicht mehr die Mühe. Manchmal schrieb er etwas in sein Heft, erledigte offenbar auch die Hausaufgaben, wurde aber nie gefragt. So saß er mit reglosem Gesicht auf seinem Stuhl, und man wusste nicht, was in ihm vorging. Nur in den zwei Stunden bei Herrn Jessen, dem Kunstlehrer mit dem Walrossbart, durfte er sprechen. Dort wurde er sogar dazu aufgefordert.

Christian ließ sich trotzdem nicht kleinkriegen. Er behielt seine lässige Haltung bei, hatte, wenn er ging oder stand, eine Hand in der Tasche, sprach nicht viel und wenn, dann ohne jede Zackigkeit. Doktor Petersen hatte nicht mit ihm, sondern mit Gregor – oder vielleicht um ihn – einen Kampf begonnen. Bei den Mädchen war alles ein wenig anders, die Lehrer erwarteten von ihnen keinen militärischen Ton, und Elisabeths Lidschatten nahmen sie wahrscheinlich gar nicht wahr. Aber Gregor war zur Zielscheibe geworden. Jette hoffte, dass Doktor Petersen sich vorgenommen hatte, ihn zu retten und ihn nicht einfach nur niedermachen wollte. Ein Teil seiner Strategie war jedenfalls, den Schüler vor versammelter Klasse zu demütigen. Er nannte ihn nur noch bei seinem Nachnamen – Jacoby. Ob Jacoby inzwischen vom Altonaer Virus infiziert sei, ob er zu den Tommys halte und gegen sein eigenes Volk stehe und dass sein Vater, immerhin einer der angesehensten Volksgenossen in Rissen, bestimmt enttäuscht sei von seinem Sohn.

»Unser Staat hat Mittel und Wege, verlotterte Jugendliche zurück auf die richtige Spur zu bringen«, erklärte Doktor Petersen. »Selbst wenn sie nicht die Rädelsführer sind, sondern nur anderen hinterherlaufen. Das gilt auch für dich, Jacoby. Wahrscheinlich glaubst du, dir kann nichts passieren, dein Vater wird dich schon schützen. Lass dir von mir in aller Freundschaft sagen: Das ist ein Irrtum. Das neue Deutschland unterscheidet nicht mehr, ein Arbeiter in der Zigarettenfabrik gilt genauso viel wie der Generaldirektor. Schließlich beliefern beide die Wehrmacht.«

Die uniformierten Schüler um Björn übernahmen in der Pause ihren Teil, sie rempelten Gregor von verschiedenen Seiten an, stellten ihm ein Bein und brachten ihn ins Stolpern. Gregor fiel es schwer, derartige Angriffe ungerührt über sich ergehen zu lassen. Er wurde rot, verzog das Gesicht und wollte zurückschlagen, was er auch zweimal versuchte. Darauf aber hatten Björn und seine Freunde nur gewartet. Zu viert hielten sie Gregor fest und prügelten auf ihn ein, traten ihm vors Schienbein, boxten ihm in den Bauch, verpassten ihm sogar Ohrfeigen. Es gab niemanden, der ihm zur Hilfe kam, und die Lehrer taten so, als sähen sie die Strafaktionen nicht.

Dann schlug Doktor Petersen auf einmal andere Töne an. Mit schmeichlerischer Stimme forderte er Gregor auf, die historische Aufgabe des Großdeutschen Reichs aufzusagen, und als Gregor die richtigen Stichworte – Kampf gegen den Bolschewismus und die jüdische Weltverschwörung – lieferte, nickte der Lehrer und lobte ihn über die Maßen. Im nächsten Moment stieß er seinen Stock auf den Boden und fragte: »Und du, Jacoby, willst du nicht Teil dieses großen Unternehmens sein?«

»Doch.«

»Wenn das Vaterland sich aufmacht, die ganze Welt zu retten, bist du derjenige, der abseits steht?«

Man sah Gregor an, dass er widersprechen wollte. Die Muskeln an Schultern und Oberarmen waren angespannt, die verkürzte Unterlippe zitterte. Mit Mühe schluckte er seinen Protest herunter und sagte nur: »Nein.«

Doktor Petersen war mit der Antwort nicht zufrieden. »Nein?«, ahmte er die weiche Antwort seines Schülers nach. »Dann steh mal auf.«

Gregor erhob sich, und Doktor Petersen ging auf ihn zu und hielt erst direkt vor ihm an. In der Klasse war es still. Jeder wusste, dass Doktor Petersen keine Störung hingenommen hätte.

»Sprich mir nach: Ich bin ein deutscher Junge.«

»Ich bin ein deutscher Junge.«

»Ich liebe mein Vaterland …«

»Ich liebe mein Vaterland …«

»… und bin bereit, für Deutschland mein Leben zu geben.«

»… und bin bereit, für Deutschland mein Leben zu geben.«

Doktor Petersen ging an seinem Stock davon. Gregor setzte sich wieder auf seinen Stuhl, woraufhin sich der Lehrer schwungvoll umwandte. »Ich habe dir nicht erlaubt, Platz zu nehmen, Jacoby. Hoch mit dir.«

Er ließ den Schüler den Rest der Stunde stehen und forderte ihn alle paar Minuten auf, die beiden Sätze, dass er sein Vaterland liebe und bereit sei, für Deutschland sein Leben zu geben, zu wiederholen. Gregor hatte die ganze Zeit einen roten Kopf. Er war wütend. Ihm fehlte die Lässigkeit, die Christian besaß, er konnte Strafen nicht annehmen wie ein griechischer Stoiker. Sie trafen ihn, und das merkte man.

Jette verließ ihren Beobachterposten am Fenster und trat zu den Freunden auf dem Pausenhof. Gregor sagte laut zu ihr: »Swing Heil, Jette.«

»Bist du meschugge?«, zischte Christian, und legte einen Finger auf seine Lippen.

Alle lachten. Jette dachte, dass Gregor lernen musste, wie man sich als Swingboy in der Öffentlichkeit verhielt, nicht wie eine Jazztrompete, sondern wie eine Piccoloflöte. Er hatte noch nicht begriffen, dass man niemanden offen provozierte und verbotene Ausdrücke nur Freunden gegenüber und vor allem leise verwendete. Swing hieß nicht, dass man die Lehrer oder gar den Staat herausforderte, man war nicht gegen Hitler oder den Krieg, sondern wollte nur frei sein und gute Musik hören. Sie überlegte, ob sie ihn darauf hinweisen sollte. Wenn sie sich allerdings vorstellte, wie sie ihm auf dem gemeinsamen Heimweg einen solchen Tipp gab, war es keine schöne Situation, er würde glauben, sie mache ihm Christian zum Vorbild. Womöglich verstünde Gregor sie überhaupt nicht. Ihm lag Zurückhaltung nicht, wahrscheinlich war sie in seinem Wesen nicht vorgesehen. Er konnte nicht halblaut sprechen, als ließe sich seine Stimme überhaupt nicht regulieren. Zumindest hatte Jette ihn noch nie flüstern gehört.

In diesem Moment auf dem Schulhof hatte bei seinem Gruß keine echte Gefahr bestanden, die uniformierten Klassenkameraden waren an einem anderen Ende und mit sich beschäftigt, deshalb achteten sie nicht auf die anderen. Doch das konnte sich jederzeit ändern.

Am Abend trafen sie sich wieder bei Gregor. Die Verabredung musste kaum noch erneuert werden, so selbstverständlich war sie bereits. Sie nickten einander nur zu, sagten »Heute Abend«, wenn Karl nicht in der Nähe war, und wussten Bescheid.

Für Jette begannen damit allerdings neue Schwierigkeiten. Sie konnte ihrer Mutter kaum erklären, dass sie sich jeden Freitag den Physikstoff beibringen ließ, zumal sie sich jedes Mal umziehen wollte. Ihre Mutter war nicht dumm, im Gegenteil, es gab Situationen, da hörte sie das Gras wachsen. Jette behielt ihren alten Rock an, nahm sich dazu aber eine frische Bluse und Seidenstrümpfe und blieb im Türrahmen stehen, während sie ihrer Mutter beiläufig mitteilte, sie ginge zum Lernen zu Gregor, und sich schnell wegdrehte. Sie hörte noch die Ermahnung, nicht so spät zurückzukommen. Das Lügen widerstrebte ihr, aber sie wusste keine andere Lösung. Heimlich steckte sie ihre Haarspange in die Tasche, ertastete auch das Stückchen Lippenstift und machte sich erst auf der Straße schick.

Zu ihrer Überraschung öffnete ihr Gregors Vater die Tür. Er trug einen langen dunklen Mantel und hatte eine Melone auf dem Kopf. In der Hand hielt er eine Zigarre.

»Guten Abend.« Jette machte einen Knicks. »Ich wollte zu Gregor.«

Nun hörte sie auch Frau Jacoby, die aus dem Hintergrund rief: »Jette, komm herein. Wie schön, dass Gregor ein wenig Gesellschaft hat.«

Gregors Mutter sah nicht gut aus. Jette vermied es, die Frau gründlicher anzusehen, auf den ersten Blick aber hatte sie sie gebeugt gefunden, mit dunklen Tränensäcken unter den Augen. Ihr war nicht klar, was die Jacobys wussten. Seltsamerweise sprachen sich Dinge, die man geheim halten wollte, besonders schnell herum. In der Schule glaubte nicht nur Karl, sondern auch einige andere Kameraden, dass die vier sich zum Musikhören trafen. Sie machten Anspielungen und wollten ebenfalls eingeladen werden. Das Tanzen hätte in einer größeren Gruppe wahrscheinlich mehr Spaß gemacht, aber Christian war misstrauisch, und keiner von ihnen wollte das Risiko erhöhen.

Ihre Abende hatten einen wiederkehrenden Ablauf, zuerst

saßen sie mit übergeschlagenen Beinen auf den beiden Sofas, die Jungen auf dem einen, die Mädchen auf dem anderen, und unterhielten sich über die Schule, die HJ-Nachmittage und hin und wieder auch über den Krieg und den Frontverlauf. Dann legten Gregor oder Christian eine Platte auf, die Musik erklang, sie tanzten. Sie waren inzwischen alle sicherer und konnten die Schritte, auch wenn der Abstand zu Christians Tanzkünsten weiterhin groß war. Er war der Lehrer, sie blieben die Schüler. Die Tanzpaare wechselten, Jette hatte nur noch selten den Eindruck, dass alles festgelegt war und Elisabeth einen Vorteil bei Christian hatte.

Tatsache war aber, dass Elisabeth schicker war als sie. Diesmal hatte sie ein Halstuch umgebunden, das so ziemlich das Gegenteil ihrer BDM-Tücher war, geblümt, der Knoten nicht einfach festgezogen, sondern irgendwie gebauscht, als ob jemand Luft hineingeblasen hätte. Bestimmt hatte eine ihrer älteren Schwestern ihr geholfen. Elisabeth war auch frecher als sie. Vor Kurzem war sie noch ein braves Mädchen gewesen, der Liebling der Lehrer, aber das war vorbei. Sie ging zur Blumenvase hinüber, die auf dem Tisch stand, zog eine Aster heraus und trug sie zu dem Hitlerbild an der Wand, wo sie sie unter den Rahmen steckte.

Es war ein blöder Versuch, sich in den Vordergrund zu spielen, allerdings mussten sie alle über das Ergebnis lachen, auch Jette. Die Jungen klatschten sogar in die Hände. Hitler mit Blume. Der grimmig dreinblickende Führer und ein damenhaftes rötliches Pflänzchen, das ihn weicher zu machen schien. Gregor fühlte sich angestachelt und fischte eine zweite Blume aus der Vase, die er neben Elisabeths steckte. Auch er bekam Applaus, Christian nahm eine schmale Seidendecke, einen Tischläufer, den er wie einen Schal um den Bilderrahmen wickelte. Nun sah das Bild aus wie Halsschmerzen und Blümchen zur Genesung – der Führer mit Fieber.

Jette konnte natürlich nicht zurückstehen. Es ging nicht nur darum, etwas hinzuzufügen, sondern eine ausgefallene Idee zu haben. Sie zündete eine Kerze an, die sie mitsamt dem Kerzenständer direkt an das Bild stellte. Der Lichtschein erhellte einen Teil des Gemäldes, und nun sah es aus, als lebte der Kranke in einer Zeit ohne Strom. Er bekam weitere Blümchen, nicht nur unten am Rahmen, sondern auch an den Seiten und am oberen Rand. Eine, die herunterhing, bedeckte einen Teil seines Gesichts. Die Musik lief immer weiter. Wer auf das Bild zuging, tat das im Takt. Eine zweite Kerze kam dazu, die Gregor tanzend und unter dem Klatschen der anderen dorthin trug. Was sie da taten, hatte etwas Unwirkliches, Jette kam es vor, als wären sie Figuren in einem Traum und handelten auch so. Ihr Schmücken fand nicht im echten Leben statt, sondern in einem Zauberland, wo die Regeln des Alltags nicht galten. Gleichzeitig wusste sie die ganze Zeit, dass es ein unsanftes Erwachen geben würde, wenn jemand käme, Gregors Eltern oder die Polizei. Sie mochte nicht daran denken.

Christian legte ein neues Lied auf und streckte die Hand nach ihr aus.

»Der *Tiger Rag*«, sagte er. Sie wusste nicht, was ein *Rag* war und hatte auch keine Zeit, darüber nachzudenken, denn das Stück war so schnell, dass sie es nicht tanzen konnte, ohne auf ihre Füße zu achten. Christian grinste. Es gefiel ihr, wie er sie am Rücken hielt, und als der *Tiger Rag* verklang, fand sie es schade.

»Ich würde für mein Leben gerne mal ein richtiges Konzert hören«, sagte Gregor. »Ich meine, von einer Swingkapelle.«

»Kannst du haben«, entgegnete Christian.

»Was?«

»Aber klar. Sankt Pauli, *Café Heinze.*«

»Das ist doch verboten!«

»Mal so, mal so. Die Oberste Heeresleitung weiß nicht so recht, wie sie sich entscheiden soll.«

»Stimmt das?«

»Wenn ich es sage. Auf Sankt Pauli gibt's Swingkonzerte.«

DREIZEHN

Hannes Krell wartete, bis Jan Weller die Tür hinter sich zugezogen hatte. Ohne das Licht aus dem Laden war es eine dunkle Kammer, in der er sich wiederfand, es gab nur ein einziges Fenster, ein Oberlicht, schmal wie eine Schießscharte und kaum einen halben Meter hoch, das in einen dunklen Innenhof zeigte.

Hispel war aufgesprungen, als er gesehen hatte, wer da kam. Krells Augen mussten sich erst an die Lichtverhältnisse in der Kammer gewöhnen. Hispel wirkte noch schmaler als in der Pension, und Krell fiel auf, dass er etwas Weiches an sich hatte. Er sah blass und mitgenommen aus und machte nicht unbedingt den Eindruck, als habe er ausreichend Kraft, um dem Deutschen Reich irgendeinen Schaden zuzufügen.

»Ich hätte gerne heute Morgen noch mit Ihnen gesprochen. Leider waren Sie ausgeflogen, als ich zurückgekommen bin, und das, obwohl ich Ihnen geholfen hatte.«

»Hmm«, machte Hispel.

»Es wäre nicht verkehrt, Sie würden mir langsam mal die Wahrheit sagen. Was wollte die Gestapo von Ihnen? Und was hat das mit Gustav Limba zu tun?«

Hispel drehte sich weg. Er wand sich wie ein Fisch, der dem Angler aus der Hand zu gleiten versucht. »Da ist nichts.«

»Gut, Herr Hispel, wie Sie wollen. Ich verhafte Sie und bringe Sie zur Stadthausbrücke. Die Gestapo wird mir dankbar sein. Wir wissen beide, dass sie Ihnen gegenüber Mittel und Wege hat, die Wahrheit zu erfahren. Dann eben auf die harte Tour.«

Hispel ließ sich auf den Stuhl fallen, die einzige Sitzgelegenheit in der Kammer, ein klobiges Holzmöbel, das unter der plötzlichen Belastung knarrte. Wie automatisch griff er nach seinem Zigarettenpäckchen, das auf einem Vorsprung unter dem Fenster lag, zog eine heraus und zündete sie an. Der Schein der Flamme erhellte sein Gesicht. Seine Augen waren weit aufgerissen.

Er hielt Krell die rotorange Schachtel hin. Tatsächlich *Ernte 23*. »Wollen Sie auch?«

Krell nahm sich eine Zigarette und ließ sich Feuer geben. Er wurde aus Hispel nicht schlau. Der Mann verbarg ganz eindeutig etwas, und die Gestapo hatte bestimmt ihre Gründe für die Suche nach ihm. Doch auf der anderen Seite hatte Hispel keine Angst vor Krell. Die Art, wie er ihm eine Zigarette angeboten hatte, hatte etwas Selbstverständliches gehabt, als wären sie alte Kumpels oder zumindest in einer vergleichbaren Lage. Und das war nicht ganz von der Hand zu weisen – auch wenn es Krell nicht gefiel, erkannte er sich in dem Not leidenden Mann wieder, zumindest in Umrissen. Er hatte zwar nicht diese Weichheit, aber ein harter Kerl war auch er nicht. Selbst im Krieg war er nicht dazu geworden. Sein Mitleid, ob mit verwundeten Kameraden oder mit sterbenden Feinden, hatte er nie ganz ausschalten können, er hatte nur gelernt, es für sich zu behalten. Jetzt schien es ihm vor allem eine Laune des Schicksals zu sein, dass nicht er sich in dieser düsteren Kammer versteckt hielt, sondern ein anderer Mann. Krell legte keinerlei Wert darauf, diesen armen Kerl der Gestapo auszuliefern, die ihn in ihrem Keller quälen würde. Er selbst bekäme am Ende nicht einmal ein Protokoll der Aussagen. Sein Ziel war ziemlich einfach, er wollte diesen Fall lösen. Hispel war offenbar ein Schlüssel dazu. Die Frage war nur, wie er ihn zum Sprechen bringen konnte.

»Hat die Grüber Ihnen denn nichts erzählt?«, fragte Hispel, während er Rauch in die Kammer blies.

»Was soll sie mir erzählt haben?«

»Sie weiß auf jeden Fall mehr als ich. Sie stand Limba deutlich näher.«

»Wie meinen Sie das?«

»Ich bitte Sie!« Er lachte auf, seine Stimme klang rau. »Eine Witwe in mittleren Jahren. Limba war ein Charmeur, dazu gut aussehend. Der wusste, wie man die Frauen umgarnt. Und hatte gleichzeitig Mietschulden.«

»Er ist zu ihr unter die Decke gekrochen?«

»Und zwar regelmäßig, Herr Kommissar, das können Sie mir glauben.«

»Was wollte die Gestapo von Ihnen?«

Er ließ sich einen Moment Zeit, ehe er antwortete. »Kennen Sie Karl-Otto Walde?«

»Nein«, sagte Krell, »wer ist das?«

»Vor der Machtergreifung war er ein Türsteher. Einer, der

die Matrosen in den Laden lockt und sie, wenn sie sich mit besoffenem Kopp schlecht benehmen, wieder rausschmeißt, natürlich erst, nachdem sie ihre Heuer ausgegeben haben. Zu der Zeit nannte er sich noch Karlo. 1933 hat er sich der SA angeschlossen und später der SS. Da ist er jetzt und klettert langsam die Leiter hinauf. Inzwischen ist er Scharführer, glaube ich.«

»Und?«, fragte Krell.

»Karlo Walde hat Limba abgeholt, zusammen mit einem zweiten Mann. Beide in SS-Uniform. Ich stand mit der Grüber an der Tür. Sie war entsetzt und wahrscheinlich auch traurig, als ihr Liebhaber abgeführt wurde. Jedenfalls hat sie in ihr Taschentuch geschnieft, da hat sie mir leidgetan, und ich habe den Fehler gemacht, Walde anzusprechen, auch noch mit dem Vornamen, weil unser Kiez ein Dorf ist und wir uns alle so lange kennen. Ich wollte einfach wissen, weshalb sie Gustav Limba mitnehmen. Ihretwegen, also wegen der Grüber. Die Gestapo – das wissen Sie selbst, Herr Kommissar – erklärt sich gegenüber dem einfachen Bürger nicht, im Gegenteil, wenn man die anschnackt, kann man selber festgenommen werden. Und Karlo Walde möchte außerdem nicht an seine Vergangenheit auf Sankt Pauli erinnert werden.«

»Und deshalb kommt die Gestapo und sucht Sie? Weil Sie einem SS-Mann auf den Schlips getreten sind? Also ehrlich! Ich finde Ihre Geschichte nicht besonders plausibel.«

Hispel zog an seiner Zigarette. Das glühende Ende wurde hellrot, er nahm einen zweiten Zug, einen zum Abschied, bevor er sie ausdrückte. »Vielleicht wollte die Gestapo verhindern, dass ich Ihnen gegenüber diese Aussage mache, Herr Kommissar.«

Hannes Krell winkte ab. »Das sind Hirngespinste. So etwas gibt es in Deutschland nicht.«

Schon während er den Satz aussprach, bezweifelte er ihn. Wie konnte er mit einer solchen Sicherheit behaupten, dass sich SS oder Gestapo an das Recht hielten. Wenn er Passanten auf der Reeperbahn fragen würde – und falls sie den Mut aufbrächten, ihm zu sagen, was sie dachten –, wäre die Antwort wahrscheinlich eindeutig: Beide Organisationen machen, was sie wollen. Für ihre Leute gelten die Gesetze nicht.

»Mir kommt diese angebliche Zusammenarbeit zwischen Gestapo und SS seltsam vor, Herr Hispel. Warum ist Walde nicht selber gekommen, um Sie zu suchen? Weshalb schickt er die Geheimpolizei? Kann die SS so etwas nicht alleine?«

»Da bin ich überfragt, Herr Kommissar. Aber wenn Sie mir nicht glauben, sprechen Sie mit der Grüber.«

»Das werde ich. Wo gehen Sie jetzt hin?«

Hispel zog die Schultern in die Höhe, und wieder wirkte er verloren. Krell hatte den seltsamen Impuls, ihn zu schützen und ihm zu helfen. »Kriechen Sie bei Freunden unter«, riet er. »Oder noch besser: Verschwinden Sie aus Hamburg.«

»Weg aus Hamburg? Wohin denn?«

»Sie kennen niemanden außerhalb der Stadt.«

»Nee, woher? Ich bin doch immer nur hier.«

»Ich dachte, als Handelsvertreter …«

Er atmete laut aus. »Das ist schon ein Weilchen her. Außerdem war mein Gebiet Hamburg.«

»Dann eben innerhalb der Stadt.«

»Und bringe Freunde in Gefahr?«

Krell dachte nach. »Wenn Sie nicht weiterwissen, kann ich Sie vielleicht ein paar Tage in Vorbeugehaft nehmen. Da wären Sie erst mal sicher.«

Für diese Lösung brauchte man keine richterliche Anordnung, deshalb war sie denkbar, ohne dass Tessow eingeweiht wurde.

»Danke«, sagte Hispel.

»Hinterlassen Sie bei Jan Weller, wo Sie sind und ob Sie Hilfe brauchen. Ich frage nach.«

»Sehr freundlich, Herr Kommissar.«

Dass Hispel verfolgt wurde, hatte Krell selber gesehen. Dennoch hatte er starke Zweifel an dessen Geschichte. Warum löste die SS ihre Probleme nicht alleine? Vor allem, wenn es sich nur darum handelte, dass sich ein kleiner Scharführer beleidigt fühlte? So etwas hängte man doch nicht an die große Glocke. Von einer Telefonzelle rief er Euler an. Sie arbeiteten im gleichen Polizeigebäude an der Stadthausbrücke, nicht einmal weit voneinander entfernt, dennoch vermieden beide, dort ihre Freundschaft zu zeigen. Wer menschliche Verbindungen hatte, war angreifbar; das war der Grund, warum sie es bei einem höflichen Gruß beließen, wenn sie sich auf dem Flur begegneten. Im Dienst duzten sie sich nicht einmal, und Krell bezweifelte, dass irgendein Kommissar aus ihren Dezernaten wusste, wie eng sie miteinander waren. Während er jetzt darauf wartete, dass die Verbindung hergestellt wurde, schaute er dem Treiben auf der Reeperbahn zu, die in der Abenddämmerung wieder zum Leben erwachte. Erste Besucher zeigten sich, viele davon in Wehrmachtsuniform, Soldaten auf Heimaturlaub, ganze Gruppen von ihnen, die in die Lokale einkehrten. Leicht bekleidete Mädchen waren auf dem Weg Richtung Herbertstraße. Wenn Soldaten ihnen nachpfiffen, nahmen sie das als Aufforderung und hakten sich bei ihnen ein.

Euler hatte keine Zeit für ein Feierabendbier, er musste Überstunden machen, weil auch aus seiner Abteilung mehrere Kollegen eingezogen oder in besetzte Länder abkommandiert worden waren. Krell aber wollte eine Antwort auf seine Frage. Telefonverbindungen waren nicht sicher, gerade die in den Dienststellen wurden oft abgehört. Trotzdem fragte er: »Können Sie sich vorstellen, dass die Gestapo Aufgaben für die SS erledigt?«

»Selbstverständlich«, erwiderte Euler, ohne nachzudenken. »Wir arbeiten alle für den Endsieg.«

»Oder umgekehrt: dass die SS die Gestapo einsetzt?«

»Was heißt einsetzen? Kollegiale Hilfe – warum sollte das nicht möglich sein?« Eulers Stimme hatte etwas Offizielles. Auch er hielt es offensichtlich für vorstellbar, dass sein Anschluss angezapft war.

»Ich verstehe«, sagte Krell.

»Zu Ihrer Frage würden mir gleich mehrere Antworten einfallen.«

»Zum Beispiel?«

»Die einfachste ist eine persönliche Nähe. Sie wissen, als hoher Polizeibeamter ist man in der SS. Also hat man gute Kontakte dorthin. Oder jemand ist einem anderen eine Gefälligkeit schuldig. Brauchen Sie weitere?«

»Danke, Euler, das reicht.«

Ganz so einfach, wie der Freund sagte, war es nicht zwischen den verschiedenen Organisationen, es gab durchaus Spannungen zur SS, nicht nur von Seiten der Kripo, sondern auch von der Gestapo. Und dennoch hatte Euler eine plausible Erklärung geliefert – eine persönliche Verbindung konnte es immer geben. Wie auch immer die geartet war.

Krell ging zur Seilerstraße, in seine alte Straße, und setzte sich ins *Breitengrat*, eine Kneipe, die es schon damals gegeben hatte. Er streckte den Zeigefinger in die Höhe, der Wirt nickte und zapfte ihm ein Bier. Zum Nachdenken brauchte er Ruhe, das war schon immer so gewesen. Vor 20 Jahren hatte er einen ganzen Tag damit zugebracht, sich zu überlegen, was er dem Fräulein Kraus sagen würde, falls sie wider Erwarten doch zur Verabredung auf den Dom käme. Er hatte sich Sätze vorgesprochen und wieder verworfen und sich andere vorgesagt. Dabei war er zur Elbe hinuntergelaufen, wo ihm der frische Wind ins Gesicht blies, und hatte sich, während er über den Deich spazierte, einzureden versucht, er müsse sich gar nichts überlegen, denn Fräulein Kraus werde ihn sowieso versetzen, das sei sicher, und falls er sie später zufällig einmal träfe, hätte sie bestimmt eine gute Erklärung parat. Es gab viele Wahrheiten an diesem Tag. Einige von ihnen waren so schmerzhaft, dass er sie sich kaum eingestehen mochte, zum Beispiel die, dass er keine Ahnung hatte, wie er etwas aus sich machen sollte. Es war kein Zufall, dass er nur ein Gelegenheitsarbeiter war und nicht gut genug für eine attraktives Fräulein. Wie sollte er das ändern? Hinzu kam, dass er sie nicht einmal angemessen einladen konnte, sein Geld würde, wie am Abend zuvor, für genau zwei Gläser Bier reichen, eines für sie und eines für ihn. Und dann? Was würde er sagen, falls sie noch Durst hätte oder Hunger bekäme? *Es tut mir leid, mehr ist nicht drin*?

Vielleicht war es die beste Lösung, er würde sie von sich aus versetzen, dann müsste er sich nicht schämen und ginge dieser ganzen Unsicherheit und den Selbstzweifeln aus dem Weg. Falls sie doch käme, wäre es sowieso nur aus Dankbarkeit dafür, dass er ihren Bruder nicht verprügelt und ihr geholfen hatte, ihn nach Hause zu bringen, und das bedeutete, dass es für ein weiteres Treffen keinen Grund gab. Er stellte sich bildhaft vor, wie er es ihr vorschlug und sie ihm einen Korb gab, mit einem verlegenen Lächeln zwar, aber klar in der Sache. In diesem Moment würde er ihre Gedanken lesen können, und die waren: Schauen Sie sich doch einmal an, Herr Krell. Ja, Sie sind groß und könnten, wenn Sie etwas mehr Fleisch auf den Rippen hätten, durchaus ein stattlicher Mann sein. Aber in Wirklichkeit sind Sie mit dem Geist noch in Flandern und haben es nicht verstanden, sich hier ein Leben aufzubauen, in all den Jahren nicht. Diese Art kenne ich von meinem Bruder zur Genüge, der ist ein Quartalsäufer. Noch einen verlorenen Frontsoldaten brauche ich nicht, glauben Sie mir. Ich kann warten, Herr Krell, eines Tages wird einer kommen, der eine Schneiderei hat oder zumindest einen Beruf, mit dem er eine Familie versorgen kann. Jemand, der mit beiden Beinen im Leben steht. Zu dem sage ich dann Ja.

Nicht einmal sein Hosenbein hatte Hannes Krell am Vortag gesäubert. Der Fleck reichte vom Knie bis zum Saum, er hob sich bräunlich von dem grauen Stoff ab, die Ränder weiß wie Salz. Er war versucht, zur Elbe hinunterzuklettern und sich mit Flusswasser zu behelfen. Doch ging es wirklich darum? Der Strick, mit dem er die Hose am Bund hielt, war an einigen Stellen dünn geworden und würde bald reißen. Vielleicht passierte es gerade, wenn er mit Fräulein Kraus über den Dom ging, dann stünde er auf einmal in Unterwäsche da, und die Leute würden ihn auslachen, Fräulein Kraus würde rot werden und dann sehen, dass sie so schnell wie möglich wegkam, damit sie niemand mit dieser Witzfigur, der die Hosen in die Kniekehlen gerutscht waren, in Verbindung brachte.

Es waren Gedanken, mit denen er ins Wasser hätte gehen können, Gedanken, um hinauszuschwimmen und in der Elbe zu ertrinken. Er wusste sich keinen besseren Rat als in eine Schenke an den Landungsbrücken einzukehren, wo er sich ein Bier und einen Korn bringen ließ. Mit dem Schnaps verflog immerhin der Trübsinn, Krell wurde zuversichtlicher und hörte nun deutlicher auch das Wort, das ihm seit einiger Zeit im Kopf umhergeisterte: *Polizei.* Es blieb aber dabei, dass er wenig Geld hatte. Wenn er Fräulein Kraus einladen wollte, müsste er jetzt weglaufen und die Zeche prellen, doch ein solches Verhalten passte nicht zu seinem

Zukunftsplan. Er bezahlte ordnungsgemäß, ging zurück in die Seilerstraße, machte seine Hose sauber und hängte sie an einem Bügel ans offene Fenster. Als er sie wieder anziehen konnte, verdrehte er seinen Strick, sodass ihm kein Malheur passierte. Er bat seine Vermieter, ihm auf ein paar Tage fünf Mark zu leihen.

Fräulein Kraus kam pünktlich. Er sprach zu ihr von seinem Vorhaben und verwendete tatsächlich das Wort *Polizei*, das er an der Elbe zum ersten Mal so deutlich im Ohr gehabt hatte. Gleich am nächsten Tag schrieb er mit einem geliehenen Füllfederhalter seine Bewerbung auf einem Blatt Büttenpapier, klebte den Umschlag zu und brachte ihn zur Post. Jeden Abend, wenn er nach Hause kam, fragte er seine Vermieter, ob eine Antwort für ihn angekommen sei, und jedes Mal sagten sie, das sei leider nicht der Fall. Nach zehn Tagen verlor er die Geduld und machte er sich auf den Weg ins Präsidium. Ein Pförtner wollte ihn nicht vorbeilassen, erst als er stur war und sich nicht fortschicken ließ, kam ein Angestellter aus dem Personalbüro herunter, ein blonder Mann mit Nickelbrille und hellem Schnauzbart. Er würdigte Krell kaum eines Blickes, als er sagte, sie bekämen sehr viele Bewerbungen und hätten nur wenige freie Plätze. Augenblicklich kehrte er um und stieg die Treppe wieder hinauf.

Hannes Krell hatte eine letzte Karte in der Hand, eine allerdings, die zu spielen beinahe undenkbar war. Mit Fräulein Kraus duzte er sich mittlerweile, er sagte Wiebke zu ihr, auch schien es ihm, sie warte, wenn er sie nach Hause brachte, darauf, dass er eine neue Verabredung vorschlug. Er hatte keine Ahnung, wie er ihr beibringen sollte, dass es mit seiner Polizeilaufbahn nichts würde und dass er auch sonst keine guten Aussichten hatte. Im Weltkrieg waren zwar Abertausende gefallen, doch selbst die, die zurückgekommen waren, wurden im Reich nicht gebraucht, es gab keine Arbeit, aber die Obdachlosenhäuser, Suppenküchen und Parkbänke waren voll. Die, die sich nicht beugen mochten, hatten sich zu uniformierten Einheiten zusammengeschlossen und nannten sich Freicorps. Aber Hannes Krell hatte die Nase voll vom Militär.

Er brauchte lange für den Weg nach Bahrenfeld, trödelte, schaute sich Auslagen in Schaufenstern an, war immer wieder versucht umzukehren, hoffte auf Regen, der ihn so sehr durchnässte, dass er seinen Besuch nicht machen konnte. Der Wettergott hatte kein Einsehen, der Himmel war zwar wolkig, aber es blieb trocken. Schließlich stand er vor dem Haus, in dem er aufgewachsen war. Selbst hier zog ihn noch eine unsichtbare Kraft fort, eine laute Stimme im Kopf wollte ihn zur Flucht antreiben, aber er rang ihren Ruf nieder und verlangte von sich, sich wie ein Mann der Situation zu stellen.

Er klingelte. Sein Vater öffnete. »Hannes, das ist aber eine Überraschung.«

»Ich bitte dich um Hilfe, Vater.«

Zwei Wochen später konnte er seine Uniform als Schutzmann zur Probe entgegennehmen.

VIERZEHN

Das *Café Heinze* stand, wie Christian gesagt hatte, am Millerntor, auf der der Innenstadt zugewandten Seite der Reeperbahn. Von Rissen aus war es ein weiter Weg, und die Frage stellte sich, wie sie ihn bewältigen sollten. Die Bahn war eine Möglichkeit für die Hinfahrt, aber nicht, um wieder zurückzukommen, dazu wurde der Betrieb zu früh eingestellt. Gregor hatte die Idee, sie könnten Fahrräder nehmen. Elisabeth wollte das ihrer Mutter leihen, Christian das von seinem Großvater. In Jettes Familie gab es kein Rad, deshalb stand sie kurz davor, einen Rückzieher zu machen. Es würde eh schwierig werden, das Haus zu verlassen, zumindest brauchte es eine faustdicke Lüge, und die Tatsache, dass ihre Eltern kein Fahrrad besaßen, bot ihr nun einen Ausweg, der den anderen verständlich sein würde. Aber wenn sie sich vorstellte, zu Hause zu bleiben, während ihre Freunde beim Tanz wären und einer richtigen Kapelle zuhörten – und das nicht etwa in Rissen, sondern auf Sankt Pauli – und dass sie dort ein gemeinsames Erlebnis hätten, das sie zusammenschweißen würde, und Elisabeth wäre immerzu mit Christian zusammen, dann wusste sie, wie ausgeschlossen es war, sich zu drücken. Schon wenn sie daran dachte, überkamen sie Einsamkeit und Hoffnungslosigkeit. Nicht mitzugehen, war keine Möglichkeit.

»Es kann sein, dass wir zwei Räder haben«, sagte Gregor. »Warte, ich schaue nach.«

Er ging hinaus. Christian grinste. Zwei Autos, zwei Räder – bei reichen Leuten war alles anders, da gab es von allem mehr als genug, es herrschte ein derartiger Überfluss, dass man nicht einmal genau wusste, wie viel man hatte. Nur das einfache Volk hütete seinen Besitz und knauserte damit.

»Ja, zwei«, sagte Gregor, als er zurückkam. »Sie stehen im Holzschuppen. Du kannst eines davon haben, Jette. Das Damenrad.«

»Danke.«

Jette erwog die Vor- und Nachteile verschiedener Erklärungen, die sie ihrer Mutter für ihr Fortbleiben an jenem Abend geben könnte. Wenn sie sagte, sie würden alle im BDM-Heim übernachten, müsste sie natürlich in Uniform aus dem Haus gehen, die sie aber schlecht beim Tanzabend tragen konnte. Das hieße, sich unterwegs umzuziehen, die schicken Sachen mitzunehmen und die anderen irgendwo zu verstecken. Keine verlockende Vorstellung. Bei Elisabeth schlief sie sonst nie, deshalb fürchtete sie, diese Lüge würde auffliegen, und über Nacht bei Gregor, bei einem Jungen, zu bleiben, das war ausgeschlossen. Sie fand keine Lösung. Am Ende brauchte sie auch keine. Ihre Mutter war offenbar erschöpft, sie schlief mit Mareike ein, und die Erfahrung sagte, dass sie in solchen Fällen nicht wieder wach wurde. Ihr Vater war noch bei der Arbeit. Jette hatte Zeit und Raum, um sich umzuziehen, sie schaute sich im Spiegel an, trug Lippenstift auf, öffnete leise das Fenster, kletterte hinaus und legte ihren grauen Wollpullover in die Spalte, damit der Rahmen nicht klapperte. Es war einigermaßen windstill.

Auf Zehenspitzen schlich sie vom Grundstück und machte sich auf den Weg zu Gregor, der bereits vor der Haustür wartete. Er führte sie zum Schuppen, wo er eine Taschenlampe anknipste. Jette warf einen Blick hinein, auf Spinnweben, Gartengeräte und einen alten Hut, der an einem Nagel hing. Die beiden Räder lehnten an einer der Holzwände. Das Damenrad hatte einen Platten.

»So ein Mist«, zischte Gregor. »Das habe ich natürlich nicht überprüft. Es war gestern stockdunkel.«

Jette sah sich nach Hause zurückkehren und war erleichtert und bedrückt zugleich. Sie sagte sich, dass sie alles versucht hatte, um mit den anderen zu gehen, aber es hatte eben nicht hingehauen. Hoffentlich würde sie einschlafen und sich nicht immerzu vorstellen, wie sich die drei Freunde vergnügten.

Doch Gregor sagte: »Setz dich auf den Gepäckträger.«

»Nach Sankt Pauli? Den ganzen Weg?«

»Aber sicher.«

Sie trafen Christian und Elisabeth an der Landstraße, kamen zügig bis Blankenese und fuhren von dort über die Elbchaussee. Licht schalteten sie nicht an, auch sonst gab es nirgendwo Beleuchtung, es war so dunkel, dass sie einander mehr ahnten, als sahen. Christian fuhr vorneweg, nach ihm kam Elisabeth, Gregor und Jette folgten dicht. Jette hatte den Rock weit hochgezogen, damit sie ihre Beine spreizen konnte, und hielt sich am Sattel fest. Gregor hatte ordentlich zu strampeln. Hinter Teufelsbrück musste er einen Anstieg bewältigen. Jette hörte ihn ächzen, aber er beschwerte sich nicht. Er war in Vorfreude und Aufregung, genau wie sie. Bei ihr meldete sich zwischendurch auch die Angst. Es konnte so vieles schiefgehen, nicht nur, dass ihr Vater ihre Abwesenheit bemerkte, auch bestand die Gefahr, aufgegriffen zu werden. Sie waren nicht volljährig, längst nicht, und durften nachts nicht unterwegs sein. Wenn in ihr das Bild, wie sie ihren Eltern unter die Augen treten musste, weil die Polizei sie aufgegriffen hatte, zu stark wurde, schob sie es weg und versuchte stattdessen, trotz Dunkelheit die Umrisse von Elbe und Hafen auszumachen, oder summte die Melodie von *In the mood*, die sie leicht abrufen konnte.

Endlich erreichten sie die Reeperbahn. Dort gab es an der Davidstraße eine Polizeiwache. Christian hielt an. Die anderen beiden stoppten neben ihm. Er schaute lange, nickte schließlich, als er sicher war, dass keine Schutzmänner auf der Straße waren, und sie fuhren weiter. Am Millerntor zeigte er auf das Haus, das ihr Ziel war, das *Café Heinze*. Es war ein lang gestrecktes flaches Gebäude mit großen Fenstern, der Name in dicken Lettern darüber, die in Friedenszeiten wahrscheinlich leuchteten. Im Erdgeschoss waren die Vorhänge zugezogen, man konnte nicht hineinsehen. Sie lehnten ihre Räder an der Seite gegen eine Mauer und schlossen sie ab.

»Wir kommen nicht rein«, sagte Christian.

»Was?«, fragte Gregor.

»Sie dürfen keine 17-Jährigen hineinlassen.« Christian zog die Schultern hoch. »16-Jährige erst recht nicht«, setzte er mit Blick auf Jette und Elisabeth hinzu.

»Und das sagst du uns jetzt?«

Jette fand, Gregor hatte recht mit seiner Entrüstung. Der weite Weg, die Gefahr – warum hatte Christian ihnen das nicht erspart?

Er zwinkerte mit dem Auge. »Es gibt einen Hintereingang, den wir nehmen. Meistens klappt das.«

Er ging voraus, wieder mit dieser Sicherheit, die Jette schon in Altona bei ihm bemerkt hatte. Christian kannte die Wege. Die anderen folgten ihm an die Rückseite des Hauses, zu einer Hintertür aus schwarzem Stahl. Christian wollte sie aufziehen, aber sie war verschlossen. Er klopfte, und als niemand öffnete, schlug er etwas länger und lauter dagegen. Die Tür wurde von innen aufgeschlossen, und vor ihnen stand ein untersetzter Mann in dunklem Anzug, weißem Hemd und mit Fliege. Ein Kellner.

»Späte Gäste«, sagte er. »Und ich dachte schon, seit wann klopft die Gestapo so vorsichtig. Ihr seid natürlich 21?«

»Na klar«, entgegnete Christian.

»Ich darf nämlich keine Minderjährigen hereinlassen.«

»Selbstverständlich nicht.«

Jette wagte nicht, dem Kellner ins Gesicht zu schauen, sie hielt den Kopf gesenkt, als sie an ihm vorbeiging. Christian führte sie durch einen dunklen Gang. Sie hörten gedämpfte Swingmusik, die lauter wurde, je weiter sie vorankamen. Gregor rieb sich die Hände. Christian zog eine weitere Tür auf – die zum Saal. Wie eine mannshohe Welle am Strand schoss der Klang auf sie zu, begrub sie unter sich und nahm ihnen die Luft, zumindest für die ersten Momente. Die Blechbläser waren wahnsinnig laut und die Trommeln auch, ihr Spektakel dröhnte in Jettes Ohren, sodass sie versucht war, sie zuzuhalten. Die Musik hüllte sie regelrecht ein, sie drang in ihren Körper, in Arme, Bauch und Beine, die zu pulsieren begannen. Erst als sie sich einigermaßen an die Lautstärke gewöhnt hatte, schaute sie sich um. Die Musiker trugen weiße Anzüge, die Kapelle stand erhöht über der Tanzfläche auf einer Bühne, unter ihnen tanzten viele Paare, vielleicht 30 oder 40. Jette war eingeschüchtert, und Elisabeth und Gregor ging es nicht anders, alle drei drückten sie sich verschämt gegen die Wand, die Hände hinter dem Rücken. Christian dagegen wirkte sicher. Er kannte andere Leute, begrüßte seine Freunde Erik und Walter aus Altona und unterhielt sich lange mit einem rothaarigen Mädchen in einem tief ausgeschnittenen Kleid. Sie hatte eine Kette aus rötlich-braunen Steinen um den Hals. Jette erinnerte sich, dass sie sich in Eriks Wohnung gefragt hatte, wie wohl die Mädchen aussahen, mit denen diese Jungen befreundet waren. Da hatte sie ihre Antwort. Es waren Städterinnen, und so waren sie auch angezogen, gewagt und schick. Die Rothaarige beugte sich weit zu Christian hinüber und kam ihm nahe, weil sie ihm angesichts der lauten Musik direkt ins Ohr sprechen musste. Er nickte zum Zeichen, dass er verstanden hatte. Jette wendete den Blick ab.

Der Tanzsaal reichte über zwei Stockwerke. In der oberen Etage gab es Innenbalkons mit Tischen, an denen Gäste saßen. Die Männer trugen Anzüge, die Frauen enge Kleider und viele von ihnen kleine Hüte, die sich an ihre Köpfe schmiegten. Sie drei, wie sie da an der Wand lehnten, gehörten zu den Jüngsten. Immerhin sahen sie halbwegs wie Swingfreunde aus, zumindest Gregor in seinem weiten Jackett und Elisabeth mit ihrem Halstuch.

Jette war froh, dass sich die beiden genauso wenig in den Saal trauten wie sie. Elisabeth versuchte, eine Unterhaltung mit ihr anzufangen, und rief ihr zu, dass sie ein solches Konzert noch nie erlebt habe. Natürlich nicht – so etwas gab es in Rissen nicht, und abends gingen sie nicht in andere Gegenden. Christian hingegen schien hier regelrecht zu Hause zu sein, seine Kleidung, die langen Haare und die Hornbrille, die in der Schule so eigenartig wirkten, passten an diesen Ort. Viele junge Männer sahen ähnlich aus. Hier waren sie, die Vorortler, fremd.

Jette fand, dass Christian sie ein wenig links liegen ließ, und dachte, dass es anständiger von ihm wäre, sich mehr um sie zu kümmern. Durfte man so etwas erwarten? Oder musste man seine Schüchternheit selber überwinden? Sie wünschte sich, mutiger zu sein, und im nächsten Moment kam er auf sie zu und streckte ihr seine Hand entgegen.

»Wollen wir tanzen?«

»Ja.«

Gegen ihre Scheu ließ sie sich von ihm auf das Parkett führen. Im nächsten Moment waren auch Gregor und Elisabeth da, sie tanzten alle vier. Jette achtete darauf, die Schritte so zu setzen, wie sie es gelernt hatte. Andere Gedanken störten da nur. Weder mochte sie sich überlegen, wie eine solche Tanzveranstaltung im Deutschen Reich möglich war, noch, ob ihr Vater in ihr Zimmer gekommen war und ihr Bett leer gefunden hatte, und erst recht wollte sie keinen Tadel von Lina oder Doktor Petersen im Ohr haben. Sie tanzte auch mit Gregor und schaute zu Christian und Elisabeth hinüber, dann wechselten sie wieder. Es war einfach schön. Die Kapelle spielte immer weiter, Jettes Rock bauschte sich bei den Drehungen, und die Paare um sie herum hatten glückliche Gesichter, drehten sich und warfen die Beine hoch.

»Na, habe ich dir zu viel versprochen?«, wollte Christian von Gregor wissen, als sie an der Wand eine Pause machten.

Gregor strahlte übers ganze Gesicht. Unter seiner Lippe kamen die Zähne hervor. »Das ist einfach unglaublich. Fantastisch.«

»Trotzdem dürfen wir nicht so lange bleiben«, meinte Elisabeth. »Es ist schon spät.«

»Du hast recht«, erwiderte Christian. »Zwei Stücke noch, dann gehen wir. Unser Heimweg ist lang.«

Diesmal tanzte Christian mit Elisabeth, was Jette in Ordnung fand, weil sie dann den letzten Tanz mit ihm haben würde. Als es so weit war, schloss sie die Augen, drückte den Rücken durch und bewegte sich wie von selbst. Sie achtete nur auf die Trompeten und das Saxophon und machte ihre Schritte, als hätte sie nie etwas anderes getan. Als die Kapelle absetzte, klatschte sie mit allen anderen in die Hände. Sie nickten einander zu und gingen.

Diesmal nahmen sie den vorderen Ausgang. Die Straße war menschenleer. Es hatte ein wenig geregnet, die Feuchtigkeit glitzerte auf dem Kopfsteinpflaster. Die Straßenbahn fuhr längst nicht mehr.

Ihre Räder standen um die Ecke.

»Halt!«, rief plötzlich eine helle Stimme. »Stehen bleiben!«

Alle vier schauten auf. Der Ruf war von der Reeperbahn gekommen, obwohl dort eben noch niemand gewesen war.

»HJ-Streife«, sagte Gregor.

»Lauft!«, meinte Christian. »Wenn die uns erwischen, gibt es Ärger.«

»Und die Räder?«, wollte Elisabeth wissen.

»Holen wir später.«

Sie rannten los und hielten sich nordwärts, auf die Wallanlagen zu. Die HJ-ler jagten hinter ihnen her, ein Trupp von sechs oder acht Jungen, man hörte die Tritte ihrer Stiefel auf dem Bürgersteig und ihre Rufe, die die Flüchtenden zum Anhalten aufforderten. Jette hatte nach dem vielen Tanzen weiche Oberschenkel. Auch ihre Freunde waren nicht besonders schnell. Vor ihnen tauchte das Gerichtsgebäude auf. Sie keuchten und blieben stehen. Die Uniformierten waren nicht weit.

»Wir trennen uns. Das verwirrt sie«, entschied Christian.

»Und wo treffen wir uns wieder?«, fragte Gregor.

»Entweder bei den Fahrrädern oder am Montag in der Schule.« Christian hielt Jette seine Hand hin. »Komm. Schnell.«

Sie ergriff sie und ließ sich von ihm in einer scharfen Kurve in die Dunkelheit hineinziehen. Auch Elisabeth und Gregor rannten los. Christian lief in die Richtung, aus der sie gekommen waren, offenbar wollte er zum Millerntor zurück. Sie folgte ihm und sagte sich, dass er die Gegend gut kannte und bestimmt eine Idee hatte. Offenbar fruchtete sein Manöver bereits. Die Stimmen der HJ-ler hinter ihnen wurden leiser.

»Wir verstecken uns am Bismarckdenkmal«, sagte er, als sie die Straße am Millerntor wieder erreicht hatten. Sie versicherten sich, dass niemand sie sah, ehe sie den Fahrdamm im Laufschritt überquerten. Dann stiegen sie den Hügel hoch zum Denkmal, wo der erste Reichskanzler in Stein nachgebaut worden war, wie er mit beiden Händen den Griff eines langen Schwertes umschloss. Doktor Petersen sprach viel über ihn, für ihn war der alte Kanzler ein Vorläufer Hitlers, jemand, der ebenfalls alles für das Reich gegeben hatte. Der fränkische Karl, Friedrich der Große, Bismarck und Hitler, das waren für ihn die entscheidenden deutschen Führer. Man könne sich glücklich schätzen, hatte er ihnen gesagt, Zeitgenosse von einem von ihnen zu sein.

»Wollen wir nicht lieber zu den Fahrrädern gehen und nach Hause fahren«, schlug Jette vor.

»Noch nicht.« Christian schaute wie ein Wachtposten in Richtung Fahrdamm. »Es kann sein, dass sie die Straßen absuchen, und dann schnappen sie uns. Jetzt ist es auch schon egal, ob wir eine halbe Stunde früher oder später zu Hause sind.«

»Einverstanden.«

»Wie hat es dir gefallen?«

»Es war klasse«, sagte sie. »Das rothaarige Mädchen …?«

»Maxi?«

»Ich weiß nicht, wie sie heißt. Sie sah schick aus.«

»Sie ist aus meiner alten Schule.«

»Wie Erik und Walter.«

»Genau.«

»Gehen die auch nicht zur HJ?«

Er atmete tief ein und pustete die Luft wieder aus. Sie waren am Fuß des Denkmals, so nahe, dass Jette die Kühle der Steine spürte. Es war dunkel und gab keinen Lärm, fast keine Geräusche. Nur ein leichter Wind kam von der Elbe herauf.

Christian zeigte auf einen Mauervorsprung. Sie setzten sich. »Ich habe euch neulich nicht die Wahrheit gesagt. Du kannst sie wissen, aber du musst sie für dich behalten.« Er schaute ihr ins Gesicht, wartete jedoch nicht darauf, ob sie zustimmte. »Es gab bei uns einen älteren Jungen, der hat die Kennkarten beim Übergang von den Pimpfen zur HJ verschwinden lassen, wenn man ihm zehn Mark gegeben hat. Das war der richtige Moment dafür, für die Pimpfe war man zu alt, die HJ kannte einen noch nicht. Ich existiere für sie nicht. Erik und Walter auch nicht.«

»Das glaube ich nicht!«, entfuhr es ihr.

»Es stimmt aber.«

Lina wäre entrüstet, geradezu außer sich gewesen, wenn man ihr zehn Mark für so etwas angeboten hätte, wahrscheinlich hätte sie einen angezeigt. »Das wäre bei uns nicht möglich.«

»Rissen ist anders als Altona, das habe ich inzwischen verstanden. Eigentlich wusste ich es vorher auch schon. Ich war ja öfter zu Besuch bei meinem Großvater. Ich hoffe nur, dass dieser Björn mich in Ruhe lässt.«

»Das weiß man bei dem nie. Leider nicht.«

»Jetzt kannst du mich anzeigen, Jette«, meinte er. »Dann sperren sie mich ein. Und meine Mutter vielleicht auch.«

»So etwas sollst du nicht sagen. Auch nicht denken. Ich verrate dich doch nicht.«

Sie hätte gerne seine Hand ergriffen, einfach, um ihre Worte zu bekräftigen. Vor ein paar Wochen noch war dieser Junge ihr fremd vorgekommen, jetzt saß sie wenige Zentimeter neben ihm und schaute zu, wie sich sein Brustkorb beim Atmen hob und senkte. Seine Haare waren vom Schweiß verklebt, die Brille saß ein wenig schief. Ohne ihn hätte sie keine Swingmusik kennengelernt und wäre heute Abend sicher nicht zum Tanz gewesen. Doch sie empfand noch etwas anderes, etwas Stärkeres: Er kam ihr vertraut vor. Es gab eine Nähe zwischen ihnen, die daher stammte, dass sie zusammen – und ohne die anderen – in Altona gewesen waren, und weil sie sich jetzt mit ihm unter dem Denkmal versteckte.

Irgendwann meinte er, sie könnten nun wagen, zu den Fahrrädern zu gehen. Vorsichtig bewegten sie sich durch die menschenleeren Straßen. Erst jetzt dachte sie wieder an Elisabeth und Gregor, deren Räder noch an der Mauer lehnten, als sie dorthin kamen. Christian fand es zu gefährlich, auf sie zu warten, so setzte sie sich auf seinen Gepäckträger, hielt sich an seiner Hüfte fest und spürte seine Bewegungen, als er radelte. Er nahm nicht die Reeperbahn, sondern fuhr durch kleinere, ihr unbekannte Straßen. Es war so dunkel, dass man die Umrisse der Häuser mehr erahnte, als sah. Als der weiße Palast des Altonaer Rathauses an der Seite auftauchte, war sie überrascht. Dann waren sie auf der Elbchaussee. Sie war gleichzeitig erschöpft und aufgeregt und fühlte immer wieder, wie sich sein Becken bewegte, während er in die Pedale trat.

Er brachte sie bis in ihre Straße, hielt aber kurz vor ihrem Haus an. Sie stieg ab.

Als sie sich zum Abschied die Hand gaben, sagte er: »Kaltes Wasser hilft gegen Müdigkeit.«

»Was meinst du?«

»Wenn deine Eltern nichts von deinem Ausflug wissen sollen, wasch dich gleich morgens eiskalt. Das vertreibt die Spuren.«

FÜNFZEHN

Für die nächtlichen Bereitschaftsdienste der Polizei wurden die jungen, unverheirateten Kollegen eingeteilt, die dann im Büro bleiben mussten, während die Kommissare in den Feierabend gingen. Wegen des Personalmangels war es oft schwierig, diese Dienste zu besetzen, es wurde hin- und hergeschoben, auch zwischen Kripo und Ordnungspolizei, und trotzdem blieb manchmal nur die Hoffnung, die Nacht möge ruhig bleiben. Eines der Probleme war, dass ein Kollege nach einer solchen Schicht das Recht hatte, bis zum Mittag frei zu machen. Kriminalassistent Schubert wirkte verschlafen, als er jetzt nach einem Nachtdienst ins Büro kam, um seine Augen lagen graue Schatten, die auch die Nickelbrille nicht verbarg, seine Haut glänzte fettig. Er unterdrückte ein Gähnen, als Hannes Krell ihn über den Stand der Ermittlung in Kenntnis setzte und ihm mitteilte, dass Limba offenbar ins Visier der SS geraten war.

Krells Plan war, diesen Karl-Otto Walde, über den Hispel gesprochen hatte, zu befragen, um zu erfahren, warum er Limba abgeholt hatte. Es war denkbar, dass es Schwierigkeiten mit Walde geben würde, aber so weit würde er es gar nicht kommen lassen. Die Adresse des Mannes hatte er im Telefonbuch gefunden. Der Mann wohnte in Sankt Georg, östlich des Hauptbahnhofes, nicht mehr als 15 Minuten von ihrer Dienststelle entfernt.

»Kommen Sie, Schubert, wir brechen auf.«

Der Assistent blieb stehen. Er bewegte sich nicht und machte den Eindruck, als sei er noch zu müde, um die Worte des Kommissars aufzunehmen. Krell wollte ihn ermahnen. Man hatte im Dienst wach zu sein.

Aber sein Eindruck war falsch. »SS?«, fragte der Assistent.

»Na und?«, fragte Krell zurück. »Wir sind vorsichtig.«

Schubert entfuhr ein Seufzer. Krell kannte die Einwände. Die SS reagierte äußerst empfindlich, wenn sich staatliche Stellen in ihre Angelegenheiten mischten. In vielerlei Hinsicht folgte die Organisation ihren eigenen Regeln und wurde dabei von den allerhöchsten Stellen, von Himmler, vom Führer selbst, gedeckt. Krell aber suchte keinen Streit mit Walde. Er hatte nur eine Frage.

»Wir nehmen die Straßenbahn zum Hansaplatz«, sagte er. »Nun los, Schubert. Eine Routinebefragung.«

Der Stadtteil Sankt Georg war für Krell wie der kleine Bruder von Sankt Pauli. Zwar gab es keine Reeperbahn und keine Herbertstraße, doch die Kneipen waren ähnlich freizügig und hatten manches frivole Bild im Fenster. Was für Sankt Pauli der Hafen, war hier der Hauptbahnhof, der immer neue Reisende anspülte. Professionelle Schlepper lotsten sie in eines der vielen Hotels, in denen oftmals galt, dass der Portier gegen ein Trinkgeld Damenbekanntschaft vermittelte. Die Straßen waren eng und schattig, die Kinder, die dort spielten, hatten Löcher in ihren Schuhen und Risse in Hosen und Röcken. Überall hörte man Hamburger Platt. Hochdeutsch war die Ausnahme.

Walde wohnte nicht weit vom Hansaplatz. Auf ihr Klingeln öffnete er nicht, auch nicht, als sie es ein zweites Mal versuchten und an die Tür klopften. Offensichtlich war er nicht zu Hause.

»Nachmittags 14.30 Uhr. Er wird bei der Arbeit sein«, meinte Krell. »Ich fürchte, wir müssen wiederkommen.«

Sie kehrten ins *Stadthaus* zurück. Eine Stunde später trat Frau Meinke, die Vorzimmerdame des Kriminalrats, an Krells Platz und erklärte ihm, der Chef wünsche ihn zu sprechen. Die Meinke war eine schattenhafte Person mit weißgrauem Haar. Sie sprach so leise, dass man genau hinhören musste, und vermittelte meistens den Eindruck, sie wolle nicht stören und sei eigentlich gar nicht da. Doch nun überbrachte sie diese Aufforderung, und Krell ahnte Schlimmes – seine Einberufung. War ausgerechnet die Meinke diejenige, die ihm die Nachricht überbrachte? Er dachte an Wiebke und stellte sich vor, wie sie reagieren würde, mit Wut und Entsetzen, womöglich auch mit Verzweiflung und Tränen oder einer Mischung aus all diesen Gefühlen. Irgendwie würde er sie zur Vernunft bringen müssen. Keine leichte Aufgabe. Er nahm sich vor, einen günstigen Moment dafür abzuwarten.

Tessow saß hinter seinem Schreibtisch und studierte eine Akte, als Krell eintrat, die Hacken zusammenschlug und den Arm zum Gruß ausfuhr.

»Jaja, Heil Hitler, Herr Kollege. Kommen Sie, setzen Sie sich.« Tessow zeigte auf einen Stuhl. »Wie steht es um Ihren Fall? Dieser Zuhälter, richtig?«

Der Kriminalrat zog seine Uhr aus der Tasche und ließ sie aufspringen, was Krell wohl zu verstehen geben sollte, dass er nicht viel Zeit hatte.

»Wir haben eine erste Spur«, beeilte er sich deshalb zu sagen. »Eine Zeugenaussage hat uns auf sie geführt. Der Tote hatte offenbar Schwierigkeiten mit der SS. Er ist deshalb kurz vor seinem Tod festgenommen worden.«

»Mit der SS?« Tessow klang erstaunt. »Welche Art Schwierigkeiten?«

»Das weiß ich leider noch nicht. Ich bin auf dem Wege, es herauszufinden und werde Sie selbstverständlich auf dem Laufenden halten, Herr Kriminalrat.«

Tessow ließ den Uhrendeckel mit einem lauten Geräusch zuspringen und schob die Uhr zurück in die Westentasche.

Ein Moment der Stille trat ein. Krell wartete darauf, dass der Kriminalrat ihm den eigentlichen Grund dafür mitteilte, warum er ihn zu sich gerufen hatte. Auf dem Schreibtisch lagen einige Papier, manche davon mit Adler und Hakenkreuz. Krell konnte nicht erkennen, ob es sich um Briefe handelte und ob einer davon vom Wehrkreiskommando stammte, und natürlich gehörte es sich auch nicht, sie länger anzustarren. Es war allgemein bekannt, dass ein Widerspruch gegen die Einberufung kaum je Erfolg hatte. Krell fiel kein einziger Fall ein, wo ein Kollege zurückgestellt worden wäre. Das Wehrmachtsamt schien der Überzeugung zu sein, dass es nur diejenigen Männer abzog, die fürs Aufrechterhalten der Ordnung nicht unbedingt von Nöten waren. Seit Beginn des Russlandfeldzuges wurden nun auch viele junge Leute einberufen, 18-Jährige, die direkt von der Hitlerjugend in die Grundausbildung gingen. Der Hunger der Wehrmacht war groß. Über deutsche Verluste wurde nicht berichtet, aber natürlich gab es sie. Es war nicht viel anders als im Jahr 1916. Krell war froh, dass seine Kinder Mädchen waren. Einen Sohn im Krieg zu wissen, hätte er kaum ertragen. Er verstand nicht, warum das andere Männer stolz machte.

Der Kriminalrat räusperte sich. »Kommissar Krell, ich hatte Sie vor ein paar Tagen angewiesen, sich angesichts unserer angespannten Personallage auf die wichtigen Fälle zu beschränken.« Tessows Tonfall hatte mit einem Schlag alle Kollegialität und Freundlichkeit verloren. Er war jetzt kalt, und Krell erkannte, dass er in eine Falle getappt war. Erst die Freundlichkeit, die ihn alle Vorsicht hatte vergessen lassen, und nun das Eigentliche.

»Ich weiß, Herr Kriminalrat. Es ist so …«

Mit einer Handbewegung brachte Tessow ihn zum Schweigen. »Sie haben meinen Befehl missachtet. Stattdessen legen Sie sich mit der SS an?«

»Ich lege mich doch nicht an, Chef. Und ich hatte Ihren Satz auch nicht als Befehl verstanden.«

Tessow nahm die Erklärungen nicht auf. Weiterhin sprach er nicht laut, aber scharf, wie ein Kommandeur zu einem Untergebenen. »Da frage ich mich, ob Sie noch alle Tassen im Schrank haben, Krell. Muss ich Sie darüber belehren, welches der ordnungsgemäße Weg wäre? Wie?«

»Nein, selbstverständlich nicht.«

Wieder schien Krells Antwort beim Kriminalrat nicht angekommen zu sein. Tessow fuhr fort. »Sie schreiben einen Brief an die zuständige Stelle der SS und bitten um Amtshilfe. So macht man das. Sie fragen höflich nach, ob die Kollegen Erkenntnisse in Ihrem Fall haben oder ob Sie einen ihrer Männer befragen dürfen. Und wenn nicht, dann klappen Sie die Aktendeckel zu. Feierabend. Dieser Limba ist kein wichtiger Fall. Ganz bestimmt nicht.«

»Kriminalassistent Schubert und ich, wir haben im Moment keine andere Ermittlung.«

»Ach so?« Tessow kniff die Augen zusammen. »Sie leiden an Unterbeschäftigung? Ist es das? Und die Kollegen? Gibt es da niemanden, der Hilfe bräuchte?«

»Doch, bestimmt …«

»Krell, Sie sind der Einzige in dieser Behörde, der zu wenig zu tun hat. Sorgen Sie für Abhilfe, Mann, und zwar dalli. Sonst tue ich das. Arbeit gibt es bei uns wahrlich genug.«

Tessow stand auf, was ein wenig umständlich wirkte und gleichzeitig ein klares Zeichen war. Das Gespräch war zu Ende. Der Kriminalrat blieb hinter seinem Tisch. »Hiermit verwarne ich Sie in aller Form, Kommissar Krell. Seien Sie vorsichtig, verdammt vorsichtig. Beachten Sie gefälligst die Vorgaben Ihres Vorgesetzten.«

Krell hatte sich ebenfalls erhoben und schlug die Hacken zusammen. »Selbstverständlich, Herr Kriminalrat.«

»Ihr eigenmächtiges Handeln hat einen Eintrag in Ihrer Personalakte zur Folge. Ich hoffe, Sie verstehen, was das bedeutet?«

Die Wehrmacht zog getadelte Beamte schneller ein als solche, die sich nichts hatten zuschulden kommen lassen. »Jawohl, Herr Kriminalrat.«

Tessow entließ ihn mit der Bemerkung, er könne abtreten, rief ihn aber zurück, als Krell bereits die Tür erreicht hatte. »Kommen Sie noch mal her.« Er griff nach einem der Papiere auf seinem Schreibtisch und hielt es sich unter die Augen, als wollte er etwas lesen. »Ihre Tochter …«

Krell schoss das Blut in den Kopf, seine Stirn wurde heiß. Er hoffte, sich verhört zu haben, presste die Lippen zusammen und verlangte Haltung von sich. Trotzdem musste er sich mit beiden Händen an der Rückenlehne des Stuhls abstützen. »Bitte?«

»Ihre Tochter geht zu Tanzveranstaltungen mit entarteter Musik?«

»Nein! Natürlich nicht.«

Tessow lachte auf, es klang böse und höhnisch. »Die Sicherheit des Unwissenden. Mensch, machen Sie die Augen auf! Ihre Tochter ist gestern im *Café Heinze* gesehen worden. Mitten auf der Reeperbahn.«

»Von wem?«

»Ich glaube nicht, dass das die richtige Frage ist. Kommissar Krell, stehen Sie und Ihre Familie zum Deutschen Reich?«

»Selbstverständlich, Herr Kriminalrat.«

»Wenn das so ist, dann bringen Sie gefälligst Ihre Angelegenheiten in Ordnung. Und zwar dienstlich wie privat. Sie können abtreten.«

Auch wenn er zitterte, behielt Krell seine Haltung bei, bis er die Zimmertür hinter sich geschlossen hatte. Noch im zweiten Stock, der Etage der Vorgesetzten, verschwand er auf die Toilette, auf der er als gewöhnlicher Kommissar eigentlich nichts zu suchen hatte. Seine Stirn war mittlerweile so rot, als hätte er Fieber. Die Beine waren weich. Er hatte Durst wie nach einem Kater. Er drehte den Wasserhahn auf, hielt den Kopf darunter und trank direkt aus dem Hahn. Im Spiegel sah er sein aufgequollenes Gesicht und die müden Augen. Er fand sich hager wie zu seinen schlimmsten Zeiten. Noch vor einer halben Stunde hatte er den Plan gehabt, am Abend erneut nach Sankt Georg zu fahren und Walde aufzusuchen. Angesichts von Tessows Anweisung ließ er das Vorhaben fallen, zumal er nur noch Jette im Kopf hatte, die Sorge um sie, die Frage, was sie getan hatte. Er konnte sich nicht vorstellen, dass es stimmte, was der Kriminalrat gesagt hatte, es musste sich um einen Irrtum handeln, aber dann galt es herauszufinden, wie er zustande gekommen war. Schritt für Schritt rückte die Bedrohung näher. Eine falsche Geschichte hatte ihren Weg zum Kriminalrat gefunden, und deswegen würde Hannes Krell womöglich zum zweiten Mal in seinem Leben in den Krieg ziehen. In diesem Moment, vor dem Waschbecken der Toilette im zweiten Stock, wusste er mit großer Sicherheit, dass er dann nicht mehr zurückkommen würde. Dieses Mal nicht. Mit Nowacks beherztem Handeln damals im Schützengraben war sein Glück aufgebraucht. Ein weiteres Mal stand ihm das nicht zu. Er würde an irgendeiner Front sterben, wahrscheinlich in Russland.

Er verscheuchte die düsteren Gedanken und redete sich ein, dass es auch bei der Wehrmacht möglich war, wieder nach Hause zu kommen. Man musste sich im Feld einfach verdammt vorsichtig verhalten, dann konnte es gehen. Nach Lage der Dinge würde Hitler nach der Eroberung des europäischen Teils der Sowjetunion einen neuerlichen Frieden mit Stalin schließen. Über den Ural konnte er die Wehrmacht doch nicht auch noch schicken. Wo sollte dann ein Ende sein?

Mit beiden Händen am Waschbecken, richtete sich Krell auf und sammelte sich einigermaßen. An Arbeit allerdings war nicht mehr zu denken, er konnte sich nicht konzentrieren. Seine Beine waren immer noch weich. Den Kollegen Hagemüller und Idstein würde er morgen seine Hilfe anbieten; das reichte aus, glaubte er, denn so engmaschig kontrollierte Tessow nicht. Zum Glück war es bereits Nachmittag. Er hatte genügend Überstunden angesammelt, um früh Feierabend zu machen, und fuhr nach Hause. Es war noch hell, eine herbstliche Sonne stand tief am Himmel. So früh war er lange nicht mehr heimgekommen. Wiebke war im Garten und nahm Wäsche ab. Sie war überrascht, als sie ihn sah, rund zwei Stunden vor seiner üblichen Zeit.

Er gab ihr eine halbherzige Erklärung, während er ihr half, die Bettlaken zu falten und anschließend den Weidenkorb mit den Tüchern ins Haus trug. Dort ging er ins Wohnzimmer, setzte sich in den Sessel und zündete sich eine *Finas* an. Auf der Anrichte stand ihr Hochzeitsbild, ein Schwarz-Weiß-Foto im Silberrahmen. Es zeigte ein junges Paar, lächelnd und verliebt, sie im weißen Kleid, er im dunklen Anzug und mit einer weißen Rose im Knopfloch.

In dieser Zeit, 1924, hatte er sich wieder einigermaßen gefangen. Auf dem Foto war er immer noch ein dünner Kerl, was auch durch seine Größe betont wurde und dadurch, dass die Wangenknochen so stark hervortraten. Immerhin hatte er damals ein wenig an Gewicht zugelegt und war nicht mehr der Hungerleider, als der er aus dem Krieg gekommen war. Noch wichtiger war, dass er halbwegs akzeptiert hatte, wo er herkam und wer er war. Nur ein paar Monate vor der Hochzeit hatte er Wiebke seinem Vater vorgestellt, an einem Sonntagnachmittag waren sie bei ihm zum Kaffeetrinken eingeladen. Krell hatte dieser Besuch bevorgestanden, er hatte innerlich nach Ausflüchten gesucht, um ihn absagen zu können, und noch auf dem Weg wollte er Wiebke vorwarnen. Er fand aber nicht die richtigen Worte, der einzige Ausdruck, der ihm in den Sinn kam, war »komisch«, was er nicht passend fand, deshalb verzichtete er auf einen Satz wie: »Meine Familie ist komisch.«

Sie selber traf es viel besser, als sie sich hinterher bei ihm einhakte und meinte: »Deine Leute reden nicht besonders viel, oder?«

Nach der Trauung im Altonaer Rathaus waren sie alle auf Einladung von Vater Kraus in ein Lokal gegangen. Das Ehepaar saß nebeneinander an der Kopfseite des Tisches, ihre Familien jeweils zusammen, in beiden Fällen drei Personen, einmal zwei Männer und eine Frau, das andere Mal ein Mann und zwei Frauen. Die Krell-Schwestern hatten ähnliche Kleider an und fast gleiche Frisuren. Den Vater hatten sie in die Mitte genommen und umsorgten und bedienten ihn, schenkten ihm Wein nach, füllten ihm Speisen auf den Teller, Hilde stopfte ihm sogar die Pfeife, und der Vater nahm die Ergebenheit mit schweigender Selbstverständlichkeit hin.

Ganz anders die Krauses. Sie unterhielten sich, stellten den Krells Fragen, wandten sich an das Brautpaar und diskutierten laut miteinander. So still es auf der einen Seite des Tisches war, so lebhaft ging es auf der anderen zu. Mutter Kraus hielt es nicht einmal für nötig, ihre Stimme zu senken, als sie ihrem Sohn den Schnaps verbot; es war ihr nicht peinlich, dass andere Leute die Sorgen und Probleme ihrer Familie miterlebten. Bei Krells wurden solche Dinge stets unter den Teppich gekehrt.

Hannes Krell machte sich bei diesem Mittagessen so klar wie irgend möglich, dass er aus der schweigsamen Familie stammte. Er hatte sich zwar von ihr entfernt, war aber deshalb noch lange nicht so wie jemand, der aus einem lebendigen Haus kam. Im besten Fall konnte er ein paar Schritte dorthin machen, und Wiebke würde ihn unterstützen, wie sie es bisher schon getan hatte. Er sagte sich, dass er auf seinem Weg schon ein Stück vorangekommen war. Inzwischen redete er mit Wiebke und auch mit anderen Leuten selbst dann, wenn er nichts zu sagen hatte, er hatte sich daran gewöhnt, dass sich Menschen miteinander unterhielten, mal ein wenig flacher und mal ein wenig tiefer. Nur manchmal geriet er noch ins Stocken und suchte nach Worten oder einem Thema.

Bei aller Hilfe von Wiebke, die eigentliche Anstrengung musste er auch in Zukunft selbst unternehmen, so wie er es bisher getan hatte. Er, nicht Wiebke, war es gewesen, der ein Jahr vor der Hochzeit den Weg zu seinem Vater, dem alten preußischen Beamten mit den vielen Kontakten, gemacht und ihn um Hilfe gebeten hatte. Dann hatte er sich bei der Hamburger Polizei nach oben gedient. Im Laufe der Zeit war er selbst ein ordentlicher Beamter geworden, hatte sich nichts zuschulden kommen lassen und stets darauf geachtet, wo sich eine Möglichkeit zum Weiterkommen bot. Aber ohne Wiebke, ohne die Aussicht, mit ihr eine Familie zu gründen, hätte er weder das eine noch das andere angefangen. Ohne sie wäre er immer noch ein schweigsamer Gelegenheitsarbeiter auf Sankt Pauli.

Er nahm seinen Blick vom Hochzeitsfoto auf der Anrichte, stand auf und ging ans Fenster. Ihn verlangte nach einer zweiten Zigarette, und er gönnte sie sich. Mit seinem Beamtengehalt war er in der Lage, dieses Haus abzustottern, insgesamt vier Zimmer, oben das von Mareike und das Elternschlafzimmer, unten Jettes und der Wohnraum, dazu Küche und Bad. Mehr brauchte man nicht. Im Garten gab es einen Schuppen und eine Wäscheleine. Er mähte den Rasen, hatte den Karnickelstall gebaut, zupfte das Unkraut im Gemüsebeet, reparierte alles, was kaputtging. Es war viel, was er zu verlieren hatte.

Was Tessow von ihm verlangte, war nur vernünftig. Niemand im Reich stritt mit der SS. Selbst Generäle der Wehrmacht hatten sich bei dem Versuch, SS-Männer vor Kriegsgerichte zu bringen, eine blutige Nase geholt, der Führer persönlich hatte die Anklagen verboten oder, wo es dazu bereits zu spät gewesen war, Begnadigungen ausgesprochen. Warum fiel es ihm so schwer, sich zu fügen? Es gab etwas in ihm, das sich dagegen sperrte, den Limba-Fall zu schließen.

Er zündete sich die zweite *Finas* an und stellte sich vor, sich zu betrinken und alles, was ihn bedrückte, zu vergessen. Das nächste Bild, das ihm vor Augen kam, war das seines Vaters. Der alte Mann, der so wenig gesprochen und nie eine Gefühlsregung gezeigt hatte, auch ganz zum Schluss nicht, als er mit Schmerzen in der Klinik gelegen hatte. Gejammert wurde selbst da nicht, im Gegenteil, der Alte hatte die Zähne zusammengebissen, um seinem Schöpfer als evangelischer Preuße entgegenzutreten. Seine ganze Weltanschauung hatte der Alte in wiederkehrenden Sätzen bei sich getragen. »Wie soll ein Haufen Proleten ein Land regieren?«, hieß einer davon, über die Kommunisten, ein anderer: »Man macht keine halben Sachen.« Eines seiner wichtigsten Worte war »Anstand«, und daraus bildete er die zentrale Regel: »So etwas macht ein anständiger Mensch nicht.«

Mehr musste nicht gesagt werden.

Es verstand sich von selber, dass im Haus seines Vaters eine geradezu pedantische Ordnung herrschte. Es gab kein Ding, das nicht an seinem Platz lag und nach Gebrauch sofort dorthin zurückgebracht wurde. Wenn sein Vater Anweisungen gab, pflegte er sie mit Bleistift auf gelbliche Notizzettel zu schreiben, die allein schon wegen ihrer Farbe nicht übersehen werden konnten. Ganz oben stand, an wen sich die Botschaft richtete, entweder der Name der Mutter oder der von einem der Kinder. Diese Adresse war unterstrichen, dann kam der eigentliche Befehl, geschrieben in seiner charakteristischen hohen Schrift mit den altdeutschen Buchstaben. Auch darin gab es kein überflüssiges Wort. »Hannes, Fenster putzen«, hieß es. Die Mutter hatte sich immer Mühe gegeben, den Vorstellungen ihres Mannes zu genügen, aufzuräumen und sauber zu machen, wie er es wünschte, zu besorgen, was er benötigte, und sparsam mit den Geldmitteln zu sein.

Während er an seiner *Finas* zog, erinnerte sich Hannes Krell aber auch an Momente von Freude und Lebenslust bei seiner Mutter. Sie zeigte sie nur dann, wenn ihr Mann nicht zu Hause war. Das waren die Momente, in denen gescherzt und gelacht werden durfte. Einmal war der Vater in einem Moment von Ausgelassenheit überraschend zurückgekehrt. Seine Mutter hatte mitten in der Bewegung innegehalten wie ein ertappter Verbrecher und den Zeigefinger vor den Mund gelegt. Im gleichen Moment waren sie alle verstummt.

Hannes Krell hatte immer geglaubt, dass er seiner Mutter ähnelte und dass er es deshalb nach seiner Rückkehr aus Flandern im Vaterhaus nicht mehr ausgehalten hatte. Womöglich, dachte er jetzt, war das ein Irrtum gewesen. Er war ein Schweiger wie der Vater; er war es immer noch, obwohl er sich bemüht hatte, sich mehr mitzuteilen. Es gelang ihm nicht, mit seiner Frau über das Problem, das er mit seinem Vorgesetzten hatte, zu sprechen. Er schämte sich dafür, aber er mochte ihre Einwände nicht hören und schon deshalb über diese Dinge nicht reden. Zumindest eine der väterlichen Maximen hatte er offenbar sehr tief verinnerlicht: »Eure Rede sei ja, ja; nein, nein. Was darüber ist, das ist vom Übel.«

Dabei belastete ihn die Sorge, dass der Kriminalrat ihn sanktionieren würde. Sie lag ihm auf der Seele, und trotzdem konnte er nicht darüber reden. Es ging einfach nicht, obwohl die ganze Angelegenheit Wiebke unmittelbar anging. Wenn Tessow aktiv gegen ihn ging und die Wehrmacht Einblick in Krells Personalakte erhielt, würde sie allein mit den Kindern zurückbleiben.

Die Wahrheit war, gestand er sich, dass es die wichtigen Dinge waren, über die er nicht sprechen konnte. Das machte alles noch schlimmer, weil Wiebke nicht davon ausging, dass er ihr eine so entscheidende Frage vorenthielt. Ihm kam wieder der Gedanke, sich zu betrinken. Er mochte ihm nicht nachgeben, deshalb war er erleichtert, als er die Haustür hörte: der Schlüssel und das Schnappen des Schlosses rissen ihn aus seinen Gedanken und erinnerten ihn an seine Pflicht. Er wartete, bis er sicher war, dass es wirklich Jette war, die gekommen war, dann ging er in ihr Zimmer. Sie hatte ein Buch in der Hand, saß auf ihrem Schreibtischstuhl und war blass, geradezu käseweiß im Gesicht. Er fragte sich zum einen, wie sie aufnehmen konnte, was sie las, und wusste zum anderen, dass der Kriminalrat die Wahrheit gesagt und er selbst falsch gelegen hatte. So wie Jette sahen die Kollegen nach einer Nachtschicht aus oder wenn sie bei einer Ermittlung waren, die schnell zum Ergebnis führen musste, und deshalb kaum Schlaf bekamen.

Er seufzte. Sie schaute ihn erwartungsvoll an. Er hätte sich besser ein paar passende Worte zurechtgelegt.

»Vati?«, fragte sie.

»Guten Abend, Jette.«

Ihr Zimmer war eng, es gab nur das Bett mit der Tagesdecke, den Kleiderschrank, Schreibtisch mit Stuhl und ein Wandregal, das von ihren Büchern überquoll. Sie war eine Leseratte wie Wiebke, die beiden konnten sich ewig lange und in Einzelheiten über Bücher, Figuren und Geschichten unterhalten. Von ihrer Mutter hatte Jette auch die Fähigkeit geerbt, Atmosphäre zu schaffen. Ihr Raum hatte etwas Warmes und Gemütliches, das noch verstärkt wurde, weil durchs Gartenfenster ein letzter Rest Tageslicht hereinkam. Wer dieses Mädchen einmal heiratet, dachte Krell, der konnte froh sein.

Er setzte sich auf den Bettrand. Sie schaute ihn erwartungsvoll an.

»Du warst gestern weg? Letzte Nacht, meine ich?«

Sie war offenbar überrascht und wusste nicht, wie sie reagieren sollte. Ihre Hand mit dem Buch zitterte. Sie blickte zum Fenster.

»Jette, ich möchte dich nicht verhören. Hier zu Hause bin ich dein Vater und kein Kripobeamter. Am besten sagst du gleich die Wahrheit. Du bist letzte Nacht am Millerntor gesehen worden, im *Café Heinze*. Bei einem verbotenen Konzert.«

»Es war nicht verboten.«

»Also warst du dort?«

Sie senkte den Blick und nickte.

»Mit deinen Freunden?«

Wieder nickte sie.

»Seid ihr alle gut nach Hause gekommen?«

»Ja, sind wir.«

»Jette, mit solchen Abenteuern bringst du uns alle in Gefahr. In große Gefahr, glaub mir. Dich selbst, die Familie, auch mich.«

Die Tür wurde geöffnet, Wiebke kam herein. Sie war verwundert, weil es nicht oft vorkam, dass Hannes hier saß.

»Ach hier bist du«, sagte sie zu ihm. »Kommt ihr essen? Es ist alles fertig.«

»Ja«, erwiderten Vater und Tochter. Wiebke ging und

schloss die Tür wieder. Krell und Jette standen fast gleichzeitig auf.

»Musst du es ihr sagen?«

»Ja, Jette, das muss ich. Ich will keine Geheimnisse vor meiner Frau haben. Aber etwas anderes ist noch wichtiger.«

»Ich weiß schon.«

»Ja.« Er legte seine Arme um sie und strich ihr über den Rücken. »Das glaube ich.«

SECHZEHN

Am Montag schob sich Gregor wenige Augenblicke vor Doktor Petersen in den Klassenraum. Jette erkannte ihn erst auf den zweiten Blick, so verändert wirkte er. Er trug einen hellen Mantel, der bis über die Knie reichte, dazu eine Schiebermütze aus kariertem Wollstoff und blank gewienerte schwarze Lederschuhe. Jette vermutete, die Sachen stammten aus irgendeiner Kellertruhe. Am Dienstag hatte er einen graukarierten Regenschirm bei sich, der sehr britisch aussah. Die Steigerung war eine Zeitung, die in seiner Manteltasche steckte. Eine englische Zeitung.

Am Mittwoch erklärte er, er würde den HJ-Nachmittag schwänzen.

Bei all dem schien er keine Lust mehr auf einen gemeinsamen Heimweg zu haben. Sie machte sich Sorgen, passte ihn ab und stellte ihn zur Rede. Er gab ihr nicht einmal Antworten. Plötzlich gab es einen großen Abstand zwischen ihnen, nicht nur innerlich, sondern auch räumlich, tunlichst vermied er es, ihr nahezukommen und griff erst recht nicht nach ihrer Hand.

»Gregor, nein!«, sagte sie trotzdem. »Du handelst dir nur Ärger ein.«

»Mit dir ist es seltsam. Meine Kleidung gefällt dir nicht, aber bei Christian findest du sie toll. Wenn ich nicht zu HJ gehen will, bist du dagegen. Christian hingegen drückt sich immer, ohne dass du etwas sagst. Was willst du denn nun?«

Liz hatte Jette gesagt, sie glaube, Gregor sei in Jette verliebt. Auf dem gemeinsamen Heimweg nach dem Konzert – und die ganze Zeit in ihrem Versteck – hatte Gregor Liz immerzu nach Jette gefragt. Richtig besorgt habe er geklungen. Und auch eifersüchtig, weil sie mit Christian unterwegs war.

Jette hatte diese Vermutung von sich gewiesen, aber sie wusste, dass sie stimmte. Umso schwerer fiel es ihr jetzt, ihm zu widersprechen, weil sie ihn nicht verletzen wollte. Relativ einfach war es noch mit der HJ, wo sie den Einwand brachte, Christian sei noch nie hingegangen, ihn würden sie dort in der Verwaltung überhaupt nicht kennen. Aber wenn Gregor fortblieb, fiele es auf.

»Phhh«, machte er und winkte ab.

»Und mit der Kleidung …«

»Was?«

»Er ist …«

»Na sag schon! Hat schönere Sachen?«

»Gregor, darum geht es doch nicht! Christian hat sich, seit er in unserer Klasse ist, nicht verändert. Du aber sehr wohl. Und du treibst es zu weit.«

»Stimmt doch gar nicht.«

Die englische Zeitung hatte er nicht mehr. Die Jungen um Björn nahmen sie ihm noch am gleichen Tag weg und machten sich einen Spaß daraus, sie schnell vom einen zum anderen weiterzureichen, als Gregor versuchte, sie wiederzubekommen. Am Ende hielten sie Gregor zu dritt fest, je einer an den beiden Armen und einer, der ihn an den Haaren zog. So musste er zusehen, wie sie sie anzündeten. Erst als sie vollständig verbrannt war, ließen sie ihn frei.

»Letzte Warnung, du Englandfreund«, hatte Björn ihm zugerufen. »Der Nächste, der brennt, bist du selber.«

Gregor hörte nicht auf Jette und wollte sie wohl auch nicht hören. Als sie auseinander gingen, reichte er ihr nicht einmal die Hand. Ob er am Nachmittag zur HJ gehen würde oder schwänzte, hatte er ihr nicht abschließend mitgeteilt. Er kam ihr geradezu stur vor; sie hatte den Eindruck, er ziele mit voller Absicht darauf ab, Streit und Ärger zu provozieren.

Am nächsten Tag ließ Doktor Petersen ein paar böse Bemerkungen über Gregor fallen, den er weiterhin nur bei seinem Nachnamen nannte. Er bezeichnete ihn als Verräter und fragte die Klasse, wie man den Freund eines Feindes nenne.

»Der Freund meines Feindes ist mein Feind«, rief Björn, ohne sich gemeldet zu haben. Doktor Petersen tadelte ihn dafür nicht. »Meiner auch«, sagte er.

Swingboys waren bei Doktor Petersen Abschaum und standen in der Hackordnung ganz unten. Entweder alleine oder zu zweit mussten Gregor und Christian irgendwelche Strafarbeiten verrichten. Während des Unterrichts hatte Gregor den Klassenschrank aufzuräumen, und zwar so leise, dass er die anderen nicht störte. Als er sich nach verrichteter Arbeit an seinen Platz setzen wollte, pfiff Doktor Petersen ihn zurück. Der Lehrer inspizierte die Arbeit seines Schülers, und die Präzision, mit der Bücher, Schwämme und Tücher aufeinandergestapelt waren, reichte ihm nicht. Mit einer Handbewegung wischte er die weichen Tücher hinaus. Sie segelten auf den Boden. Den Bücherstapel ließ er im Schrank umkippen, damit die guten Stücke keinen Schaden nahmen.

»Von vorne«, befahl er. »Diesmal ordentlich!«

Gregor starrte ihn wutentbrannt an. Jette betete darum, dass er nicht widersprach, was er sich auch verkniff. Er räumte alles wieder ein. Als ein Vogel seinen Dreck auf die Scheibe des Klassenraums fallen ließ, rief Doktor Petersen »die Herren in den Britenkaros«, um ihn abzuwischen.

Wenn Gregor sich im Unterricht meldete, überging Doktor Petersen ihn. Zweimal machte er die Bemerkung, er lege keinen Wert auf die Sicht von *Radio London*. Die Linientreuen lachten.

Am Montag der folgenden Woche kam Gregor nicht zur Schule. Niemand wusste, wo er war und ob ihn eine Erkältung erwischt hatte. Jette sprach an diesem Tag zum ersten Mal wieder mit Christian, wenn auch nur kurz. Sie stellte sich vor, was mit Gregor passiert sein konnte, und als sie die Ungewissheit nicht mehr ertrug, klingelte sie am späten Nachmittag an seinem Haus. Sein Vater öffnete die Tür. Er war angezogen, wie Jette es nicht anders von ihm kannte, mit weißem Hemd, Krawatte und Uhrkette über der Weste. Aber er sah blass aus. Die Augen waren so verquollen, dass man hätte glauben können, bei Jacobys ginge die Grippe um.

An der Tür erklärte Jette, sie wolle sich nach Gregor erkundigen. Jacoby bat sie herein und führte sie ins Wohnzimmer, wo seine Frau auf einem der Sofas saß, eine Flasche Wein vor sich auf dem Tisch. Jette machte zur Begrüßung den üblichen Knicks und wünschte einen guten Abend. Frau Jacoby nahm keinerlei Notiz von Jette, sie schien ihre Worte gar nicht gehört zu haben. Sie war geistesabwesend und starrte in die Luft. Das Zimmer war in seinem alten ordentlichen Zustand. Das Hitlerbild, das sie geschmückt hatten, hatte seinen Platz an der Wand. Der Plattenspieler war geschlossen.

»Gregor ist verhaftet worden«, sagte Jacoby ausdruckslos.

»Aus welchem Grund?«

»Das müsstest du besser wissen als wir. Er hat alte Kleider von mir angezogen und offenbar den HJ-Nachmittag geschwänzt. Irgendetwas geht in ihm vor.«

Frau Jacoby schenkte sich ein Glas Wein ein und trank es in einem Zug leer. Als sie es wieder auf den Tisch gestellt hatte, sackte sie gegen das rückwärtige Sofapolster.

»Wer hat ihn verhaftet?«, fragte Jette und dachte, sie könnte ihren Vater um Hilfe bitten. »Die Polizei?«

»Gestapo«, erwiderte Jacoby.

Dieses Wort ließ sie alle verstummen. Gregors Mutter griff nach ihrem leeren Glas und drehte es gedankenversunken zwischen den Fingern, sein Vater starrte ins Leere. Jette hatte die Hände ineinandergelegt. Gestapo, das bedeutete, es ging um etwas Politisches. Sie wusste nicht viel über die Geheimpolizei, aber wenn ihr Vater darüber redete, senkte er immer die Stimme, und dann war das Gespräch schnell zu Ende.

»Kann ich etwas tun?«, fragte sie.

Frau Jacoby lachte auf. Sie klang verächtlich. »Du kannst zur Stadthausbrücke fahren und die Beine breitmachen, vielleicht lassen sie ihn dann frei.«

»Lena!«, rief ihr Mann in scharfem Ton. Er wandte sich an Jette. »Bitte entschuldige, Jette, meine Frau ist krank vor Sorge. Sie erlebt das schon zum zweiten Mal. Ihr Bruder ist vor einem Jahr festgenommen worden.« Er ging zu seiner Frau hinüber und legte ihr die Hand auf die Schulter. Dann wandte er sich wieder an Jette. »Ich fürchte, du kannst im Moment nichts machen. Ich habe ein paar gute Bekannte,

Leute, die ich durch die Arbeit kenne, die habe ich um Hilfe gebeten. Nun müssen wir abwarten und auf Gott vertrauen. Es ist verdammt schwer. Wenn man herumsitzt, wird die Fantasie besonders stark. Dann sieht man Gespenster.«

Am Abend wandte Jette sich trotzdem an ihren Vater, der zusammen mit ihrer Mutter im Wohnzimmer saß. Sie nahm keinen Anlauf, druckste auch nicht herum, sondern sagte klar heraus: »Gregor ist verhaftet worden. Von der Gestapo.«

Ihre Mutter hielt sich die Hand vor den geöffneten Mund.

»Warum?«, fragte ihr Vater.

»Ich weiß es nicht.«

»Hängt es mit eurem nächtlichen Ausflug zusammen? Da war er doch mit, oder?«

Ihre Mutter reagierte nicht. Sie wusste also bereits von der Angelegenheit. »Es ist möglich«, sagte Jette. »Sogar wahrscheinlich. Gregor ist in letzter Zeit anders geworden. Er liebt Swingmusik und zieht sich auch so an.«

»Um Himmels willen!«, rief ihre Mutter.

»Das kann als Grund ausreichen«, meinte ihr Vater. »Wahrscheinlich hat ihn jemand denunziert. Der Staat greift bei seinen Gegnern durch, gerade auch bei jungen Leuten. Wir sind immerhin im Krieg.«

Jette vermutete, dass Doktor Petersen seinen Schüler angezeigt hatte. Auch Björn und seine Freunde kamen infrage. Gregor hatte sich in der letzten Zeit nicht nur mit seiner Kleidung und der Zeitung auffällig verhalten, sondern auch mit manchen englischen Redewendungen. Weil er nicht in der Lage war, leise zu sprechen, hatten es zu viele gehört.

»Vati, kannst du nicht etwas tun?«

»Ich habe keine guten Kontakte zur Gestapo«, erwiderte er. »Wir sitzen zwar im gleichen Gebäude, aber das ist eine Welt für sich. Mit uns normalen Kripos wollen die nichts zu tun haben. Ich kann Euler fragen, vielleicht weiß der einen Rat.«

Sie nickte, ohne ihn dabei anzusehen. Ihr kamen Tränen und sie wollte nicht, dass ihre Eltern sie sahen.

»Es tut mir leid, Jette. Wenn ich könnte, würde ich deinem Freund helfen.«

Ihre Mutter war weniger mitleidig. »Lass es dir eine Warnung sein«, sagte sie.

»Und Gregor?«, fragte Jette.

»Wir müssen schauen«, meinte ihr Vater. »Ich bemühe mich, aber ich kann nichts versprechen.«

Am folgenden Tag erlebte Jette eine weitere Verwandlung. Diesmal war es ihre Banknachbarin Elisabeth. Sie hatte sich ebenfalls über Nacht verändert, und zwar so gründlich, als hätte eine Fee sie verzaubert. Sie trug wieder ihre BDM-Kleidung: den blauen Rock, die weiße Bluse und das alte Halstuch, das sich in keiner Weise bauschte. Ihre Augenlider waren nicht mehr geschminkt, zum ersten Mal seit Wochen nicht. Ihre Haare waren zwar nicht lang genug, um Zöpfe zu flechten, aber sie hatte sie nicht mehr auf eine Seite gekämmt, sondern in der Mitte gescheitelt, sodass sie gleichmäßig nach links und rechts fielen. Insgesamt sah sie wieder aus wie ein braves Mädchen, wie der Liebling der Lehrer.

»Liz?«, rief Jette aus.

»Ich heiße Elisabeth, bitte nenn' mich auch so. Was ist?«

»Das frage ich dich.«

Elisabeth packte das Heft für die Stunde aus und legte es zusammen mit dem Stift ordentlich vor sich, eine Prozedur, die sie besonders langsam verrichtete. Beides musste vollkommen gerade liegen und der Stift in einem bestimmten Abstand zum Heft. Immer wieder korrigierte sie die Positionen und verrückte Heft und Stift um ein paar Millimeter. Es machte den Eindruck, als wolle sie unbedingt vermeiden, zu früh mit ihren Vorbereitungen fertig zu werden und leere Zeit entstehen zu lassen.

»Gregor ist verhaftet worden«, sagte sie schließlich leise und ohne Jette anzuschauen.

»Ja.«

»Von der Gestapo.«

»Woher weißt du das?«

»Das wissen alle hier.«

»Und weshalb?« Jette wusste, dass das eine sinnlose Frage war. Woher sollte ihre Freundin die Antwort kennen?

Elisabeth richtete ihren Blick nach vorne, auf den Klassenraum. Die Schüler saßen an ihren Bänken, manche tuschelten miteinander, andere warteten schweigend auf den Unterrichtsbeginn. Draußen vor dem Fenster brach der Herbsttag gerade an, es wurde hell. Dabei regnete es.

Elisabeth drehte sich jetzt zu Jette. »Mein Vater ist auf Heimaturlaub«, sagte sie.

»Und?«

Elisabeth zog den Mund in die Breite, wodurch ihr Gesicht für einen kurzen Augenblick einen gequälten und schmerzerfüllten Ausdruck erhielt. Jette bekam in diesem Moment ein neues Bild von ihr, sie glaubte, die Zukunft ihrer Freundin sehen zu können. Sie, nicht Jette, war es, die sich fügte und die sich beim Mädchenbund wieder mit voller Kraft beteiligte. Ihr, nicht Jette, würde bald die Führung einer eigenen Gruppe angetragen werden, und Elisabeth war es auch, die in wenigen Jahren heiraten und Kinder bekommen würde. Führernachwuchs.

»Mein Vater hat mit uns geschimpft«, fuhr Elisabeth fort. »Richtig gebrüllt hat er. Mit meinen Schwestern und mir und sogar mit meiner Mutter. Wir wären verlottert und so. Nur meinen kleinen Bruder hat er verschont.«

»Weshalb hat er geschimpft?«

»Frag doch nicht so dumm. Wir drei Schwestern geschminkt, meine Mutter, die das alles geduldet hat. Er hat ja recht, es geht um Deutschland. Wir dürfen nicht wie die Engländer oder wie die Amerikaner werden. Das sind unsere Feinde, die wollen unser Land kaputt machen und uns auch. Deutschland muss sich wehren. Und wir sind Deutsche.«

Jette überkam in diesem Moment die Gewissheit, dass ihre Freundschaft zu Elisabeth beendet war. Das war unabänderlich. Besonders eng waren sie nie gewesen, obwohl man das hätte denken können, denn sie kannten sich seit der Volksschule, also seit mehr als sieben Jahren, und hatten sich seitdem fast jeden Tag gesehen. Deshalb gab es eine große Vertrautheit zwischen ihnen. Sie wussten so gut wie alles voneinander. In Zukunft aber würde Jette vorsichtig mit Elisabeth sein und genau abwägen müssen, was sie ihr sagte und was nicht. Ein Vorteil der neuen Entwicklung war, dass Elisabeth nun Christian aus dem Weg gehen würde. Allerdings war das gar nicht mehr nötig. Christian hatte auf der Flucht vor der HJ-Streife Jettes Hand ergriffen, nicht die von Elisabeth, die genauso nahe bei ihm gestanden hatte. Das war doch kein Zufall gewesen. Außerdem hatte er Jette die Wahrheit über seine HJ-Kennkarte erzählt, und das hieß, dass er ihr vertraute. Elisabeth kannte dieses Geheimnis nicht.

»Weißt du etwas über Gregor?«, flüsterte sie.

»Außer, dass er dich liebt, meinst du«, gab Elisabeth zurück. Sie klang böse.

»Wo er jetzt ist?«

»In Gestapohaft, nehme ich an. Vielleicht auch im Gefängnis in Fuhlsbüttel. Damit hat mein Vater uns gestern gedroht – wenn wir nicht aufpassen, kämen wir alle dorthin, und er könnte dann nichts für uns tun. Gregor hat es doch darauf angelegt.«

Elisabeth stieß auch diesen Satz auf eine kalte Art aus, so als hätte Gregor seine Strafe verdient. Jette musste schlucken. Ihr war es nicht möglich, die Unterhaltung fortzusetzen, sie kam sich weggestoßen vor und fürchtete sich gleichzeitig vor einem falschen Wort. Einen Streit mit Elisabeth wollte sie auf keinen Fall riskieren, deshalb war sie erleichtert, als Doktor Petersen den Klassenraum betrat. Privatgespräche waren nun nicht mehr möglich. Obwohl Doktor Petersen seinen Stock benutzte, trat er fest auf, schritt mehr, als dass er ging, und hielt sich kerzengerade. Als er hinter seinem Pult stand und die Schüler grüßte, rief Elisabeth ihre Antwort besonders laut heraus: »Heil Hitler.«

Doktor Petersen überblickte den Klassenraum. »Einer fehlt. Jacoby, wie es den Anschein hat.« Er lehnte seinen Stock gegen das Pult und setzte sich. »Nun, das wird schon seine Gründe haben.«

Jette war sich nach diesem Ausspruch sicher, dass er es war, der Gregor denunziert hatte. Es waren nicht so sehr seine Worte, die sie das glauben ließen, sondern das teuflische Lächeln, das er aufgesetzt hatte. Er freute sich darüber, dass Gregor im Gefängnis war. Zwar hatten seine Ermahnungen nicht gefruchtet, aber jetzt kam eben die zweite Stufe, die Strafe. »Wer nicht hören will, muss fühlen«, nannte ihre Mutter solche Steigerungen.

Jette fragte sich, wie Doktor Petersen vorgegangen war. Wie verriet man einen seiner Schüler? Marschierte man einfach in eine Dienststelle der Gestapo und nannte dessen Namen und sein Vergehen? Oder machte man das telefonisch? Oder weil man dort jemanden kannte?

In der Pause ging sie hinunter auf den Hof. Der Regen hatte aufgehört, aber der Himmel war so grau, dass man nicht ausmachen konnte, wo er anfing und endete. Es war nicht kalt, aber ungemütlich, die Feuchtigkeit lag nach wie vor in der Luft. Sie presste die Hände an ihre Oberarme. Christian stand alleine auf seinem Platz unter der Eiche. Er hatte die Hände in den Taschen seines karierten Jacketts vergraben und schien zu träumen. Vielleicht dachte er auch an seine Musik. Die Schüler mieden ihn, auch Karl und mancher andere, der noch vor Kurzem seine Nähe gesucht hatte. Niemand wollte mehr ein Risiko eingehen und womöglich Gregors Schicksal teilen, es schien sich die Überzeugung durchgesetzt zu haben, dass es gefährlich war, sich in Christians Nähe aufzuhalten, selbst in einem weiteren Umkreis. Wie nach den großen Ferien war er gänzlich isoliert, war wieder der fremde Junge aus Altona, ein Einzelgänger, der keinerlei Verbindung zu den anderen hatte. Damals hatte er in der Klasse erklärt, dass er davon ausging, ihre Rissener Schule nur so lange zu besuchen, bis die zerbombte Wohnung seiner Eltern wieder aufgebaut war. Auch deshalb hatte es lange gedauert, bis er Anschluss fand. Jetzt hatte er wieder niemanden.

Sie trat zu ihm. »Gregor ist verhaftet worden.«

»Weißt du das sicher?«

»Ich war bei seinen Eltern.«

Auch Christian fror, er drückte die Arme durch, als wollte er seine Hände noch tiefer in den Taschen des Jacketts drücken. »Er hat es übertrieben. Seine lauten Reden. Swing Heil, Swing Heil«, machte er nach. »Dann die englische Zeitung in der Manteltasche. Selbst wenn sie uralt war.«

Während sie ihm zuhörte, empfand Jette plötzlich Distanz zu Christian, die ihr eigenartig vorkam und die sie nicht akzeptieren wollte. Doch sie war da, war wie ein meterlanger Raum, der zwischen ihnen lag. Am liebsten wäre sie zwei Schritte zur Seite getreten. Christian war etwas Besonderes und gleichzeitig ein Fremder, nicht nur für ihre eingeschüchterten Klassenkameraden, sondern auch für sie. Sie war eine Rissener Deern, ein Vorortkind. Der Abstand zu Christian, dem Jungen aus Stadt, würde immer bleiben. Sie bemühte sich darum, die Erinnerung an ihre gemeinsame Zeit unter dem Bismarckdenkmal lebendig werden zu lassen. Aber es gelang nicht.

»Kann man etwas tun?«, fragte er.

»Ich glaube nicht. Sein Vater versucht, was ihm möglich ist. Ich habe meinen auch gefragt.«

»Und?«

Sie schüttelte den Kopf. »Viel Hoffnung gibt es da nicht. Er kennt niemanden bei der Gestapo.«

»Und Liz?«, fragte Christian und machte eine abschätzige Kopfbewegung in die Richtung, wo die Mädchen standen. »Hat sich über Nacht verwandelt und ist wieder Elisabeth geworden?«

»Ja.«

»Ich habe ihr nie vertraut.« Er senkte den Kopf. »Sie wird mich irgendwann verraten. Ein Glück, dass ich ihr nicht meine HJ-Geschichte erzählt habe. Nicht die ganze Wahrheit.«

»Aber nein, sie verrät niemanden.«

Er widersprach ihr nicht, aber sie hatte den Eindruck, dass er ihr nicht glaubte.

Rechtzeitig vor Beginn der nächsten Stunde kehrte sie in die Klasse zurück und setzte sich an ihren Platz. Als Elisabeth dazukam und sie keines Blickes würdigte, fragte sich Jette, weshalb sie Christian gegenüber so sicher gewesen war, was ihre Banknachbarin anging. Verriet Elisabeth wirklich niemanden? Ihr fiel eine alte Geschichte ein, die sich vor Jahren in einem Zeltlager zugetragen hatten. Sie waren zwölf, höchstens 13 gewesen, und ein Mädchen aus ihrer Gruppe, Rita, hatte unter so starkem Heimweh gelitten, dass sie jeden Abend geweint hatte. Obwohl Rita ihre Tränen zurückzuhalten versuchte und sich, wenn ihr das nicht gelang, die Decke über den Kopf zog, bekamen es alle mit. Die Mädchenschar teilte sich in diejenigen, die Rita Trost zusprachen, und die, die sich über sie lustig machten oder ihre Verachtung zeigten. Elisabeth war damals eine Wortführerin der zweiten Gruppe gewesen und hatte die weinende Kameradin nachgeäfft und zurechtgewiesen. Rita wiederum hatte von zu Hause Schokolade mitbekommen, die sie in ihrem Rucksack versteckte und von der sie sich ein Stück abbrach, wenn sie sich in ihrem Kummer nicht anders zu helfen wusste. Trotz ihrer Heimlichkeit blieb die Nascherei nicht verborgen, man hörte das Papier rascheln, und sie bekam braune Zähne und eine belegte Zunge. Außerdem roch sie süßlich aus dem Mund.

Jemand schwärzte Rita an. Die Lagerführerin durchsuchte ihren Rucksack und verurteilte sie wegen der gefundenen Schokolade vor der ganzen Gruppe. Zwei Mädchen banden sie an einen Baum, wo sie stundenlang in der Sonne stehen bleiben musste. Ihre Schokolade wurde verteilt, und Elisabeth erhielt ein Extrastück, weshalb alle verstanden, dass sie es war, die Rita verraten hatte.

Jette fragte sie: »Wirst du etwas sagen?«

»Worüber?«

»Darüber, dass wir uns abends getroffen haben. Über die Musik oder über die Blumen am Hitlerbild.«

»Was gewesen ist, ist vorbei«, war die Antwort. Laut fuhr Elisabeth fort: »Für die Zukunft solltest du aber nicht vergessen, dass du ein deutsches Mädchen bist. Das hat mein Vater zu mir auch gesagt.«

Gregors Platz war leer. Christian saß neben Karl, der nicht mit ihm sprach. Ihre Swinggruppe gab es nicht mehr. Jette tastete nach dem abgebrochenen Stückchen Lippenstift in ihrer Tasche. Es war winzig klein geworden. Sie brauchte es nicht mehr und würde es wegwerfen. Viel stärker als all das war ihre Sorge um Gregor. Christian würde sie nun außerhalb der Schule auch nicht mehr sehen. Es gab keinen Grund dafür und keinen Platz, um sich zu unterhalten oder miteinander zu tanzen, erst recht nicht, um zusammen auf dem Fahrrad zu fahren. Der innere Abstand zu ihm, den sie auf dem Schulhof empfunden hatte, hatte sich zwar wieder verflüchtigt, aber dafür gab es nun eine reale Distanz, und die schien ihr unüberwindlich zu sein.

SIEBZEHN

Es war ziemlich kühl und noch nicht hell, als Hannes Krell am Morgen in die Innenstadt fuhr und auf dem Hansaplatz in Sankt Georg parkte. Am gegenüberliegenden Straßenrand stand ein Auto mit den SS-Runen am Kennzeichen. Krell schaute sich nach allen Seiten um, bevor er ausstieg. Er hatte Sorge vor den Blicken von Kollegen, vor zufälligen Begegnungen genauso wie vor Spitzeln, die Tessow ihm womöglich hinterhergeschickt hatte, doch es schien ihn niemand zu beobachten. Eilig überquerte er den Fahrdamm und lehnte sich auf der anderen Seite an eine Hauswand, neben einen Mauervorsprung aus Backstein, der eine Tür einfasste. Der Platz war fast ein Versteck, zumindest konnte man von Vorbeifahrenden nicht auf einen Blick gesehen werden. Gedanken an das Risiko, das er einging, vermied er, so gut es ging. Allerdings fiel ihm, während er wartete, der Traum wieder ein, den er vom Kriminalrat gehabt hatte. Darin war Tessow eine überlebensgroße Person an einem riesigen Schreibtisch gewesen und Krell selbst klein wie ein Junge. Wenn er sich richtig erinnerte, hatte er sogar kurze Hosen getragen. Tessow hatte den Arm ausgestreckt und »Ab, marsch, marsch« gerufen, jene Worte, mit denen Eltern ihre Kinder zu Bett schickten. Aber Krell war klar gewesen, dass es mit »marsch, marsch« nicht in die Federn ging, sondern zur Wehrmacht.

»Es wird nicht passieren«, redete Krell sich halblaut zu, als sich die Sorge davor, dass Tessow ihn durch einen seiner Zuträger erwischen würde, kaum noch fortschieben ließ. Und dann gleich noch einmal: »Es wird nicht passieren.«

Er konzentrierte sich auf die Umgebung. Die Nummer des Kennzeichens war SS 24-018. Es gab nur eine einzige Zwei. Ihm war allerdings damals bereits aufgefallen, dass Bella nicht richtig lesen konnte, sie war weder mit Buchstaben noch mit Zahlen sicher und vertauschte sie, als könnte sie sie nicht richtig erkennen. Er erinnerte sich, dass sie selbst mit einfachen Sätzen auf Reklametafeln ihre liebe Mühe gehabt hatte. Damals hatte er geglaubt, sie brauche eine Brille. Vielleicht war es aber auch so, dass sie nicht besonders lange zur Schule gegangen war. Wie auch immer, es war vorstellbar, dass sie die beiden Runen-S für Zweien gehalten hatte.

Auf dem Bürgersteig lagen mehrere Laubhaufen. Trotz der Bombenangriffe und des Schutts zerstörter Häuser achtete die Stadtverwaltung weiter auf Ordnung und Sauberkeit. Wenn die Bäume ihre Blätter verloren, wurden sie zusammengekehrt und abgefahren. Krell trug einen Mantel. Seine Hände waren kalt, er bewegte die Finger, machte Fäuste und öffnete sie wieder. Passanten eilten an ihm vorbei Richtung

Hauptbahnhof, und bald sah er einen Mann in der schwarzen Uniform der SS und mit Lederstiefeln, der auf das Auto zuschritt. Unter dem Arm hatte er eine Aktentasche. Nach Büroarbeit sah er trotzdem nicht aus, er war ein vierschrötiger Kerl, sicher einen Meter 85 groß, schwer und kräftig. So stellte man sich einen Rausschmeißer vor, wie Hispel ihn beschrieben hatte, jemanden, der keine Scheu hatte, sich mit betrunkenen Matrosen anzulegen. Schreibtischleute waren in der Regel schmaler.

»Entschuldigung!«, rief Hannes Krell und löste sich von der Hauswand. Der SS-Mann blieb stehen. Krell trat vor ihn und fuhr den Arm aus. »Heil Hitler erst mal.«

Der SS-Mann grüßte zurück. Das Rangabzeichen auf der Uniform zeigte, dass er Scharführer war.

»Sind Sie Herr Walde? Karl-Otto Walde?«

»Wer will das wissen?«

Krell zog seine Dienstmarke heraus und stellte sich vor.

»Ich bin Walde. Was wollen Sie?«

»Nicht viel. Ich habe nur eine kurze Frage.«

»Dann beeilen Sie sich. Ich muss zum Dienst.« Walde schloss sein Auto auf und warf die Aktentasche auf den Beifahrersitz.

»Ein Zeuge hat Ihren Wagen an einem Tatort auf Sankt Pauli gesehen.«

»Ach?«

»Genau dieses Kennzeichen.«

»Das glaube ich nicht.«

Krell kannte dieses Spielchen aus unzähligen Befragungen. Man durfte sich von einer solchen Antwort, auch wenn sie überzeugend vorgetragen wurde, nicht einschüchtern lassen, nicht nachgeben, keine Scheu zeigen. »Es ist aber so.«

»Und selbst wenn – warum gehen Sie nicht den offiziellen Weg?«

»Eine dringende Ermittlung«, erwiderte Krell und war sich bewusst, wie falsch seine Antwort war. Sollte sie an Tessows Ohr gelangen, wäre alles vorbei. Dann hätte er mehr Ärger, als er tragen konnte.

»Was für ein Fall?«, fragte Walde.

»Wie Sie meinen, Scharführer. Ich mache es schriftlich, das ist in Ordnung, auch wenn ich nur eine oder zwei Fragen habe.«

Walde hielt die offene Autotür in der Hand. Er schien zu überlegen. Eine Pause entstand.

»Nun gut, um den Aufwand zu vermeiden: Schießen Sie los.«

»Es geht um die Nacht vom 5. auf den 6. September, Montag auf Dienstag. Können Sie sich erinnern, wo Sie da waren und ob Sie mit Ihrem Auto gefahren sind?«

»Das ist ja schon Wochen her!«

»Dennoch.«

Walde legte drei Finger ans Kinn und machte eine Geste des Nachdenkens, die Krell gespielt vorkam. Der Mann wusste genau, wo er in der fraglichen Nacht gewesen war. Trotzdem dauerte es lange, bis er sich äußerte.

»Ich war in jener Nacht tatsächlich auf Sankt Pauli, zusammen mit einem Kameraden. So erklärt sich vielleicht auch, dass Ihr Zeuge mein Auto gesehen hat. Auf der Reeperbahn läuft immer noch eine Menge zweifelhaftes Volk herum, und wir haben nach dem Rechten gesehen. Deutschland muss vorsichtig sein, Herr Kommissar, jeden Tag aufs Neue, und die SS wacht darüber, dass wir alle gut schlafen können.«

»Darüber bin ich mir im Klaren, Scharführer. Wie heißt der Kamerad?«

»SS-Mann Drechsler, Uwe.«

»Ich bedanke mich, Herr Walde. Heil Hitler und einen guten Tag.«

Walde war es offenbar nicht gewohnt, dass ein Zivilist ein Gespräch mit ihm beendete. Für einen kurzen Moment starrte er Krell irritiert an und schien sich zu fragen, ob er ihn maßregeln sollte. Doch dann stieg er grußlos in seinen Wagen, ließ den Motor an und brauste davon. Krell beeilte sich ebenfalls, er wollte schnell in der Dienststelle sein, sodass sein früher Termin niemandem auffiel. Drechsler würde er erst am Abend befragen, selbst wenn die Gefahr groß war, dass Walde ihn vorbereitete. Dafür reichte letztlich ein kurzer Anruf von Kamerad zu Kamerad. Das ließ sich nicht ändern. Hannes Krell musste zuerst an seine eigene Sicherheit und an die seiner Familie denken.

Auf den Straßen waren deutlich mehr Frauen als Männer zu sehen, alle auf dem Weg zur Arbeit, was man an den verwaschenen Kopftüchern und ihrer müden Körperhaltung erkannte. Er dachte an Wiebke, an das, was ihr möglicherweise bevorstand, und dann erinnerte er sich daran, wie sie in der Hochzeitsnacht zum ersten Mal auf ein Kondom verzichtet hatten. Zuvor hatten seine Wirtsleute in der Seilerstraße immer weggeschaut, wenn er mit ihr nach Hause gekommen war, und so getan, als würden sie nicht mitbekommen, dass er eine Frau mit auf sein Zimmer nahm. Als sie verheiratet waren und in der Wohnung der Schwiegereltern unterkamen, wurde alles anders. Er musste Wiebke nicht mehr spätabends nach Hause begleiten, sie verbrachten die ganze Nacht miteinander und wachten zusammen auf. Das Begehren ließ nicht nach, auch dann nicht, als Wiebke schwanger war. Erst als ihr Bauch bereits eine Kugel war, bremste sie ihn.

Kurz vor der Niederkunft wurde sie von einer Kutsche angefahren und stürzte. Sie war nicht bewusstlos, konnte aber auch nicht alleine aufstehen. Ein Kollege, ein Schupo, war in der Nähe und sorgte dafür, dass sie ins Altonaer Krankenhaus gebracht wurde. Krell erfuhr erst Stunden später im Dienst von dem Unfall. Er zeigte eine seltsame Reaktion – er wurde vollkommen steif, wie eine Figur aus Holz, Arme und Hände bewegten sich nicht mehr, er konnte den Kopf nicht drehen, selbst das Schlucken war kaum möglich. Ein Kollege brachte ihm ein Glas Wasser, und als er sich halbwegs gefangen hatte, gab ihm sein Vorgesetzter ein Polizeifahrrad, mit dem er in die Klinik raste. Unterwegs geisterten die bösesten Vorstellungen in seinem Kopf umher, das Kind war verloren, Wiebke schwebte in Lebensgefahr, lag wahrscheinlich auf dem Operationstisch oder bereits im Sterben. Gegen diese Gedanken und Bilder konnte er nichts tun, sie hatten ihn vollkommen in der Hand und ließen sich nicht vertreiben. Er strampelte mit aller Kraft. Es war nicht warm an diesem Frühlingstag, trotzdem schwitzte er so sehr auf dem Rad, dass ihm Hemd und Unterhose am Körper klebten. Als er in Altona die Allee erreichte und die Treppe zur Klinik hinaufstürmte, stellte sich ihm ein Pfleger in den Weg und breitete die Arme aus. Eine Krankenschwester wies ihn an, auf dem Flur zu warten, und schlug ihm eine Flügeltür vor der Nase zu.

Krell wurde schwindelig, als ihm der gleiche Geruch nach Desinfektionsmittel in die Nase stieg wie damals im belgischen Kriegshospital, er musste sich festhalten und wähnte sich bereits in einem Zwischenreich, nicht mehr auf der Erde und noch nicht im Jenseits. Durch seinen Kopf zogen immer neue, panische Gedanken, einer nach dem anderen, wie Wellen im Meer, Bilder von Tod und Verlassenheit, von Einsamkeit, Nervenzusammenbruch und Selbststrangulation. Auch Sand und Erde, die ihn verschütteten, waren immer dabei. Er verlor jedes Zeitgefühl, hatte keine Ahnung, wie lange er in diesem Krankenhausflur ausharrte, es konnte eine Stunde sein oder ein Tag. Er war nicht in der Lage, sich auf die Bank unter dem Fenster zu setzen, sondern schritt immerzu den Flur auf und ab, auf und ab, obwohl seine Beine weich wie Gummi waren und der Kopf auf dem Hals wackelte wie bei einer Kasperlepuppe. Einen der vorübereilenden Weißkittel anzusprechen, wagte er nicht. Die Angst hatte ihn vollkommen im Griff.

Er bekam nicht mit, dass er einschlief, offenbar hatte er sich irgendwann doch hingesetzt und ausgestreckt. Die Finsternis im Flur und in seinen Träumen war so dicht wie damals im Schützengraben, aber anders als dort erwartete er nicht den eigenen Tod, sondern den seiner Frau, also der Person, für die er ein neues Leben angefangen hatte. Im Geiste wurde ihm deutlich wie nie, wie dünn der Faden war, an dem es hing. Ohne Wiebke würde er reißen.

In dieser Nacht wurde Jette geboren. Durch den Unfall war bei Wiebke die Fruchtblase geplatzt und die Wehen hatten eingesetzt. Irgendwann erbarmte sich eine Krankenschwester und teilte ihm mit, dass seine Frau lebte und der Geburtsvorgang eingesetzt hatte. Er glaubte ihr nicht, war davon überzeugt, sie wolle nur billigen Trost spenden, und er würde bald die Wahrheit erfahren. Als sie ihn zu ihr ließen, war es bereits hell. Er war unrasiert und übernächtigt, in seinem Kopf rauschte es, der alte Schweiß an ihm stank. Wiebke versicherte ihm mehrfach, dass sie das Kind auf die Welt gebracht hatte und es gesund war. Es dauerte lange, bis er ihre Worte aufnahm, und noch länger, bis er ihnen Glauben schenkte, denn das Neugeborene war nicht da. Es lag im Säuglingszimmer. Erst als die Schwester es brachte, fiel die Angst langsam von Hannes Krell ab. Er war todmüde und den Tränen nahe.

Sollte Wiebke von dem Risiko, das er derzeit einging, erfahren, unternähme sie alles, was in ihrer Macht stand, um ihn von seinem Pfad abzubringen. Wahrscheinlich würde sie ihn abwechselnd beschwören und beschimpfen. Und sie hätte recht: Wenn die Wehrmacht ihn einzog, könnte er die Familie nicht mehr schützen. Wiebke würde wie die vielen Frauen, die an diesem Morgen unterwegs waren, zur Arbeit bei *Blohm & Voss* oder in einer der Munitionsfabriken dienstverpflichtet werden. Die Mädchen wären den ganzen Tag sich selbst überlassen. Er mochte sich diese Dinge überhaupt nicht vorstellen, und schon deshalb war es klar, dass er Tessows Anordnungen Folge leistete. Er sagte sich, dass er bei einer nächsten Ermittlung, falls er überhaupt noch einmal eine übertragen bekäme, vorsichtiger sein würde, viel vorsichtiger, er würde abwarten, bevor er erste Schritte einleitete und sich mit dem Kriminalrat abzustimmen, ehe er einen Fall zu dem seinen machte. Ohne Tessows Einverständnis, so versprach er sich, begann er in Zukunft gar nichts mehr.

Als er am *Stadthaus* ausstieg, sog er die feuchtkalte Herbstluft ein, blieb einen Moment am Auto stehen und tat so, als mühe er sich damit, die Tür zu verschließen. In Wahrheit sammelte er sich. Ihm stand ein weiteres unangenehmes Gespräch bevor.

Schubert saß an seinem Schreibtisch. Er hatte einen aufgeschlagenen Aktendeckel vor sich und studierte Dokumente. Hannes Krell blieb an der Tür stehen. Wieder bekam er den Eindruck, sein Assistent sei ein Lehrer oder junger Wissenschaftler an einer Universität und bereite sich auf die nächste Stunde vor. Es war nicht nur die Nickelbrille, die diesen Eindruck vermittelte, sondern auch die Tatsache, dass Schubert konzentriert, regelrecht versunken wirkte, während er las. Was um ihn herum passierte, die Unterhaltungen, das Tippen einer Schreibmaschine, ein Telefonklingeln, nahm der Mann nicht wahr. Hannes Krell hatte diesen jungen Anwärter geschätzt. Das steife Knie, seine leichte Gehbehinderung glich er durch seinen scharfen Verstand mehr als aus.

Krell trat an seinen Tisch. »Ich müsste Sie kurz sprechen, Schubert. Kommen Sie doch mal mit hinaus.«

Schubert folgte ihm auf den Flur. Krell versicherte sich, dass kein Kollege in der Nähe war. Was er zu sagen hatte, war nicht für fremde Ohren bestimmt. Er hatte sich vorgenommen, sich nicht mit Vorreden aufzuhalten. Unangenehme Dinge brachte man besser schnell hinter sich. Auch das, registrierte er, war ein Satz seines Vaters.

»Im Fall Limba wusste der Kriminalrat über jeden meiner Schritte Bescheid, und er kannte auch diejenigen, über die ich ihn nicht unterrichtet hatte. Von wem sollte er das wissen, Schubert, wenn nicht von Ihnen? Sie haben ihm Dinge über mich zugetragen.«

»Aber nein.«

»Oh doch. Neulich waren wir kaum zurück, da hat er mich bereits zu sich rufen lassen.«

»Dafür kann es viele Gründe geben.«

Hannes Krell zündete sich eine Zigarette an. Alles an Schuberts Haltung zeugte von dessen Schuldbewusstsein, auf seine Wangen und um die Nase hatte sich ein leichtes Rot gelegt, er konnte Krells Blick nicht standhalten, sondern schaute zu Boden. Außerdem drückten die Finger beider Hände gegeneinander. Die Kuppen wurden schon weiß.

»In Ihrer Lüge liegt etwas Würdeloses, Herr Kollege Schubert.«

Krell zog an seiner Zigarette, pustete den grauen Rauch in die Luft und ließ die Sekunden verstreichen. Es war nun an Schubert, sich zu äußern, und er würde so lange warten.

Der Assistent blickte auf. »Es tut mir leid, Herr Kommissar«, sagte er leise. »Kriminalrat Tessow hat das von mir verlangt.«

»Seit wann?«

»Seit dem Tag, als er zu uns herunterkam und uns anwies, wir sollten uns um die wichtigen Fälle kümmern. Ich traf ihn später im Flur.«

»Hat er Sie abgepasst?«

»Das weiß ich nicht. Möglich.«

»Und da hat er Ihnen aufgetragen, ihn über meine Schritte zu informieren?«, fragte Krell.

»Er sagte wörtlich, Sie seien jemand, den man gelegentlich vor seinem Arbeitseifer in Schutz nehmen müsse.«

Beinahe fühlte sich Krell geschmeichelt. Auf seine Art stand der Kriminalrat wirklich zu seinen Mitarbeitern und in gewisser Weise auch zu ihm, den er nicht verurteilt hatte, im Gegenteil, er hatte eine Art Lob ausgesprochen. Krell war sich nun sicher, dass Tessow von der Verwicklung der SS in den Limba-Fall wusste. Woher seine Erkenntnisse stammten, konnte man nur spekulieren. Vielleicht hatte ihn ein SS-Führer direkt angerufen und gebeten, in dieser Angelegenheit wegzuschauen, oder er tat das von sich aus, in vorauseilendem Gehorsam, um die Organisation zu schützen. Irgendeinen direkten Draht würde es auf jeden Fall geben. Eine andere Frage war, auf welche Weise und aus welchem Grund die SS mit Limbas Tod zu tun hatte. Kannte Tessow die gesamte Geschichte und wünschte deshalb nicht, dass Krell sie untersuchte? Das spräche dafür, dass der Dreck größer war als vermutet.

Schubert würde er seine Mutmaßungen nicht länger mitteilen. Hannes Krell wurde bewusst, dass er in der Limba-Sache nun alleine dastand, und das war keine angenehme Vorstellung. Er hatte Schmerzen an Schultern und Nacken, zumindest eine gewisse Unbeweglichkeit, eine Verspannung. Er versuchte innerlich, sich wieder aufzurichten, legte den Kopf vorsichtig erst auf die linke, dann auf die rechte Seite und redete sich gleichzeitig ein, dass er auf seinen Assistenten verzichten konnte. Noch während er sich das sagte, wusste er bereits, dass das nicht die Wahrheit war. Zu zweit und im vertrauensvollen Austausch zu arbeiten, war wesentlich fruchtbarer, schon deshalb, weil einer meistens jene losen Enden zusammenbrachte, die dem anderen verborgen blieben. So entstanden neue Anstöße. Es war eine alte Erfahrung, dass die besten Schlüsse im Gespräch gezogen wurden. Er würde in Zukunft darauf verzichten müssen. Schubert stand ihm schuldbewusst gegenüber, die Schultern zusammengesunken, die ganze Körperhaltung ohne Kraft. Es war an Krell, ihn aus der Situation zu entlassen. Krell zog ein weiteres Mal an seiner Zigarette, dann sagte er Schubert, er könne gehen.

Es stand nun eine neue, noch stärkere Bedrohung gegen ihn im Raum, denn man konnte nicht wissen, welches Geschütz der Kriminalrat auffahren würde, wenn er erführe, dass sein Spionageversuch aufgeflogen war. Und sicherlich würde ein gewissenhafter Mann wie Schubert seine Enttarnung melden.

Krell kehrte ins Büro zurück und setzte sich an seinen Schreibtisch. Die Kollegen arbeiteten. Idsteins Platz war verwaist, wahrscheinlich war er in einer Ermittlung unterwegs. Hagemüller telefonierte, andere studierten Akten oder sprachen leise miteinander. Nach wie vor galt Tessows Order, dass er anderen Kommissaren seine Hilfe anbieten sollte. Das würde er noch an diesem Tag machen. Er entschied sich, als Erstes mit Idstein zu sprechen, zu dem er ein recht gutes Verhältnis hatte.

Vorsichtig ließ er seinen Blick durch das Büro schweifen. Keiner dieser Männer würde je über eine Anweisung des Kriminalrates hinweggehen. Sie alle lebten in der Überzeugung, dass ein Beamter auszuführen hatte, was der Vorgesetzte von ihm verlangte. Krell teilte diese Auffassung. Man konnte natürlich fragen, ob sie Tessows Anweisung über die wichtigen Fälle – die sie ja angeblich gar nicht mitbekommen hatten – richtig fanden oder ob sie sich nur nicht widersetzten, weil es eben ein Befehl war. Aber diese Frage kam ihm sinnlos vor. Letztlich machte sich keiner von ihnen diese Gedanken. Sie gehorchten, fertig, aus. Und konnte man es nicht verstehen? Sie wollten arbeiten, ihr Gehalt nach Hause bringen und möglichst unbeschadet bleiben.

Krell war ein Deutscher wie sie, ein ehemaliger Frontsoldat wie die meisten von ihnen, und wie sie alle gehörte er der NSDAP an. Im Großen und Ganzen teilte er ihre Überzeugung, dass Deutschland deshalb stark geworden war, weil Befehl und Gehorsam wieder zählten und das ewige Gerede der Republik verstummt war. Diese Maximen konnten nicht falsch sein. Er würde sich an sie halten, und dann wären alle glücklich: Kriminalrat Tessow, Wiebke und nicht zuletzt er selbst. Sollte er jemals andere Gedanken gehabt haben, dann packte er die jetzt in eine Art innere Truhe, die er abschloss, und sicherheitshalber warf er den Schlüssel weg. Er war einer der Kommissare in diesem Dezernat, nicht mehr und nicht weniger. Er würde sich so verhalten wie seine Kollegen.

Im Mittagslokal suchte sich Hannes Krell einen kleinen Tisch nahe dem Fenster. Es war mit einem dünnen Spitzenvorhang verhangen, dessen ehemals weiße Farbe durch den vielen Rauch und das Alter grau geworden war. Er hatte keinen Appetit. Der Kartoffelbrei schwamm in einem Fettsee. Die Zwiebeln darauf waren stellenweise schwarz. Er fuhr mit der Gabel durch den gelben Haufen und schaute sich die Muster an, die er entstehen ließ. Ihn verlangte nach einer Zigarette. Er zündete sich eine an. Es war ihm egal, ob das Essen darüber kalt wurde.

Die Tür ging auf, Schubert trat ein. Krell tat so, als habe er ihn nicht gesehen, aber Schubert kam direkt auf ihn zu. Er verbeugte sich und schlug die Hacken aneinander. »Noch einmal: Es tut mir leid, Herr Kommissar.«

Krell trank einen Schluck Bier und rauchte, bevor er antwortete. »Wenn Sie meine Tochter nicht hineingezogen hätten, Schubert, würde ich Ihre Entschuldigung annehmen. Aber was Sie da getan haben, das ging zu weit. Vor allem gab es keinen Grund dafür. Anstatt mit mir zu reden, haben Sie Jette in Gefahr gebracht. Und mich Tessow ausgeliefert.«

Schubert presste seine Lippen aufeinander.

»Sie waren das doch. Sagen Sie die Wahrheit!« Krell bemühte sich, nicht zu laut zu werden. »Sie hatten Nachtdienst und waren im *Café Heinze*. Da haben Sie Jette gesehen. Ich weiß es. Sie sind einer der wenigen Kollegen, die meine Tochter überhaupt kennen, denn Sie waren mal zum Kaffeetrinken bei uns.«

Schubert nickte.

»Hätten Sie am nächsten Morgen mir von diesem Vorfall berichtet und nicht Tessow, dann würde ich Ihre Entschuldigung annehmen, und wir könnten jetzt weitermachen. Aber so geht das nicht. Indem Sie meine Familie hineingezogen haben, haben Sie eine Grenze überschritten.«

Krell schob seinen Teller in Richtung Tischmitte, drückte die halb gerauchte Zigarette aus und trank einen letzten Schluck Bier. Dann stand er auf. Als er an Schubert vorbeiging, nickte er ihm zu und trat auf die Straße. Er war verärgert, geradezu wütend und musste irgendwo hin mit dieser Kraft. Früher hätte er eine Situation wie diese in Bier und Korn ertränkt, und das war immer noch eine Möglichkeit, allerdings konnte er nicht betrunken zum Dienst zurückkehren. Sobald er wieder am Schreibtisch saß, ermittelte er die Adresse von Uwe Drechsler, direkt am Schulterblatt, und fuhr nach Feierabend dorthin, auch wenn er noch mehr als am Morgen davon ausging, dass Walde seinen Kameraden vorbereitet hatte.

Drechsler war in schwarzem Uniformhemd, aber ohne Krawatte, als er die Wohnungstür öffnete. Krell zeigte seine Dienstmarke.

Drechsler tat überrascht. »Was wollen Sie?«

Er sah nicht ganz so kräftig aus wie Walde, aber kaum weniger gewalttätig. Seine Augen standen eng, die Stirn war auffallend flach, die Nase schief, offenbar nach einem Bruch schlecht zusammengewachsen. Er machte keine Anstalten, den Besucher hereinzubitten, deshalb blieben sie im Treppenhaus. Krell fragte nach der Nacht Anfang September. Drechsler machte sich nicht die Mühe, ein Nachdenken vorzugeben.

»Ich war mit einem Kameraden auf Sankt Pauli. Warum wollen Sie das wissen?«

»Wie heißt der Kamerad?«

»Scharführer Walde. Und warum wollen Sie das wissen?«

»Eine Ermittlung. Sind Sie in der Nähe der *Sankt Pauli*-Brauerei gewesen?«

»Dann hätte ich das ausgesagt.«

»Selbstverständlich. Es ist nur so, dass Ihr Auto dort gesehen wurde.«

»Das kann nicht sein, ich habe kein Auto.«

»Das von Scharführer Walde.«

»Ach ja? Und wer meint, es dort gesehen zu haben?«

»Das darf ich Ihnen leider nicht sagen.«

»Nachts, bei Verdunklung, will Ihr Zeuge ein Dienstfahrzeug erkannt haben? Sind Sie sicher, Herr Kommissar, dass es sich um eine vertrauenswürdige Person handelt?«

Krell hatte sich diese Frage gestellt, schon mehrfach. Er kannte Bella und war davon überzeugt, dass sie nichts ausgesagt hatte, was sie nicht wusste. Mit dem Kennzeichen sah es allerdings anders aus.

»Sie sind also auf Sankt Pauli Streife gefahren?«

»Jawohl! Das ist unser Deutschland, Herr Kommissar. Wir führen Befehle aus.«

»Befehle – von wem?«

»Das werde ich Ihnen nicht verraten. Grundsätzlich bin ich nicht verpflichtet, Ihnen irgendwelche Auskünfte zu geben. Ich bin SS-Mann.«

»Das weiß ich wohl.«

»Deshalb beenden wir unser Gespräch an dieser Stelle auch. Mein Abendessen wird nämlich kalt.«

»Sie waren in jener Nacht nicht bei der Brauerei?«

»Und wenn Sie noch dreimal fragen, die Antwort bleibt Nein. Heil Hitler, Herr Kommissar.«

Drechsler deutete den Deutschen Gruß nur an, trat in seine Wohnung zurück und schloss die Tür.

Krell kehrte zu seinem Auto zurück. Die Dämmerung war bereits weit fortgeschritten, deshalb würde er den größten Teil des Heimwegs wieder im Dunkeln machen müssen. Es war ihm nicht wichtig, er fühlte sich erleichtert. Ein Lächeln lag auf seinem Gesicht. Nach den Aussagen der beiden SS-Männer war jetzt endlich Schluss im Limba-Fall. Morgen würde er mit einer anderen Arbeit beginnen, und gerne als Hilfe für Idstein, wenn nichts anderes hereinkam. In der Limba-Sache hatte er nichts in der Hand. Es gab die Aussage von Bella, und er traute ihr, aber angesichts ihres Berufs hatte sie keine Reputation und würde als Zeugin nicht taugen. Für einen Verteidiger wäre es ein Leichtes, sie als unglaubwürdig darzustellen. Das Gleiche galt für Hispel. Die beiden SS-Männer verweigerten jede Zusammenarbeit, und Krell käme, dessen war er sicher, mit ihnen auch nicht weiter, wenn er den offiziellen Weg ginge. Es war doch leicht für sie, sich nach den vielen Wochen auf Erinnerungslücken zu berufen. Krell war in einer Sackgasse, aus der es keinen Ausweg gab, und deshalb würde er nun den Fall schließen, nicht weil er unwichtig war, sondern weil er sich nicht aufklären ließ. Krell hoffte und glaubte, nun seinen Frieden damit zu finden. Er konnte sich sagen, dass er alles versucht hatte, was möglich war. Und umgekehrt durfte er, wenn Schubert oder Tessow seine letzten Schritte nicht überwacht hatten, auf einen halbwegs guten Ausgang hoffen.

Es war einiges an diesem Tag offen geblieben. Er hatte Idstein den ganzen Nachmittag nicht mehr zu Gesicht bekommen und ihm deshalb seine Unterstützung noch nicht angeboten. Vor allem aber hatte er nicht mit Euler über Jettes eingesperrten Schulkameraden gesprochen. Auch das verschob er auf den nächsten Tag. Jette würde ihn zwar fragen, sobald er nach Hause kam, zumindest würde sie eine Bemerkung von ihm erwarten. Er konnte nur sagen, dass er noch nichts erreicht hatte, leider nicht.

In erster Linie musste man hoffen, dass der Vater des Jungen seinen Einfluss geltend machte. Jacoby war Generaldirektor der größten Zigarettenfabrik Hamburgs. Der Betrieb stand unter dem Schutz der Hamburger Gauleitung, die es gewollt und gefördert hatte, dass die Firma Konkurrenten im ganzen Reich aufkaufte. Soweit Krell wusste, belieferte sie die Wehrmacht und verkaufte jeden Tag Millionen von Zigaretten dorthin; alleine deshalb hatte Jacoby sicherlich allerbeste Kontakte. Hinzu kam, dass er ein bedeutender Mann war. Diesen Eindruck hatte Krell immer gewonnen, wenn er ihn manchmal in der Schule getroffen hatte. Jacoby war stets höflich gewesen, aber nach Art eines Adeligen, der bei aller Freundlichkeit nie zu zeigen vergaß, dass er sie alle als unter ihm stehend ansah. Er war schließlich ein stadtbekannter Kaufmann und Generaldirektor und hatte in dieser

Haltung zu den anderen Eltern und auch zu Krell gesprochen. Anfang und Ende einer Unterhaltung bestimmte stets er, und die Unterwürfigkeit, die manche Männer zeigten, war er offenbar gewohnt. Jacoby war ein mächtiger Mann, entsprechend schien es Krell die vielversprechendste Möglichkeit, dass er sich selbst um seinen Sohn kümmerte. Selbstverständlich kannte der Mann auch in Berlin eine Menge einflussreicher Leute. In Hamburg konnte er sicherlich bei jedem vorsprechen, der Befehlsgewalt hatte. Seinen Sohn in Gestapohaft zu wissen, war bestimmt eine schwierige Situation für die Familie. Aber wenn jemand die Möglichkeit hatte, Gregor frei zu bekommen, dann war es sein Vater.

ACHTZEHN

Gregor Jacoby kam an einem dieser Herbstmorgen wieder in die Schule. Er hatte einen stumpfen, geradezu starren Blick, die Lippe war stärker aufgeworfen als sonst, der Mund stand immerzu offen. Spuren von Gewalt waren an ihm nicht zu erkennen, auch kein Pflaster oder Verband. Nur seine Haare waren wie bei einem Häftling auf wenige Millimeter abrasiert. Er redete nicht, kein einziges Wort, auch nicht, als Jette ihn ansprach. Sie stand vor seiner Bank und war erleichtert, dass er zurück war. Sie wollte wissen, wie es ihm ging. Wo er gewesen war. Wann er nach Hause gekommen sei. Die Antwort auf alle Fragen war ein schwerfälliges und abwesendes Nicken, eine Bewegung, die etwas Automatisches hatte. Trotzdem forderte sie ihn auf zu erzählen, und fragte, als nichts kam, ob ihm ein späterer Zeitpunkt besser geeignet erschiene. Er reagierte überhaupt nicht, kein Ja, kein Nein, sein Mund bewegte sich nicht, und sein Blick ging an ihr vorbei in den Klassenraum hinein. Sie kam sich abgewiesen vor und verzog sich auf ihren Platz. Dabei vertröstete sie sich auf die Pause oder den Heimweg. Christian, der auf dem Schulhof Kontakt zu Gregor aufzunehmen versuchte, holte sich eine ähnliche Abfuhr. Vier Tage war Gregor fort gewesen und hatte wahrscheinlich im Gefängnis gesessen. Niemand hatte eine Vorstellung davon, was die Gestapo in dieser Zeit mit ihm gemacht hatte. Sicher war nur, dass sie ihn zum Verstummen gebracht hatten.

Warum er plötzlich freigekommen war, war Gegenstand von allerlei Gerüchten, die hinter vorgehaltener Hand weitergegeben wurden. Sein Vater habe viel Geld dafür bezahlt, hieß eins davon. Die Summen, die genannt wurden, reichten von 10.000 bis 100.000. Eine andere Geschichte besagte, der alte Jacoby habe direkt im Wirtschaftsministerium in Berlin angerufen oder beim Oberkommando der Wehrmacht und gedroht, die Zigarettenherstellung zu drosseln, und dann würden die Soldaten im Feld schlechter kämpfen. Ob dieser Klatsch Gregor zu Ohren kam, war nicht klar, er reagierte jedenfalls nicht darauf. Jette hielt die Erklärungen, die kursierten, nicht für ausgeschlossen. Während ihr eigener Vater ihr mitgeteilt hatte, dass er nichts für Gregor tun könne und auch sein Freund Euler keinen Einfluss bei der Gestapo habe, hatten Gregors Eltern etwas unternommen. Das wusste sie.

Am Mittwoch hatte sie sie ein zweites Mal besucht. Offenbar warteten sie auf einen Anruf. Beide waren so angespannt, wie Jette es noch nie bei irgendjemandem erlebt hatte. Im Wohnzimmer herrschte eine elektrisch aufgeladene Atmosphäre. Die Augen von Gregors Mutter waren wässrig, sie weinte, unterdrückte die Tränen, schniefte in ihr Taschentuch und nippte immerzu an ihrem Weinglas. Dabei saß sie nicht auf einem der Sofas, sondern aufrecht auf der Kante eines Stuhles. Der Vater bemühte sich um Haltung. Er wanderte durch das Zimmer, ging von der Tür zum Fenster und wieder zurück und hatte die Arme hinter dem Rücken verschränkt. Immer wieder kratzte er sich am Kopf, nur um im nächsten Moment wieder seine Haltung einzunehmen. Sobald das Telefon klingelte, fuhren beide zusammen, und seine Hände zitterten, als er abhob. Während Jette bei ihnen war, kam der ersehnte Anruf nicht, es waren nur Bekannte oder Familienmitglieder, und Jacoby beendete die Gespräche schnell. Jettes Anwesenheit nahmen Gregors Eltern kaum wahr. Sie redeten nicht mit ihr und teilten ihr erst recht nicht mit, was der Vater versucht hatte, um seinen Sohn freizubekommen. Jette ihrerseits fragte auch nicht, weil die Stimmung im Wohnzimmer auf eine seltsame Art nicht gestattete, etwas zu sagen. Als sie nach wenigen Minuten und mit einem knappen Gruß verschwand, die Haustür hinter sich schloss und draußen frische Luft einatmete, war sie erleichtert.

Doktor Petersen kam in den Klassenraum. Er wirkte zufrieden, als er Gregor auf seinem Platz entdeckte, und zeigte sein typisches unterdrücktes Grinsen.

»Schüler, vergesst nie, dass sich unser Vaterland in einem schicksalhaften Krieg befindet. Die gesamte Weltgeschichte wird von unserem Sieg abhängen. Es ist eine große Frage, die in unserer Zeit entschieden wird. Sie ist ganz einfach: Entweder es gewinnt unsere gerechte Sache oder aber der jüdische Bolschewismus, der eine unheilige Allianz mit den Engländern und ihrem Manchester-Kapitalismus eingegangen ist.«

Er schwang seinen Stock, sodass sich das lackierte Holz durch die Luft drehte, und trat leichtfüßig vor sein Pult. Seine gute Laune war abstoßend.

»Wie ihr bereits wisst, kommt es neben der kämpfenden Truppe ganz wesentlich auf die Heimatfront an. Die muss stehen wie eine Eins. Das habe ich euch oft gesagt.«

Gregor schaute auf die Tischplatte vor ihm, wo seine gefalteten Hände lagen. Wären sie in einer Kirche gewesen, hätte man gedacht, er halte Andacht. Ob er dem Lehrer zuhörte, ließ sich nicht sagen, nach wie vor zeigte er keinerlei Regung. Sein Gesicht sah aus wie eine Maske aus Wachs.

»Und wenn es einen faulen Apfel im Korb gibt«, fuhr Doktor Petersen fort, »dann fliegt er hinaus, bevor er alle anderen ansteckt. Nicht wahr, Jacoby?«

Auch auf die direkte Ansprache reagierte Gregor nicht. Im Normalfall war ein solches Verhalten für Doktor Petersen eine, wie er zu sagen pflegte, »bodenlose Frechheit«; er erwartete klare und deutliche Antworten von seinen Schüler. Heute aber war es anders, er machte den Eindruck, als sei er höchst zufrieden damit, dass Gregor verstummt war. Er sprach ihn weiter an, meinte aber die ganze Klasse.

»Deutschland und die Partei haben dir ihren Großmut bewiesen, Jacoby. Sie geben dir eine zweite Chance. Wir alle werden wachsam sein und darauf achten, ob du sie nutzt oder mit Füßen trittst.«

Er machte eine kleine Runde durch den Klassenraum. Nach einigen Metern hielt er inne und wandte sich Christian zu, den er anstarrte, ohne etwas zu sagen. Christian hielt zunächst dem Blick des Lehrers stand, dann wich er ihm aus.

»Wir wissen ja, wer hier der Rädelsführer ist. Das ist derjenige, der ursprünglich die Fäule in die Apfelkiste gebracht hat. Seid gewiss, wir vergessen nicht. Sieg Heil!«

»Sieg Heil!«, erwiderten die Schüler laut, auch Elisabeth. Doktor Petersen kehrte zufrieden hinter sein Pult zurück und begann den Unterricht.

Gregor blieb in allen Pausen unansprechbar, er nahm nicht auf, was andere zu ihm sagten, reagierte nicht, gab keine Antworten. Es hatte den Anschein, als wäre eine unsichtbare Grenze um ihn, undurchdringlich wie eine Gefängnismauer. Jette versuchte es mehrfach, stellte sich vor ihn, nannte ihn beim Namen und fragte schließlich direkt, ob er nicht mehr mit ihr rede. Er blieb einfach stumm. Sie dachte, dass er vielleicht taub geworden war. Womöglich hatten sie ihm die Trommelfälle zerstört. Aber dann hätte er trotzdem die Augen und den Mund bewegt oder eine Erklärung auf einen Zettel geschrieben. Sie gab auf, ließ ihn stehen und sagte sich, dass sie einfach hoffen musste, dass die Zeit etwas änderte. Irgendwann würde er schon auftauen. Vielleicht auf einem gemeinsamen Heimweg.

In einer Pause kam Christian zu ihr. »Wollen wir uns heute Nachmittag an der Elbe treffen?«

Das war ein vollkommen unerwartetes Angebot. »Heute ist Dienstag«, brachte sie stockend hervor. »Fährst du nicht zu deinen Freunden nach Altona?«

»Heute nicht. Also was ist, hast du Lust?«

Es war ein düsterer Herbsttag, an dem die geschlossene Wolkendecke alles Sonnenlicht fernhielt. Obwohl der Vormittag bereits weit vorangeschritten war, war es noch nicht richtig hell geworden. Nicht unbedingt ein Tag für einen Spaziergang am Wasser.

»Ja«, sagte sie trotzdem, und sofort meldete sich eine Reihe von Bedenken. Sie würde ihrer Mutter ein weiteres

Mal irgendeine Ausrede präsentieren müssen, und hoffentlich begegnete sie an der Elbe nicht einer ihrer Klassenkameradinnen, sonst würde sich die Gerüchteküche, die gerade mit Gregor beschäftigt war, ihr zuwenden. Und gleichzeitig freute sie sich und war aufgeregt.

Nach der Schule verschwand Gregor ohne jede Erklärung, deshalb machte sich Jette alleine auf den Heimweg. Am Nachmittag brauchte sie nicht einmal eine Lüge, denn ihre Mutter war mit Mareike zum Kinderarzt gegangen. Sie traf sich mit Christian am Tinsdaler Leuchtturm. Die Elbe war so grau wie der Himmel. Schiffe fuhren nicht, nur die Fähre ins Alte Land tuckerte in der Ferne über den breiten Strom, dessen Südufer nicht richtig zu erkennen war. Ein paar Möwen kreisten, und ihre Schreie waren das Einzige, was man hörte.

Christian trug einen Pullover unter seinem Karojackett. Er reichte ihr die Hand, obgleich sie sich am Morgen gesehen hatten. »Hallo, Jette«, sagte er. Kein »Swing Heil«, kein amerikanischer Gruß. Sie schlenderten nebeneinander her, gingen hinunter zum Strand und dann flussabwärts, Richtung Wedel.

»Hast du inzwischen mit Gregor gesprochen?«, fragte er.

»Er sagt nichts. Kein Wort.«

»Mich würde nicht wundern, wenn Petersen ihn verpfiffen hätte«, meinte Christian. »Der mit seiner Heimatfront und den faulen Äpfeln.«

»Das habe ich auch vermutet.«

»Warum macht er das? In Altona sind die Lehrer nicht so. Die lassen uns in Ruhe.«

Instinktiv wich sie einen halben Schritt zur Seite und vergrößerte den Abstand zwischen ihnen. Der Sand war weich, man brauchte Kraft, um vorwärtszukommen. Immer wieder kam Christian auf sein Altona. Ihr lag die Frage auf der

Zunge, ob er sich mit ihr verabredet hatte, um ihr mitzuteilen, wie viel besser das Leben dort war und dass er dorthin gehörte und nicht ins provinzielle und verräterische Rissen. Aber so etwas konnte man nicht sagen.

Im Fluss lagen die unbewohnten Elbinseln, lang gestreckte Erhebungen, die den Vögeln gehörten. Sie waren im trüben Licht nur in Umrissen zu erkennen. Am Ufer, wo sie entlangspazierten, gab es Heide mit lilafarbenen Pflänzchen. Straßenbahnen fuhren hier nicht und kaum Kutschen oder Autos. Die Versorgung war, wie Christian ihr gesagt hatte, vielleicht schlechter als in der Stadt, und man konnte auch keine englischen Platten eintauschen, wahrscheinlich lebte man generell ein wenig hinter dem Mond. Aber es war schön hier und – sie traute sich kaum, das Wort im Geiste zu benutzen – friedlich. Sie jedenfalls war eine Rissenerin.

»Wir können nicht mehr zu Gregor gehen«, sagte er.

»Ich glaube, wir sollten überhaupt keinen Swing mehr hören.«

»Doch, zu Hause.«

Für ihn war das leicht, er hatte seine Plattensammlung. Sie erinnerte sich daran, wie sie damals, als sie mit Christian aus Altona zurückgekehrt war, das Gefühl gehabt hatte, in einem Traum zu sein. Sie hatte sich bemüht, die neuen Bilder festzuhalten und den Klang der Musik nicht aus dem Gedächtnis zu verlieren. Was in der Zeit danach geschehen war, war mehr, als sie sich je erträumt hatte, doch jetzt war es vorbei, es war das eingetreten, womit sie schon vor Wochen gerechnet hatte. Der Traum war zu Ende. Ein neuer Tag hatte begonnen, man musste aufstehen.

»Also …«, sagte er.

Er stapfte über den Strand. So richtig wollte er mit seinen geputzten Halbschuhen, über die der Sand eine helle Staubschicht legte, nicht hierher passen. Außer ihnen war niemand zu sehen, man hätte sich vorstellen können, sie beide wären die einzigen Überlebenden des Krieges und müssten sich zusammentun, um eine Chance zu haben. Jette fragte sich, ob ihr der Junge neben ihr eigentlich gefiel; und fand keine richtige Antwort. Wie vor ein paar Tagen auf dem Schulhof war er ihr fremd vorgekommen. Er wirkte so sicher in allem und wusste genau, was ihm gefiel – die Musik, sein Altona, die Kleidung, die er trug. Sie kam sich jünger und irgendwie unreifer vor. Außerdem musste sie viel an Gregor denken. Was hatte die Gestapo ihm angetan, dass er, der immer so viel geredet hatte, alle Sprache verloren hatte? Wie war das möglich?

»Wenn du möchtest …,« fuhr er fort.

»Was meinst du?«

»Du kannst zu mir kommen, um Musik zu hören. Natürlich nur, wenn du Lust hast.«

»Schon, aber oft kann ich nicht, meine Mutter darf es nicht merken. Sonst sperrt sie mich ein.«

»Das kriegen wir schon hin.«

»Morgen muss ich zum BDM«, sagte sie. »Also übermorgen?«

»Einverstanden.«

Sie blieb stehen. »Falls es dir darum geht, dass ich dich wegen der HJ-Sache nicht verrate – da brauchst du keine Sorge zu haben.«

Der Wind fuhr ihm durch die Haare, und seine Brille war beschlagen. Er gab ein lustiges, etwas ungeschicktes Bild ab, auch noch, als er die Brille abzog und an einem Hemdzipfel säuberte, der danach über die Hose hing.

»Darum geht es mir nicht«, versicherte er. »Bestimmt nicht.«

Beim BDM-Nachmittag kroch die Zeit, wie immer. Jette glaubte zwischendurch, ihre Uhr wäre stehengeblieben, so wenig bewegten sich die Zeiger. Es war nicht möglich, zu offensichtlich auf sie zu schauen, aber wenn sie darauf schielte, hatten sie sich kaum bewegt. Sie zog die Uhr auf. Wie die anderen Mädchen machte sie ein starres Gesicht und tat aufmerksam, hörte Lina in Wahrheit aber nur mit einem Ohr zu. Man durfte nichts verpassen, denn man konnte immer gefragt werden. Aber die Vorträge waren stinklangweilig. Gregor ging ihr nicht aus dem Kopf, sie hatte sogar von ihm geträumt. Es musste auf jeden Fall etwas Schlimmes sein, was mit ihm geschehen war. Einfach unglaublich war, dass Doktor Petersen das alles richtig fand, und Lina, wenn sie davon erführe, wahrscheinlich auch. Die Lehrer ließen Gregor in Ruhe, als hätten sie sich abgesprochen, keiner von ihnen richtete eine Frage an ihn, was dazu führte, dass Gregor im Unterricht nur körperlich anwesend war, während sich sein Geist wahrscheinlich sonst wo herumtrieb. Jette selbst fühlte sich nicht frei, wenn er in der Nähe war. Etwas in ihr verlangte, Rücksicht auf ihn zu nehmen, und sie erinnerte sich an den Moment, als sie zusammen mit Christian vor der HJ-Streife davongelaufen war. Das war der Auslöser für Gregors Übertreibungen gewesen. Seit er zurück war, wagte sie nicht mehr, auf dem Schulhof Kontakt mit Christian aufzunehmen. Es war wie zu Hause: Sie war die Vernünftige, die Große, sie verzichtete, und genau wie dort registrierte auch hier niemand die Rücksicht, die sie nahm. Gleichzeitig hatte sie Mitleid mit Gregor, und das gefiel ihr auch nicht.

Am nächsten Nachmittag ging sie zu Christian. Ihre Mutter war beim Frauenbund und erfuhr nichts von ihrem Ausflug. Christian wohnte in einem Haus, das dem ihrer Eltern ähnlich war, aber näher an der Elbe lag. Es war frischer hier, auch windiger, und es roch nach Wasser. Christian hatte ihr erzählt, dass sein Großvater früher Lotsenkapitän gewesen war. Er hatte einen weißen Bart, trug eine dunkelblaue Elbschiffermütze und ein gestreiftes Hemd. Als sie am Zaun stand, spaltete er im Vorgarten Brennholz. Christian – »Chrischaan«, wie er sagte – sei im Haus. Sie solle nur hineingehen.

Sie hatte schon Jungen aus ihrer Klasse besucht, aber es gab einen gewaltigen Unterschied, denn damals war sie ein Kind gewesen und hatte mit den Kameraden gespielt oder Hausaufgaben gemacht. Jetzt war sie kein kleines Mädchen mehr, sicherlich auch noch keine erwachsene Frau, aber alt genug, um zu wissen, dass es nicht harmlos war, was sie tat. Sie hatte ihre Seidenstrümpfe an. Die Haare waren gekämmt.

Jette klopfte, er öffnete so schnell, als hätte er hinter der Tür gewartet. Als sie sich in der Garderobe begrüßten, kam seine Mutter aus der Küche. Sie war blond und trug ein dunkelrotes Wollkleid. Um den Hals hatte sie eine schmale silberne Kette. Jettes erster Eindruck war, dass sie, wie ihr Sohn, eher nach Altona gehörte als nach Rissen, obwohl sie, wenn dies das Haus ihres Vaters war, in Rissen groß geworden sein musste. Sie reichte Jette die Hand und hieß sie willkommen. Wenn Jette ihrerseits einen Jungen zu sich eingeladen hätte, wäre er genau gemustert worden, und wahrscheinlich hätte ihre Mutter ihn nach allem Möglichen gefragt, zumindest aber nach seinen Noten und seinem Elternhaus. Christians Familie war da offenbar lockerer.

Er hatte ein eigenes Zimmer im ersten Stock. Auf Jette wirkte es gemütlich, vor allem wegen der gemusterten Tagesdecke über dem Bett. Es kam ihr seltsam vor, die Schulbücher, die bei ihr zu Hause herumlagen, auf einem anderen Schreibtisch zu sehen. Christians Schätze waren sein tragbares Grammophon und die Schallplatten, zwölf Stück, die im Regal aufgereiht waren. Er zeigte sie ihr einzeln. Die, die er zu Gregor mitgebracht hatte, kannte sie bereits, die von Count Basie, Louis Armstrong, Glenn Miller, Benny Goodman und Cole Porter. Auf einer Hülle war eine Frau abgebildet, eine Schwarze. Sie stand vor einem Mikrofon und strahlte übers ganze Gesicht.

»Wer ist das?«

»Ella Fitzgerald.«

Er nahm die Platte heraus und legte sie auf. Es war schnelle Blasmusik mit Gesang.

»Was sagt sie?«

»It don't mean a thing if it ain't got that swing.«

»Verstehe ich nicht.«

»Das heißt: Es bedeutet nichts, wenn es keinen Swing hat.«

»Oh Gott!«, entfuhr es ihr. Es war kein Wunder, dass jemand wie Doktor Petersen so heftig auf diese Musik reagierte. »Und deine Mutter? Und dein Großvater?«

»Solange das Fenster geschlossen ist und ich nicht zu laut drehe, haben sie nichts dagegen. Komm, lass uns schauen, ob wir die Schritte noch können.«

Sie zogen ihre Schuhe aus. Das Stück trieb vorwärts, es hatte eine Menge Tempo. Jette genoss die Berührung mit Christians Hand und dass er sie an der Schulter hielt, dabei musste sie auf ihre Füße achten, um mit den Schritten nicht durcheinander zu kommen. Rück-vor-vor, rück-vor-vor, alles unheimlich schnell. Christian hatte immer noch diese Leichtigkeit, die sich einstellte, wenn er sich zur Musik bewegte. Vielleicht war er dafür geboren. Ein Tänzer.

Sie hörten die Platte zu Ende und dann eine von Duke Ellington; auch dazu tanzten sie. Bald fühlte sich Jette beim Tanz wieder sicher, aber viel wichtiger war, dass sie eine Antwort auf die Frage fand, die sie sich zwei Tage zuvor am Elbufer gestellt hatte. Ja, sie mochte diesen Christian. Dass er seine Musik liebte und sich so sicher zu ihr bewegen konnte, war schön, aber nicht so bedeutend. Vielmehr gefiel ihr, dass er, obwohl ein Junge, weich war und auf sie schaute. Er registrierte, was sie tat, und womöglich auch, wie sie sich fühlte. Und von der Wärme seiner Haut und seinem Griff konnte sie nicht genug bekommen.

Er kam zwei Schritte auf sie zu. Die Musik hatte aufgehört, die Nadel machte ein schabendes Geräusch. Er legte beide Hände um ihre Hüfte und zog sie vorsichtig zu sich heran, und dann begann er, sie zu küssen, erst auf die Wange, dann auf den Mund. Sie fühlte seine Zunge an ihren Lippen, was sie in Unruhe versetzte – sie war erst 16, ein BDM-Mädel, keine Erwachsene, die solche Sache tun durfte. »Ich muss gehen«, sagte sie hektisch.

»Jetzt schon? Bleib doch noch. Ich spiele dir noch ein Lied vor. *Goody-Goody*. Hör zu.«

Es war ein Stück mit einer warmen, eingängigen Melodie. Immer wieder wurden die Wörter *Goody-Goody* gesungen.

»Was bedeutet das?«

Er lächelte. »Es heißt gut. Also eigentlich: gut-gut.«

»Gut-gut? Zweimal gut? Das ist doch kein Ausdruck.«

»Bei den Amerikanern offenbar doch.«

»Seltsam. Bei uns sagt man: sehr gut. Oder: allererste Sahne.«

Er lachte. Sie hörten das Lied ein zweites Mal und tanzten dazu. Danach musste sie wirklich gehen, wenn sie vor ihrer Mutter zurück sein wollte. Christian begleitete sie zur Tür, wo er ihr noch einen Kuss gab und sie ihren nächsten Besuch verabredeten.

NEUNZEHN

Hannes Krell bekam einen Anruf auf seinem Diensttelefon. Der schwarze Apparat mit der vergilbten Wählscheibe klingelte nicht, er surrte nur, denn er war so eingestellt, dass er die Kollegen nicht störte. Krell hob ab.

»Guten Tag«, sagte eine weibliche Stimme, die er sofort erkannte. »Wie nennt man das noch mal, wenn man seinen Namen nicht sagen will? Ano...?«

»Anonym.«

»Ich möchte anonym bleiben.«

»Das ist Ihr gutes Recht, meine Dame. Was haben Sie zu sagen?«

»Jemand hat auf Sankt Pauli einen Zeitungskiosk verwüstet. An der Großen Freiheit.«

Krell wurde starr. In den letzten Tagen hatten sich die Dinge beruhigt, er hatte den Limba-Fall, wenn nicht geschlossen, so doch weggelegt. Selbst Jettes Schulfreund Jacoby war aus der Haft zurück. Und jetzt das.

Die meisten Kollegen saßen an ihren Schreibtischen. Schubert war ebenfalls da. Die Fronten zwischen ihnen waren geklärt, der Assistent hatte es hingenommen, dass Krell seine Bitte um Entschuldigung nicht angenommen hatte. Etwas anderes blieb ihm auch nicht übrig. Nun arbeiteten sie zusammen, ohne einander zu vertrauen.

Das Problem war, dass Krell eine Erklärung brauchen würde, wenn er ohne Schubert zu einer Ermittlung gehen wollte, irgendetwas, das einen Alleingang plausibel machte. Nach seinem Eindruck wussten alle Kollegen von Tessows Maßregelung ihm gegenüber, aber seine Befürchtung, dass er unter Beobachtung stand, war in den letzten Tagen schwächer geworden. Jetzt war sie zurück. Möglicherweise war seine Angst ein Hirngespinst, doch alles in allem war es besser, nicht aufzufallen. Er kam sich isoliert vor. Es gab im Dezernat niemanden mehr, mit dem er sich vertrauensvoll hätte besprechen können.

»Hallo, Teilnehmer?«, fragte Bella. »Sind Sie noch da?«

»Selbstverständlich. An der Großen Freiheit, sagen Sie? Gibt es einen Personenschaden?«

»Ja.«

»Wie schlimm ist es?«

»Ziemlich. Der Verprügelte liegt im Hafenkrankenhaus. Mehr weiß ich nicht. Ich muss jetzt auflegen.«

»Ich danke Ihnen für den Hinweis, meine Dame.«

Er stand auf. Schubert blickte zu ihm.

»Kommen Sie, wir haben einen Einsatz«, sagte Krell widerwillig und ging hinaus, ohne auf seinen Assistenten zu warten. Auf die Dauer würde er sich einen besseren Umgang mit Schubert überlegen müssen. Ihn beleidigt zu schneiden, war zu auffällig, die Gefahr war groß, dass Tessow früher oder später davon erfahren würde.

»Was ist passiert?«, fragte Schubert, der trotz seines steifen Knies große Schritte machte und ihn auf dem Flur einholte.

»Ein anonymer Anruf. Offenbar gab es auf Sankt Pauli eine Verwüstung.«

»Ist da nicht die Davidwache zuständig?«

»Doch, sicher. Ich schau's mir trotzdem an. Wenn's Ihnen zu viel ist, bleiben Sie hier.«

»Ganz und gar nicht. Ich habe nur gefragt.«

Schweigend fuhren sie in Krells Opel Richtung Reeperbahn. Der Himmel war grau, es nieselte. Der Regen war so fein, dass die Wischer über die Scheibe kratzten. Schubert neben ihm atmete schwer. Hannes Krell schaute nur beim

Abbiegen in seine Richtung, wenn er sich versichern wollte, dass niemand auf die Straße lief. Der Hut des Assistenten stieß an den Autohimmel, während der Mann selbst nach vorne auf den Verkehr schaute. Krell erinnerten solche Situationen von wortloser Disharmonie an sein Zuhause, an seinen Vater, der zu strafen pflegte, indem er eines seiner Kinder oder seine Frau überging. Wen es erwischt hatte, der war für den alten Herrn Luft, und das konnte lange andauern, Tage, manchmal sogar Wochen. Sein Vater vergaß schwer, und bei Krell war es, auch wenn er das nie geglaubt hätte, in Wahrheit nicht anders. Schubert war bei ihm wegen seines Verrats in Ungnade gefallen. Krell hatte keine Vorstellung, wie er das wieder ändern sollte.

Er hielt an der Großen Freiheit gegenüber dem Laden von Jan Weller und stieg die Stufen ins Souterrain hinab. Die Tür war nur angelehnt und saß schief in ihrem Rahmen. Krell drückte sie auf, wobei sie über den Boden schleifte. Schubert war direkt hinter ihm.

Der Anblick, der sich ihnen bot, war derart übel, dass sich Krells Schultern und sein Rücken zusammenzogen. Sein Hals wurde so steif, dass es wehtat. Der Laden war eine einzige Zerstörung, der Boden lag voller Zeitungen und Glassplitter, der Tresen war in der Mitte eingeschlagen, der Stuhl stand auf dem Kopf, die Lehne und zwei Beine abgebrochen. Krell bemerkte, dass keine Zigarettenpäckchen herumlagen, wahrscheinlich hatte, wer auch immer hier sein Unwesen getrieben hatte, sie eingesackt. Auf Zehenspitzen ging Krell weiter hinein. Die Tür zur Kammer war ebenfalls eingedrückt. Es sah dort nicht anders aus als im Laden, das gleiche Bild der Verwüstung, überall Glasscherben, es stank nach Schnaps, auf dem Fußboden hatten sich regelrechte Alkoholpfützen gebildet. Eines der Regale stand schief. Ein Stuhl stützte es und verhinderte, dass es vollends kippte.

Ernst Hispel war nicht da, was die Frage offen ließ, ob er der Verprügelte war. Oder doch Jan Weller, wie Krell während des Anrufs vermutet hatte. In dem Fall war es möglich, dass die Angreifer Hispel geschnappt hatten oder dass er vorher geflohen war. Es gab Blutspuren im Laden. Von wem sie stammten, war natürlich nicht zu sagen.

»Was für eine Sauerei«, schimpfte Schubert. »Sieht nach Bandenkrieg aus.«

Krell ging nicht auf die Spekulation ein. Wenn er ungestört ins Hafenkrankenhaus wollte, musste er seinen Assistenten eine Zeit lang beschäftigen. »Schubert, Sie gehen hinüber zur Davidwache, fordern dort zwei Schupos an und nehmen den Tatort minutiös auf. In aller Vorsicht, verstehen Sie? Damit Sie keine Spuren verwischen.«

»Selbstverständlich, Herr Kommissar.«

»Achten Sie besonders auf Fingerabdrücke. Die Kollegen dort haben das entsprechende Pulver.«

»Jawohl.«

»Das ist eine Bewährung für Sie. Ich erwarte, dass Sie es nicht versauen.«

Schubert schlug die Hacken zusammen. »Ich werde mir alle Mühe geben. Darf ich fragen, Herr Kommissar, was Sie inzwischen tun werden?«

»Ich übernehme die andere Seite der Ermittlung und suche nach Zeugen. Wir treffen uns in der Dienststelle wieder. Sagen wir, um 16 Uhr. Das sind fünf Stunden, das müsste reichen.«

»16 Uhr! Ich werde pünktlich da sein. Und hoffentlich mit ein paar brauchbaren Ergebnissen.«

Krell hatte sein Auto in Sichtweite des Ladens geparkt, Schubert würde bemerken, wenn er damit fortfuhr. Deshalb entschied er sich, zu Fuß zum Hafenkrankenhaus zu gehen, auch wenn die Seewartenstraße so ziemlich am anderen Ende von Sankt Pauli lag. Er wartete, bis sein Assistent Richtung Davidstraße verschwunden war, zog seinen Hut fest und ging los. Die Straßen waren beinahe menschenleer, kein Wunder bei dem Regen. Krell schritt zügig aus.

Selbst das Hafenkrankenhaus, an anderen Tagen ein erhabener weißer Bau, konturiert von dunkelrotem Backstein, wirkte trist in der grauen Luft. Am Empfang zeigte Krell seinen Dienstausweis und fragte nach Jan Weller und Ernst Hispel. Hispels Name war nicht vermerkt, und wegen Weller wurde er in ein Zimmer im zweiten Stock geschickt. Dort lagen sechs Männer. Jan hatte Verbände am Kopf und an den Armen. Über dem linken Auge wurde ein Stück Mullbinde mit einem langen Pflaster gehalten. Andere Verletzungen sah man wegen der Bettdecke nicht.

»Der Herr Kommissar. Moin.«

Krell grüßte zurück und zog sich einen Stuhl heran. Die anderen Patienten dösten, einer hatte Besuch von einer älteren Dame, die Mantel und Hut angelassen und ihren Stuhl so hingerückt hatte, dass sie die anderen Männer nicht sah. Sie und der Kranke, an dessen Bett sie saß, sprachen leise miteinander, trotzdem ließ sich vieles von ihrer Unterhaltung verstehen. Krell würde vorsichtig sein müssen.

»Sie sind mein erster Besucher.« Jans Stimme klang schwach. Sie kam aus dem Brustraum, wo sie offenbar keine Kraft für ihren Weg nach draußen fand. Außerdem nuschelte er, denn seine Lippe war geschwollen. Mindestens einer der Schneidezähne fehlte.

»Mensch, Jan. Hast du dich mit stärkeren Jungs angelegt?«

»Sieht so aus. Aber trifft es nicht ganz.« Das Sprechen kostete Jan sichtlich Kraft, er öffnete seinen Mund nur wenig und atmete schwer. »Ich habe mich nicht angelegt. Nicht, dass ich wüsste jedenfalls. Ich hab nicht mal den Mund aufgemacht. So weit kam es gar nicht. Die fielen bei mir ein und haben ohne Vorwarnung alles kurz und klein geschlagen, mich eingeschlossen.«

»Haben sie einen Grund genannt?«

Jan nickte.

Krell beugte sich zu ihm. »Weil du jemanden versteckt hast, den sie suchen?«

Wieder ein Nicken.

»Scheiße«, entfuhr es Krell. Leiser fragte er: »Uniform?«

Jan bestätigte die Vermutung, indem er kurz das nicht verbundene Auge schloss.

»SS?«, flüsterte Krell.

»Wissen Sie, Herr Kommissar«, sagte Jan lauter, »wenn ich könnte, würde ich lachen, weil Sie mir so eine kluge Frage gestellt haben. Geht leider nicht. Mir tut alles weh.«

»Also SS.«

»Jawohl«, flüsterte Jan.

»Wo finde ich Hispel?«

»Der war vorher weg. Er hat mir nicht gesagt, wo er hinwollte. Bin ja auch nicht sein Vati. Was ich weiß, ist, dass er mal hier, mal dort schläft. Vielleicht auch hin und wieder in der Pension.«

»Danke, Mensch.« Krell legte ihm die Hand auf den Arm. »Was wird aus dir?«

Jan legte den Kopf auf die Seite und nickte, er bemühte sich um einen zuversichtlichen Ausdruck, sogar um ein Lächeln, aber als er redete, klang es eher wie ein Stöhnen. »Erst mal abwarten, wie weit die mich hier wieder zusammenflicken. Und dann schaue ich, wie es um meinen Laden steht.« Er tippte sich an den Mullverband auf den Augen. »Soweit man mit einem Auge schauen kann.«

»Das wird nicht wieder?«

»Das Ding ist kaputt, meinte der Arzt. Nichts zu machen. Wenn die Wunde verheilt ist, geben sie mir eine Augenklappe.« Er legte Daumen und Zeigefinger aneinander, sodass sie einen Kreis bildeten.

»Was bedeutet das?«, fragte Krell.

»Als ich ein kleiner Buttje war, wollte ich Pirat werden. Im hohen Alter habe ich mir jetzt endlich meinen Traum erfüllt. Um mal das Positive hervorzuheben. Ich werd Roter Korsar.«

»Gehst du zurück in deinen Laden?«

»Kommt darauf an, ob man den wiederaufbauen kann.«

»Nicht aufgeben, Jan. Das ist nicht erlaubt.«

»Wenn Sie das sagen, Herr Kommissar.«

Krell machte einen Umweg über die Pension Grüber am Hamburger Berg. Er legte einen zügigen Gang vor, blieb dann aber plötzlich stehen und schaute, ob ihm jemand folgte. Als er niemanden entdeckte, schimpfte er sich aus. Offenbar glaubte er bereits an Gespenster.

Er fand Frau Grüber im Essraum, wo sie mit einem beigefarbenen Staubwedel hantierte und aufschaute, als er eintrat. Offenbar war sie fleißig, zumindest strengte sie sich an, ihr Gesicht war rot, auf der Stirn funkelten ein paar Schweißperlen. Krell fragte nach Hispel. Der sei nicht zu Hause, erklärte sie, sie hätte ihn auch schon länger nicht gesehen. »Gut erzogen ist der Mann nicht. Ich decke immer den Tisch für ihn, dann kommt er nicht, und ich schaffe Teller und Tasse unbenutzt wieder in die Küche. Aber damit ist ab jetzt Schluss.«

Krell schaute ihr direkt in die Augen.

»An welchem Tag ist er zuletzt dagewesen?«

»Das weiß ich nicht mehr. Ist schon etwas her.«

Bedächtig schüttelte Hannes Krell den Kopf. Er stand nahe bei ihr, nicht mehr als eine Armlänge entfernt, so dicht, dass er die Schweißtropfen auf der Stirn und die Poren auf ihrer Nase ausmachen konnte. »Frau Grüber, lassen Sie mich offen sein. Sie riskieren viel. Verdammt viel. Sie haben wiederholt Falschaussagen gemacht und mir unter anderem verschwiegen, dass Sie ein Liebesverhältnis mit Herrn Limba unterhielten. Ist Ihnen klar, dass Sie dafür ins Gefängnis wandern können?«

»Herr Kommissar!«

»Schluss jetzt mit der Flennerei. Ich verhafte Sie.«

Sie legte die Hände wie zum Gebet ineinander und machte ein Gesicht wie eine Schmerzensmadonna. »Ich weiß doch wirklich nicht, wo sich Herr Hispel aufhält. Und das andere … Bitte, haben Sie Mitleid! Es war doch selten … Er … ja, zugegeben, Limba hat mich manchmal ein wenig getröstet. Ich bin eine Witwe, verstehen Sie? Wie jeder andere Mensch auf der Welt wünsche ich mir, dass mich hin und wieder jemand in den Arm nimmt.«

»Darüber richte ich nicht. Es geht um Ihre Falschaussage.«

»Ich bitte Sie! Ich kann doch nicht einfach sagen, der Mann hat mich auf meinem Zimmer besucht. Was hätten Sie von mir gedacht? Und die Mieter erst? Ich muss auf den Ruf meines Hauses achten.«

Krell schüttelte den Kopf. »Sie setzen die falschen Schwerpunkte.« Er hob den Zeigefinger und kam sich wie ein Lehrer vor. »Ich lasse ein letztes Mal Gnade walten, unter der Bedingung, dass Sie mich sofort anrufen, wenn er auftaucht. Geben Sie mir einen Zettel, ich schreibe meine Nummer auf.«

Dienstfertig watschelte sie in ihr Büro und kam mit Block und Bleistift zurück, doch Krell musste nicht auf ihren Anruf warten. Als er zu seinem Auto in der Großen Freiheit zurückkehrte, lugte Ernst Hispel aus dem Eingang des gegenüberliegenden Lokals, blieb neben der halb geöffneten Tür stehen und winkte ihn zu sich. Krell warf einen Blick hinüber zu Jan Wellers Laden. Durch das Souterrainfenster beobachtete er die beiden Schupos, die unter Anleitung seines Assistenten Spuren nahmen. Alle drei waren beschäftigt. Krell ging zu Hispel hinüber, der sich auf die rückwärtige Seite der Tür verzog.

»Ich nehme Ihr Angebot an, Herr Kommissar. Sperren Sie mich bitte in Vorbeugehaft.«

Krell suchte die Straße in beide Richtungen ab. »Steigen Sie erst mal in mein Auto«, sagte er. »Möglichst unauffällig. Dann unterhalten wir uns ein wenig.«

Hispel setzte sich auf den Beifahrersitz. Er roch so stark nach Schweiß, als hätte er sich tagelang nicht gewaschen. Auch einen Rasierapparat hatte er länger nicht gesehen. Krell kurbelte die Scheibe herunter, atmete frische Luft ein, ließ den Motor an und fuhr los. »Zunächst einmal möchte ich endlich von Ihnen hören, was genau hinter dem Mord an Gustav Limba steckt«, sagte er.

Hispel seufzte. Er hatte eine ganz andere Sitzhaltung als Schubert, ein wenig wie auf einem Schaukelpferd, die Beine angezogen, die Ellenbogen auf den Knien und der Kopf in den Händen. Sein Rücken war rund.

»Geht's nicht ohne das?«

»Ich fürchte, nein. Sehen Sie, Herr Hispel, mein Ziel ist es nach wie vor, diesen Fall aufzuklären.« Krell kam sein Satz seltsam vor. Vor allem war er nicht ganz richtig. Er hatte sich entschieden, die Finger von dieser Sache zu lassen, und jetzt stellte er neue Fragen. Seine Hände wurden warm und der Mund trocken.

Bevor er weiterreden konnte, musste er eine innere Stimme zum Verstummen bringen, die ihm einzureden versuchte, dass er wahnsinnig sei. Aber sie war laut, geradezu durchdringend, und ihm gelang es nicht, sie völlig abzustellen, obwohl es um Jan Weller ging und darum, dass es in Hamburg Leute gab, die glaubten, das Recht in die eigene Hand nehmen zu können und zu morden und zusammenzuschlagen, wie sie wollten. Das, versicherte er sich, war etwas, das das neue Deutschland auf keinen Fall dulden durfte.

»Ich helfe Ihnen aus Ihrer Not«, sagte er zu Hispel. »Es ist wohl nicht zu viel verlangt, wenn Sie mir im Gegenzug ein paar Hinweise geben.«

Umständlich setzte sich Hispel aufrecht hin, streckte die Beine aus und lehnte sich mit dem Rücken gegen den Sitz. »Hätten Sie wohl eine Zigarette für mich, Herr Kommissar?«

Krell parkte den Opel auf der Reeperbahn, zog sein Päckchen *Finas* aus der Innentasche seines Jacketts, klopfte gegen die Rückseite, sodass eine Zigarette hervorkam, und hielt sie Hispel hin. Der griff danach. Krell gab ihm Feuer, Hispel nahm einen tiefen Zug. Trotz des offenen Fensters füllte der Rauch augenblicklich den Innenraum des Autos.

»Limba hatte ein hohes Nazitier in einem Lokal mit einem anderen Mann gesehen, und zwar im Keller und beide mit heruntergelassenen Hosen.«

»Ein 175er?«

»Richtig. Und da dachte er, er lässt sich sein Schweigen von dem Mann bezahlen.«

»Er hat einen Mann aus der Parteiführung erpresst?« Krell schlug sich mit der flachen Hand gegen die Stirn. »Das ist nicht wahr, oder?«

Hispel blies Zigarettenrauch gegen die Windschutzscheibe. Der Nebel hüllte sie beide ein. Eine ausgesprochene Antwort war nicht nötig.

»Wer ist der Erpresste?«

»Schweikert.«

»Vorname?«

»Wilhelm, glaube ich. Oder Hermann? Nee, Wilhelm.«

Krell hatte von dem Mann gehört. Er gehörte nicht zur Gauleitung, also der Parteiführung, sondern war ein Mann aus dem Kreis um den neuen Hamburger SS-Führer Querner.

Es gab viele Gerüchte und sogar Witze über Homosexualität bei der SS, insofern war vorstellbar, was Hispel erzählte.

»Wie wahnsinnig muss man sein, um so etwas zu versuchen?«

»Soweit ich weiß, hatte sich Limba abgesichert und Herrn Schweikert deutlich gemacht, dass es einen Eingeweihten gab. Der würde reden, falls ihm etwas passiert.«

»Großartige Strategie. Leider offenbar nicht sehr erfolgreich. Wer ist der Eingeweihte?«

»Das weiß ich nicht.«

»Sie zufällig?«

»Aber nein, Herr Kommissar. Wo denken Sie hin?«

Die Antwort überzeugte Krell nicht. Er ließ den Motor wieder an und fuhr los. Er hatte kein Ziel, es war eher die Ungeduld, die ihn gepackt hatte. Die Ratlosigkeit. »Dann stellt sich umso mehr die Frage, was die SS gegen Sie hat?«

»Habe ich doch schon erklärt!«

»Nur weil Sie Walde gegrüßt haben, sind die hinter Ihnen her? Kommen in die Pension, wo Sie sich vor lauter Angst unterm Bett verkriechen, und schlagen im nächsten Schritt Jan Weller zu Brei, der Ihnen Unterschlupf geboten hat? Herr Hispel, glaubwürdig klingt das nicht gerade. Im Zusammenhang mit Limba erst recht nicht.«

»Ja, das räume ich ein.« Hispel schnippte Asche zum Fenster hinaus. »Aber diese Frage müssen Sie der SS stellen. Ich kann nämlich nicht in deren Gehirnwindungen sehen.«

Hannes Krell nahm sich vor, an dieser Stelle weiterzubohren, aber nicht sofort. Oft wurden Zeugen oder Beschuldigte weich, wenn man ein wenig Zeit verstreichen ließ. Einstweilen konnte er Hispel für ein paar Tage in Polizeigewahrsam nehmen, ohne dass eine richterliche Anordnung vorlag. Viel schwieriger war all das im Zusammenhang mit dem Kriminalrat. Tessow durfte nicht erfahren, dass die Inhaftierung Hispels mit dem Limba-Fall zusammenhing. Daraus folgte, dass Krell bereit sein musste, im Zweifelsfall zu lügen, und zwar dreist und konsequent. Die alte Regel, die er als Junge mit seinen Schwestern aufgestellt hatte, galt fort: Eine schwach vorgetragene Unwahrheit platzte viel schneller als eine, die mit Überzeugung aufgestellt wurde.

»Wenn jemand nach dem Grund für Ihren Gewahrsam fragt, dann nennen wir Selbstgefährdung.«

»Was heißt das denn? Dass ich mir den Strick nehme?«

»So ungefähr. Wir brauchen eine Erklärung für die Haft und sollten uns da nicht widersprechen.«

»Wie Sie meinen, Herr Kommissar. Solange Sie dafür sorgen, dass ich nicht nach Neuengamme komme. Ich will nicht ins Lager. Das halte ich nicht aus.«

»Keine Sorge. Bleiben Sie einfach bei unserer Verabredung mit der Selbstgefährdung. Darauf muss ich mich verlassen.«

»Können Sie. Können Sie.«

Schon bald würde er eine andere Lösung finden müssen, denn es war nicht möglich, Hispel für längere Zeit hinter Gittern zu lassen, ohne dass das bekannt wurde. Die Bürokratie funktionierte immer, egal, ob Krieg herrschte oder nicht. Deshalb brauchte es ein Versteck für den Mann. Krell hatte vorerst keine Idee, und Hispel, den er danach fragte, brachte den Einwand, den er bereits einmal vorgetragen hatte, nämlich dass er seine Bekannten nicht gefährden wolle. Krells Befürchtung war, dass sich an der Großwetterlage in dieser Angelegenheit in wenigen Tagen nichts geändert haben würde. Der Gedanke verdross ihn, deshalb schob er ihn zur Seite. Er hatte zwei Aufgaben, denen er sich jetzt widmen würde. Zum einen galt es, diesen Ernst Hispel, der ihn inzwischen um eine weitere *Finas* gebeten hatte, rauchend neben ihm saß und auf die Straße starrte, zu retten. Und zum anderen wollte er zumindest herausfinden, wer im Zusammenhang mit dem Tod von Gustav Limba welche Befehle gegeben hatte. Er wollte es um Jan Wellers wegen wissen und auch, weil im Deutschen Reich das Recht nicht gänzlich abdanken durfte.

ZWANZIG

Hannes Krell hatte sein Auto ein wenig abseits in einer der kleinen Pöseldorfer Straßen geparkt und war den Rest des Weges zu Fuß gegangen. Nach eigener Einschätzung neigte er nicht zu Schüchternheit, aber was ihm hier, am Harvestehuder Weg, begegnete, verängstigte ihn, sodass er an seinem Vorhaben zweifelte und den Impuls hatte umzukehren. Die Häuser sahen aus wie kleine Schlösser. Die SS residierte in einer weißen Villa, die in Krells Augen etwas Britisches hatte, eine zurückhaltende, beinahe verschämte Form von Eleganz. Auch wenn England jetzt Kriegsgegner war, besaß Hamburg eine traditionelle Beziehung zum Königreich, und das zeigte sich zum Beispiel in diesem Bau. Er lag zurückgesetzt von der Straße. An den Masten flatterten Fahnen mit Hakenkreuz und SS-Runen.

Fast nebenan fand sich die Privatvilla des Reichsstatthalters Karl Kaufmann, von dem es hieß, dass er mit Goebbels und sogar mit dem Führer persönlich befreundet sei. Auch sie war schneeweiß, aber in einem anderen, weniger dezenten Stil gebaut, mit einer breiten Fensterfront zur Straße. Die Gauleitung der NSDAP, der Kaufmann vorstand, saß ein Stück weiter Richtung Innenstadt am Alsterufer. Sie war die eigentliche Regierung der Stadt. Der Bürgermeister war abgemeldet. Ein Grüßonkel.

Es gab wenige Passanten am Harvestehuder Weg, zumal es regnete. Der Oktober war beinahe vorüber, man befand sich inmitten der dunklen Jahreszeit. Zwei Damen kamen ihm entgegen, beide von einem einzigen großen Schirm geschützt. Krell reichte ein schneller Blick, um zu erkennen, dass sie mit ihren teuren Kopftüchern und Mänteln hierhergehörten. Die Autos, die vorüberfuhren, waren fast alle Horchs.

Auf der der Alster zugewandten Seite der Straße war eine Grünfläche angelegt, ein lang gestrecktes Rasenstück mit vereinzelten Eichen und Buchen, die alle kahl waren. Trotzdem lag kein Laub herum, selbst die Haufen waren schon abgeholt worden. Bei den reichen Leuten arbeitete die Stadtreinigung noch gewissenhafter als in Sankt Georg. Krell ging zum Seeufer hinab. Das Erdreich war feucht, deshalb hatte er bereits nach wenigen Schritten Nässe in seinen Schuhen. Es war ihm egal. Die Alster lag ruhig, geradezu glatt vor ihm. Er setzte sich auf eine Bank mit Blick zum Wasser, schlug den Mantelkragen hoch und zog seinen Hut tiefer in die Stirn. Hier war es menschenleer.

Was er vorhatte, war heller Wahnsinn, und das wusste er. Er war dabei, sich endgültig die Finger zu verbrennen, weil er unbedingt noch einmal auf die heiße Herdplatte fassen wollte. Seine Idee war, einen hohen SS-Mann, mutmaßlich ein Vertrauter des Hamburger SS-Chefs Querner, anzugehen und aus der Reserve zu locken. Schon das grenzte an Selbstmord. Gleichzeitig schloss sich eine Frage an das Vorhaben an: Falls er neue Informationen erhielte oder eine Erkenntnis gewann, was würde er damit anfangen? Die Sache auf sich beruhen lassen und damit zufrieden sein, dass er den Fall gelöst hatte? Oder sollte er jemanden informieren? Aber wen? An seinen Vorgesetzten, den Kriminalrat, konnte er sich damit nicht wenden.

Es blieb fraglich, welche Rolle Hispel in diesem Fall spielte. Doch nach allem, was Krell bislang herausgefunden hatte, war deutlich, dass die SS Selbstjustiz übte. Eine Erpressung wie die von Gustav Limba war eine Straftat, doch deren Verfolgung blieb den zuständigen Behörden überlassen. Selbst wenn die SS die Macht hatte, auf eigene Faust Gewalt auszuüben, hatte sie noch lange nicht das Recht dazu. Krell konnte sich nicht vorstellen, dass die Staatsspitze, der Führer selbst, von solchen Machenschaften wusste. Sein Blick war wahrscheinlich zu 100 Prozent auf das Kriegsgeschehen gerichtet. Tessow hingegen hatte sich den Verhältnissen, die derzeit in der Stadt herrschten, angepasst. Als Krell ihn seinerzeit kennengelernt hatte, war er ein Ehrenmann gewesen, ein Verteidiger des Rechts. Inzwischen schützte er die SS, auch wenn sie auf Abwegen war.

Wenn Krell den Kriminalrat nicht mit Ermittlungsergebnissen konfrontieren durfte, blieb auch kein anderer Kollege. Ganz sicher war es ausgeschlossen, die unmittelbar vorgesetzte Ebene zu überspringen und sich direkt an den Leiter der Kriminalpolizei zu wenden. Erstens würde Tessow ihm ein solches Vorgehen nie verzeihen, und zweitens hatte Krell keine Vorstellung davon, was der Kripochef mit den Erkenntnissen machen würde, die ihm ein einfacher Kommissar vorlegte. Er kannte diesen Herrn Thiele nur flüchtig, der Mann war neu bei ihnen, er hatte sein Amt erst vor einem halben Jahr angetreten. Dass er ebenfalls in der SS war, war ziemlich sicher. Was sollte man also von ihm erwarten?

Ein Schwanenpaar schwamm auf der Alster und zog gemächlich nordwärts. Auf dem wellenlosen Wasser gaben sie ein Bild von Harmonie ab, ja von Schönheit. Krell versuchte, Wiebke in seine Gedanken einzubeziehen, und was er sich in Bezug auf sie ausmalte, unterschied sich nicht von den letzten Malen, bei denen er im Zusammenhang mit seinem Fall an sie gedacht hatte. Auch jetzt stellte er sich vor, sie würde ihn anflehen oder ausschimpfen, ihm in jedem Fall aber in aller Massivität deutlich machen, was sie von seinem Alleingang hielt, nämlich gar nichts. Und sein Freund Euler wäre ihrer Meinung. Immerhin könnte er als Polizist nachvollziehen, dass Krell diese Sache nach der Attacke auf Jan Weller nicht auf sich beruhen lassen wollte, doch am Ende würde Euler die Stimme der Vernunft sein, und deren Ansicht war, dass er besser die Finger von der Sache ließ. Es war einfach zum Kotzen. Er dachte daran, Tessow zuvorzukommen und sich freiwillig zur Wehrmacht zu melden oder sich zumindest in die eroberten Ostgebiete versetzen zu lassen, wo die Polizei nach deutschen Maßstäben neu aufgebaut werden musste, weshalb Beamte aus dem Altreich dorthin abkommandiert wurden. Dann wäre er raus aus allem. Der Preis allerdings wäre sehr hoch.

Vor ein paar Tagen, als die SS-Männer die Aussage verweigert hatten, hatte er seine Ermittlungen eingestellt. Mit der Befragung der beiden Schwarzhemden war er so weit gegangen, wie es vernünftig, nein, wie es möglich war, und es hatte nichts gebracht, die Sache war zu Ende. Doch er konnte sich nicht helfen, für ihn sah nach dem Anschlag auf Jan Weller alles wieder anders aus. Es ging einfach nicht in seinen Verstand, dass man Leute in Ruhe ließ, die die Gerechtigkeit selber in die Hände nahmen. So etwas durfte es nicht geben, nicht im Reich und auch nirgendwo sonst.

Er stand auf und kehrte über die feuchte Wiese zum Harvestehuder Weg zurück. Auf seinem Mantel hatten sich große feuchte Flecken gebildet. Die Füße waren nicht nur nass, sondern auch kalt. Er blieb stehen, zog seine Zigaretten aus der Tasche und zündete sich eine an. Henkersmahlzeit, dachte er und musste grinsen, während er den Rauch in Mund und Lungen zog. Er ließ sich Zeit, auch wenn er im Regen stand und es ihn ins Haus drängte, er blieb solange an seinem Platz, bis die Zigarette vollständig heruntergebrannt war und er sie auf den Bürgersteig fallen ließ und austrat. Dann streckte er sich und machte seinen Brustkorb breit. »Hannes Krell«, sagte er tonlos zu sich selbst, »du gehst einen schweren Gang.«

Neben dem Eingang zur Villa stand in roter Farbe der Schriftzug »Der Höhere SS- und Polizeiführer – HSSPF«; das war Querners offizieller Titel und dies hier sein Amtssitz. Krell lehnte sich durch die halb geöffnete Glasscheibe an der Pforte, zeigte seine polizeiliche Kennmarke und erklärte, er wünsche in einer dienstlichen Angelegenheit den SS-Standartenführer Schweikert zu sprechen. Der Pförtner war ein weißhaariger Mann in den 50ern, sicherlich ein Weltkriegsveteran und deshalb hier beschäftigt. Unter seinem schwarzen Hemd und der gleichfarbigen Krawatte zeichnete sich ein kugeliger Bauch ab. Er musterte Krell und die Dienstmarke, bevor er zum Hörer griff und den Besuch meldete.

Als er aufgelegt hatte, wies er auf eine Stuhlreihe im Eingangsbereich. »Nehmen Sie dort Platz. Sie werden abgeholt, sobald Standartenführer Schweikert Zeit für Sie hat.«

Krell musste über eine halbe Stunde warten. Er vermied es, weiter über seinen Fall nachzudenken, stattdessen beobachtete er das Treiben in der Halle, das Kommen und Gehen der SS-Männer, ihre soldatischen Schritte, die gegenseitige Ansprache, die immer im Befehlston stattfand, und wer untergeben war, riss den Arm zum Hitlergruß heraus und sagte »Jawoll«. Krell achtete auch auf die Dienstränge der Männer, die denen der Wehrmacht nachempfunden waren. Ein SS-Standartenführer wie Schweikert entsprach einem Oberst.

Es gab auch Frauen, die hier arbeiteten. Sie trugen weiße Kittel und waren in der Kantine oder als Reinigungspersonal beschäftigt. Ihre Köpfe hielten sie gesenkt, die Bewegungen waren eher ein Huschen als ein Schreiten. Besser nicht auffallen.

Schließlich trat ein junger Mann zu ihm, auch er im Schwarzhemd und mit Krawatte. Am Gürtel hatte er eine Pistolentasche. Es gab keinen Zweifel, dass eine Waffe darin steckte. Er schlug die Hacken zusammen. »Kommissar Krell?«

»Ja.« Krell stand auf.

»Folgen Sie mir.«

Schweikerts Büro war anders, als Krell es sich vorgestellt hatte, nicht repräsentativ, sondern ein enger und schlecht belichteter Raum mit Fenster nach Norden. An der Wand stand ein Regal voller Aktenordner, alle mit Buchstaben beschriftet, gegenüber hing ein gerahmtes Foto des Reichsführers SS. Direkt am Schreibtisch war eine niedrigere Ablage, die vor Akten und Papieren geradezu überquoll. Von der Decke hing eine Lampe, die den Raum nur schwach beleuchtete. Am Schreibtisch brannte eine zweite mit etwas hellerem Licht. Trotzdem hatte der Raum etwas Schummeriges.

Krell fuhr den rechten Arm zum Deutschen Gruß aus und schlug die Hacken zusammen. »Heil Hitler!«

»Kommissar, treten Sie ein. Sie kommen unangemeldet. Ich habe fünf Minuten für Sie, also fassen Sie sich kurz.«

»Selbstverständlich.«

Schweikert hatte ein rundliches und beinahe weiches Gesicht. Er war glatt rasiert, die Haare waren über den Ohren geschoren, am oberen Kopf etwas länger. Hinter seiner Brille funkelten die Augen. Krell schätzte ihn auf Ende 30.

»Standartenführer, ich habe bei der Ermittlung in einem Mordfall die Abschrift eines Briefes gefunden, der offenbar an Sie gerichtet war. Er trug jedenfalls Ihren Namen. Wenn ich es richtig verstehe, handelt es sich um eine üble Erpressung.«

Anders als Krell gehofft hatte, verzog Schweikert keine Miene. Er saß hinter seinem Schreibtisch und reagierte überhaupt nicht.

»Nun bin ich gekommen, um Sie zu fragen, ob Sie belästigt worden sind.«

»Nein.«

»Niemand, der Ihnen etwas unterstellt hat?«

»Was sollten das für Unterstellungen sein?«

»Das weiß ich leider nicht, Standartenführer, es stand nicht auf dem Durchschlag.«

»Haben Sie ihn bei sich?«

»Er liegt bereits bei den Asservaten. Ich kenne aber den Inhalt. Jemand behauptet, er hätte Sie gesehen. Und zwar, so wörtlich, in eindeutiger Haltung.«

»Ich fürchte, ich verstehe nicht, Herr Kommissar«, sagte Schweikert, ohne eine Regung zu zeigen. Möglicherweise hatte sich ein wenig Rot auf seine Wangen gelegt. Krell war sich nicht sicher, und die trübe Beleuchtung verhinderte ein klareres Erkennen.

»Den Ausdruck kann ich auch nicht deuten«, sagte er. »Da Geld gefordert wurde, bin ich davon ausgegangen, dass es sich um eine Erpressung handelt. Besser gesagt: handeln sollte; denn Sie haben den Brief ja nicht erhalten.«

Krell ahnte bereits, dass sein Besuch bei Schweikert kein Ergebnis bringen würde und er das Risiko umsonst eingegangen war. Und falls Schweikert nach der Höhe der Summe fragte, die von ihm gefordert worden war, würde er sich auch noch blamieren. Er kannte sie nämlich nicht, musste aber davon ausgehen, dass Limba sie seinem Erpressungsopfer genannt hatte.

»Die Sache hat sich insofern erledigt, als der mutmaßliche Erpresser tot ist. Es ist uns leider nicht möglich, die genauen Umstände aufzuklären.«

»Nun, dann ...« Falls es wirklich einen Hauch von Röte auf Schweikerts Gesicht gegeben hatte, war er wieder verschwunden.

»Wenn Sie nicht belästigt worden sind, Standartenführer, dann kann ich diesen Fall zu den Akten legen. Andernfalls würde ich selbstverständlich tätig werden ...«

»Nein«, sagte Schweikert. »Das Einzige, was ich aus Ihrer etwas verworrenen Geschichte entnehme, ist, dass es nach wie vor üble Subjekte in unserem Volkskörper gibt. Der Führer hat uns zu ungebrochener Wachsamkeit aufgerufen. Sie bestätigen mir gerade, wie notwendig das ist. Die Überbleibsel der alten Zeit sind hartnäckiger als gedacht. Wo hat dieses Subjekt gelebt?«

»Das ist mir nicht bekannt«, log Krell. »Der Leichnam hatte keine Papiere bei sich.«

»Das wird ja immer schöner. Keine Papiere, aber einen Erpresserbrief?«

»Einen Durchschlag, genau genommen, Standartenführer. Mit Ihrem Namen darauf. Das ist der Grund, warum ich bei Ihnen vorspreche.«

»Ich habe keinen solchen Brief erhalten. Meinen Namen gibt es allerdings mehrfach in Hamburg.«

»Wilhelm Schweikert, Rothenbaumchaussee 42!«

»Das bin ich.« Schweikert schaute auf seine Armbanduhr und erhob sich, wobei er die Hände auf seine Tischplatte stützte. »Kommissar Krell, ich danke Ihnen für Ihre Besorgnis. In diesem Fall war sie umsonst, aber man kann ja nie wissen.«

Hannes Krell riss zum zweiten Mal seinen Arm hoch. »Heil Hitler, Standartenführer. Ich erlaube mir, Ihnen einen guten Tag zu wünschen.«

»Ebenfalls.«

EINUNDZWANZIG

Jette ging zu Christian, so oft es ihr möglich war. Der Großvater nannte sie bald »min Deern«, die Mutter sagte »hallo Jette«, als sei es das Natürlichste auf der Welt, dass sie ihren Sohn besuchte. Zusammen mit Christian stieg sie die Treppe hinauf, er schloss die Tür hinter ihnen, und sie umarmten und küssten sich und wollten überhaupt nicht wieder voneinander lassen.

Diese Momente waren es, die sie sich vorstellte, wenn sie in der Schule oder beim BDM an die gemeinsamen Stunden mit ihm dachte. Die Zeit verging rasend schnell, denn Jette konnte nie lange bleiben, schließlich wusste ihre Mutter nicht, dass sie einen Jungen besuchte. Es war dämlich, diese kostbaren Stunden mit Streit zu verbringen. Aber offensichtlich ging es nicht anders.

Christian wollte zu einem Konzert, Der Kapellmeister hieß John Kristel, ein Holländer, der trotz des Krieges in Deutschland auftrat, und offenbar erhielt er auch die nötigen Genehmigungen.

Sie erfuhr, dass es im Reich nur noch wenige Auftritte von ausländischen Musikern gab. Teddy Stauffer, ein Schweizer und nach Christians Ansicht der beste Swingmusiker in Europa, kam nicht mehr. Er hatte vor dem Krieg in Hamburg gespielt, zu einer Zeit, als Christian noch zu jung für Konzertbesuche gewesen war. Auch andere ausländische Kapellen traten nicht mehr auf. Kristel war eine Ausnahme, wohl weil die Behörden bei ihm glaubten, er spiele erlaubte Tanzmusik.

Jette grauste bei der Vorstellung, Christian könnte festgenommen werden. Sie hatte die Hände hinter dem Rücken und hielt sich an dem Fensterbrett fest, an dem sie lehnte. Er saß auf dem Bett.

»Deutsche sind genauso gut«, meinte sie.

»Die treten inzwischen auch nicht mehr auf.«

»Und warum waren wir dann neulich bei einem Konzert?«

»Das war eine Ausnahme.«

»Du hast gesagt, auf Sankt Pauli gäbe es das.«

»Jetzt nicht mehr.« Er wiegte den Kopf. »Ich habe ein bisschen angegeben. Ganz einfach.«

Das Schlimmste war, dass sie nicht nur einmal, sondern fast bei jedem Besuch über diesen Konzertbesuch stritten. Jette haderte mit sich und dachte daran, sich zurückzuhalten. Trotz aller Heimlichkeit auf ihrer Seite konnte man mit Fug und Recht sagen, dass sie miteinander gingen, aber gab ihr das das Recht, sich in Christians Leben einzumischen? Sie verlangte von sich, ihn tun zu lassen, was er wollte, doch das gelang ihr nicht, sie bedrängte ihn und wollte sich durchsetzen. Sie hatte Angst um ihn.

Die kurzen Stunden mit ihm bekamen bald eine gräuliche Färbung. Sobald das Gespräch auf das Kristel-Konzert kam, war jeder von ihnen in seiner Ecke und fand dort nicht heraus. Darüber vergaßen sie, sich an den Händen zu halten, einander zu umarmen und zu küssen. Jette wünschte sich, es wäre anders zwischen ihnen.

»Mach's nicht«, sagte sie trotzdem, »es ist gefährlich. Wenn sie dich erwischen, landest du in einem Gestapogefängnis. Dann geht's dir wie Gregor, und sie rasieren dir die Haare ab. Und hinterher bist du wochenlang stumm, weil sie dich gequält haben.«

»Sie kriegen mich nicht.«

»Wie kannst du das wissen?«

»Aus Erfahrung. Ich bin noch nie festgenommen worden.«

Das war ein sinnloser Satz, das musste auch ihm klar sein. Sie verzichtete darauf zu widersprechen. In diesem Moment verstand sie etwas. Er hätte ohne weiteres entscheiden können, zum Konzert zu gehen, und wenn er es ihr verschwiegen hätte, hätte sie es nicht einmal erfahren. Dass er es nicht tat und ihren Streit darüber nicht beendete, ließ sie glauben, dass Christian selber im Zwiespalt war, und der hatte mit ihrem Einfluss zu tun, am Ende mit der Tatsache, dass es sie gab. Er wollte nicht, dass sie sich Sorgen machte. Dass sie stritten, lag also daran, dass er sie mochte.

Sie setzte sich neben ihn aufs Bett und nahm seine Hand in ihre. Seine war feingliedrig und schmal. Sie strich mit dem Zeigefinger darüber. »Du kannst doch deine Platten hören.«

»Das ist etwas völlig anderes. Ein richtiges Konzert, zu dem viele Leute kommen. Und alle lieben den Swing und tanzen. So was ist ein Erlebnis.«

Sie hatte im *Café Heinze* selbst erlebt, was es bedeutete,

Gleichgesinnte zu treffen, nicht nur Christians Freunde, sondern auch Unbekannte, die vom gleichen Geist erfasst waren, sich mit »Swing Heil« grüßten und allesamt wussten, wer Louis Armstrong und Count Basie waren, auch wenn diese Namen sonst im Reich niemand nannte. Das Tanzen in Gemeinschaft war viel schöner als zu zweit.

So war sie kurz davon, ihren Widerstand aufzugeben. Sie stellte sich vor, wie sie sich einen Abend und eine Nacht lang sorgte und vielleicht wegen übler Vorstellungen nicht schlafen konnte, und das schien ihr besser, als diesen ewigen Unfrieden mit ihm zu ertragen. Und wenn er tatsächlich davon überzeugt war, dass er nicht gefasst werden würde, war es an ihr, ihm zu glauben. Aber als sie sich innerlich zu diesem Schritt durchgerungen hatte, meldete sich ihre Angst wieder und war noch stärker geworden. Sie schaffte es nicht, seinem Vorhaben ihren Segen zu geben.

ZWEIUNDZWANZIG

Seit über einer Stunde saß Hannes Krell auf einer Bank an den Landungsbrücken. Meistens starrte er auf die riesige Krananlage auf der anderen Elbseite, die zur *Stülcken*-Werft gehörte. Er hatte zwei Zigaretten geraucht, deren Kippen er auf dem Asphalt ausgetreten hatte. Es war Sonnabend, später Nachmittag, die Dämmerung setzte ein. Es würde nicht mehr lange dauern, dann ging der Herbst in den Winter über. Morgens gab es bereits Frost, Pfützen waren zugefroren, die Windschutzscheibe seines Opels vereist. Der Großdeutsche Rundfunk rief zu Spenden für die Soldaten in Russland auf, es wurden Wintermäntel gesucht, Mützen, Skier, Stiefel und Handschuhe. Krell war bereit, seine Sachen durchzuforsten, mehr als einen Mantel und ein paar Handschuhe brauchte er nicht, alles andere würde er weggeben. Es war richtig, die Männer im Feld zu unterstützen. Er brauchte nur etwas Zeit, um Ordnung in seinem Schrank zu schaffen.

Das Wasser der Elbe war von dunkelgrauer Farbe und bewegte sich sachte. In Krells Erinnerung war der Fluss stets ein Verkehrsweg gewesen, der die Stadt mit der ganzen Welt verband, mit den beiden Amerikas, Asien und auch mit Afrika. Immerzu waren neue Segler und Dampfschiffe, Schlepper und Fähren gekommen. Auch am Ufer, auf der Hafenseite, hatte es früher viel Leben gegeben. Als Kind hatte er mit Vater, Mutter und den Schwestern die Eröffnung der Landungsbrücken erlebt. Damals hatte er gehört, dass es Pontons waren, schwimmende Holzblöcke, die sich mit Ebbe und Flut auf und ab bewegten, und er hatte darüber gerätselt, wie es möglich war, dass die Klötze so viele Leute tragen konnten, ohne unterzugehen. Er hätte seinen Vater gerne danach gefragt, aber er traute sich nicht, ein kleiner Junge richtete das Wort nicht an einen erwachsenen Mann, schon gar nicht, wenn er so Ehrfurcht gebietend war wie ein preußischer Finanzbeamter in seinem Sonntagsstaat. Mit dem Ufer waren die Pontons über bewegliche Brücken verbunden, die die Hebe- und Senkbewegungen der Gezeiten mitmachten.

Ein Stück weiter war der Elbtunnel, auch so ein unvorstellbares Bauwerk. Wie war es möglich, sich unter dem Fluss durch den Sand zu graben und eine Röhre zu verlegen, durch die man Autos oder Kutschen befördern konnte? Westlich schloss sich der Fischmarkt an, wo die Händler morgens ihre Ware anzupreisen pflegten. Man konnte dort frühstücken, er hatte es nach einer durchgearbeiteten Nacht manchmal getan, aber zurzeit war es auch dort ruhig, es gab keine deutsche Fischflotte mehr, und es wäre auch viel zu gefährlich gewesen, hinauszufahren und womöglich von einem englischen Kanonenboot aufgebracht zu werden. Die Tommys schossen schnell.

Seit Kriegsbeginn im Herbst '39 waren im Hamburger Hafen immer weniger Handelsschiffe eingelaufen, es kamen bestenfalls noch Fregatten der Marine, die mit lauten Befehlen und Brimborium an einem der Kais festmachten, bevor sie ihre Soldaten ausspuckten, die sofort auf die Reeperbahn zogen. Manchmal traf auch noch ein Frachter mit Eisenerz aus Norwegen ein, der die britische Seeblockade durchbrochen hatte. Nach zwei Jahren Krieg gab es keinen zivilen Handel mehr, deshalb die Ruhe an den Anlegestellen. Die Verbindung der Stadt mit der Welt war gekappt. Das beherrschende Geräusch war nicht mehr das Tuten der Schiffshörner, es waren auch nicht die lauten Befehle der Vorarbeiter beim Verladen, sondern die steten Hammerschläge, die von *Blohm & Voss* herüberhallten. Die Werften hatten reichlich zu tun, der Bau von Kriegsschiffen, vor allem von U-Booten, besaß höchste Priorität. Zu Schichtwechsel strömten Arbeiter und Gefangene aus den Lagern herbei. Sie beherrschten das Bild so sehr, dass man sich nicht vorstellen konnte, wie hier eines Tages wieder ein ziviles Leben einziehen sollte. Die Regierung allerdings plante bereits für die Zeit nach dem Endsieg. Hamburg war Führerstadt und als solche ausersehen, in die ganze Welt auszustrahlen.

In der Stadtverwaltung gab es große Pläne, Sankt Pauli umzubauen, nach dem Beispiel von Manhattan sollten am Elbufer Hochhäuser errichtet werden, um deutlich zu machen, dass Deutschland und Hamburg das Zentrum der Welt waren, nicht etwa New York. Hannes Krell hatte Fotos von Modellen gesehen, die aus Pappe und Sperrholz gebaut waren, und dennoch überforderten diese Ideen seine Vorstellungskraft. Er besaß nicht genug Fantasie, um sich anhand von ein paar Spielzeughäuschen ein neues Stadtviertel vorzustellen, das von Altona bis zu den Wallanlagen reichen sollte. Stattdessen stellten sich ihm Fragen: Er hätte gerne gewusst, wer einen solchen neuen Stadtteil bauen und bezahlen sollte, und was mit den Anwohnern passieren würde, ob sie Platz in den neuen Häusern finden würden, und ob es die Reeperbahn und die Große Freiheit dann überhaupt noch gäbe. Es war schon ganz in Ordnung, dass er nicht an einer Stelle saß, wo derart große Fragen entschieden wurden. Für so etwas war sein Verstand nicht gemacht. Ihm reichte das, was er hatte, und schon das überforderte ihn manchmal.

Euler kam, als sich Krell eine dritte Zigarette angesteckt hatte, reichte ihm die Hand, setzte sich neben ihn und schaute wie er auf den mittlerweile schwarzen Fluss hinaus. Für Krell war es ein Zeichen ihrer Verbundenheit, dass sie auch ohne viele Worte beieinandersitzen konnten. Eulers Schnaufen wurde bald gleichmäßiger, sein Bauch hob und senkte sich langsamer. Die sanften Wellen machten klatschende Geräusche, wenn sie gegen die Pontons schwappten, ein paar Möwen kreischten, ansonsten war nichts zu hören oder zu sehen. Krell ließ sich Zeit mit seiner Zigarette.

»Komm«, sagte er, als er sie schließlich ausgedrückt hatte, »lass uns zur Reeperbahn gehen und einkehren. Hier wird man noch ganz trübsinnig. Alles so schwarz.«

Euler stand auf.

»Unterwegs erzähle ich dir etwas.« Während sie durch den dunklen Elbpark gingen, gab Krell einen kurzen Bericht über den Limba-Fall, über Tessows erneute Anweisung, Schuberts Verrat und die Aussagen von Hispel. Zu Anfang achtete er auf mögliche Mithörer. Es war aber außer ihnen niemand im Park. Zumindest war niemand zu sehen.

Sie erreichten das Millerntor. Am *Café Heinze* hing ein Schild mit dem Namen »John Kristel«, offenbar der Hinweis auf ein Konzert oder eine Tanzveranstaltung. Krell nahm es mit halber Aufmerksamkeit wahr und fragte sich beiläufig, ob ein Engländer trotz des Krieges in Hamburg auftreten durfte, während er auf Eulers Einschätzung zu seinem Fall wartete. Der Freund dachte nach, wobei sein Kopf langsam von der einen zur anderen Seite wanderte. Krell kannte diese Bewegung, sie ließ ihn schmunzeln. Als Euler weiterhin nichts sagte, stellte sich Krell Wiebke und die Kinder vor, die sich bald an den Abendbrottisch setzen würden. Es wäre schön gewesen, bei ihnen zu sein, aber diese Sache hier drückte ihn über alle Maßen, und außer Euler gab es niemanden, mit dem er sich besprechen konnte.

»Sieht so aus«, sagte Euler schließlich, »als wärest du in ein Wespennest getreten. Und nun stechen die aufgeschreckten Tierchen zurück.«

Krell war versucht, sich eine weitere Zigarette anzuzünden. In der letzten Zeit bekam er Verlangen, wenn ihn etwas beunruhigte oder aufregte, und es brachte nicht viel, dagegen anzukämpfen, auch wenn es immer wieder Berichte gab, nach denen das Rauchen ungesund sei. Offenbar betraf das aber vor allem Jugendliche und schwangere Frauen. Deshalb gab es Plakate mit der Parole »Die deutsche Frau raucht nicht«. Über Männer stand da nichts.

Er hielt Euler sein Päckchen hin, und der griff zu. Krell ließ sein Feuerzeug aufflammen.

»Erwartest du etwas von mir?«, fragte Euler, während sie über die Reeperbahn schritten.

»Erwarten nicht. Vielleicht habe ich eine Bitte.«

Grundsätzlich war es nicht in Ordnung, Euler in diese Sache hineinzuziehen. Doch er würde es vorsichtig machen, den Freund im Hintergrund halten und ihn nicht gefährden. Für sich selbst fiel ihm das Wort »verflucht« ein, weil ihm dieser Fall einfach keine Ruhe ließ. Bislang hatte er nur den großen Rahmen und keine Beweise. Und einige Fragen waren noch offen und quälten ihn.

DREIUNDZWANZIG

In der Frage des Kristel-Konzerts gab am Ende Gregor den Ausschlag, Gregor, der zwar wieder antwortete, wenn er etwas gefragt wurde, der aber nach seiner Haft verändert geblieben war. Die Schweigsamkeit war ein Teil seines Wesens geworden, zeitweise wirkte er geradezu stumm. Er trug kein Jackett mehr, sondern Wollpullover, keinen englischen Mantel, sondern den Anorak, den er letzten Winter auch angehabt hatte. Ein Junge wie viele andere auch. Doch seit seiner Rückkehr verbrachte er wie Christian seine Pausen alleine, nicht an der Eiche, sondern in einer fernen Ecke des Hofes, in der Nähe des Zauns. Dort stand er mit dem Rücken zu den anderen, aß sein Brot, träumte oder dachte an irgendetwas. Zu Anfang hatten Kameraden manchmal noch den Kontakt zu ihm gesucht, aber nachdem er nicht reagiert und überhaupt keine Anstalten gemacht hatte, auf sie einzugehen, ließen sie ihn in Ruhe. Auch begleitete Gregor Jette nicht mehr nach Hause, im Gegenteil, er ging ihr aus dem Weg, verschwand entweder schnell oder trödelte so lange herum, bis sie allein losstiefelte. Christian mied er ebenfalls. Er tat beinahe so, als würde er ihn nicht kennen.

Obwohl Gregor nichts von dem, was geschah, mitzubekommen schien, wagte Jette es kaum je, auf dem Pausenhof Kontakt zu Christian aufzunehmen. Bestenfalls bestätigte sie leise eine Verabredung oder sagte sie ab, wenn sie Schwierigkeiten mit ihrer Mutter voraussah. Sie wollte nicht, dass die anderen spitze Bemerkungen machten, aber vor allem ging es ihr um Gregor. Er war es, den sie glaubte, schonen zu müssen.

Doch nun verließ er seinen Platz an der Ecke und machte sich auf den Weg zum Eichenbaum, der ohne Blätter kaum noch wie ein Schutz wirkte. Christian hielt sich trotzdem dort auf. Gregor machte langsame Bewegungen und wirkte gleichzeitig entschlossen, sein Blick war gesenkt, der Schritt wurde zunehmend kräftiger. Offenbar hatte er ein Ziel. Er kam Jette vor wie ein einzelner Stern, der zur Umlaufbahn der anderen keine Beziehung hatte. Es machte den Eindruck, als wüsste er gar nicht von ihrer Existenz, als hätte er nur sich und seinen eigenen Weg im Kopf. Er war durch die Haft ein Einzelgänger geworden, ein Sonderling. Sein Haar war inzwischen wieder ein wenig gewachsen, es stand in die Höhe, ein Bürstenschnitt, der ihm etwas Kraftvolles verlieh, aber zusammen mit der verkürzten Oberlippe auch etwas Gewalttätiges. Jette hätte viel darum gegeben zu erfahren, was in ihm vorging. Womöglich war er gerade auf dem Weg, sich mitzuteilen. Sie folgte ihm.

Tatsächlich steuerte er auf Christian zu. Seinen Kopf hielt er wie ein Stier, starrte auf seine Schritte, während die Stirn nach vorne gerichtet war, als müsse er irgendein Hindernis rammen. Sein Ziel war inzwischen eindeutig, denn außer Christian gab es in der Nähe der Eiche niemanden. Jette beeilte sich. Sie wollte nichts verpassen.

Christian machte ein fragendes Gesicht.

»Es gibt ein Konzert im *Café Heinze*. John Kristel.«

Gregor sprach den Vornamen englisch aus, es klang wie Dschon.

Wie sie es von ihm kannte, verbesserte Christian ihn vorsichtig, einfach indem er den Namen wiederholte. Er sagte John mit einem Jott und dem langen O. »Woher weißt du das?«

»Glaubst du«, gab Gregor scharf zurück, »du bist der Einzige, der Leute kennt und Informationen bekommt?«

»Nein. Natürlich nicht.«

»Gehst du?«, fragte Gregor.

Christian schaute zu Jette. »Ich weiß noch nicht. Vielleicht.«

»Also ich gehe auf jeden Fall. Wer weiß, wann es wieder mal ein Konzert gibt. Womöglich erst nach dem Endsieg.«

Er betonte das Wort »Endsieg« so, dass er die erste Silbe dehnte, dadurch war sein Zweifel unüberhörbar, mehr noch, er machte sich über die offizielle Sprache lustig. Gleichzeitig hatte er den richtigen Begriff benutzt, sodass man ihm keinen Strick drehen konnte.

Christian fuhr mit der Schuhspitze durch den Sand. Er dachte nach. »Einverstanden, ich komme mit«, sagte er schließlich.

»Dann«, sagte Jette, »gehe ich auch.«

Sie hatte keine Ahnung, was sie zu diesem Satz getrieben hatte. Aber nun war er ausgesprochen und stand im Raum. Er war fast wie ein Versprechen. Sie konnte es zurücknehmen, aber das kostete einen Preis. Sie verlöre ihre Glaubwürdigkeit.

VIERUNDZWANZIG

Am Freitagabend standen Krell und Euler in Krells Opel vor dem Haus von Standartenführer Schweikert an der Rothenbaumchaussee. Es war ein mehrstöckiger Neubau mit weißen Mauern und kleinen Balkonen, umgeben von einem Garten, in dem niedrige Bäume mit dünnen Stämmen standen, die erst vor Kurzem gesetzt worden waren. Der Namenstafel nach wohnte Schweikert im Erdgeschoss. In der Wohnung brannte kein Licht, allerdings konnte man wegen der Verdunklungsvorschrift daraus keine Schlüsse ziehen; es war nicht klar, ob Schweikert zu Hause war und ob er alleine lebte oder Frau und Kinder hatte. Die beiden Kommissare warteten, und Krell dachte darüber nach, was für ein Glück es war, einen Freund wie Euler zu haben. »Ist gut«, hatte er vor einer Woche auf der Reeperbahn gesagt und »können wir machen«, als wäre es das Selbstverständlichste von der Welt, einen hohen SS-Mann zu überwachen. Selbst bei aller Vorsicht ließ sich nicht ausschließen, dass Euler in eine dumme Situation geriet und seine Stellung und womöglich sogar seine Unversehrtheit riskierte. Und dennoch war Krell froh, diese Aufgabe nicht alleine angehen zu müssen.

»Sollen wir mal einen Blick werfen?«, fragte Euler.

Krell winkte ab. »Das mache ich alleine.«

»Ich komme mit.«

»Nicht nötig, Dicker.«

»Schon klar. Trotzdem.« Euler öffnete die Tür und stieg aus. Krell kannte es an seinem Freund, dass er sich nicht gerne Vorschriften machen ließ, und erst recht nicht, wenn sie dazu dienten, ihn zu schonen. Er würde verdammt gut aufpassen müssen, damit Euler seinen Freundschaftsdienst nicht zu bereuen hatte.

Man konnte um das Haus mit der Nummer 42 nur an einer Seite herumgehen, auf der anderen war es an die Brandmauer des Nachbargebäudes gebaut. Das Erdgeschoss war eher ein Hochparterre, deshalb fiel es ihnen schwer, einen Blick in die Wohnung zu werfen. Euler machte einen Scherz, dass Krell ihn in die Höhe stemmen könne, was angesichts seines Gewichts ein Ding der Unmöglichkeit war. Obwohl sein Mantel hinderlich war, trat Krell auf den Ast eines der jungen Bäume, der sich augenblicklich tief hinunterbeugte. Trotzdem zog er sich ein Stück in die Höhe. In der Wohnung war es tiefschwarz; man konnte nichts erkennen. Krell schüttelte den Kopf, um Euler in Kenntnis zu setzen.

Das Haus hatte kleine Fenster, aber dafür wahrscheinlich Heizung, Bad und Küche, einen Komfort, der den Wohnungen aus der Kaiserzeit fehlte. Zu gerne hätte Krell sich innen ein wenig umgesehen. Stattdessen zeigte er mit dem Daumen Richtung Straße. Das Signal zum Aufbruch.

Sie kamen gerade hinter der Seitenmauer hervor, als die Haustür geöffnet wurde, und schreckten zurück. Es war Schweikert, der heraustrat. Er trug Zivil, Hut und Mantel, und schritt zu seinem Auto, einem BMW, der nicht weit von Krells Opel stand. Die Kommissare kamen hinter der Mauer erst hervor, als der Wagen abfuhr. Er nahm die Rothenbaumchaussee Richtung Süden.

»Dann man los«, sagte Euler

Die Straßen waren leer, deshalb war es nicht schwer, Schweikert in der Dunkelheit zu folgen, auch dann nicht, wenn Krell den Abstand größer werden ließ, um nicht aufzufallen. Der BMW hatte die vorschriftsgemäße schmale Beleuchtung. Er fuhr zügig, ohne aber zu rasen. Krell ging davon aus, dass Schweikert nach Sankt Pauli wollte, und so war es auch. Sein Auto bog in die Wilhelminenstraße ein. Krell wurde langsamer, und als der BMW hielt, tat er in einiger Entfernung das Gleiche. Trotz der Dunkelheit konnten sie erkennen, dass Schweikert in einem Haus verschwand. Es war eine Kneipe, wie es Dutzende auf Sankt Pauli gab. Auf den Fenstern klebte schwarze Pappe, die Leuchtreklame über der Tür war ausgestellt, dennoch ließ sich erkennen, dass sie *Alle Wetter* hieß. Der Name klang nach Seefahrt und Hafen. Was wollte Schweikert hier? Ganz alleine und in Zivil?

»Wenn du willst, bleib draußen.«

»Will ich nicht«, erwiderte Euler.

»Wie du meinst.«

»Wir trinken doch meistens ein Gläschen miteinander, bevor der Sonntag beginnt.«

»Das ist wahr.«

»Siehst du.«

Im Schankraum war es so düster, wie man von außen vermutet hatte. Auf dem Tresen und an einigen der Tische standen ein paar brennende Kerzen. Trotzdem konnte man nicht viel erkennen, eher spürte man, wie voll es war. Das Stimmengemurmel war gedämpft. Krell nahm wahr, dass sie Aufmerksamkeit erregten. Die Gäste hatten aufgeblickt und schauten sie an, manche offener, andere beiläufig. Krell kam sich vor, als hätte er eine Bühne betreten. Das *Alle Wetter* war offenbar eine Kneipe für Stammgäste. Laufkundschaft verirrte sich nur selten hierher.

Hinter dem Tresen stand der Wirt mit einer Lederschürze über Bauch und Brust. Euler steuerte auf einen der wenigen freien Tische zu, der etwas abseits an einem der verklebten Fenster stand. Krell folgte ihm. Sie hängten ihre Mäntel an einen Wandhaken.

Euler begann halblaut eine imaginäre Unterhaltung über einen Kollegen namens Steffens, den es nicht gab. Dabei sahen sie sich unauffällig um. Der Raum war derart dunkel, dass es kaum möglich war, jemanden an den weiter entfernten Tischen zu erkennen. Die Gäste in ihrer Nähe waren nicht die typischen Sankt Paulianer, wie Krell sie kannte, keine Arbeiter mit breiten Händen und kragenlosen Hemden, sondern Männer in Oberhemden, mit Pomade im Haar und Zigarren im Mund. Sie tranken kein Bier, sondern Wein, manche auch Sekt.

Der Wirt ließ sich viel Zeit, bevor er zu ihnen kam, und bediente inzwischen in aller Ruhe an anderen Tischen. Vielleicht mochte er keine Fremden. Hannes Krell wollte sich den anderen Gästen anpassen, deshalb fragte er, ehe Euler etwas sagen konnte: »Welchen Wein können Sie uns empfehlen?«

Der Wirt war groß, über einen Meter 80, und hatte ein kantiges Gesicht mit gestutztem Vollbart. Seine Schürze war speckig. Sympathisch wirkte er nicht, eher abweisend. »Ich habe einen Riesling. Moselwein.«

»Den nehmen wir«, meinte Krell.

»Wie Sie wünschen.«

Schweikert war nirgendwo zu sehen. Allerdings hieß das nicht viel. Als sich seine Augen an die Dunkelheit gewöhnt hatten, verstand Krell, dass der Schankraum länglich wie ein Schlauch war. Vom hinteren Teil ließ sich beim besten Willen nichts erkennen.

»Dort gibt es eine Treppe«, meinte Euler. Er hatte die Hand vorsichtig vor den Bauch gehoben und den Zeigefinger ausgefahren. »Führt nach unten. Keller wahrscheinlich.«

Der Anfang der Wendeltreppe lag seitlich, etwa in der Mitte des Raums. »Vielleicht ist dort das Klo?«

»Möglich. Wäre einen Versuch wert.«

»Aber diesmal gehe ich allein.«

»Lass lieber mich. Dich kennt unser Freund bereits«, wandte Euler ein.

»Nee, du. Das mache ich.«

Der Wirt brachte zwei Gläser und die Weinflasche, entkorkte sie am Tisch und schenkte ihnen ein. Als er wieder verschwand, schaute Hannes Krell ihm nach. Der Kerl wirkte derbe und mit seiner fettigen Schürze und dem Bart nicht wie ein 175er. Allerdings konnte man sich mit diesen Einschätzungen täuschen, die meisten dieser Männer verbargen ihre Vorlieben, weil sie streng verboten waren, manche von ihnen heirateten sogar und gaben sich den Anschein einer bürgerlichen Existenz. Es war allgemein bekannt, dass man wegen gleichgeschlechtlicher Unzucht ins Lager gesperrt wurde.

Die Gäste hier allerdings schienen nicht viel Angst vor Strafen zu haben, sie zeigten sich recht deutlich. Krell machte eine Menge Berührungen an Händen und Beinen aus, die beiläufig oder zufällig wirkten, in dieser Vielzahl aber sicher gewollt waren. Auch dieses Lokal gehörte zu Sankt Pauli, und hier war es genauso wie anderswo auf der Reeperbahn verwunderlich, was nach acht Jahren Hitlerregierung und trotz des Krieges immer noch möglich war. Ob die Männer sich der Gefahren bewusst waren und ob sie insgeheim Angst hatten, war nicht zu entscheiden. Es war jedenfalls eine Tatsache, dass Organe von Staat oder Partei einen Laden wie diesen jederzeit stürmen konnten. Wer festgenommen wurde, hatte nicht einmal Anspruch auf ein Gerichtsverfahren. Und dennoch ging es hier recht unverblümt zu. Vielleicht, weil die SS den Laden schützte?

Der Wirt war irgendwo im Halbdunkel des Schankraums verschwunden. Krell erhob sich und schlängelte sich an der Wand entlang vorwärts. Unterwegs musterte er die Gäste. Es gab keine einzige Frau im Lokal, die Männer saßen zu zweit oder zu mehreren am Tisch. Die Unterhaltungen wurden durchaus in normaler Lautstärke geführt, während das Gelächter zurückhaltend war, als sei es nicht anständig, laut zu lachen. Krell kannte einen wesentlich derberen Tonfall aus Männerkneipen. Schweikert entdeckte er nicht, nirgendwo. Er erreichte die Wendeltreppe, die in den Keller führte, und stieg sie hinab. Unten war es noch dunkler, weil der Kerzenschein fehlte. Krell entzündete sein Feuerzeug. Er befand sich in einem vollgestellten Vorraum. An den Wänden lehnten Handwerkermaterial, Werkzeuge, Putz in großen Säcken, Vierkanthölzer und Bretter. Es machte den Eindruck, als sollte renoviert werden. Mehrere Türen gingen ab, zwei an der rechten und je eine an den schmalen Seiten. Er öffnete die erste. Ein Büro, wie er mithilfe des brennenden Feuerzeugs erkannte. Schreibtisch, Rechenmaschine, ein paar Papiere, alles ordentlich gestapelt. Er trat ein. Der Raum war mit einem weichen Teppich ausgelegt. Krell hielt das Feuerzeug in verschiedene Richtungen, entdeckte nichts, das ihn interessierte, verließ den Raum, schloss die Tür und öffnete die nächste.

Diesmal fand er sich in einem Abstellraum mit Putzmitteln, Eimern, Seife und diversen Wischlappen, die zum Trocknen über einem Ständer hingen. Die Kammer war so klein, dass Krell nicht hineingehen musste, um alles zu erfassen. Schweikert war nicht hier, auch sonst nichts von Bedeutung. Er zog auch diese Tür wieder zu, während er sein Feuerzeug ausgehen ließ. Es wurde zu heiß, um es immerzu brennend in der Hand zu halten.

»Suchen Sie etwas?«

Vor ihm stand der Wirt, beide Daumen in Brusthöhe hinter die Schürze geklemmt. Er wirkte wie ein Wachhund. Krell hatte ihn in der Dunkelheit nicht kommen sehen und ihn auch nicht gehört.

»Ja«, sagte er, »die Toilette.«

»Oben. Hier unten ist privat.«

»Verzeihung. Ich habe mir sagen lassen …«

»Was? Was haben Sie sich sagen lassen?«

»… dass es hier durchaus Räume gibt«, sagte Krell.

»Die Toilette ist oben.«

»Ich meine, andere Räume. Solche, in die Männer gehen können.«

»Wer erzählt denn so einen Scheiß? Da müssen Sie etwas in den falschen Hals bekommen haben. Hier unten ist nicht für Gäste.«

»Pardon«, sagte Krell, drehte sich um und griff nach dem Geländer, um die Wendeltreppe wieder hinaufzusteigen. Der Wirt war hinter ihm. Im nächsten Moment spürte Krell einen Schlag auf den Kopf. Er sah Sternchen, und ein übler Schmerz fuhr ihm durch die Beine bis in die Zehenspitzen.

Er wurde ohnmächtig.

FÜNFUNDZWANZIG

Hannes Krell kam zu sich, weil sein Kopf dröhnte. Es war ein pochender Schmerz, stark genug, um den Schlafenden zurückzuholen aus einer Zwischenwelt zerrissener Träume und düsterer Bilder. Er öffnete die Augen, blinzelte und hatte keine Ahnung, wo er war. Halb saß er und halb lag er. Der Nacken war eingeknickt und wegen der ungewohnten Haltung beinahe steif. Die Wirbel knackten, als Krell sich auf die Seite zu rollen versuchte. Seine Hände waren gefesselt. Um die Gelenke lag jeweils eine Kette, die rasselte, wenn er an ihr zog. Sehen konnte er nichts, auch nicht, nachdem er die Augen zweimal geschlossen und wieder geöffnet hatte.

Nach und nach kam die Erinnerung zurück und füllte seinen schmerzenden Kopf. Er war in dem 175er-Lokal gewesen und dort im Keller niedergeschlagen worden. Für wen mochte dieser dämliche Wirt ihn gehalten haben? Für einen Spitzel? Vielleicht für den Erpresser – falls er von der Schweikert-Sache überhaupt Kenntnis hatte.

Es war Krell nicht möglich, die eine Hand zur anderen zu führen, weil die Kette zur kurz war, deshalb konnte er nicht ertasten, wie er genau gefesselt war. Er hörte nur das metallische Aneinanderschlagen der einzelnen Glieder. Ihm kam zu Hilfe, dass nun spärliches Licht in den Raum fiel, gerade so viel, dass es nicht mehr vollkommen dunkel war. Offenbar brach der Morgen an. Krell bemühte sich darum, sich zu sammeln, allerdings ließ sein Kopfschmerz nicht viele Gedanken zu. Seine Zähne, stellte Krell fest, indem er mit der Zunge darüber glitt, waren alle vorhanden. An der Zunge selbst spürte er eine Erhebung. Vielleicht hatte er sich im Moment des Schlages darauf gebissen. Am Haaransatz schien er auf der linken Seite eine Wunde zu haben. Sie tat nicht weh, aber der Schorf kribbelte. Der Wirt musste ganz schön heftig zugelangt haben.

Langsam erkannte er im Halbdunkel auch seine Fessel. Es war tatsächlich eine Kette, die jemand um sein Handgelenk gelegt und mit Schraube und Mutter verschlossen hatte. Die ganze Sache machte einen recht primitiven Eindruck. Hinter seinem Rücken war die Kette um einen festen Gegenstand gelegt worden, eine Art Klotz oder Block, und ihr anderes Ende umschloss sein zweites Handgelenk. Er versuchte, sich zu rühren, um festzustellen, an was er festgemacht war. Weit kam er nicht, die Kette hatte wenig Spiel, doch es reichte für einen Blick über die Schulter. Anders als gedacht hatte er nicht an einer Wand gelegen, sondern an einem gemauerten und gefliesten Etwas. Er erkannte, um was es sich handelte, und da wurde ihm auch klar, wo er war. Es war eine Liege aus Stein, auf dem Boden verankert und mit einer Matratze darauf. Das Ding stand zwischen Trennwänden, in einer Art Kabine, von der es hier unten noch andere gab. Daran war er gefesselt.

Dies also war der Ort, den er gesucht hatte, der Raum für Männer, von dem der Wirt behauptet hatte, es gebe ihn nicht. Schweikert war mit einem Liebhaber hier unten gewesen, dessen war Krell sich jetzt sicher. Was in diesem Keller passierte, dafür kam man mit Sicherheit ins Lager, wo man dann den rosa Stern zu tragen hatte, sodass alle Welt gleich wusste, hier ist einer, der nicht für seine Überzeugungen oder seinen Glauben einsitzt, sondern weil er sich nicht beherrschen konnte und sich der Unzucht hingegeben hat. Nach allem, was man hörte, standen die 175er in den Lagerhierarchien auf einer der niedrigsten Stufen. Aber trotzdem gab es einige Herren, die das Risiko eingehen konnten, trotz aller

Bedrohung. Das waren die hohen Tiere, jene SS-ler, die sich abzusichern wussten und im Notfall rigoros durchgriffen. Die auch vor Mord nicht zurückschreckten.

Krell hasste diesen Gedanken, der sich in seinem Kopf breitgemacht hatte, und er wünschte sich innerlich, dass er ihn nicht hätte. Er wollte der nationalen Erhebung nicht distanziert gegenüberstehen. Es ging immerhin um Deutschland. Das Reich befand sich im Krieg, da galt es zusammenzustehen, auch dann, wenn manche Entwicklung nicht der eigenen Vorstellung entsprach. Und trotzdem konnte er nicht ablassen von der Feststellung, die ihn seit Tagen umtrieb und die sich in ihm immer breiter machte, nämlich dass die SS einen Staat im Staate geschaffen hatte, mit eigenen Regeln und einer Strafverfolgung, die anders entschied als die, die für normale Bürger galt.

Er zog an der Kette, erst einmal, dann ein zweites und ein drittes Mal. Der Fuß der Liege war solide gemauert, den würde er nicht einreißen können, im Gegenteil, das Einzige, was er erreichte, war, dass ihm auch noch die Schulter wehtat. Auch die Handgelenke ließen sich nicht befreien, dazu lag die Kette zu eng und war zu fest verschraubt. Vielleicht hätte er mit zwei Händen die Muttern von den Schrauben lösen können, aber er kam beim besten Willen mit der einen Hand nicht hinüber zur anderen. Er hätte gern gewusst, wie lange er in diesem Loch bleiben musste, und auch, wie er nach dem Niederschlag und seiner Ohnmacht aussah. Wiebke hatte wahrscheinlich vor Sorge nicht geschlafen. Und Euler – wo war der geblieben? Hatten sie ihn auch verprügelt und gefangen?

Genauso schlimm wie die Ungewissheit war der Kopfschmerz, der an seinen Schläfen pochte. Trotzdem stellte Krell sich vor, nach Euler zu rufen, womöglich lag er in einem Nebenraum, aber es war ihm nicht möglich, das damit verbundene Risiko zu kalkulieren. Sein Verstand machte das nicht mit. Er pfiff zweimal, verzichtete aber auf einen Ruf. Eine Antwort kam nicht. Selbst an Wiebke und die Kinder konnte er nur momenteweise denken, dann riss die Vorstellung, und zurück blieben Leere, der Schmerz und eine diffuse Sehnsucht. Er schämte sich, es sich einzugestehen, doch er wünschte sich in Wiebkes Arme.

Er hatte einen trockenen Mund und Durst, außerdem musste er sich erleichtern. Wenn man ihn lange in diesem Verlies hielt, würde er sich in die Hose machen. Auch knurrte sein Magen. Krell schloss die Augen. Er besann sich auf die Lehren in seiner Ausbildung: nicht hektisch werden, aufkommender Panik widerstehen, tiefe Atemzüge nehmen und sie zählen. Abwarten lernen, Geduld haben. Meistens, so hatte es geheißen, sei Hilfe unterwegs.

In seinem Fall durfte er davon allerdings nicht ausgehen. Der Einzige, der überhaupt eine Idee davon hatte, wo er steckte, war Euler, dessen Verbleib wiederum ungewiss war. Und selbst wenn er davongekommen war, hoffte Krell nicht, dass sein Freund nun die Konfrontation mit der SS suchte. Euler sollte sich nicht in Gefahr bringen, das war die Maxime am Anfang ihres kleinen Abenteuers gewesen. Es war zu wünschen, dass er sich daran gehalten hatte.

Krell musste auch diesen Gedanken ziehen lassen. Als Nächstes fragte er sich, ob sein Schädelknochen gebrochen war. Warum sonst dröhnte der Kopf so sehr? Merkte man an der Stärke des Schmerzes überhaupt den Unterschied zwischen Bruch und Erschütterung? Krell erinnerte sich daran, dass seine Mutter sich einmal den Arm gebrochen hatte. Der Vater, der dazukam, kniete sich zwar nicht zu ihr nieder, behauptete aber sofort, der Knochen sei nicht durch, das würde sie gar nicht aushalten. Im Krankenhaus erfuhren sie etwas anderes. Der Arm war tatsächlich gebrochen, und anhand der Reaktion der Nerven, so meinte der Chirurg, der ihn richtete und eingipste, könne man nicht feststellen, welche Verletzung vorliege. Je nach Patient tue eine Verstauchung manchmal sogar mehr weh als ein Bruch. Für eine Diagnose bräuchte es entweder den Tastbefund eines erfahrenen Arztes oder, besser noch, Bilder nach der Röntgenmethode.

Krell kannte diese Geschichte nur aus der Erzählung seiner Mutter. Er hätte viel dafür gegeben, wenn er im Moment der Aussage des Arztes das Gesicht seines Vaters gesehen hätte. Ob der Alte überhaupt reagiert hatte? Oder war er so selbstgewiss, dass er solche Dinge gar nicht hörte.

Der Gedanke brach ab, weil Krell Schritte hörte. Aus dem Dunkel des Kellers tauchte der Wirt auf. Er hatte wieder seine Schürze um, trug aber offenbar ein frisches Hemd. Also hatte er wahrscheinlich geschlafen und sich am nächsten Morgen gewaschen und neu angezogen. Als der große Mann vor ihm stand, verschwand Krells Kopfschmerz schlagartig. Er wurde von einer schlimmen Befürchtung abgelöst. Wenn dieser Kerl es wagte, sich ihm gegenüber so klar als Gefängniswärter zu zeigen, dann bedeutete das, dass er ihn töten würde. Andernfalls wäre Krell ein Zeuge, und der Wirt müsste die Verfolgung durch die Polizei fürchten.

Wieder versuchte Krell, sich an die Bücherweisheiten aus seiner Zeit als Polizeischüler zu erinnern. Vertrauen aufbauen, wenn der andere in einer stärkeren Position ist. Die Ruhe bewahren. Keine Panik zeigen. Auch keine Schwäche.

Krell riss sich zusammen und verlangte von sich abzuwarten, bis der andere das erste Wort sprach. Weder würde er um Wasser noch um eine Pinkelschüssel bitten.

»Aufgewacht, du Scheißkerl?«, fragte der Wirt und trat ihm mit seiner Schuhspitze gegen die Sohle.

»Ich habe eine Toilette gesucht.«

»Red keinen Mist. Du bist ein Bulle. Und wolltest schnüffeln. Das hast du selbst gesagt.«

»Auch Polizisten haben irgendwann Feierabend.«

Der Wirt spuckte aus und traf Krells Hose in Höhe des Oberschenkels.

»Hier findet also alles statt. Das hätten Sie mir doch gleich sagen können.«

»Halt's Maul.«

Krell schaute dem Wirt direkt in die Augen. »Sind Sie eigentlich auch ein 175er?«

Anstelle einer Antwort trat der Wirt ein weiteres Mal zu, diesmal nicht an die Sohle, sondern gegen das Knie. Krell zuckte zusammen.

»Sag Bescheid, wenn du eine Tracht Prügel brauchst.«

Es brachte nichts, dieses Spiel weiterzutreiben. »Machen Sie mir diese Kette los, dann lege ich vor Gericht ein gutes Wort für Sie ein.«

»Als ob du hier Forderungen stellen könntest.«

»Als Polizisten hinterlassen wir immer, wohin wir zu einem Einsatz gehen. Meine Kollegen sind schon unterwegs.«

Der Wirt zog eine etwa handgroße Flasche aus der Schürzentasche. »Wenn du meinst«, sagte er trocken.

»Meine ich. Und Sie glauben offenbar, dass Ihre großen Freunde von der SS Sie schützen können. Das ist ein Irrtum, mein Herr.«

Er drehte seine Flasche auf. »Genug gequatscht. Trink das.«

»Sicher nicht.«

Der Wirt ging neben ihm in die Hocke. Sein Kopf war nahe an Krell. »Brauchst du noch eins auf den Schädel?«

»Ich trinke Ihr Gift nicht.«

Der Wirt legte die flache Hand auf Krells Gesicht. Es fühlte sich bedrohlich an, denn sie bedeckte Augen, Stirn und Wangen und drückte seinen Kopf nach hinten. Im nächsten Moment hielt der Mann Krell beide Nasenlöcher zu. Krell versuchte, den Mund geschlossen zu halten und ohne zu atmen klarzukommen, doch das ging nicht lange. Er öffnete den Mund einen Spaltbreit. Der Wirt sperrte ihn weiter auf und kippte den Inhalt seines Fläschchens hinein, um ihn im nächsten Moment mit seiner Hand zu verschließen. Nun war die Nase wieder frei. Krell verschluckte sich. Er hustete und spuckte dabei einen Großteil der Flüssigkeit gegen die Hand des Wirts. Sie klebte an dessen Fingern und lief Krell die Wangen herunter.

»Du Idiot.« Der Wirt ohrfeigte ihn. Dann zog er ein zweites Fläschchen aus der Schürzentasche und wiederholte die Prozedur. Diesmal wartete er lange, bis er Krell die Flüssigkeit zu trinken gab, und verschloss sofort darauf wieder dessen Mund. Das Zeug schmeckte nach nichts. Krell hielt es zwischen Zunge und Gaumen. Der Wirt kniff ihm die Lippen zusammen, als wäre er eine Schraubzwinge. Er wartete ab, Krell genauso. Doch Krell verlor. Zunächst rutschte ihm nur wenig von der Flüssigkeit in den Rachen, aber bald schon wurde es mehr, und am Ende war es egal. Er schluckte auch den Rest herunter. Bald überkam ihn Gliederschwere, eine elende Müdigkeit, die er zu bekämpfen versuchte. Offenbar war es ein starkes Zeug, das der Wirt ihm eingeflößt hatte.

SECHSUNDZWANZIG

Jette stand am Fenstervorhang ihres Zimmers und blickte in die dunkle Nacht. Im Haus war es still. Sie hatte sich umgezogen, trug ihren guten Rock, die Seidenstrümpfe und eine frisch gewaschene und gebügelte Bluse. Ihre Schuhe waren geputzt. Als sie das vorhin getan hatte, wäre sie beinahe aufgeflogen, denn ihre Mutter hatte es gesehen und eine Bemerkung gemacht. Jette hatte eine Erwiderung verweigert. Sie hielt ihren Wintermantel und den Schal in der Hand. Es fehlte nur noch der letzte Schritt: den Fenstergriff zu öffnen, hinauszuklettern und den alten Pulli, den sie bereitgelegt hatte, in den Rahmen zu stopfen. Er fiel ihr schwer. Sie konnte sich nicht entscheiden. Ihr Vater war nicht zu Hause, nichtsdestotrotz hatte sie seine Ermahnungen im Ohr, und sie hatte ihm versprochen, sich selbst und die Familie nicht noch einmal in Gefahr zu bringen. Seit vorgestern hatte sie ihn nicht mehr gesehen, und irgendetwas stimmte auch nicht, das erkannte Jette daran, dass ihre Mutter in Sorge war, sie seufzte oft, blieb plötzlich irgendwo stehen, wirkte abwesend. Jette dagegen machte es seine Abwesenheit leichter zu verschwinden. Trotzdem hielt sie etwas zurück. Wenn sie jetzt ginge und mit ihren Freunden heimlich nach Sankt Pauli führe, würde sie mit ihrer Rolle in der Familie brechen, die besagte, dass sie die vernünftige Tochter war, die Große, diejenige, die Rücksicht nahm, weil Mareike kränklich war, ihre Mutter angestrengt und der Vater beruflich eingespannt. Es kam ihr vor, als müsste sie eine Hürde überwinden, und sie wusste nicht einmal, ob sie das überhaupt wollte. Wer würde sie sein, fragte sie sich, wenn sie sich jetzt fortstehlen würde? Eine gewissenlose Person, bereit, für ein kurzfristiges Vergnügen ein großes Risiko einzugehen? Oder einfach nur ein dummes, unreifes Kind? Auch fürchtete sie eine Bestrafung. Im Falle, dass sie aufflog, hätte sie nichts, was sie anführen könnte. Dass sie sich für amerikanische Musik und für Jungen interessierte, würde sie ihren Eltern kaum erklären können.

Und schließlich war es nicht nur möglich, sondern sogar wahrscheinlich, dass ihr Vater ihren nächtlichen Ausflug spitzkriegen würde. Letztes Mal hatte er es auch erfahren, auf welchem Weg auch immer.

Ihre Angst drückte sie genauso stark wie ihr Gewissen.

Auf der anderen Seite standen das Konzert, das neuerliche Abenteuer einer nächtlichen Fahrt und nicht zuletzt ein Abend mit Christian. Vor allem aber stand da, dass Gregor zum ersten Mal seit Langem wieder ein Lebenszeichen von sich gegeben hatte. Außerdem hatte sie bereits zugesagt. Wenn sie jetzt absprang, gab es keine Möglichkeit, es den anderen mitzuteilen. Es war ausgeschlossen, dass sie zum Telefon ging und bei Jacobys anrief. Sie hätte keine Erklärung, wenn ihre Mutter fragte oder falls Gregors Vater abhob.

Im Unterricht, direkt nach der Verabredung mit Gregor und Christian auf dem Pausenhof, hatte sie ihre Zweifel bereits besiegt gehabt. Am meisten geholfen hatte ihr dabei ein Blick auf Elisabeth, die frühere Liz. Nach wie vor saßen sie nebeneinander, grüßten sich auch und bemühten sich um ein Mindestmaß an Höflichkeit. Doch zu sagen hatten sie sich nichts mehr. Sie tuschelten auch nicht mehr miteinander. Wie Jette es vorhergesehen hatte, hatte sich Elisabeth nahtlos in die Verhältnisse gefügt. In der Schule war sie wieder die, die sie vor dem Sommer gewesen war, lernte eifrig, wusste viel, wurde oft gefragt, erhielt immerzu Lob. Beim BDM war sie zu Linas wichtigster Helferin aufgestiegen. Zu den

Nachmittagen stellte sie die Stühle in eine Reihe und achtete dabei auf eine gerade Linie, sie brachte die Bälle nach draußen und verteilte sie, bei Märschen war sie die Erste, die ein Lied anstimmte, und sie sammelte besonders ehrgeizig für die Winterhilfe. So, hatte sich Jette nach einem Blick auf Elisabeth gesagt, wollte sie nicht sein und auch nicht werden, da gehörte sie tausendmal lieber zu denen, die nach Jazz, nach Feindesmusik, tanzten. Jettes heimliches Vorbild war Christians Mutter, eine Frau, die offen und freundlich war, die sich kleidete wie eine Dame, die aber aus Rissen stammte und in einer Not dorthin zurückgekehrt war. So ungefähr könnte sie als Erwachsene auch werden.

Der Garten vor ihr war so schwarz, dass man die Bäume nicht sehen konnte. Jette brauchte dringend eine Entscheidung – hinaus in die Nacht, mit den beiden Jungen nach Sankt Pauli fahren und sich nach wenig Schlaf am nächsten Morgen mit kaltem Wasser aufwecken oder aber einen Rückzieher machen und sich dann in der Schule rechtfertigen müssen. Ihre Angst hielt sie zurück und wollte sie ins Bett treiben, sie spannte aber die Muskeln an, öffnete das Fenster und stieg hinaus. Von draußen schob sie den Wollpullover in den Spalt, drückte den Holzrahmen dagegen und überprüfte ihre Konstruktion. Nein, da würde nichts klappern.

Auf dem Weg zu Gregor hielt sie sich am Rand der Straßen und blieb im Schutz von Hecken und Bäumen. Es war gespenstisch leer, kein Mensch war unterwegs, nicht einmal ein Hund schlug an. Überall nur Dunkelheit und Stille. Jette gruselte es. Sie beeilte sich, rannte beinahe und kam sich vor wie ein Dieb, wie ein lichtscheues Wesen, das auf keinen Fall gestellt werden durfte. Nur wenn sie abbog, blieb sie stehen und schaute voraus. Es brachte nicht viel. Schon tagsüber war der Himmel wolkig gewesen. Jetzt waren Mond oder Sterne nicht einmal zu ahnen.

Gregor erwartete sie vor der Tür. Mit jeder Hand hielt er ein Fahrrad. Christian war auch schon da. Jette hatte wieder das Gefühl, dass sie Gregor nicht zeigen durfte, was sie für Christian empfand. Noch einmal meldete sich der Gedanke, einen Rückzieher zu machen, durch die dunklen Straßen zurückzukehren und sich ins Bett zu verkriechen, als wäre nichts gewesen. Ihr Ausflug, könnte sie sich sagen, hätte den Vorteil gehabt, dass sie den beiden Jungen Bescheid geben konnte.

»Da bist du ja endlich«, sagte Gregor.

»Swing Heil, Jette«, sagte Christian.

Gregor hatte es offenbar eilig. »Das Rad ist geflickt und aufgepumpt. Kommt, wir fahren los.«

Er klang fast wie früher, und das überzeugte Jette endgültig von dem Abenteuer. Wenn es Gregor das Leben zurückbrachte, dann war es das Risiko allemal wert. Sie würden aufpassen müssen, sicher, aber sie hatten die Räder und konnten im Notfall schneller fliehen als die HJ-Streifen zu Fuß hinterherkamen. Womöglich musste man sich nur ein bisschen besser auf eine Flucht vorbereiten. Man musste gewappnet sein. Sie würde das vorschlagen, wenn sie am Ziel angekommen waren.

Sie fuhren hintereinander mit Jette in der Mitte, die jetzt endlich ihre Vorfreude auf das Konzert und den Tanz zulassen konnte. So kamen sie durch Blankenese, nahmen die endlos lange Elbchaussee mit ihren elenden Steigungen und abschüssigen Stücken, erreichten das Altonaer Rathaus, das sie wie einen alten Bekannten grüßte. Anders als bei ihrem ersten nächtlichen Ausflug fehlte diesmal die Aufregung des Neuen. Sie kannte das *Café Heinze* inzwischen. Dort angekommen machte sie den Vorschlag, die Räder ein wenig versteckt abzustellen, was den anderen einleuchtete. Sie lehnten sie an einen abseits stehenden Baum. Wieder klopften sie am

Hintereingang, wurden anstandslos eingelassen, und Christian führte sie durch den unbeleuchteten Gang. Sie hörten bereits Musik, einen durch die dicken Wände gedämpften Schall. Als er die Tür zum Saal öffnete und ihnen mit einem Schlag der volle Klang entgegenkam, war der Eindruck noch stärker als beim ersten Mal. Die Kraft überwältigte sie geradezu. Die Musik war schnell und so laut, dass sie in einen einzudringen schien. Trompeten, Posaunen, Klarinetten wechselten sich ab, die einzelnen Musiker standen auf, wenn sie mit Solopassagen dran waren, und der Schlagzeuger saß wieder erhöht wie ein Aufpasser. Sogar eine Sängerin gab es, eine geheimnisvolle schwarzhaarige Frau in einem langen dunkelblauen Kleid, auf dem fingernagelgroße silberne Metallscheiben funkelten. Es war November 1941, das Deutsche Reich kämpfte, wie man allerorten auf Landkarten mit den Frontverläufen sehen konnte, in Ost- wie Westeuropa und in Nordafrika, und sie waren die Heimatfront, der immer wieder gesagt wurde, dass sie die Entbehrungen mitzumachen und die kämpfende Truppe zu unterstützen hatte. Hier, in diesem Saal, war all das vergessen. Hier tanzten die Männer und Frauen, als gäbe es keinen Krieg.

Christian hatte ein Strahlen im Gesicht, und Jette stellte fest, dass sie ihn in Rissen nie so ausgelassen erlebt hatte, weder bei Gregor noch am Elbstrand und auch nicht mit ihr in seinem Zimmer. Er wirkte mehr als glücklich, er war geradezu selig und lächelte nicht nur mit dem Mund, sondern mit Augen, Wangen und Brust. Mit einer leichten Geste streckte er ihr seine Hand entgegen und zog sie auf die Tanzfläche. Sie warf einen Blick zu Gregor, dessen Oberkörper im Takt wippte, während er mit der Schuhspitze auftrat. Es war in Ordnung, dass sie mit Christian tanzte. Sie schmiegte sich an ihn.

SIEBENUNDZWANZIG

Hannes Krell kam zu sich, als sich ihm zwei Schupos mit Pickelhaube näherten. Passanten waren stehengeblieben und wollten nicht verpassen, was passierte. Krell tastete auf dem Boden umher. Offenbar saß – oder lag – er auf einem Bürgersteig. Er hatte keine Ahnung, wie er hierhergekommen war. Er wusste überhaupt nichts mehr, nur dass er bis eben geschlafen hatte und ihm die Müdigkeit weiterhin in den Knochen steckte. Die Steine waren kalt, deshalb fragte er sich, warum er die Kälte nicht am Körper spürte, am Hintern und an den Beinen. Er bemerkte, dass sein Hut schief auf dem Kopf saß. Der Mantel war offen. Er hatte keine Ketten mehr um seine Handgelenke.

Die beiden Schupos erreichten ihn. Einer war ein grauhaariger 60-Jähriger mit gezwirbeltem Schnurrbart, der andere hätte vom Alter her sein Sohn sein können. Beide schüttelten sie demonstrativ die Köpfe.

»Aufstehen, du Penner«, herrschte ihn der Ältere an.

Krell bemühte sich, dem Befehl nachzukommen. Er stützte sich mit den Händen auf und wollte sich hochdrücken, um auf die Füße zu kommen. Seine Beine waren schwach und die Knie zitterten, als er sie belastete.

»Scheint ja hoch hergegangen zu sein«, hörte er den Schupo. »Säufer. Kannst du nicht mal an die Front schicken, so was. Dann sterben Kameraden, weil so ein Freckskerl voll ist.«

Ohne die Hilfe der Wand ging es nicht. Krell musste sich festhalten. Er zitterte, ihm war so schwindelig, dass es sich in seinem Kopf drehte. Als er stand, wäre er fast wieder zusammengesackt, er musste die Beine anspannen, um sich zu halten.

»Meine Güte«, sagte der jüngere Schupo. »Ein Wrack auf zwei Beinen. Auf den Schrottplatz damit.«

»Kollegen ...«

»Halt's Maul«, fiel ihm der Ältere ins Wort. »Du bist ein versoffener Penner, und wir sind sicher keine Kollegen.«

»Ich bin Kommissar«, brachte Krell hervor und hörte selber, wie wenig überzeugend er klang.

»Und ich bin der Kaiser von China.« Der Jüngere packte ihn. »Los, mitkommen. Für Abschaum wie dich haben wir eine Ausnüchterungszelle. Und wehe, du machst sie dreckig. Dann putzt du morgen die ganze Wache.«

»Ich bin Kommissar Krell. Kripo Hamburg.«

»Dann wirst du dich sicher ausweisen können, Kommissar Krell«, entgegnete der Ältere.

Krell betastete seine Taschen an Mantel, Jackett und Hose. Da war nichts. Weder hatte er eine Brieftasche noch seine Dienstmarke. »Jemand hat mich bestohlen.«

»Na klar. 5.000 Reichsmark futsch. Dienstwaffe auch«, sagte der Ältere, und sein Kollege lachte.

Er zog Krell am Arm. »Du kommst jetzt mit. Bisschen plötzlich.«

»Ich muss telefonieren.«

»Sieh an, telefonieren. Und wen willst du anrufen?«

»Einen Kollegen. Kommissar Euler.«

»Na, zum Glück nicht den Generalfeldmarschall. Und dein Kommissar Euler ist um die Zeit im Dienst?«

»Welcher Tag ist heute?«

Die Schupos lachten höhnisch.

Obwohl sie sich nicht schnell bewegten, hatte Krell Mühe mitzuhalten. Seine Beine blieben weich, sie verweigerten beinahe den Dienst, er war kurz davor zusammenzusacken.

Immerhin war die Erinnerung da – der Wirt im *Alle Wetter*, der ihn niedergeschlagen, angekettet und ihm dann irgendetwas eingeflößt hatte. Zwei Fläschchen. Den Inhalt des ersten hatte er ausgespuckt.

»Kennen Sie ein Lokal in der Wilhelminenstraße?«, fragte er. Das »*Alle Wetter*.«

»Da bist du versackt?«

»Dort wurde ich niedergeschlagen.«

Sie sprachen nicht weiter mit ihm, stellten keine Fragen, wollten nichts wissen. Ganz offensichtlich glaubten sie ihm kein Wort und hielten ihn für einen Obdachlosen, einen Säufer. Sie erreichten die Reeperbahn, die Davidwache lag auf der gegenüberliegenden Straßenseite. Von dem jüngeren Schupo untergehakt, querte Krell den Fahrdamm. Ihm fiel wieder ein, dass er schon im Kneipenkeller gedacht hatte, der Wirt habe ihm irgendein starkes Zeug gegeben, ein Schlafmittel wahrscheinlich, möglicherweise Opium. Er versuchte, die Zeit zu rekapitulieren. Verschiedene Abschnitte fehlten, ganze Stunden und halbe Tage, an die er sich nicht erinnern konnte. Offenbar hatte er viele Stunden im Tiefschlaf verbracht.

»Ist heute Freitag oder Sonnabend?«, fragte er und fügte, als sie ihn nicht einmal anschauten, ein »Bitte« hinzu.

»Sonnabend.«

Das hatte er befürchtet. »Ich muss nach Hause! Meine Frau!«

»Wir schreiben jetzt erst mal in aller Ruhe auf, wer du bist. Und dann kommst du in die Ausnüchterung. Falls du wirklich eine Frau hast, meinst du, die will dich so zurückhaben? Schau dir mal deine Hose an. Ist das Pisse?«

Krell besah sich die Stelle, auf die der jüngere Schupo gedeutet hatte, und fand einen dunklen Fleck in Höhe des Hosenschlitzes. Er hatte sich bis über die Taschen ausgebreitet. Es war nicht auszuschließen, dass er eingenässt hatte.

Sie traten in die Wache ein. Der Tresen war verwaist. Ein Volksempfänger stand auf einer Anrichte und spielte leise Schlagermusik. Im hinteren Teil des Dienstraums saßen zwei weitere Schupos, die Butterbrote aßen und Kaffee tranken. Krells Magen knurrte.

Die Schupos grüßten sich flapsig.

»Herrschaften, ich bitte Sie«, sagte Krell mit festerer Stimme, »mein Name ist Kommissar Hannes Krell. Ich gehöre der Mordkommission an. Wir haben unseren Dienstsitz im Hamburger *Stadthaus*, direkt Ecke Neuer Wall. Ich war mit Kommissar Euler, einem Kollegen vom Raub, unterwegs. Jemand hat mich niedergeschlagen. Bitte lassen Sie mich versuchen, den Kollegen Euer anzurufen.«

Die beiden Schupos, die ihn hergebracht hatte, reagierten nicht auf seine Worte, aber von den anderen beiden stand einer auf und näherte sich. Er war in seinen 40ern und untersetzt, sicher einen Kopf kleiner als Krell, deshalb musste er aufschauen, als er ihn sich ansah.

»Wer ist Ihr Vorgesetzter?«

»Kriminalrat Tessow«, erwiderte Krell ohne Zögern.

Der dritte Schupo wandte sich an seine Kollegen. »Männer, macht keinen Fehler. Was, wenn er die Wahrheit sagt?«

»Dieser Hosenpisser?«, fragte der jüngere Schupo.

»Wenn er ohnmächtig war? Lasst ihn doch telefonieren.«

»Wo war denn dieser Kommissar Euler, als Sie niedergeschlagen wurden?«, fragte der Ältere.

»Das weiß ich eben nicht. Ich erinnere mich nur, dass ich eine Toilette gesucht habe und er am Tisch geblieben ist. Deshalb möchte ich ihn anrufen.«

»Aber er ist doch sicher nicht im Dienst.«

»Ich habe seine Privatnummer.«

Die beiden Kollegen, die ihn hergebracht hatten, wirkten unschlüssig und reagierten nicht. Der dritte Mann schob Krell das Telefon über den Empfangstisch. Krell stellte die Verbindung zu Euler her.

Er hob sofort ab. »Hannes! Endlich! Wo bist du?«

»Auf der Davidwache.« Er berichtete kurz. »Und du? Alles in Ordnung?«

»Mir ist nichts passiert. Ich habe mir nur höllische Sorgen gemacht. Der Wirt hat behauptet, du wärst gegangen und hat mich mehr oder weniger vor die Tür gesetzt. Von den verdammten Kollegen, die gestern Abend Dienst hatten, wollte keiner das Lokal durchsuchen. Das *Alle Wetter* ist ein Ort, an den man nicht geht. Jedenfalls nicht für eine Razzia. Ich wusste das leider nicht. Du offenbar auch nicht. Brauchst du etwas? Warte da, ich komme zu dir.«

»Nee, nee, schon gut, ich muss zu Wiebke, die läuft bestimmt die Wände hoch. Tu mir einen Gefallen, Euler, und erklär den Schupos hier, wer ich bin. Die halten mich für einen Penner. Wahrscheinlich sehe ich auch so aus.«

Er reichte den Hörer an den Älteren weiter, der sich mit Namen und Dienstrang meldete und dann zuhörte. »Verstanden, Herr Kommissar«, sagte er schließlich und legte auf.

»Kommissar Euler hat Ihre Geschichte bestätigt, Herr Krell. In diesem Fall bitten wir um Entschuldigung. Wir sind dem Augenschein nachgegangen. Können wir Ihnen irgendwie weiterhelfen?«

Krell schob seinen Hut gerade und knöpfte den Mantel zu, der zum Glück lang genug war, um den Fleck auf der Hose zu überdecken. Dabei tastete er noch einmal über seine Taschen.

»Ihre Dienstmarke ist weg? Die Pistole auch?«

»Ich hatte keine Waffe bei mir. Aber die Marke – ja.«

»Sollen wir eine Anzeige schreiben? Oder machen Sie das selbst?«

»Das mache ich schon. Ich muss dringend los. Mein Autoschlüssel ...« Er fuhr mit den Händen in seine Taschen. Kein Schlüssel. Aber er hatte unter dem Fahrersitz einen Ersatzschlüssel deponiert.

»Mein Wagen stand gestern in der Wilhelminenstraße. Ich hoffe, er ist noch da.«

»Kollege Ahlsen wird Sie begleiten, Herr Kommissar«, sagte der ältere Schupo und deutete auf den jüngeren. »Wir bitten noch einmal um Entschuldigung.«

»Ist angenommen«, sagte Krell und machte sich mit Ahlsen auf den kurzen Weg. Sein Opel stand dort, wo er ihn geparkt hatte. Der Ersatzschlüssel war da. Krell ließ den Motor an und fuhr los. Er wollte einfach nur nach Hause.

Unterwegs versuchte er zu sortieren, was er herausgefunden hatte. Das *Alle Wetter* war ein 175er-Lokal, und selbst wenn er Schweikert dort nicht gefunden hatte, war der Mann hineingegangen und konnte sich kaum in Luft aufgelöst haben. Mit großer Wahrscheinlichkeit war er in einer der Kabinen im Keller gewesen, dem eigentlichen Sündenort, mit gemauerten Liegen und Matratzen. Das Lokal war offenbar bei verschiedenen Dienststellen bekannt, vor allem bei der Sitte. Die Kollegen ließen es in Ruhe, und so etwas geschah in der Regel auf Befehl von weit oben. Der Wirt wiederum schützte die SS-ler, die bei ihm einkehrten, und ganz sicher hatte er einen Vorteil davon, selbst wenn es nur der war, dass die Gäste immer wieder kamen und zechten. Alles in allem war die Aussage von Ernst Hispel plausibel. In der Hamburger SS gab es ein Netzwerk von 175ern, unangreifbar, weil sie einander deckten. Aus Unkenntnis dieses Sachverhalts hatte Gustav Limba einen schweren Fehler gemacht und dafür mit dem Leben bezahlt.

Krell stellte den Opel vor seinem abgedunkelten Haus ab und ging hinein. Den Mantel ließ er an der Garderobe. Wiebke hörte ihn und kam eilig aus dem Wohnzimmer.

»Hannes! Meine Güte! Wo warst du?«

»Jemand hat mich niedergeschlagen und ausgeraubt.«

»Ich bin halb verrückt geworden vor Sorge.« Sie griff nach seinen Händen. »Wer war das?«

Er schaute auf seine fleckige Hose. »Das weiß ich nicht«, log er. »Ich erzähle gleich, erst mal muss ich mir etwas Sauberes anziehen.«

Sie folgte ihm nach oben ins Schlafzimmer und ging auch mit ihm ins Bad, wo er sich das Gesicht wusch, den Schorf mit einem Waschlappen vom Kopf kratzte und dabei abgehackt Bericht erstattete. Vieles ließ er aus, obwohl sie mehrfach nachfragte. Erst auf der Treppe, auf dem Weg nach unten, sah er ein, dass er ihr die gesamte Geschichte schuldig war. Er hörte Wiebke hinter sich auf den knarrenden Stufen. So oft hatte er daran gedacht, welchen Gefahren er sie und die Kinder aussetzte. Es war ihr Recht zu erfahren, was vor sich ging.

Im Wohnzimmer setzte er sich auf seinen Sessel und zündete sich eine *Finas* an. Sie hatte kein Bier, brachte ihm aber belegte Brote und die Flasche Moselwein, die sie neulich angebrochen hatten. Ein Glas für jeden war noch darin. Sie hockte ihm gegenüber auf einer Stuhlkante, als hätte sie keine Ruhe für einen bequemeren Platz. In der Tat sah sie blass aus. Gleichzeitig hatte ihr Blick etwas Erwartungsvolles, und so erzählte er ihr die gesamte Limba-Geschichte, begann bei dem Leichnam an der *Sankt Pauli*-Brauerei, kam zu Ernst Hispel, berichtete von der Anweisung des Kriminalrats und dem Verrat seines Assistenten Schubert und machte bei dem Angriff auf Jan Weller und seinen Laden weiter. Nur Bella sparte er aus und die Worte seines Vaters, die er in sich gehört hatte, weil er sich für sie zu sehr schämte. Ein erwachsener

Mann, fand er, durfte nicht mehr von Vorgaben aus dem Elternhaus abhängig sein.

Als er bei seinem Verdacht gegen Sturmbannführer Schweikert angelangt war, hielt sie sich die Hand vor den offenen Mund. »SS? Um Gottes willen, Hannes!«

Ihn überraschte ihre Reaktion nicht, er kannte Wiebke gut genug und wusste, wie sie dachte. So oft hatte sie gesagt, dass es das höchste Ziel sei, diese Zeit um der Kinder willen unbeschadet zu überstehen. Letztlich waren ihre Sorgen einer der Gründe, warum er sie so selten in das einweihte, was ihn beschäftigte. Heute hatte er eine Ausnahme gemacht, weil er die ganze Nacht nicht nach Hause gekommen war und nicht wollte, dass sie sich einen falschen Reim darauf machte. Aber dass er um Deutschland fürchtete, das konnte sie nicht nachvollziehen.

»Kriminalrat Tessow hat recht, Hannes.«

»Findest du?«

»Natürlich. Du kannst dich doch nicht mit der SS anlegen.«

»Ich lege mich nicht an! Ich bin Kriminalpolizist. Dies ist mein Fall, meine Arbeit.«

Ihr Mund stand offen, sie hatte einen Ausdruck von Entsetzen im Gesicht, während sie den Kopf schüttelte. »Hannes, sei doch nicht naiv.«

Er hatte sich immer vorgestellt, dass sie ihn bedrängen würde, sobald sie von Schweikert und Tessows Befehl erführe. Jetzt war es so weit. Ein Teil von ihm bereute bereits, dass er sie eingeweiht hatte. Nun ließ es sich nicht mehr zurückdrehen. Er trank von seinem Wein und zog an der Zigarette. Die Brote waren aufgegessen.

»Merkst du denn nicht, wie du dich in Gefahr bringst?«, fragte Wiebke.

»Ich bin Polizist. Gefahr gehört zu meinem Beruf.«

»Ach Quatsch! Das hier ist etwas ganz anderes. Du wirst nicht von Kriminellen bedroht, sondern von der Partei und der SS. Letztlich vom Staat. Es ist völlig klar, was sie mit dir machen werden, wenn du nicht Ruhe gibst. Die brauchen niemanden um Erlaubnis zu fragen.«

»Der Staat?«

»Ja sicher.«

»Und wenn schon, dann werde ich eben eingezogen.« Er wich ihrem Blick aus, weil er sich bewusst war, dass der Tonfall, den er angeschlagen hatte, nicht der Wahrheit entsprach. Innerlich wie äußerlich würde es seine Kräfte übersteigen, noch einmal in einen Krieg zu ziehen. »Viele andere sind bei der Wehrmacht«, sagte er trotzdem.

»Hannes!«, rief sie. Er sah ihr an, wie ernst es ihr war, er kannte diesen Gesichtsausdruck, bei dem ihre Wangenknochen weit hervorstanden, während die Backen darunter so schmal waren, als würde sie sie zusammenziehen. Sie hatte ihn fixiert. Es ging um alles.

»Wenn ich mit der Ermittlung aufhöre, dann verliere ich meine Selbstachtung. Es muss doch noch anständige Menschen geben. Verstehst du das denn nicht?«

Sie hatte Tränen in den Augen, die sie mit Gewalt zurückhielt. Ihre Lippen waren zusammengekniffen und zitterten trotzdem. Er hätte ihr gerne etwas Verbindliches gesagt, aber ihm fiel nichts ein außer der billigen Beschwichtigung, dass Tessow ihn im Dienst brauche und das auch wisse. Sie würde ihm nicht glauben, denn sie kannte die Verhältnisse so gut wie er. Niemand war unersetzlich, und ob eine Behörde arbeitsfähig war oder nicht, spielte nur eine untergeordnete Rolle, wenn es darum ging, einen Volksgenossen zu disziplinieren. Mit dieser Strategie war die Staatsführung ziemlich erfolgreich, musste Krell einräumen. Wenn es ihn als Nächstes erwischte, wenn er eingezogen würde, würden die Kollegen aus dem Morddezernat Tessows Anweisungen noch eilfertiger Folge leisten, als sie es jetzt schon taten. Die Methode Angst funktionierte.

Wiebke stand auf, kam zu ihm und setzte sich auf die Armlehne seines Sessels. »Hannes«, begann sie leise und eindringlich, »ich kann so etwas nicht sagen. Ich weiß nicht, wie das geht.« Sie schaute nicht zu ihm, griff aber nach seiner Hand und drückte sie mit aller Kraft zusammen. Ihre Verzweiflung war riesengroß. Man hätte blind sein müssen, um sie nicht zu sehen.

»Ich flehe dich an. Wenn du willst, auf Knien.«

Sie wollte von der Lehne aufstehen. Er hielt sie fest.

»Die Kinder brauchen dich.« Sie schniefte und zog die Nase hoch, was sie den Mädchen strengstens untersagt hätte. »Aber nicht nur die. Ich auch. Wenn ich dich verliere, dann … Sie schluchzte auf. »Dann …«

Er legte seinen Arm um sie und zog sich zu sich auf den Schoß. »Ach, Wiebke, lass gut sein. Noch bin ich ja da.«

Sie rutschte auf seinen Schoß, ihr Kopf lag an seinem Hals, die warme Feuchte ihrer Tränen lief darüber. »Wiebke, beruhige dich.«

Sie beruhigte sich nicht, im Gegenteil, sie weinte heftiger, ein Krampf schüttelte sie. Er hatte die Hand um ihre Schulter gelegt und wartete, bis sie sich beruhigte. Als er ihr dann ins Gesicht sah, war es verquollen, die Lider waren dick, die Tränen waren über die Wangen gelaufen und hatten ihre Spuren hinterlassen. Sie zog sich eine seiner Zigaretten aus dem Päckchen und zündete sie mit zitternden Händen an. Obwohl sie gelegentlich rauchte, war ihm der Anblick fremd. Meistens paffte sie die graue Luft aus, aber jetzt inhalierte sie tief und fing gleich darauf an zu husten. Sie trank von seinem Wein, weil das Glas näher stand. Ihre Art ließ ihn schmunzeln. Mannweib, dachte er.

»Erinnerst du dich daran, wie wir uns zum ersten Mal gesehen haben? Auf dem Dom?«

»Klar. In der *Großen Trommel*. Mit deinem Bruder.«

Sie senkte den Kopf. Die Zigarette brannte zwischen ihren Fingern.

»Du hattest ihn am Schlafittchen. Weißt du, was ich damals gedacht habe?«

»Nein, woher sollte ich? Das hast du mir nie erzählt.«

»Weil es mir peinlich war. Ich meine, wie kann eine junge Frau …«

»Was hast du denn nun gedacht?«

Sie ließ sich Zeit, rauchte und trank Wein. Er wartete.

»Ich dachte«, sagte sie schließlich, »ach, schau an, da ist der Mann, den du heiraten wirst.«

Krell musste schlucken. Er war damals überzeugt gewesen, dass ein armer Schlucker wie er für Fräulein Kraus nicht infrage käme.

»Ich will dich nicht verlieren, Hannes. Bitte. Nicht an die Wehrmacht und auch nicht ins Kittchen.«

Er nahm wieder ihre Hand in seine. »Egal was ich tue, irgendwie verlierst du mich sowieso, fürchte ich.«

»Wie meinst du das?«

»Wie bereits gesagt: Entweder ziehen sie mich ein. Oder ich gebe nach. Aber dann bin ich nicht mehr der, der ich war.«

»Doch, Hannes, das bist du. Es geht hier um Klugheit und nicht darum, sich auf Teufel komm raus durchzusetzen. Du bist klug. Und ein starker Mann bist du auch.«

»Na, wenn du meinst.«

Sie drückte seine Hand, diesmal nicht so fest wie zuvor. »Ja, das meine ich. Ich weiß es.«

Er nickte langsam und glaubte, ihre Sorge fühlen zu können. Aber er war sich nicht sicher, ob er Wiebke nachgeben sollte. Er konnte sich nur schwer vorstellen, den Wirt des *Alle Wetter* in Ruhe zu lassen. Auch der Trupp, der Jan Weller zusammengeschlagen hatte, musste zur Rechenschaft gezogen werden. Sonst nahmen diese Leute sich immer mehr heraus.

Sie schien zu ahnen, was in ihm vorging. »Hannes, ich habe eine Bitte: Versprich mir, dass du die Finger von dieser Angelegenheit lässt.«

»Geht es eine Nummer kleiner?«

»Nein, diesmal nicht.« Nun kniete sie sich wirklich vor ihm auf den Boden. »Bitte, Hannes.«

»Mensch, Mädchen, steh auf.« Er versuchte, sie auf die Füße zu ziehen, was ihm aber erst gelang, als er selber aufgestanden war.

»Ist ja gut«, sagte er.

»Du versprichst es?«

»Jesses, Wiebke, was bist du hartnäckig.«

»Nur selten. Aber diesmal schon. Ich kenne dich, Hannes Krell, und weiß, wie schwer es dir fällt, von einem Mordfall zu lassen, bevor du ihn aufgeklärt hast.«

»Sturheit, wie? Die habe ich wohl von meinem Vater«, räumte er ein.

»Bestimmt. Aber diesmal …«

»Ist gut, Wiebke, ich versprech's dir. Und jetzt lass uns zu Bett gehen, sonst führen wir hier noch ein Drama auf. Schlafen die Mädchen?«

Sie bejahte.

»Ich schaue noch nach ihnen.«

Da er im Erdgeschoss war, ging er zunächst in Jettes Zimmer. Noch bevor er in dem dunklen Raum etwas erkennen konnte, spürte er, dass er leer war. Der Vorhang war nicht richtig zugezogen, im Fensterrahmen klemmte ein Pulli. Verdammtes Biest, dachte Krell. Wut stieg in ihm auf. Er knallte die Tür zu.

»Was ist los?«, fragte Wiebke.

»Die junge Dame ist ausgegangen. Und ich hole sie jetzt wieder.«

»Hannes?«

»Was?«, rief er.

»Wo willst du hin?«

»Ich habe eine Ahnung, wo Jette ist«, rief er, nahm Hut und Mantel und lief hinaus zum Auto. Es war stockfinster. Er ließ seinen Opel an und trat aufs Gas, sodass der Motor aufheulte, legte den ersten Gang ein und jagte davon. Sein Ziel war erneut Sankt Pauli.

ACHTUNDZWANZIG

John Kristel war ein Schelm. Neue Titel kündigte er stets mit deutschen Begriffen an und zeigte dabei eine übertriebene Mimik: Wie ein Zirkusclown riss er die Augen auf, hielt sich die flache Hand vor den Mund oder legte den Kopf schief. Bei all dem grinste er übers ganze Gesicht, was besonders seltsam aussah, weil er, wie seine Musiker, einen eleganten weißen Anzug anhatte. Das Publikum johlte, pfiff und applaudierte, und Kristel verbeugte sich dann, auch das auf allzu deutliche Weise. Jette verstand schnell, dass der Kapellmeister zwar einen Titel namens *Schwarzer Panther* angesagt hatte, aber dann den *Tiger Rag* anstimmte. Die schwarzhaarige Sängerin hielt sich an den englischen Text, genauso wie bei *Goody-Goody*, das Kristel »Guti-guti« genannt hatte.

Dieses Lied tanzte sie mit Christian. Sie hatte vor lauter Nachbarpaaren kaum Platz, ihre Schritte zu setzen, aber sie genoss die Atmosphäre und die Enge. Es war einfach schön. Sie dachte daran, wie Christian ihr dieses Lied in seinem Zimmer vorgespielt hatte, und glaubte, dass er von Titel und Text mehr verstand, als er zugegeben hatte. Sie hätte gerne gewusst, um was es ging, und nahm sich vor, ihn beim nächsten Treffen danach zu fragen. Jetzt tanzte sie erst mal. Um sie herum wirbelten die Paare, Röcke und Beine flogen in die Höhe, viele Leute sangen den Refrain, das »Goody-Goody«, mit und klatschten dabei in die Hände. Die Stimmung war ausgelassen.

Die Bläser hatten eine wunderbare Art, einander abzuwechseln, um dann mit der vollen Kraft ihrer Instrumente plötzlich zusammenzuspielen. Sie waren laut, wurden wieder leiser, ließen der schwarzhaarigen Sängerin den Vortritt, die den Mikrofonständer mit einer Hand umklammerte. Ihre Stimme war tief. Erst jetzt hörte Jette, dass sie zwischen Englisch und Deutsch hin und her wechselte. Dem Publikum gefielen die englischen Texte eindeutig besser. Für diese Passagen bekam sie mehr Applaus.

Die Fenster waren geschlossen und mit Pappe verklebt. Das Licht kam von Kronleuchtern, deren Glühbirnen aber nur wenig Leuchtkraft hatten. Es war warm im Tanzsaal. Christians Freunde aus Altona waren da, genauso wie Maxi, das rothaarige Mädchen vom letzten Mal. Sie alle hatten ihn schon begrüßt. Gregor schien es auch weiterhin nicht zu stören, wenn Jette mit Christian tanzte. Sie kehrten zurück, und sie wartete darauf, dass er sie aufforderte, denn es war natürlich nicht möglich, dass sie ihn ihrerseits um einen Tanz bat. Als er den Blickkontakt suchte und ihr zunickte, war sie schneller als er auf der Tanzfläche. Auch er konnte die Schritte noch, trotz Gestapohaft und obwohl er sie wahrscheinlich lange nicht mehr geübt hatte. Während sie seine raue Hand hielt, nahm sie wahr, wie anders er hier im Vergleich zur Schule war, zwar nicht unbedingt fröhlich, aber doch ein Teil des Publikums, ein Zugehöriger, kein Außenstehender. Anders als Christian kannte er niemanden im *Café Heinze*, die meisten Gäste waren älter, rauchten und tranken Wein. Viele von ihnen saßen an den Tischen oder kehrten nach dem Tanz dorthin zurück. Ihre Weinflaschen wurden in Eiskübeln aufbewahrt. Gregors Platz dagegen war an der Wand. Sie waren zu jung für Alkohol und gingen, wenn sie Durst hatten, auf die Toilette, wo sie aus dem Wasserhahn tranken. Die meisten Männer trugen Krawatten, Gregor und Christian gehörten zu den wenigen mit offenen Krägen. Und trotz all dieser Gegensätze passte Gregor hierher. Wie die anderen Leute versank er in der Musik und klatschte begeistert für Kristel und seine Solisten.

Er war ein verschlossener Junge. Früher hatte er diesen Teil seines Wesens mit vielen Worten kaschiert, man hatte nicht unbedingt gemerkt, dass man ihm kaum nahekam. Nach der Haft und durch seine Sprachlosigkeit war letztlich nur die Tarnung verschwunden. Er tat nun nicht mehr so, als wäre er offen, sondern machte jedermann klar, dass es bei ihm einen Bereich gab, zu dem der Zutritt für Fremde verboten war. Dort wohnten Einsamkeit und Traurigkeit, außerdem eine gewisse Härte. Jette wünschte ihm, dass er bald ein Mädchen fand, das ihn liebte. Sie selbst würde das nicht sein. Womöglich würde sie ihm das einmal sagen müssen. Allerdings war die Gefahr groß, dass er dann wieder tiefer zurück in sein Loch fiel.

Sie tanzte abwechselnd mit Christian und Gregor, obwohl sie auf diese Weise keine Pause hatte. Erik und Walter, Christians Altonaer Freunde, grüßten sie und lächelten, wenn sie einander begegneten, als wären sie alte Vertraute. Christian unterhielt sich immer mal wieder mit ihnen. Als Jette Gregor nach einem Tanz um eine Unterbrechung bat, weil sie ein wenig Luft schnappen wollte, kam Walter zu ihr, deutete eine Verbeugung an und forderte sie auf. Es wäre unhöflich gewesen abzulehnen, außerdem war sie neugierig. Walter war ein dünner, langer Kerl, in etwa so groß wie Jettes Vater. Auch seine Haltung mit dem eingezogenen Kopf und seine etwas steifen Bewegungen waren ähnlich. So, dachte sie, wäre es, wenn sie mit ihrem Vater tanzte. Walter hatte ein verschmitztes Lächeln. Wenn sich ihre Blicke trafen, nickte er ihr zu.

Als sie zu Gregor zurückkehrte, überkamen sie Glücksgefühle, die so stark waren, dass sie laut hätte lachen können. Es war nicht nur das Tanzen, das diese kribbelnde Wärme in ihr ausgelöst hatte, sondern sie freute sich an der Stimmung im Saal. Überall um sie herum gab es fröhliche Gesichter, der Tanz war wild, der Applaus laut und anhaltend. Auch John Kristel und seine Musiker genossen den Abend und womöglich auch die Tatsache, dass sie mit Feuer spielten. Sie alle taten das. Jette kam es vor, als hätten sich die Anwesenden darauf verständigt, diese Stunden auszukosten, weil man keine Ahnung hatte, ob es etwas Ähnliches noch einmal geben würde. Jeder Tanzabend konnte der letzte sein.

Ihr machte es nicht einmal etwas aus, dass Christian mit Maxi tanzte, zumindest nicht viel. Maxi war in ihrem Blusenkleid auch an diesem Abend deutlich schicker als sie selbst. Nicht einmal Jettes Mutter besaß so etwas. Die hellblaue Farbe des Stoffes passte perfekt zum Rot ihrer Haare.

Der Umgang zwischen ihr und Christian war vertraut, man sah, dass sie sich lange kannten, und beide tanzten auf eine Art miteinander, als hätten sie viele Stunden geübt. Jette glaubte, dass Maxi ihn damals in seiner Altonaer Wohnung genauso regelmäßig besucht hatte, wie sie es jetzt in Rissen tat. Für seine Mutter zumindest war es nichts Besonderes, wenn ein Mädchen vor der Tür stand und zu ihrem Sohn wollte. Jette fand, dass sie es wohl billigen müsste, falls sich Christian für Maxi entschied. Dann wären die Stunden mit Jette für ihn nur eine Abwechslung im öden Rissener Alltag gewesen. Es fiel ihr schwer, sich das vorzustellen, und sie wusste nicht, ob sie es wirklich hinnehmen könnte, auch nicht, als sie sich sagte, dass sie von Gregor genauso erwartete, er möge ihre Wahl akzeptieren. Am Ende fand sie, sie müsse jetzt nicht etwas von sich verlangen, was gar nicht anstand. Dieser Gedanke sollte ihr nicht den Abend verderben. Sie schaute wieder zur Kapelle und den Tänzern und nahm den Rhythmus in sich auf. Von ihr aus könnte der Abend endlos sein. Es war nur noch eine blasse Erinnerung, dass sie ihn um ein Haar verpasst hätte.

NEUNUNDZWANZIG

Hannes Krells Wut war so stark, dass er schwitzte. Die Kälte im Auto nahm er überhaupt nicht wahr. Es war ein guter Abend mit Wiebke gewesen, er hatte sich erleichtert gefühlt, weil er ihr endlich alles erzählt hatte. Und am Ende das – die eigene Tochter war verschwunden. Und er musste sie nun suchen.

Er empfand, dass seine Wut nicht allein Jette galt. Sie hatte sie ausgelöst, aber es hatte sich durch Tessow und Schweikerts diverse Handlanger ziemlich viel in ihm angestaut, eine Ohnmacht, die aus ihm herausbrach. Er war und blieb kontrolliert. Aber in seinem Körper rumorte es.

Die Straßen waren verlassen. Er bremste an Ecken oder Kreuzungen nicht ab, wurde kein bisschen langsamer, rechnete nicht damit, dass jemand kam. Sobald er die Landstraße erreicht hatte, beschleunigte er auf 50 Stundenkilometer. Das war alles, was sein Auto hergab. Die Tachonadel zitterte. Der Motor ächzte unter der hohen Geschwindigkeit. Es war egal. Er hielt das Gaspedal bis zum Anschlag durchgedrückt.

Was er sich vorwerfen musste, war, dass er es mit seiner Tochter zu lange im Guten versucht hatte. Viel zu lange. Wie alle Kinder brauchten auch seine Mädchen eine harte Hand. In dem ewigen Versuch, anders als sein eigener Vater zu sein, hatte Krell schwere Fehler gemacht, er hatte an Vernunft geglaubt, an Einsicht, an Milde. Das funktionierte nicht. Sein alter Herr schaute wahrscheinlich von seinem Platz auf ihn nieder und lachte sich eins. Und Jette? Hatte offensichtlich so wenig Respekt vor ihm, dass sie aus dem Fenster kletterte und ausging, obwohl er ihr deutlich gemacht hatte, in welche Gefahr sie sich selbst und die ganze Familie brachte. Pustekuchen. Gegen den Wind geredet.

Er schlug mit der flachen Hand aufs Lenkrad. Gedanken und Bilder von Jette im Gestapoknast suchten ihn heim, unten im Keller des *Stadthauses*, und er saß ein paar Stockwerke darüber und konnte nichts machen. Die Kollegen würden ihn wahrscheinlich mitleidig ansehen. Und Wiebke? In seiner Panik hatte er ihr nicht einmal mitgeteilt, wo er Jette vermutete. Nun war seine Frau zum zweiten Mal alleine zu Hause und verging wahrscheinlich erneut vor Angst. Von der nächsten Telefonzelle aus würde er sie anrufen.

Während er stadteinwärts raste, ermahnte er sich zu Ruhe, aber die stellte sich nicht ein, er war und blieb erregt, die Wut pochte in ihm, sie drückte gegen die Schläfen und kribbelte in den Fingerspitzen. Er hätte auf etwas – oder auf jemanden – einprügeln können, entweder auf Tessow oder Schweikert oder wenigstens auf Karlo Walde, der nicht nur von der Reeperbahn zur SS gewechselt war, sondern von seiner Vergangenheit nichts mehr wissen wollte und jeden bestrafte, der ihn an sie erinnerte. Es gab so viel Falschheit. Überall zeigte sich die Fratze des erbärmlichen Versuchs aufzusteigen oder nur den eigenen Arsch zu retten. Es war zum Kotzen.

Krell presste die Hände um das Lenkrad. Er hörte förmlich, wie der Zylinder im Motorblock auf und nieder fuhr. Das ganze Ding war wahrscheinlich kochend heiß und würde explodieren, wenn die Lüftung ausfiel. Er konnte darauf keine Rücksicht nehmen, hielt das Gaspedal durchgedrückt und schaute zu, wie die Tachonadel auf abschüssigen Wegstücken an den Nagel drückte, der die Anzeige begrenzte. Jette war die ganze Zeit in seinem Kopf, er stellte sich vor, sie zu schlagen, am besten vor der ganzen Familie, sodass Mareike die Lektion gleich mit lernte. Eine letzte

Züchtigung, bevor sie endgültig eine Erwachsene wurde. Eine, die sie in Erinnerung behielt. Und er würde ihr den Umgang mit ihren Freunden verbieten.

War es denkbar, dass er sich irrte? Dass sie nicht im *Heinze* war, wo er die Konzertankündigung eines englischen Kapellmeisters gesehen hatte? Es fiel ihm schwer, etwas anderes anzunehmen, schließlich war sie, als Schubert sie gesehen hatte, ebenfalls dort gewesen. Und es gab Fakten: Wiebke wusste nicht, dass Jette getürmt war; das Mädchen war heimlich aus dem Fenster geklettert. Warum tat sie das? Sicher nicht, weil sie mit ihrer BDM-Gruppe eine Nachtwanderung machte oder um bei einer Freundin zu schlafen. Und was, wenn sie einen Freund hatte? Einen, bei dem sie über Nacht blieb? Mit dem sie intim war?

Er dachte daran, wie sie sich für Gregor Jacoby eingesetzt hatte. Der Junge hatte ein paar Tage im Gestapogefängnis gesessen, bevor sein Vater ihn freibekommen hatte. Es war für Krell kaum vorstellbar, dass Jette bei und mit ihm schlief. Gregor hatte ehrenhafte Eltern, die nicht zulassen würden, dass ein Mädchen über Nacht blieb.

Als vor ihm die Reeperbahn auftauchte, fiel ihm ein, dass er keine Dienstmarke mehr hatte. Er würde ins *Heinze* gar nicht hineinkommen, jedenfalls nicht in offizieller Mission, und alles andere war sinnlos. Er raste an dem Café am Millerntor vorbei, sah, dass es dunkel und ruhig dalag, und eilte weiter zum *Stadthaus*. Der Pförtner kannte ihn, grüßte verschlafen und ließ ihn mit einer genuschelten Bemerkung über die späte Stunde ein. Es war nicht klar, ob Krell im Büro eine Dienstmarke finden würde; die Kollegen hatten ihre in der Regel bei sich, und Ersatzmarken lagen nicht einfach herum. Die musste man beantragen. Er hoffte auf Glück.

Als er eintrat, fand er Schubert. Ausgerechnet Schubert. Der Assistent hatte auf einer Serviette vor sich zwei Wurstbrote liegen und begann gerade eine Nachtmahlzeit. Er blickte auf, sah Krell und fuhr zusammen.

»Herr Kommissar?«

»Schubert, geben Sie mir Ihre Dienstmarke. Schnell.«

Schuberts Gesicht spiegelte, wie ihm in schneller Abfolge verschiedene Gedanken durch den Kopf zogen. Offenbar wusste er nicht, welchen davon er opportunerweise aussprechen durfte, so blieb er stumm.

»Schubert, nun machen Sie schon.«

»Können Sie mich denn so einfach entlassen? Ich meine, ohne Zustimmung des Kriminalrats?«

»Niemand will Sie entlassen. Ich bin überfallen worden, jemand hat mir meine Marke gestohlen. Jetzt brauche ich dringend eine andere. Sie bekommen sie gleich morgen zurück.«

»Ach so. Wo sind Sie denn überfallen worden? Konnten Sie den Täter erkennen? Soll ich eine Fahndung aufsetzen. Oder …«

»Das spielt im Moment alles keine Rolle«, unterbrach Krell. »Ich brauche um Himmels willen Ihre Marke. Nicht morgen und auch nicht in einer Stunde, sondern jetzt sofort.«

Schubert stand auf, zog seine Dienstmarke aus der Tasche, löste sie von ihrem Band und reichte sie Krell.

»Eine Frage habe ich noch«, sagte Krell. »Waren Sie heute Abend im *Café Heinze*?«

»Nein, sollte ich?«

»Nein. Schon gut. Ich wünsche Ihnen eine ruhige Nacht. Bis morgen.«

Krell lief durchs Treppenhaus zurück zu seinem Auto und fuhr zum Millerntor. Auch auf Sankt Pauli war es still, dunkel und menschenleer. Ein paar Tauben waren auf der Suche nach Nahrung. Die Straßenbahn fuhr nicht, Krells Opel war weit und breit das einzige Auto. Erst als er vor dem *Heinze* hielt, sah er ein paar Fahrräder, die an den Seitenwänden lehnten oder auf dem Bürgersteig lagen. Hier gab es eine Tanzveranstaltung, so viel war sicher. Krell würde nicht eingreifen, sondern einfach seine Tochter nehmen, sie ins Auto setzen und mit ihr nach Hause fahren. Er zog Schuberts Dienstmarke heraus, während er die Tür zu öffnen versuchte. Sie war verschlossen; er klopfte. Leise drang Musik nach draußen, nicht lauter als ein Windhauch, aber doch vernehmbar. Der Saal war gründlich schallgedämmt. Alle Geräusche allerdings ließen sich nicht darin halten.

Als ihm niemand öffnete, rüttelte er am Türgriff. Auch da passierte nichts. Er ging um das Haus herum, schaute hoch zur Glasfront, an der die Fenster verklebt waren. Er war drauf und dran, eine der Scheiben einzuschlagen. Der Klang der Musik war hier lauter. Jazz, eindeutig. Waren diese Leute denn alle verrückt? Wollten sie eingesperrt und in Strafbataillone gesteckt werden? Es war nicht zu fassen.

Krell rüttelte und klopfte am Hintereingang. Er schlug mit den Fäusten gegen die Tür, die nach einigen Augenblicken tatsächlich einen Spaltbreit geöffnet wurde. Ein Mann steckte seinen Kopf heraus, ein kräftiger Kerl mit kahlem Kopf, eindeutig ein Türsteher. Auf Sankt Pauli gab es viele solcher Leute. Krell stellte seinen Fuß in die Tür, bevor er seine Dienstmarke zeigte.

»Lassen Sie mich rein, sonst nehme ich sie fest.«

»Was soll das sein? Eine Razzia?«

»Noch nicht. Kommt darauf an, wie Sie sich verhalten. Im Moment bin ich alleine und suche nur jemanden. Aber selbstverständlich kann ich jederzeit die Kollegen dazu rufen. Dann nehmen wir Ihren Laden auseinander.«

Der Türsteher vergrößerte den Spalt, Krell schlüpfte hinein. Er fand sich in einem dunklen Gang, der Kahlkopf war hinter ihm, was ihm nicht gefiel. Ein zweites Mal wollte er nicht niedergeschlagen werden. Krell entzündete sein Feuerzeug und warf dem anderen Mann einen Blick zu. Der Kerl machte nicht den Eindruck, als ob er Streit suchte. Krell ging mit großen Schritten voran. Er war früher einige Male im *Heinze* gewesen, dienstlich genauso wie privat, auch mit Wiebke, aber nie hier hinten in diesem Flur zum Notausgang. Wo der Saal war, war nicht schwer zu erraten, der Gang lief auf ihn zu. Krell würde von der Rückseite hineinkommen, und da war auch schon die Tür, eine aus schlichtem dunkelbraunem Holz, nicht zu vergleichen mit dem verzierten zweiflügeligen Eingang auf der vorderen Seite. Er ließ das Feuerzeug in seiner Tasche verschwinden, öffnete und trat ein. Seine Wut war nach wie vor riesig. Sie war so groß, dass er kaum aufnehmen konnte, was er sah, weder die Tanzenden noch die Musiker oder die Gäste an den Tischen.

Er blieb an der Tür stehen und sammelte sich. Dann schaute er erneut durch den Raum, den er nun systematisch in Abschnitte einteilte, um sie einzeln abzusuchen. Jette fand er schnell. Sie tanzte mit einem Jungen, der mit seinen langen Haaren und dem karierten Jackett aussah wie einer dieser Swingbubis. Es war nicht Jacoby, Krell kannte ihn nicht. Er wollte zu seiner Tochter. Sie packen und mit sich ziehen, egal, ob sie Widerstand leistete. Noch war er für sie verantwortlich.

Für einen Moment verharrte er an seinem Platz. Jette drehte sich anmutig im Arm ihres Tanzpartners. Beide beherrschten nicht nur die Schritte, sondern sie bewegten sich rhythmisch und geradezu elegant. Ihr Rock schwang, die Haare wirbelten durch die Luft, der Kopf war ein wenig gen Nacken geneigt. Aber es war viel mehr: Ihr machte einen Heidenspaß, was sie tat.

Krell hielt sich die Hand vor den Mund.

Er machte eine Erfahrung, die ihm vollkommen neu war. Seine Stimmung änderte sich von einer Sekunde auf die nächste. Wie die Luft aus einem aufgeschlitzten Fahrradreifen entwich seine Wut mit einem Schlag. Sie verschwand so restlos, dass Krell nicht einmal eine Erinnerung an sie blieb. Stattdessen erlebte er etwas an seiner Tochter, das ihn im Inneren traf. Er fand kein Wort dafür – suchte es auch nicht –, aber er stand wie angewurzelt an seinem Platz bei der Tür und starrte sie an. Schaute zu, wie sie sich immer weiterdrehte, sah ihre Fröhlichkeit, das Strahlen auf ihrem Gesicht, die Ausgelassenheit ihrer Bewegungen. All das ließ er tief in sich hinein. Die Eindrücke schossen ihm mit voller Wucht in Brust, Bauch und Verstand.

Jette erfreute sich mit ganzem Herzen an ihrem Tanz. Deshalb, nur deshalb war sie weggelaufen, nicht, um Vater oder Mutter zu ärgern oder weil sie rücksichtslos war. So wie sie hatte Hannes Krell früher auch getanzt, vielleicht nicht ganz so ausgelassen, weil es nach dem Krieg eine solche vorwärtstreibende Musik nicht gegeben hatte, und wahrscheinlich auch, weil er nicht eine solche Fähigkeit zur Freude besaß. Aber dennoch hatte er getanzt, und besonders gerne mit Fräulein Kraus. Wie konnte er es Jette verdenken?

Krell traf der Gefühlsschwall so heftig, dass er Mühe hatte, seine Tränen zurückzuhalten. Als wenn jemand in seinem Inneren einen Hahn geöffnet hatte, strömten ununterbrochen starke, klare Gedanken durch seinen Kopf. Dass junge Leute etwas erleben wollten, war einer davon. Dass sie der Mode folgten und die nun einmal aus Amerika kam und nicht aus Deutschland, hieß ein anderer. All das war ihr gutes Recht. Der deutlichste Gedanke aber bezog sich auf Hitler, Goebbels, Schirach und all die anderen. Sie legten es darauf an, der Jugend zu rauben, was ihr zustand und was mit Lust und Freude zu tun hatte, letztlich mit Lebendigkeit, und diese Lebendigkeit war es, die sich nicht unterdrücken ließ, nicht einmal mit der Androhung von Haft. Das Feuer brannte weiter, immer weiter, es ließ sich nicht austreten, auch eine ununterbrochen trommelnde Propaganda und Verächtlichmachung kamen dagegen nicht an. Der Wunsch nach Leben war einfach stärker.

Krell tastete nach der Wand und hielt sich an ihr fest. Die Gedanken zogen schnell wie Traumbilder durch ihn hindurch, er konnte sie nicht festhalten, deshalb konzentrierte er sich auf einen, den er sich immer wieder halblaut vorsagt: »Sie wollen leben, nur leben, und das ist ihr gutes Recht.«

Er entdeckte Gregor Jacoby, weil Jette inzwischen mit ihm tanzte. Obwohl die Gestapo ihn eingesperrt hatte, war er wieder dabei. Auch bei ihm ließ sich die Tanzlust nicht unterdrücken. Wie die anderen beherrschte er die Schritte. Wie war das möglich? 1936, im Olympiajahr, hatte es zuletzt Jazzkonzerte und Swingtanz im Reich gegeben, damals, als viele ausländische Besucher in Berlin und Kiel und auch in Hamburg waren, wurde diese Musik geduldet, aber nur, solange die Spiele andauerten. Ende August war alles vorbei. Jette war damals elf gewesen, ein Kind. Wo hatte sie inzwischen gelernt, so zu tanzen? Krell musste sich schmerzhaft eingestehen, dass er seine Tochter aus den Augen verloren hatte. Auch Wiebke wusste wahrscheinlich nichts von diesen Dingen, und das bedeutete, dass Jette sie heimlich machte. Und warum? Weil sie davon ausging, dass ihre Eltern sie nicht dulden würden. Deshalb, nur deshalb wagte sie nicht, Vater und Mutter zu zeigen, wie sehr in ihr die Lebenslust pochte.

Zum zweiten Mal an diesem Abend kam Krell sein eigener Vater in den Sinn. Jette log, wie Krells Schwestern und er damals gelogen hatten, nämlich weil es ausgeschlossen war, die Wahrheit zu sagen, ohne sanktioniert zu werden.

Genauso war es auch für Jette, und daraus folgte, dass Krell seinem Vater auch in dieser Hinsicht ähnlicher war, als er sich je eingestanden hatte, ein strenger Patron, den man im Zweifelsfall belog. Diese Erkenntnis traf ihn wie eine Ohrfeige, und sie schmerzte auch genauso. Die Hitze des verdunkelten Saals und der vielen Tanzenden hatte ihn erfasst, sein Gesicht war rot, wie im Auto brach ihm unter seinem Oberhemd erneut der Schweiß aus, und er war in Aufruhr. Während er nach wie vor an der Wand lehnte, lagen Schmerz und Glück in ihm so dicht beieinander, dass sein Gemüt immerzu von einem Zustand zum anderen sprang. Ihm war nach Heiterkeit, dann nach Tristesse zumute, um gleich wieder zu lachen und im nächsten Moment die Tränen in den Augen zu spüren. Einen solchen Wechsel hatte er noch nie erlebt, in seinem ganzen Leben nicht, normalerweise war er von gleichmäßiger Stimmung und kannte keine größeren Höhen und Tiefen. Seinerzeit, in den ersten Jahren nach dem Krieg, da hatte ihn die Melancholie erwischt und war für lange Zeit bei ihm geblieben. Aber seitdem nicht mehr. Seit Wiebke nicht mehr. Größere Freude empfand er allerdings auch nie.

Wenn er sich in diesem Augenblick etwas hätte wünschen dürfen, dann wäre es ein Tanz mit Jette gewesen, mit seiner großen, glücklichen Tochter, die nur zehn oder vielleicht 15 Meter von ihm entfernt war und ihn immer noch nicht gesehen hatte. Er dachte kurz darüber nach. Tatsache war, dass er seit Ewigkeiten nicht getanzt und die Swingschritte nie sonderlich gut beherrscht hatte. Es war klüger, sich zurückzuhalten. Vielleicht gab es ja demnächst mal eine Möglichkeit, wohl nicht mit Jette, aber er konnte Wiebke ausführen, zu einem Tanzabend mit erlaubter Musik. Auch die deutschen Schlager, die sie im Rundfunk spielten, waren flotter geworden. Goebbels und seine Radiofritzen wussten durchaus um den Wettbewerb mit anderen Ländern. Für ihn, Krell, war es besser, noch ein wenig zuzuschauen. Und dann würde er sich Jette schnappen und sie nach Hause bringen, ohne Gewalt, ohne irgendwelche Drohungen, allein mit einem Appell an ihre Vernunft. Wiebke litt wahrscheinlich Höllenqualen. Er hatte vergessen, sie anzurufen.

Auf der anderen Saalseite begann Bewegung. Er konnte den Grund nicht sehen, aber der Boden wurde auf einmal von Stiefeltritten erschüttert, die Geräusche rissen ihn aus seinen Träumen, ihm war schlagartig klar, was passierte. Eine Razzia. Ihm war danach, der Sängerin, die einen englischen oder amerikanischen Text sang, mit beiden Armen zuzuwinken, damit sie auf Deutsch weitermachte, doch er konnte sie nicht erreichen, dazu war es viel zu voll. Durch die tanzenden Paare hindurch, die ihm keinen Platz machten und mit denen er zusammenstieß, drängte er sich zu Jette. Sie tanzte inzwischen wieder mit dem Swingbubi. Er legte seiner Tochter die Hand auf den Arm. Sie drehte sich zu ihm. Ihr Mund ging auf, in den Augen stand der Schreck.

Aber Krell wollte sie nur retten. »Es gibt eine Razzia. Schnell, wir müssen verschwinden!«

Im nächsten Moment wurde die Flügeltür aufgestoßen. Hitlerjungen schoben sich in den Saal, 16- und 17-Jährige in Uniform. Eine HJ-Streife. Nicht so schlimm, dachte Krell. Mit ein paar Halbwüchsigen würde er schon fertig werden. Hauptsache, die Gestapo mischte nicht mit.

»Musik aus! Ausweiskontrolle!«, schrie der Scharführer.

Krell zog Jette in den hinteren Teil des Saales, dorthin, von wo er gekommen war. Er würde mit ihr den zweiten Ausgang nehmen.

»Vati«, sagte Jette.

»Ja?«

»Was hast du vor?«

Hinter ihr waren ihre beiden Freunde, der Jacoby-Sohn und der andere, den Krell nicht kannte. Dieser Junge wirkte nicht verängstigt, nicht einmal eingeschüchtert, als er Krell die Hand reichte.

»Christian Ullmann. Ich bin ein Klassenkamerad von Jette.«

Krell schüttelte kurz seine Hand. »Ich will dich holen«, sagte er dann zu Jette. »Mutti macht sich Sorgen. Aber jetzt haben wir ein Problem. Wir müssen sehen, dass wir hier rauskommen.«

»Und du bist ... nicht ...?«

»Was meinst du?«

»Verärgert?«

Er strich ihr über die Wange. »Ich war's. Aber das hat sich verzogen.«

Im nächsten Moment platzte Krells Plan. Auch andere Gäste waren auf die Idee mit der zweiten Tür gekommen, doch hinter ihr warteten Gestapoleute mit ihren Ledermänteln, die hineindrängten, sobald die Tür von innen geöffnet wurde. Alle, die auf diesem Weg entkommen wollten, wichen zurück in den Saal. Ein wildes Geschrei war entstanden. Die Musiker packten ihre Instrumente ein, das Deckenlicht war inzwischen ein wenig heller. Es herrschte ziemliches Durcheinander. Krell fasste einen neuen Plan. Er wollte mit Jette und den beiden Jungen die HJ-Streifen in einem Bogen umgehen und dann durch den Hauptausgang verschwinden. Es mochten 15 Hitlerjungen im Saal sein, alle mit der Hakenkreuzbinde um den rechten Arm. Ihnen standen mehr als 100 Gäste gegenüber, entsprechend würde es lange dauern, wenn sie von allen die Ausweise kontrollieren und die Minderjährigen unter ihnen festhalten wollten.

»Bleibt dicht zusammen«, rief Krell seinen Schützlingen zu.

Das Vorwärtskommen war alles andere als einfach. Überall im Saal wurde geschrien, es herrschte Panik, deshalb kamen die Bewegungen Richtung Tür immer wieder zum Erliegen. Die jungen Frauen in ihren Kleidern und hochhackigen Schuhen waren nicht auf eine Flucht vorbereitet. Manche von ihnen kreischten panisch, während sie sich bei ihren Verlobten festklammerten, dabei hatten die Volljährigen unter ihnen kaum etwas zu befürchten. Die Tanzveranstaltung war erlaubt, sonst hätte sie nicht stattgefunden. Minderjährige hatten natürlich keinen Zutritt. Und es hätte keine amerikanische Musik gespielt werden dürfen; gegen entartete Musik wie den Swing gingen die Behörden mittlerweile rigoros vor. Die SS hatte ein Jugendlager in der Nähe von Göttingen eingerichtet, in dem es den Gerüchten nach ziemlich übel zuging. Krell fragte sich, ob die Tanzgäste davon wussten. Es war ein reines Jungen-KZ, was aber nicht hieß, dass es nicht auch für Mädchen etwas Vergleichbares gab.

Mit seiner Tochter und den beiden Burschen im Schlepptau drängte Krell vorwärts. Auch andere jungen Leute hatten sich ihm angeschlossen, ein rothaariges Mädchen, das ebenfalls von zwei Freunden begleitet wurde, hatte sich am Jackett von Jettes Swingbubi festgekrallt. Das Gewühl im Saal kam ihnen mittlerweile zugute. Viele andere Gäste drängten in Richtung auf die Flügeltür, obwohl die Hitlerjungen alles versuchten, um sie zu sperren. Aber der Druck von hinten war zu stark, die HJ-ler konnten nicht verhindern, dass Tanzgäste nach draußen gelangten, andernfalls hätten sie eine Massenpanik riskiert, bei der Besucher womöglich totgetrampelt worden wären. Bei einer Menschenmenge in Aufruhr ließen sich außerdem die Ausweise nicht mehr kontrollieren. Offenbar hatte der Kommandeur der Hitlerjungen das verstanden und auch, dass seine eigenen Leute in den Strom geraten und niedergerissen werden konnten.

Krell nickte Jette und den Jungen zu – es blieb ihnen nichts anderes übrig, als in der Traube vorwärts zu drängen. Mit ein wenig Glück kamen sie heil hinaus, wie es andere auch schon geschafft hatten. Krell war nicht wohl zwischen den vielen verschwitzten Leibern, die sich zur Tür schoben; er konnte Enge nicht ertragen. Sein Hemd klebte ihm auf der Haut. Er rang Anflüge von Platzangst nieder. Jette hielt er an der Hand; sie wirkte gefasst und tapfer. Die Jungen waren direkt hinter ihr. Plötzlich ging es nicht mehr voran. Die Hitlerjungen hatten sich untergehakt und bildeten eine Kette. Also nahmen sie doch eine Panik in Kauf. Ihre Formation hatte für sie allerdings den Nachteil, dass sie keine Ausweise anschauen konnten, und dazu waren sie doch letztlich gekommen. Sie hatten alle Hände voll damit zu tun, sich gegen den Strom der Fliehenden zu stemmen.

Krell drückte mit Gewalt vorwärts. Wie alle anderen wollte er hinaus. Die Masse der Leute bewegte sich wie ein einziger Körper. Es war zu eng, als dass jemand hätte fallen können. Von überall im Saal kamen weiterhin Schreie, spitze Mädchenstimmen genauso wie die tieferen der Jungen und Männer. Krell, der die meisten Leute in der Traube überragte, schaute sich um. Im nächsten Moment ging es wieder vorwärts. Die Kette der HJ war gesprengt, und die Flüchtenden schoben sich wie eine Herde, der ein Zauntor geöffnet worden war, Richtung Ausgang. Auch Krell kam wieder voran, Jette an seiner Hand und die Jungen direkt dahinter. Es ging leichter als erwartet. Zusammen mit vielen anderen stoben sie nach draußen. Vor Erleichterung atmete er durch. Endlich Luft und etwas mehr Platz.

Allerdings waren sie erst in einem Vorraum, und die Türen nach draußen waren blockiert, diesmal nicht von überforderten HJ-Streifen, sondern von der Gestapo. Einige der Polizisten hatten Pistolen in der Hand. Krell war klar, dass sie an denen nicht vorbeikommen würden, genauso wenig wie die anderen Gäste. Die Ledermäntel konnte man nicht einfach wegdrücken, zumal die Außentüren recht schmal und damit leicht zu schützen waren. Krell sah sich um. Auch hier kam ihm seine Größe zu Hilfe, er schaute über die Köpfe der anderen hinweg und entdeckte eine Toilette. Ihre letzte Möglichkeit.

Es war ein Damenklo. Als er die Tür öffnete, war eine ganze Traube junger Frauen darin, und auch diesmal schrien sie wieder auf, als sie ihn entdeckten. Womöglich hielten sie ihn für jemanden, von dem Gefahr drohte. Krell konnte keine Rücksicht auf sie nehmen. Er zog Jette und die Jungen zum Fenster, öffnete es und schaute hinaus. Sie waren im Erdgeschoss, nur ein paar Meter über dem Bürgersteig, man konnte mühelos hinausklettern. Allerdings wimmelte es auf der Straße ebenfalls von Beamten und Streifen. Der Staat wollte an diesem Abend offenbar ein Exempel statuieren. Krell dachte an die Fröhlichkeit, an die Ausgelassenheit, die im Saal geherrscht hatte. Wie schlagartig sie vergangen war.

»Wir müssen raus. Einer von den Jungen zuerst. Auf geht's.«

Aus dem Nachbarfenster kletterten ebenfalls Tanzgäste hinaus. Krell erkannte das rothaarige Mädchen und ihre Begleiter. Er selbst half Gregor Jacoby.

DREISSIG

Jette hatte ihren Augen nicht getraut, als plötzlich ihr Vater neben ihr gestanden hatte. In der Regel war er nett, längst nicht so streng wie die Väter ihrer Freundinnen. Er war nachsichtiger, oft geradezu langmütig und fast immer toleranter als die Mutter. Aber manchmal riss sein Geduldsfaden, und dann konnte er ausgesprochen wütend werden. Damit hatte sie gerechnet, als er auf der Tanzfläche nach ihrem Arm gegriffen hatte.

Sie hatte versucht, sich wegzudrehen und ihm auszuweichen. Das war ein Instinkt gewesen, ein automatischer Versuch, sich zu schützen, denn schließlich hatte sie seinen Ermahnungen zuwidergehandelt und war heimlich fortgelaufen. Es gab also gute Gründe dafür, dass er ärgerlich war. Selbst als er ruhig blieb, weder brüllte noch schlug, war sie davon überzeugt gewesen, er halte sich nur zurück, und sobald sie alleine wären, würde er sie mit seinen Strafen konfrontieren. Nicht im Mindesten hatte sie es für möglich gehalten, dass ihr Vater gekommen war, um ihr zu helfen. Ihr und den Jungen. Dann hatte sie sich von ihm durch den Saal ziehen lassen, in die Menschentraube hinein und durch den Ausgang. Erst jetzt, in der Toilette, fragte sie sich, ob doch noch etwas kommen würde. Würde er schimpfen und sie büßen lassen, wenn sie in Sicherheit waren? Er sah nicht danach aus, aber selbst wenn es so käme, wäre es allemal besser, als den HJ-Streifen in die Hände zu fallen. So wie er aus dem Fenster blickte und die Lage auf der Straße prüfte, machte er allerdings nicht den Eindruck, als habe er irgendwelche Hintergedanken. Er wirkte sehr überlegt und war in der hektischen Stimmung, die überall herrschte, vollkommen konzentriert, was Jette beeindruckte. Ihm ging es darum, dass sie alle heil aus der Sache herauskamen.

Gregor war der Erste, der aus dem Fenster kletterte. Ihm folgte Christian. Für Jette in ihrem knielangen Rock war es nicht so einfach, aber sie hob ihn einfach hoch und ließ es sich egal sein, dass man ihre nackten Beine sah und wahrscheinlich sogar die Unterhose. Sie streckte ihr Bein, bis der Fuß im Fensterrahmen Halt fand, und zog sich dann mit beiden Armen hinauf. Endlich machte sich der viele Sport beim BDM mal bezahlt. Oben drehte sie sich und ließ rückwärts erst ein Bein und dann das zweite hinab. Gregor und Christian stützten sie.

Auch ihr Vater kam zum Fenster hinaus, was ein wenig seltsam aussah, weil er so viel älter als alle anderen war. Direkt nach ihm versuchten es andere auf dem gleichen Fluchtweg, Jette sah Mädchenköpfe und -beine im Fensterrahmen auftauchen, Leute mit hellen Mänteln und Regenschirmen. Walter, Erik und Maxi waren ebenfalls hinausgeklettert. Aber sie alle waren noch nicht in Sicherheit. Auf der Reeperbahn standen mehrere große Fahrzeuge, und man konnte trotz der Dunkelheit erkennen, dass es Lastwagen mit vergitterter Ladefläche waren. Darauf sollten die Festgenommenen abtransportiert werden. Überall standen Uniformierte herum. Es würde schwer werden, ihnen zu entkommen. Außerdem mussten sie ihre Räder holen, die sie auf der anderen Seite des *Café Heinze* abgestellt hatten.

Ihr Vater zog sie Richtung Hafenkrankenhaus. Sie entdeckte seinen Opel, der nicht weit von ihnen parkte. Allerdings war er von anderen Automobilen eingekreist, die hinter und neben ihm abgestellt waren. Gestapomänner lehnten an ihnen und rauchten, als wollten sie zeigen, dass sie auf nichts und niemanden Rücksicht zu nehmen hatten. So leicht konnten sie also nicht weg, dennoch hatte Jette ein warmes Gefühl von Sicherheit. Ihr Vater würde alles tun, damit sie aus dieser Lage herauskamen. Sie war fest davon überzeugt, dass er wusste, wie man sich am besten verhielt. Wenn er zu seinem Auto ging und sie einsteigen ließ, würde sie ihm ohne Widerspruch folgen, und wenn nicht, hätte er auch recht.

»Halt, stehenbleiben!«, rief jemand hinter ihnen. Schon wieder HJ. Vier Jungen in Uniform und mit Hakenkreuzbanderole am Ärmel. »Wir überprüfen die Ausweise der Jugendlichen.«

Ihr Vater zog seine Polizeimarke. »Kommissar Krell, Kriminalpolizei Hamburg. Ich nehme diese Personen mit mir.«

»Sie werden gesucht?«

»So ungefähr«, entgegnete ihr Vater. »Über laufende Ermittlungen kann ich keine Auskunft geben.«

»Natürlich nicht. Wir müssen trotzdem die Ausweise sehen. Befehl ist Befehl.«

»Junger Mann! Willst du die Arbeit der Kripo behindern?«

»Keineswegs, Herr Kommissar. Aber wir haben gesehen, wie das Mädchen aus dem Fenster geklettert ist. Sie hat eine Tanzveranstaltung mit entarteter Musik besucht. Es dauert nicht lange.«

Er streckte die Hand in Jettes Richtung. »Deinen Ausweis. Und eure auch«, sagte er zu Christian und Gregor.

»Ich bin derjenige«, sagte ihr Vater, »der hier die Vorgaben macht. Diese drei Jugendlichen sind vorläufig festgenommen und kommen mit mir. Ihre Personalien werden auf meiner Dienststelle festgestellt.«

Der Junge, ein HJ-Scharführer, schlug die Hacken zusammen. »Selbstverständlich, Herr Kommissar. Wir müssen aber vorher ihre Namen notieren. Das ist nun einmal unsere Anweisung.«

Jette kniff die Lippen zusammen. Oberkörper und Beine waren angespannt, sie hörte ihr Herz schlagen. Ihre Zuversicht war mit einem Schlag verschwunden. Sie fühlte sich steif, geradezu gelähmt.

»Nein«, sagte ihr Vater. Er klang trotzig.

»Herr Kommissar«, entgegnete der Scharführer, »einen Moment bitte. Ich rufe einen Gestapobeamten dazu, damit der entscheidet.«

Ihr Vater, dem sie eben noch blind vertraut hatte, war in der Defensive. Es gab, fand Jette, keinen vernünftigen Grund, der HJ die Ausweiskontrolle zu verweigern, die nicht länger als ein paar Minuten dauern würde. Das Problem war, dass sie keinen Ausweis hatte, und Christian und Gregor auch nicht. Sie saßen in der Falle. Als Minderjährigen war es ihnen nicht erlaubt, überhaupt noch auf der Straße zu sein, geschweige denn auf einer Tanzveranstaltung. Der Scharführer schickte einen seiner Untergebenen bereits zur Gestapo.

Am Ende, so stellte sie sich vor, hieße die Frage, wer sie mitnehmen würde, die Gestapo oder doch ihr Vater. Sie hätte sich am liebsten hinter ihm verkrochen oder sich in den Schutz seines Arms geflüchtet. Das war natürlich nicht möglich, sie blieb auf ihrem Platz, unfähig, etwas anderes zu tun, als abzuwarten.

»Lauft weg, sobald ihr könnt«, flüsterte Christian in diesem Moment hinter ihr. »Ich lenke sie ab.«

Jette wollte ihn aufhalten, aber es war bereits zu spät. Er trat hinter ihrem Vater hervor und wich zur Seite aus.

»Ich warte doch hier nicht, bis die Gestapo kommt. Da gehe ich lieber nach Hause«, rief er, während er auf die Straße ging und mit weiten Schritten davoneilte. Frecherweise pfiff er eine Melodie. Es passte zu ihm, dass er nicht rannte. Als Swingboy verlor man seine Haltung nie.

»Haltet ihn auf!«, rief der Scharführer.

Zwei seiner Jungen eilten Christian hinterher, alle anderen schauten zu. Gregor zog an ihrer Hand. Jette fühlte sich steif, sie zögerte, am liebsten hätte sie ihren Vater gefragt, ob es klug war wegzurennen, aber das ging nicht. Sie musste sich entscheiden – und folgte Gregor. Er lief nicht, sondern schlich vorsichtig davon und hielt sich im Schatten der Hauswand. Die Dunkelheit lag wie ein Versprechen vor ihnen, und tatsächlich tauchten sie in sie ein. Als sie zurückblickte, war ihr Vater nur noch ein Umriss. Es dauerte ein paar weitere Augenblicke, da trafen sie auf andere Leute, eine Gruppe von Tanzgästen, in der sie untertauchten.

Jette schaute sich ein weiteres Mal um. Sie sah nichts mehr, weil sie zwischen Mänteln und Hüten eingeklemmt war. Man musste davon ausgehen, dass Christian geschnappt worden war. Und dass sich ihr Vater irgendwie herausreden würde. Aber Christian würde er kaum befreien können.

»Wir gehen in die Wallanlagen«, flüsterte Gregor. »Da war ich neulich schon mal.«

»Einverstanden.«

»Dort warten wir, bis sich die Aufregung gelegt hat.«

Jette wusste um die Notwendigkeit, sich zu verstecken, und gleichzeitig wollte sie unbedingt mitbekommen, was vor dem *Café Heinze* passierte. Sie konnte aber nicht zurück. Gegen die HJ-Streifen und die Gestapo ließ sich nichts ausrichten. Weder konnte sie Christian noch ihrem Vater eine Hilfe sein, sondern würde sich nur selbst gefährden. Es blieb nur, sich in Sicherheit zu bringen und das Beste zu hoffen.

Gregor hielt sie nach wie vor an der Hand. Im Schutz der Nacht erreichten sie den Millerntorplatz, wo keine HJ mehr war, auch keine Lastwagen. Der Platz war leer, und seine Dunkelheit kam ihr wie ein Gottesgeschenk vor. Gregor zog sie weiter. Wie flüchtende Tiere huschten sie über die Straße und verschwanden im Park, der tiefschwarz war und Geborgenheit versprach.

Hinter einem Busch blieben sie stehen. Trotz der Kälte zog Gregor sein Jackett aus und wollte es auf dem Boden ausbreiten.

»Lass es an«, sagte sie. »Ich setze mich sowieso nicht hin.«

»Wie du meinst. Ich dachte nur.«

»Was wird aus Christian?«

Er spähte an ihrem Busch vorbei Richtung Straße. Man konnte in der schwarzen Nacht keine zehn Meter weiter sehen, deshalb war es unmöglich, dass er etwas erkannte. Trotzdem blieb er auf seinem Posten und starrte Richtung Reeperbahn. Jette kämpfte darum, ihre Angst nicht zu groß werden zu lassen. Vielleicht, redete sie sich ein, war Christian doch noch gerannt. Dass er schnell sein konnte, hatte sie bei der letzten Flucht erlebt.

Allerdings hatte es nicht so ausgesehen. Es war ihm darum gegangen, die HJ-ler zu provozieren und ihre Aufmerksamkeit auf sich zu ziehen.

»Er hat sie meinetwegen abgelenkt«, meinte auch Gregor, nachdem er seine Kundschafterhaltung aufgegeben hatte. »Weil er nicht wollte, dass sie mich zum zweiten Mal schnappen. Ich weiß nicht, wie ich ihm das je danken soll.«

Jette ließ seine Sätze kommentarlos stehen; was sollte sie auch sagen? Es war ihr immer noch nicht möglich, mit ihm über Christian zu reden oder überhaupt das Gespräch auf ihn zu bringen, denn dann wäre sie Gefahr gelaufen, ihm erklären zu müssen, wie es um sie stand, wie sehr sie Christian mochte. Und das konnte sie nicht.

Beide standen nahe an dem Busch, der breit und verästelt war. Auf seinen Blättern lagen Tautropfen. Jettes Augen gewöhnten sich langsam an die Finsternis, sie machte Schemen aus und reimte sich aus ihnen und den Geräuschen, die zu ihnen drangen, den quietschenden Federbeinen der Laster, den laut geschlossenen Ladeklappen und dem Anlassen der Motoren, zusammen, was passierte. Tanzgäste mussten aufsteigen, und schließlich fuhren die Einsatzfahrzeuge davon. Ihren Vater sah Jette nicht. Sie betete darum, dass er auf dem Weg nach Hause war. Er war ein Polizeibeamter, die HJ-Streifen konnten ihm nichts anhaben. Viel größer war ihre Angst um Christian.

Als die Lastwagen verschwunden waren, hielt sie es für sinnvoll zurückzukehren und nachzusehen, ob ihre Räder an ihrem Platz standen, schließlich mussten sie noch nach Hause. Sie schlug Gregor vor zu gehen.

»Gleich«, entgegnete er, »einen Moment noch.«

Sie hatten bisher wenig geredet.

»Ich möchte dir etwas erzählen«, begann er nun. »Als die Gestapo mich abgeholt hat, haben sie mich ins *Stadthaus* gebracht und im Keller in eine Zelle gesperrt.« Nur stockend brachte er seine Worte heraus und schaute sie nicht an.

»Sie machen mit einem, was sie wollen. Gerade so, wie es ihnen passt. Plötzlich kommt einer, stellt sich direkt vor dich und brüllt dich so laut an, dass es in den Ohren wehtut. Und du riechst seinen fauligen Atem, so nahe ist er. Oder er haut dir eine runter. Ohne Grund. Wenn du reagierst, bekommst du auf der anderen Seite auch noch eine. Man hat keine Ahnung, wie lange sie einen festhalten, das sagen sie nicht, und wenn du fragst, blaffen sie dich an. ›Ach, das Söhnchen vom Herrn Generaldirektor möchte nach Hause‹ – so haben sie mit mir geredet. Man weiß auch nicht, ob sie einen überhaupt freilassen oder ins Lager schicken. Um nicht durchzudrehen, habe ich mir vorgestellt, was ihr so macht, du und Christian, die anderen in der Schule, meine Eltern. Ob irgendjemand etwas versucht.« Sein Kopf war gesenkt, sein Körper wand sich, während er redete. Er rang um Worte. Manchmal musste er sie aus sich herauspressen.

»Wenn sie einen rasieren, steht ein zweiter Mann daneben, und wehe, du wehrst dich, dann schlagen sie dir auf den Kopf. Das Essen ist ekelhaft, ein wässriger Pamps, in der Zelle stinkt es nach Pisse, die Matratze mufft, als hätte sie jahrelang im Keller gelegen. Man möchte sich am liebsten immerzu die Nase zuhalten. Sobald man einschläft, laufen die Ratten einem übers Gesicht. Ich glaube, ein zweites Mal in diesem Keller hätte ich nicht ausgehalten.«

Wieder brach er ab. Jette konnte nicht anders, sie bezog Gregors Rede auf Christian und sah vor sich, wie er gequält wurde. Es stimmte, sie hatte alles versucht, damit sie nicht zu diesem Konzert gingen, sie hatte die Gefahr geahnt, und jetzt, während sie Gregor zuhörte, wünschte sie sich nichts sehnlicher, als die Zeit zurückzudrehen, die Entscheidung rückgängig zu machen, ihren Einspruch noch einmal vorzutragen, aber diesmal mit größerer Entschiedenheit. Es ging ihr nicht darum, recht zu haben, ganz und gar nicht, sie wollte nur, dass alles so blieb, wie es war, ohne Schikane und Gefängnis, ohne diese furchtbare Angst.

Gregor tastete nach ihrer Hand. Er blickte zu Boden. »Die Wahrheit ist, ich habe es im Gefängnis kaum ausgehalten. Immerzu wollte ich schreien und wusste gleichzeitig, dann würde alles nur noch schlimmer werden. Deshalb habe ich mir den Mund zugehalten oder mir auf die Lippen gebissen, bis es wehtat. Wenn ich auf meiner Matratze lag, habe ich mir vorgestellt, mich zu töten. Hätte ich eine Waffe gehabt, ich glaube, ich hätte es getan.«

»Gregor, sag doch so was nicht.«

»Wenn's doch wahr ist! Ich hatte immer die Vorstellung, einer von denen würde gleich wiederkommen und mich schlagen oder anbrüllen. Und dann habe ich mich auch noch so doll geschämt, weil ich daran denken musste, wie ich meinen Eltern wieder vor die Augen treten sollte. Meine Mutter ist sowieso schon mit den Nerven am Ende.«

»Weil ihr Bruder verhaftet wurde?«

»Woher weißt du das?«

»Dein Vater hat es erzählt. Ich war bei ihnen, als du eingesperrt warst.«

»Wirklich?«, fragte er. »Ja, mein Onkel hat bei den *Howaldtswerken* im Büro gearbeitet. Sein Freund und er haben technische Angaben für U-Boote verändert, damit die fehlerhaft gebaut werden. Vor einem halben Jahr sind sie aufgeflogen. Sie sind in einem Konzentrationslager in der Nähe von Danzig.«

»Und warum hast du nach deiner Freilassung nicht geredet?«

»Ich glaube, ich war gar nicht richtig da. Vor allem war ich wahnsinnig müde. Sie lassen dich im Gefängnis nicht schlafen, weil sie das Licht immer ein- und ausschalten. Da wird man jedes Mal wach, und am nächsten Tag wird man die Müdigkeit nicht mehr los. Sie sitzt im Körper und im Kopf, ein einziger Nebel, man kann keine zwei Sätze hintereinander sprechen und sie nicht einmal denken. Hinlegen darf man sich auch nicht. Ich dachte, so wird man verrückt. Es fehlte nicht mehr viel.«

Er zog die Schultern hoch. »Es gab nur eins, was mich gehalten hat. Eine Vorstellung, ein Bild – nenn es, wie du willst.« Er ließ ihre Hand los und drehte sich weg. »Das warst du, Jette«, flüsterte er. »Wenn ich nicht mehr weiterkonnte, habe ich versucht, mir dich vorzustellen, und zwar so klar wie möglich, deine Augen, deine Haare, überhaupt dein Aussehen, aber auch deine Stimme, deinen Geruch. Alles.«

Sie wusste nicht, was sie sagen sollte. »Gregor, hör auf«, bat sie.

»Im Gefängnis ist mir klar geworden, dass mein Wunsch zu leben mit dir zusammenhängt.«

»Nein, Gregor!«

Er schien sie nicht gehört zu haben. Jette zog es fort. Sie schaute in Richtung Millerntor und Reeperbahn. Die Straßen waren inzwischen verlassen. Sie hoffte, dass niemand ihre Fahrräder genommen hatte und sie mit ihnen nach Hause fahren konnten.

»Jette, lass uns heiraten. Ich möchte, dass du meine Frau bist.«

»Gregor, jetzt ist es aber gut. Wir sind Schüler! Ich bin 16.«

»Mit 16 darf ein Mädchen heiraten. Jungen müssen 18 sein, aber das bin ich in einem halben Jahr. Vorher verloben wir uns.«

Er griff wieder nach ihrer Hand. Diesmal zog sie sie weg. »Komm, lass uns gehen.«

Er blieb stehen. »Gib mir eine Antwort.«

»Das habe ich schon. Es geht nicht. Wirklich nicht. Und jetzt lass uns aufhören, darüber zu reden. Ich will nach Hause. Meine Eltern sind bestimmt schon krank vor Sorge.«

Es war nach 1 Uhr, als Jette endlich zu Hause eintraf. Trotz der Verdunklung sah sie bereits von draußen, dass ihre Eltern noch wach waren, in der Küche brannte eine Kerze, ihr flackernder Schein war vom Vorgarten aus erkennbar. Sie trat durch die unverschlossene Haustür ein und war bereit, alles zu ertragen, was kommen würde. Schon auf dem Heimweg hatte sie Gott das Angebot gemacht, dass sie jede Strafe bereitwillig annahm, wenn er nur dafür sorgte, dass Christian freigelassen wurde. Sie wiederholte es, bevor sie die Küchentür öffnete.

»Jette!«, rief ihre Mutter, sprang von ihrem Stuhl auf und schlang beide Arme um sie. Sie presste sie geradezu an sich. »Jette, Jette! Was bin ich froh.«

Ihr Vater umarmte sie gleich beide, und so standen sie zu dritt in der Küche, drückten sich aneinander, schnieften, aber lachten auch.

»Ich konnte dort nicht auf dich warten«, sagte ihr Vater, als sie alle drei am Tisch saßen, »sonst hätte ich mich verdächtig gemacht. Wie bist du nach Hause gekommen?«

»Mit dem Fahrrad. Es gehört Gregors Mutter.« Die Räder hatten dort gestanden, wo sie sie abgestellt hatten, auch das von Christian. Es war bitter gewesen, es zurückzulassen.

»Ich habe die HJ-Streife angeschnauzt und ihnen vorgeworfen, dass mir ihretwegen meine Gefangenen ausgebüxt sind. Aber dann musste ich verschwinden, ehe jemand von der Gestapo nach dem Haftbefehl gefragt hätte.«

»Ja, ist gut.«

»Ich glaube, ich habe in meinem ganzen Leben noch nicht solche Angst gehabt«, sagte ihre Mutter. »Ich bin so wahnsinnig erleichtert, dass du zu Hause Ist dir nichts passiert?«

Jette schüttelte den Kopf. Sie wollte weinen, hielt ihre Tränen aber zurück und versuchte, sie wegzudrücken.

»Und deine Freunde?«

Das war die falsche Frage. Die Tränen schossen wieder hoch und brannten ihr in den Augen. Sie schaute erst ihre Mutter an, dann ihren Vater, fand sich kindisch, weil sie davon ausging, einer von beiden könnte etwas ausrichten. Ihr Gesicht verzog sich, die Sperre gab nach, das salzige Wasser lief ihr über die Wangen bis in die Mundwinkel.

»Ist Christian verhaftet worden, Vati?«, fragte sie leise. »Hast du das gesehen?«

Er nickte. »Vielleicht wäre er entkommen, wenn er seine Beine in die Hand genommen hätte. Aber das wollte er nicht, jedenfalls war das mein Eindruck. Er benahm sich wie ein englischer Lord auf einem Spaziergang im Hyde Park. Die HJ-ler hatten ihn schon, da war er noch nicht über die Straße.«

»Und dann?«

»Sie haben ihn mitgenommen und an die Gestapo übergeben. Ich wusste zwar seinen Namen, aber durch seine Flucht konnte ich nichts mehr tun. Es ist nicht möglich, mit der Gestapo zu streiten.«

Jette zog ihr Taschentuch aus der Rocktasche und wischte sich die Tränen ab. Trotzdem konnte sie nicht verhindern, dass sie zu schluchzen anfing. Ihr Atem wurde heftiger, der Brustkorb hob und senkte sich, ihr ganzer Körper bebte, die Augäpfel drückten gegen die Nerven, und gleichzeitig überfiel sie eine allgemeine Schwäche, die sie zusammensacken ließ, als sei alle Kraft aus ihr geflossen. Am liebsten hätte sie sich auf den Fußboden gelegt.

Ihr Vater legte den Arm um sie. »Meine liebe Tochter. Beruhige dich, es wird schon alles gut werden.«

»Nein, es wird nichts gut«, brachte sie unter Tränen heraus. »Er ist im *Stadthaus*, in einem Kellerverlies, wo sie ihn anbrüllen und ihn quälen, wo es stinkt und die Ratten über einen laufen.«

»Woher willst du das wissen?«

Sie nahm das Taschentuch von den Augen. »Ich weiß es einfach. Du kannst mir die Wahrheit sagen. Ich bin kein Kind mehr. Vati, bitte hole ihn da raus. Ich bitte dich.«

»Liebst du ihn?«

Sie schaute ihn an. Ihr Blick war durch die Tränen verschwommen, das Gesicht des Vaters unscharf. Es stimmte, dass sie kein Kind mehr war, aber eine Erwachsene war sie auch noch nicht. Sie traute sich nicht, seine Frage zu beantworten.

Je schwerer es ihr fiel, etwas zu erwidern, desto mehr verlangte sie es von sich. Am Ende nickte sie. Ja, sie liebte ihn.

Noch gestern hätte sie dieses Wort von sich gewiesen und gesagt, dass sie ihn interessant fand und dass sie ihn mochte. Aber Liebe?

»Ein schicker junger Mann, dein Swingbubi, das muss ich sagen.«

»Hör auf, Vati!«

»Du hast recht, entschuldige«, erwiderte er. »Ich werde alles versuchen. Aber das ist leider das Einzige, was ich dir versprechen kann.«

Sie nickte.

Ihre Mutter fragte, ob sie etwas essen oder trinken wolle und stellte Jette ein großes Glas Wasser hin, das sie schnell leerte. Hunger hatte sie nicht, sie war vor allem müde, auch wenn sie sich nicht vorstellen konnte, wie sie schlafen sollte. Trotzdem gingen sie zu Bett, nachdem beide Eltern sie noch einmal fest gedrückt hatten. Es war seltsam, sie hatten ihr keinen Vorwurf gemacht, nicht mal einen winzigen, dabei hatte Jette sich in Gefahr gebracht und ihren Eltern Angst und Sorge bereitet. Wie war das zu erklären?

Sie schmiss ihre Sachen auf den Stuhl in ihrem Zimmer und kroch unter die Decke. Sobald sie die Augen geschlossen hatte, sah sie die Ereignisse des Abends vor sich: das Konzert, die Razzia, das Fenster, aus dem sie geklettert waren, und vor allem Christian, wie er mit seiner frechen Bemerkung wegging. Sie öffnete die Augen, weil die Bilder so deutlich waren und sie nicht zur Ruhe kommen ließen, aber ihre Lider gingen augenblicklich wieder zu, die Erinnerungen blieben groß und lebhaft, und Jette fiel in einen Zustand zwischen Schlaf und Wachsein. Als es an ihrem Fenster klopfte, glaubte sie, dass sie träumte. Erst als es ein zweites Mal klopfte, schreckte sie auf. Sie sprang aus dem Bett und schob den Vorhang zur Seite. Draußen war jemand, nicht mehr als ein Umriss in der Dunkelheit. Er trommelte mit den Fingernägeln vorsichtig gegen die Scheibe.

Sie öffnete das Fenster. Es war immer noch nur ein Schemen, der vor ihr stand. Sie glaubte es kaum. »Christian?«

»Ja«, flüsterte er und kletterte bereits hinein. Vorsichtig schloss er das Fenster hinter sich. Auch in der Finsternis des Zimmers konnten sie einander nur als Schatten erkennen. Für einen Moment standen sie sich gegenüber, hin- und hergerissen zwischen Scheu und Sehnsucht, zwischen Anziehung und Angst, dann gaben sie ihrem Gefühl nach und umarmten sich. Christian zog sie an sich. Jette war im Nachthemd und darunter nackt. Sie fühlte seine Hand auf ihrem Rücken, seine Wange an ihrer. Er küsste sie auf die Schläfe, und sie nahm es wie ein Startsignal und drückte ihm vor Erleichterung mehrere Küsse aufs Gesicht. Sie hielten ihre Lippen aneinander, und sie fühlte, wie weich seine waren. Das Küssen war anders als in seinem Zimmer, irgendwie leidenschaftlicher.

»Was ist geschehen?«, fragte sie.

»Es waren so viele Leute, die sie mitgenommen haben, die konnten sie nicht alle einsperren. Sie haben nur Personalien aufgeschrieben, dann haben sie uns laufen lassen. Glück gehabt. Ich musste zu Fuß den ganzen Weg zum Millerntor zurück. Da stand mein Rad.«

»Oh Gott, Christian. Du glaubst nicht, wie erleichtert ich bin.«

Sie umarmte ihn wieder. Sein Jackett war aus dicker, kratzender Wolle, die sie durch ihr dünnes Nachthemd pikste. Es war ihr egal. Vorsichtig und Arm in Arm legten sie sich aufs Bett, und sie spürte seine Zunge in ihrem Mund und seine Hand an Rücken und Po. Für einen Moment stellte sie sich vor, ihre Eltern kämen herein, aber der Gedanke verschwand schnell wieder. Jette war heilfroh, Christian wiederzuhaben, sie erwiderte seine Küsse und tastete mit der Hand unter sein Jackett, wo sie durch das Hemd hindurch seinen Körper fühlte. Ihr Vater hatte die richtige Ahnung gehabt, ja, es war wahr, sie liebte ihn, er zog sie an, es war wundervoll in seinen Armen, sie fühlte sich sicher und gehalten, und als sein Atem schneller wurde, erschrak sie nur für einen Moment, dann schloss sie die Augen und ließ sich auf ihn ein. Sie küsste ihm das Gesicht und fuhr ihm durch die Haare, die sie vollkommen verwuschelte.

Er nahm seine Brille ab und steckte sie in die Jackentasche, dann zog er das Jackett aus und streifte sich das Hemd gleich mit ab. Auch wenn sich ihre Augen besser an die Dunkelheit gewöhnt hatten, fühlte sie ihn mehr als dass sie ihn sah. Er legte den Arm um sie, und sie strich über seinen nackten Oberkörper. Christian war mager, die Rippen traten hervor, einen Bauch hatte er nicht, selbst seine Oberarme waren dünn. Ihr kam in den Sinn, ihm etwas zu essen zu machen, wie eine Frau das für ihren Mann tut. Sie schmunzelte über diesen Einfall.

Er hatte ihr Nachthemd so weit hinaufgeschoben, dass ihr Po nackt war, und seine Hand wollte weiter. Jette wusste, was das Ziel war, aber sie lag mit dem Oberkörper zu ihm, deshalb konnte er ihre Brüste nicht berühren. Doch dann gab sie nach, öffnete sich, drehte sich zur Seite. Seine Hand glitt über ihren Busen, und dabei durchfuhr sie etwas, das ihr wie ein Sternenflug vorkam, sie sah glitzernde Farben im Kopf, zuckte zusammen und wünschte sich gleichzeitig, dass es nicht aufhörte. Seine Härte drückte gegen ihren Oberschenkel. Immer wieder drängten sich Gedanken in ihren Kopf, die ihr einredeten, für ein deutsches Mädchen gehörten sich solche Dinge nicht, und was sie tat, sei eine Sünde, die von Gott bestraft wurde. Mit aller Macht stellte sie diese Stimme ab, es war zu schön mit Christian, mit seinem weichen Mund und seinem schnellen Atem. Aber die Einwände kamen doch zurück, und Jette focht einen inneren Kampf zwischen Ja und Nein, zwischen Lust und Verbot, der entschieden wurde, als Christian sich den Hosenknopf öffnete.

Es machte »Plopp«. Dieses leise, aber durchdringende Geräusch war wie ein Weckerklingen für sie. Sein steifer Penis drückte gegen ihr Bein.

»Das nicht«, flüsterte sie in sein Ohr. »Ich darf kein Kind bekommen.«

Ihre Worte weckten auch ihn. Er hielt inne, und sie spürte seine Enttäuschung oder bildete sie sich zumindest ein. Ihre Hand fuhr hinab, in die geöffnete Hose hinein, sie umfasste seinen Penis und spürte, wie er pulsierte, und im nächsten Moment lief ihr eine warme Flüssigkeit über die Finger. Mit dieser Flüssigkeit wurden Kinder gezeugt. Lina hatte an Heimabenden darüber gesprochen, es hieß Sperma, sie hatte auch ein Buch herumgereicht, und die Mädchen hatten sich die Zeichnungen einer nackten Frau und eines nackten Mannes angeschaut und gekichert, während sie lasen, dass eine Schwangerschaft begann, wenn dieses Sperma auf ein weibliches Ei traf.

Christian hatte sich auf den Rücken gelegt. Sein Atem wurde ruhiger. Die Flüssigkeit aus seinem Penis klebte an ihrer Hand. Jette verstrich sie an ihrem Schenkel. Es durfte keine Spuren geben, auch keine alten, wenn ihre Mutter irgendwann den Bettbezug wechselte. Und gleichzeitig war der warme Körper von Christian neben ihr. Sie stellte sich vor, ihm ins Ohr zu flüstern, dass sie ihn liebte, aber das war zu viel, so etwas konnte sie einem Jungen nicht anvertrauen. Dieser Satz blieb bei ihr.

»Ich habe dir neulich nicht die Wahrheit gesagt«, sagte er später, kurz bevor er wieder zum Fenster hinauskletterte. »Mit dem Liedtext von *Goody-Goody*. Weißt du noch?«

»Klar. Gut-gut.«

»Das ist nicht die richtige Übersetzung. Im Lied geht es um ein Mädchen, das jemanden trifft und ihm ihr Herz schenkt. *Goody-Goody* bedeutet ›braves Mädchen‹. Zum ersten Mal verliebt sie sich, und alles andere ist nicht mehr so wichtig.«

»Oh«, machte sie. Ihr wurde warm. »Und er? Wie ist es mit ihm?«

»Genauso. Er gibt sein Herz an sie.«

EINUNDDREISSIG

Am Montag wurde Ernst Hispel gefunden. Er war mit sieben Kugeln erschossen worden. Ein Passant hatte den Leichnam am Morgen in der Nähe des Elbtunnels entdeckt, nur wenige Tage, nachdem Krell ihn aus der U-Haft entlassen hatte. Der Tote war halbherzig unter einen Busch geschoben, Beine und Arme schauten heraus. Sein Mörder hatte sich weder die Mühe gemacht, ihn gut zu verstecken, noch seine Spuren zu verwischen. Zwei der Kugeln steckten im Kopf, den sie so weit aufgerissen hatten, dass man Gehirnmasse sehen konnte, eine dritte in der Herzregion und vier weitere in den Beinen. Die Ähnlichkeit zu dem toten Limba sprang ins Auge, und Krell ging davon aus, dass das geplant war. Auf einem sandigen Stück neben dem Gebüsch gab es eine Reifenspur mit klar erkennbarem Profil. Die Patronenhülsen lagen herum. All das machte nicht so sehr den Eindruck von Schlampigkeit, Eile oder Panik, sondern sprach für ein gezieltes Vorgehen. Es lag eine Botschaft in diesem Leichnam und in den deutlichen Hinweisen, und Hannes Krell verstand sie. In seinem Ohr klang sie wie: »Wir machen, was wir wollen, und du kannst uns überhaupt nichts.«

Die Kollegen von der Kriminaltechnik ließen auf sich warten. Krell glaubte inzwischen nicht mehr daran, dass der Grund dafür in kriegsbedingter Unterbesetzung zu finden war. Es stimmte zwar, dass auch diese Abteilung unter Personalmangel litt, aber da die Dezernate insgesamt wenige Kapitalverbrechen auf ihren Schreibtischen hatten, hatten die Techniker auch nicht viel zu tun. Die Erklärung für ihre Langsamkeit lag vielmehr in jenem Befehl, den auch Krell bekommen hatte: nur die wichtigen Fälle. Vor allem nicht die, an denen die SS beteiligt war.

Schubert hingegen war vor Ort. Er hatte den Toten genauso gründlich inspiziert wie Krell und auch die Reifenspuren angeschaut und grob ausgemessen. Sie redeten nur das Nötigste miteinander. Krell hatte ihm gleich am Tag nach der Ausleihe seine Dienstmarke zurückgegeben. Was gab es sonst zu sagen? Schubert überwachte ihn, Krell musste davon ausgehen, dass der Assistent jedes seiner Worte und jeden Ermittlungsschritt an Tessow weitergab. Deshalb beließ er es bei Formalien, man sagte Guten Tag und Auf Wiedersehen und gegebenenfalls Heil Hitler. Mehr war nicht drin, und erst recht zeigte er Schubert nicht, was in ihm vorging. Wie sehr dieser Todesfall ihn aufwühlte. Hätte er sich nicht so beherrscht, er hätte laut geschrien oder mit den Füßen getrampelt oder am liebsten irgendjemanden niedergeschlagen.

Aber er ließ sich nichts anmerken. Stand stoisch neben dem Leichnam und tat so, als suche er nach weiteren Spuren.

Hispels Entlassung aus der U-Haft hatte Krell auf ausdrückliche Anordnung des Kriminalrats vorgenommen.

»Sie haben jemanden eingesperrt, Herr Kommissar«, hatte Tessow gesagt. »Meinen Sie nicht, es wäre angezeigt gewesen, mich darüber zu informieren? Wozu haben wir die täglichen Lagebesprechungen?«

»Ich wollte Sie mit einer solchen Kleinigkeit nicht behelligen.«

»Eine Kleinigkeit?«, gab Tessow in kaltem Ton zurück. »Und wenn Sie Ihren Vorgesetzten über laufende Fälle informieren, dann behelligen Sie ihn? Eine seltsame Dienstauffassung ist das, Herr Krell, das muss ich leider feststellen.«

»Es tut mir leid. Ein Fall von Selbstgefährdung. Ich werde den Mann an einen Nervenarzt übergeben, bin aber noch nicht dazu gekommen, einen zu suchen. Deshalb habe ich ihn vorerst festgesetzt.«

Tessow rollte mit den Augen. »Wenn der Kerl sich ins Jenseits befördern möchte, dann soll er das tun. Mein Mitgefühl hält sich in engen Grenzen, und ich glaube nicht, dass sich der deutsche Volkskörper mit einem derart nutzlosen Element belasten muss. Hat Ihr Festgenommener … Ihr Selbstmordgefährdeter … in seinem Leben irgendetwas geschafft, das unserem Volk von Nutzen war? Irgendetwas, worauf er stolz sein könnte?«

»Das weiß ich nicht. Ich dachte, wir …«

Mit einer Handbewegung schnitt Tessow ihm das Wort ab. »Herr Kollege Krell: ›Ich dachte‹ ist eine Floskel, die ich nicht mehr hören möchte. In diesem Raum nicht und im gesamten Kommissariat auch nicht. Schreiben Sie sich das hinter die Ohren. Im Deutschen Reich folgen wir Befehlen. Sehen Sie den Unterschied?«

»Selbstverständlich.«

»Dieses ›Ich dachte‹ ist etwas durch und durch Bürgerliches und Krankes. Jeder denkt etwas, der eine so, der andere so. Mit einer solchen Kakofonie können sich die abgewirtschafteten Demokratien belasten. Unsere Nation braucht so etwas nicht. Bei uns zählen Befehl und Gehorsam, und damit sind wir stärker als alle anderen.«

Krell schlug die Hacken zusammen. Es knallte laut. »Jawohl.«

»Sie entlassen diesen Mann heute noch aus der U-Haft. Wir füttern solchen Abschaum doch nicht durch. Wo kommen wir denn da hin? Unser Staat benötigt seine Mittel wahrlich für wichtigere Dinge.«

»Jawohl«, sagte Krell wieder.

»Und einen Nervenarzt brauchen Sie für ihn auch nicht zu suchen. Entweder schafft er das selber oder er hat eben keinen. Wir sind die Polizei, nicht die Wohlfahrt. Ich hoffe, ich habe mich klar ausgedrückt.«

»Unmissverständlich, Herr Kriminalrat. Entlassung noch heute. Keine Hilfe bei der Arztsuche.«

Tessow schaute ihm in die Augen und hielt den Blick länger als nötig. Hannes Krell stand stramm und rührte sich nicht. In der Geste seines Vorgesetzten lag eine weitere Drohung, auch wenn nach wie vor nicht klar war, ob der Kriminalrat seine Einberufung aktiv betreiben oder nur nichts gegen sie unternehmen würde, falls sie denn käme.

Als Krell nun vor Hispels Leichnam stand, kehrte die alte Idee zurück, dass er von sich aus zum Wehrkreiskommando ging und sich einschrieb. Es zog ihn fort, mit aller Macht, er wollte weg von hier, raus aus dem ganzen Mist, an die Front, in den Kampf, wo auf ehrliche Weise Mann gegen Mann stand und man sich beweisen musste.

Seine Angst vor einem neuerlichen Fronteinsatz glaubte Krell mittlerweile überwunden zu haben. Sein größtes Problem war Wiebke. Er hatte ihr zwar nicht versprochen, sich nicht freiwillig zu melden, sondern nur, dass er vom Limba-Fall abließ. Aber letztlich war das eine spitzfindige Unterscheidung. Wiebke wollte keine Veränderungen, weder für sich noch für die Töchter und auch nicht für ihren Mann. Ihre Furcht war mit Händen zu greifen. Hunderttausende von Ehemännern standen an einer der vielen Fronten, und trotz dieser hohen Zahl und der Gewöhnung war es, wie er aus dem Freundes- und Bekanntenkreis wusste, in den Familien ein Drama und oft sogar eine Tragödie, wenn der Mann fortzog, und noch viel mehr, wenn eines Tages zwei Offiziere vor der Tür standen und die Nachricht seines Todes überbrachten. *Als höchstes Opfer für Deutschland und für seine Familie gab der Gefreite Sowieso sein Leben …*

Krell stellte sich vor, wie Wiebke bei einer solchen Nachricht zusammenbrechen würde, und ob und wann sie sich irgendwann wieder fangen würde, war nicht vorauszusehen. Seine Töchter hätten dann keinen Vater mehr, aber auch keine Mutter, auf die sie sich verlassen konnten. Diese Vorstellung sprengte alles, was er zu denken bereit war.

Bliebe er andererseits auf dem jetzigen Weg, dann war es, als ob er sich die Eier abschneiden ließ. Genauso, wie er Wiebke an jenem Abend gesagt hatte. Vielleicht war er stark, wie sie es ihm zugeschrieben hatte, aber er würde es nicht bleiben, wenn er diesen Mist mitmachte. Dann wäre er nur noch Hannes Krell, der Befehlsempfänger, der Jasager, der Hackenzusammenschlager, gedemütigt und zurechtgestutzt. Ein Schwächling. Weder ein Ehemann, den sich eine Frau wünschte, noch ein guter Vater. Es blieb bei der Einschätzung, die er Wiebke gegeben hatte, seine Wahl hieß: entweder sein Selbst oder seine Familie.

Er richtete seine Aufmerksamkeit auf den Leichnam und nahm sich vor, den Mord an Hispel in der Abendlage vorzustellen. Er plante, den anwesenden Kollegen in großer Runde zu erklären, dass er den Mann in U-Haft gehabt hatte. Dann würde er abwarten, wie Tessow reagierte. Krell ging davon aus, der Kriminalrat würde erklären, Ernst Hispel sei keine wichtige Angelegenheit, und verlangen, den Fall zu den Akten zu legen. Ohne Erlaubnis konnte Krell auf keinen Fall ermitteln. Nicht schon wieder.

Die Mörder hatten also endgültig gewonnen.

Schubert stand beschäftigungslos am anderen Ende des Busches, unter dem der Tote lag. Krell trat zu ihm.

»Sie warten auf die Kollegen von der Kriminaltechnik, Herr Assistent.«

»Zu Befehl.«

»Die sollen sich alles genau anschauen, auch den Reifenabdruck dort. Wir brauchen Fotos und präzise gemessene Abstände, damit wir das Profil vergleichen können.«

»Aber …«, begann Schubert.

»Wollen Sie mir widersprechen?« Die Frage war scharf ausgesprochen.

»Nein, selbstverständlich nicht. Ich werde den Technikern Ihre Anweisung weitergeben.« Er streckte den Arm aus. »Heil Hitler.«

Krell antwortete mit dem gleichen Gruß, ohne aber den Arm hochzureißen. Sein Auto stand in unmittelbarer Nähe. Er fuhr nach Pöseldorf, wo er am Harvestehuder Weg spazieren ging, auf die Villen von Partei und SS blickte und an der Alster zwei Zigaretten rauchte. Viele Gedanken machte er sich nicht mehr, er schaute auf die Residenzen der Mächtigen, nicht einmal mit Verachtung, sondern mit einem Gefühl von Leere. Am späten Nachmittag war er zurück in der Dienststelle und trug den Fall Hispel in der Abendlage vor, wie geplant einschließlich der U-Haft und der Entlassung daraus. Die meisten Kommissare waren anwesend, genauso wie der Kriminalrat und Schubert, der Einzelheiten vom Tatort ergänzte und sich über die Reifenspur ausließ, die nach dem Eindruck des Technikers von einem Kübelwagen stammte, also einem Militärfahrzeug. Krell wartete geradezu darauf, dass Tessow die Ermittlung untersagte. Als Schubert zu Ende kam, zeigten die Kollegen keine Reaktionen, es entstand ein Moment des Schweigens, der sich so lange hinzog, dass Idstein ihn mit einer belanglosen Frage über das Alter des Toten beenden zu müssen glaubte.

Krell zündete sich eine *Finas* an. Seit Jahren hatte er nicht so viel geraucht wie in diesen Tagen. Offenbar war er lange nicht mehr so angespannt gewesen. Auch die anderen Kommissare hatten Zigaretten zwischen den Fingern, die Aschenbecher im Besprechungsraum quollen über. Es gab das Gerücht, dass demnächst der freie Verkauf von Zigaretten eingeschränkt und Tabakkarten eingeführt werden sollten. Offenbar war der Bedarf bei der Wehrmacht riesig, deshalb sollte die Heimatfront verzichten. Krell fragte sich, wie die Kollegen – und die vielen anderen Raucher im Reich – das hinnehmen würden. Auch der Kriminalrat zog sich eine dünne Zigarre aus einer Holzschachtel und brannte sie an. Er hatte ein goldenes Feuerzeug, das er sofort wieder in seiner Westentasche verschwinden ließ.

»Meine Herren«, sagte Tessow, »die Pflicht gebietet mir, Sie an etwas zu erinnern, das allseits bekannt ist, nämlich dass sich das Deutsche Reich im Krieg befindet. Jeder von Ihnen kennt Kollegen, die in den allerersten Frontlinien ihren Dienst tun. Die Polizei schickt der Wehrmacht kundige und tapfere Soldaten. Diese Männer riskieren tagtäglich ihr Leben für unser deutsches Vaterland. Wir sind stolz auf sie.«

Krell hörte nur mit einem Ohr zu. Sein Blick wanderte um den Tisch herum. Nacheinander schaute er unauffällig in die

Gesichter von Idstein, Hagemüller und den anderen. Auch seinen Assistenten Schubert betrachtete er und am Ende den Kriminalrat. In diesem Moment unterstellte er, dass sie alle, genauso wie Wiebke, nur ein Ziel hatten: Sie wollten überleben. Und zwar möglichst unbeschadet.

»Kommissare«, fuhr Tessow fort, »ich erwarte, dass alles, was hier besprochen wird, unter uns bleibt, und gemahne Sie ausdrücklich an Ihre Pflicht zur Verschwiegenheit. Das bedeutet, es wird weder über laufende noch über geschlossene Fälle geplaudert, nicht im Freundeskreis, nicht beim Bier mit zufälligen Tischnachbarn und auch nicht mit den Ehefrauen, die die Dinge dann der Nachbarin weitertratschen. Alles, was in der Lage besprochen wird, bleibt hier, in diesem Raum. Habe ich mich unmissverständlich ausgedrückt?«

Allgemeines Nicken und Gemurmel setzten ein, halblaute Ausdrücke wie »selbstverständlich« und »das ist klar« waren zu hören. Auch Krell beteiligte sich, langsam und schwerfällig bewegte er den Kopf auf und nieder. Er hatte den Eindruck, dass Tessow ihn dabei beobachtete.

»Der Krieg, den die Wehrmacht kämpft, hat das Ziel, mehr Gerechtigkeit für unser deutsches Vaterland zu erreichen. Wir können nicht länger ein Volk ohne Land bleiben; ich denke, das versteht sich von selbst. Und weil wir stark sind, nehmen wir uns, was wir brauchen. In Kriegszeiten ist das zivile Leben in der Heimat ein anderes als im Frieden. Wir alle, die wir in unserem Land das Wirtschaften und Zusammenleben aufrechterhalten, müssen uns zurücknehmen, egal ob bei der Versorgung oder bei Luftangriffen oder sonst irgendwas. Staat und Partei greifen gegen ihre Feinde härter durch, manchmal auf eine Art, die man in Friedenszeiten eventuell nicht gutheißen würde. Aber wie bereits gesagt, wir befinden uns im Krieg. Da gelten andere Regeln.«

Er hatte während seiner Rede nicht an seiner Zigarre gezogen, deren Glut deshalb erloschen war. Er nahm sein goldenes Feuerzeug aus der Weste, zündete sie wieder an und paffte, bis die Spitze rot war. Krell schloss an den Gedanken an, der sich in seinem Kopf immer wieder neu drehte – überleben. Idstein und Hagemüller hatten Familie, ihre Kinder waren jünger als seine. Selbst wenn sie Patrioten waren, hatten beide nach seiner Einschätzung vor allem den Wunsch und das Ziel, sich ihrer Verantwortung zu Hause zu stellen. Sie waren die Verdiener. Keine Helden, sondern einfache Beamte, bereit, im Dienst auch Dinge mitzumachen, die sie für falsch hielten, wenn das verlangt wurde. Wahrscheinlich dachten sie nicht einmal viel darüber nach. Sicherlich konnte man nicht behaupten, dass sie, wenn sie gehorchten, ihren männlichen Stolz aufgaben, im Gegenteil, die Tatsache, dass sie ihren Preis bezahlten, gereichte ihnen in gewisser Weise zur Ehre.

Krell fragte sich, ob er Tessow das Gleiche zubilligen sollte. Für den Kriminalrat, fand er, galt ein anderer Maßstab als für Idstein oder Hagemüller, weil er die Befehle nicht nur ausführte, sondern erteilte. Zumindest seinen Reden nach stand er hinter diesen Entscheidungen. Vor allem trug er Verantwortung.

»Ich gehe davon aus«, fuhr Tessow fort, »dass ich mich bereits klar ausgedrückt habe. Aber wo ich einmal dabei bin, werde ich nun vollkommen deutlich. In diesem Zusammenhang verweise ich noch einmal auf das Schweigegebot, dem Sie unterliegen, meine Herren. Dieser Hispel Ernst war ein unwürdiges Element, ein mieser kleiner Verbrecher, der von der Hand in den Mund lebte. In Friedenszeiten kann ein Volk solche Männer aushalten, solange es nicht zu viele werden. Im Krieg geht das nicht. Nicht einmal die Wehrmacht wollte ihn. Er war untauglich. Das sagt doch alles über den Wert diesen Herrn. Untauglich.«

Krell hatte längst verstanden, was Tessow ihnen zwischen den Zeilen mitgeteilt hatte. Der Kriminalrat wusste nicht nur, dass SS-Standartenführer Schweikert die Ermordung von Limba und Hispel angeordnet hatte, sondern er akzeptierte es und hielt es für richtig. Krell empfand Verachtung für den Kriminalrat. Es gab keinen Grund dafür, dass er zwei Morde deckte. Der Mann war zu alt, um eingezogen zu werden, und er hatte eine zu bedeutende Stellung, um sanktioniert zu werden. Nein, Tessow hielt die Eigenständigkeit der SS in Bezug auf die Gesetze für richtig und unterstützte sie. Den Grund dafür hatte er ihnen genannt: der Krieg. Man hatte sich zurückzunehmen.

Es war, was Schweikert und das Lokal *Alle Wetter* anging, eine groteske Verdrehung der Tatsachen. Der Herr Standartenführer übte Selbstjustiz, weil ihm jemand gefährlich wurde und weil er fürchtete, sein geheimes Leben als 175er nicht fortsetzen zu können. Einen anderen Grund gab es nicht. Das war eine besondere Form der Doppelmoral, denn andere 175er verfolgte Schweikert, seine SS sperrte sie ins Lager. Für sich selbst machten sie also gleich zwei Ausnahmen, sie übten selbstständig Gewalt aus und blieben bei einer verbotenen Sexualität. Und trotzdem erkannte Krell in diesem Augenblick klar wie nie, dass er diese beiden Mordfälle nicht weiterverfolgen würde, nicht für seine Selbstachtung und auch nicht für seinen Bekannten Jan Weller, dem sie ein Auge ausgeschlagen hatten. Die SS schreckte vor nichts zurück. Im Zweifelsfall würde sie auch einen neugierigen Kriminalkommissar erschießen. Oder sie nahmen ihm Jette weg und sperrten sie in ein Jugendlager. Oder sie veranlassten, dass er eingezogen wurde.

Direkt nach der Besprechung machte Hannes Krell Feierabend. Ein Gefühl von Ekel hatte ihn überfallen, derart heftig, dass es unmöglich war, sich wieder an seinen Platz zu setzen. Er ergriff die Flucht, und das so eilig, dass er kaum die Kollegen zum Abschied grüßte. Nicht einmal Hut und Mantel zog er im Büro an, er hatte sie in der Hand, drückte sich im Flur den Hut auf den Kopf und zwängte sich in den Mantel, während er mit langen Schritten durch das Dienstgebäude ging. Seine Absätze schlugen hart auf den Boden auf und erzeugten einen lauten Widerhall. Er hatte bis dahin noch nie über die symbolische Bedeutung nachgedacht, die es hatte, dass die verschiedenen Polizeien und auch die Gestapo in einem Gebäude saßen, das *Stadthaus* hieß. Demnach war es für die Stadt das Wichtigste, für die Überwachung der Ordnung zu sorgen, und das galt selbst dann, wenn diese Ordnung keinen Regeln mehr gehorchte, wenn sie willkürlich war und allein nach den Mechanismen der Macht funktionierte. Dafür gab die Stadt ihr Gebäude her. Und er, Hannes Krell, war ein Teil von all dem; auch er hatte seinen Schreibtisch im *Stadthaus*. Wie lange er gebraucht hatte, um diese Zusammenhänge zu durchschauen. Dafür hatte es Tessows Anweisungen bedurft. Von allein war er nicht darauf gekommen.

Mittlerweile war es November. Auch wenn es der Uhrzeit nach noch Nachmittag war, hatte der Abend bereits angefangen. Es war dunkel, leichter Regen fiel, die Herbstkälte kroch einem durch die Kleidung auf die Haut. Krell stellte seinen Mantelkragen auf. Sein Opel stand in einer Nebenstraße. Er machte sich auf den Weg zum Ottensener Friedhof.

Man musste langsam fahren. Andere Autos konnte man wegen der schmalen Schlitze in den Lampen erst spät erkennen, weil es so dunkel war und weil der Regen einen Schleier auf der Scheibe hinterließ. Krell saß weit vorgebeugt und starrte hinaus. Er brauchte lange für die wenigen Kilometer, der Friedhof lag in der Nähe der Bahrenfelder Chaussee. Krell erinnerte sich nicht mehr, wo der Eingang war, er musste ihn suchen und kurvte umher, zumal es ohne Tageslicht wenige Orientierungspunkte gab. Selbst die Straßenschilder ließen sich nur entziffern, wenn man direkt unter ihnen langsam wurde.

Er stellte den Opel auf einer menschenleeren Straße ab. Der Friedhof war eingezäunt, das Tor verschlossen. Krell rüttelte daran. Augenblicklich schlug ein Hund an, aber das Gebell kam aus einiger Entfernung, das Tier bewachte nicht das Gelände, es gehörte zu einem Nachbarhaus. Er ergriff die Eisenstreben des Tors, das zu wackeln anfing und dessen einzelne Teile laut gegeneinanderschlugen. Trotzdem zog er sich an ihnen hoch und kletterte darüber. Er wusste nicht recht, welchen der Wege er einzuschlagen hatte, er war so lange nicht hier gewesen, dass er sich nicht daran erinnerte, wo das Grab seines Vaters lag. Es regnete immer weiter. Er schritt die düsteren Gänge ab, links und rechts die Gräber, beugte sich auf beiden Seiten zu den Steinen, las die Namen darauf, bog ab, nahm den nächsten Gang. Er hörte ein Käuzchen rufen. Direkt vor ihm floh ein Eichhörnchen vor einem Artgenossen. Beide jagten einen Baum hinauf. Es dauerte lange, bis er fand, was er gesucht hatte. Als er stehen blieb, hatte der Regen den Stoff seines Mantels schwer gemacht. Von den Ärmeln lief die Feuchtigkeit über seine Hände. Die Hose klebte an den Beinen.

Der Stein, vor dem er angehalten hatte, war schwarz und poliert, die Inschrift ursprünglich golden, aber inzwischen verblasst. Beide Eltern lagen nebeneinander, und selbstverständlich stand der Name des Mannes über dem der Frau. Da sie vor ihm gestorben war, hatte der Steinmetz den entsprechenden Platz von Anfang an ausgespart und ihn für das Familienoberhaupt reserviert.

Hannes Krell legte die klammen Hände zusammen und grüßte in Gedanken seine Mutter. Doch er war wegen seinem Vater hier und bemühte sich, ihn sich vorzustellen, den preußischen Beamten, der es vorzog, an seiner Tonpfeife zu ziehen, anstatt Worte zu machen, der ein so klares Weltbild und feste Werte gehabt hatte und der seine Familie regierte wie sein Monarch den Staat.

Krell gelang es nicht, in sich die Erinnerung an seinen Vater hervorzurufen, er sah weder Gesicht noch Haltung des Alten, und wenn sie doch in Umrissen auftauchte, verschwand sie gleich wieder wie ein flüchtiger Traum. Er war gekommen, um seinem Vater mitzuteilen, dass er inzwischen selber ein erwachsener Mann mit zwei Kindern war, und um sich endgültig zu verabschieden. Es wäre schöner gewesen, er hätte sein Bild vor sich gehabt. Nun würde es auch ohne das gehen. Aus keinem einzigen der benachbarten Häuser kam Licht, der Regen ließ ein wenig nach, aber die Dunkelheit war so dicht, dass Krell nicht einmal mehr den Schriftzug auf dem Stein entziffern konnte. Mit dem Namen war auch sein Vater verschwunden. Er war ihm entglitten. Krell wusste kaum noch, warum er überhaupt gekommen war. Es fiel ihm nicht ein, was er dem Alten hatte zurufen wollen. Sein Kommen schien ihm inzwischen sinnlos und ein wenig theatralisch. Vielleicht war er deshalb so fahrig, weil er nicht hier sein wollte.

»Ich gebe dir etwas zurück«, zwang er sich auszusprechen, »was ich nicht mehr haben will, und das sind deine Maximen. Anständigkeit. Dinge zu Ende bringen. Vielleicht war das zu deiner Zeit richtig. Heute nicht mehr.«

Er empfand nicht, was er sagte. Es zog ihn fort, zurück über das schmiedeeiserne Tor auf die Straße. Außerdem verlangte ihn nach einer Zigarette. Er fragte sich, ob es angemessen war, auf einem Friedhof zu rauchen. Auch dieser

Gedanke war sinnlos, so wie diese ganze Aktion, niemand sah ihn und würde sich über sein Rauchen beschweren. Er zündete sich eine *Finas* an, was mühsam war, denn die Kälte hatte seine Finger mittlerweile steif werden lassen. Außerdem regnete es immer weiter.

Er hätte seinem Vater gerne gesagt, dass sie nun endgültig auseinandergingen. Auch das gelang ihm nicht, nicht einmal für diesen einen Satz blieben seine Gedanken konzentriert. Tessow fiel ihm ein, dann Schubert, der Verräter, schließlich Jan Weller in seinem Krankenhauszimmer, er verharrte aber bei keinem dieser Männer, es waren nur Eindrücke, ein schwarzweißer Film wie in einer Wochenschau im Kino, der an ihm vorbeizog. Nutzlos.

Trotzdem blieb er an seinem Platz, bis er die Zigarette geraucht hatte. Dann lüpfte er vor dem Grabstein den Hut ab, sagte halblaut »Auf Gott« und ging fort. Er freute sich auf ein geheiztes Lokal und sein Abendbier, zu dem er mit Euler verabredet war. Noch einer, der im *Stadthaus* arbeitete und die Bevölkerung überwachte. Krell beeilte sich. Sie wollten sich in der Davidstraße treffen, auf Sankt Pauli, in seiner alten Heimat. Es war egal, ob er zu früh dort sein würde.

Als Euler eintraf, hatte Krell bereits sein zweites Bier vor sich. Die Kneipe war schummrig. Obwohl es draußen inzwischen nicht mehr regnete, lag Feuchtigkeit in der Luft, die Wolljacken an den Garderobenhaken rochen danach, an den Fenstern hatte sich Kondenswasser gesammelt. Der gusseiserne Ofen in der Ecke bollerte und glühte. Das Lokal, das nach seinem Besitzer *Fiete* hieß, war ein ganz anderer Ort als das *Alle Wetter*, auch hier verkehrten zwar fast nur Männer, doch es waren Arbeiter, leicht zu erkennen an ihren breiten Händen und der abgestoßenen Kleidung. Ihre Sprache war Plattdeutsch; sie redeten laut, als wäre es undenkbar, dass an einem der Nebentische ein Spitzel saß. Wenn sie auf die Hitler-Regierung kamen, folgten meistens unflätige Bemerkungen. Manchmal gab es auch Rülpser, über die die anderen dann lachten.

»Sieh zu, dass du aufholst«, sagte Krell mit Blick auf sein Bierglas, als Euler sich an seinen Tisch gesetzt hatte. Ohne Aufforderung und ohne jede Rücksicht auf Tessows Schweigegebot begann er, seinem Freund die neuen Entwicklungen aus der Mordkommission zu berichten. Ihn überkam ein flaues Gefühl, er war niedergeschlagen, als er wiedergab, dass nach Ansicht des Kriminalrates das Recht in Kriegszeiten zurückzustehen habe, und dass es nicht störe, wenn kleine Verbrecher wie Limba oder Hispel erschossen würden. Während er redete, wurde ihm deutlich wie nie, dass er nicht glaubte, die Unabhängigkeit der SS könne nach dem Krieg wieder eingefangen werden. Wahrscheinlich traf das Gegenteil zu und die Organisation hätte dann noch viel mehr Macht als jetzt. Wer wollte ihr die nehmen? Hitler würde das nicht tun und auch niemand anders. Der Reichsführer SS gehörte zum allerengsten Führungszirkel.

»Ich bin nicht froh, dass ich recht gehabt habe, glaub mir«, meinte Euler. »Aber man muss die Realität anerkennen. In dieser Sache kann man nichts gewinnen.«

Krell trank Bier und schüttelte den Kopf. »Ich hoffe, du hältst mich nicht für sentimental, aber ganz ehrlich, ich komme mir wie ein Verräter vor, wenn ich kusche. Irgendwie fühle ich mich schmutzig.«

»Tja.«

»Ich wäre lieber bei der Straßenreinigung als bei der Polizei. Da hat man es wenigstens mit echtem Dreck zu tun.«

»Quatsch, die meisten Kollegen, die da gearbeitet haben, sind eingezogen. Bleib man da, wo du bist.«

»Ja. Scheiße ist's trotzdem.«

Euler schaute ihn an und trank von dem Bier, das der Wirt vor ihn gestellt hatte. An den Wänden im Schankraum hingen gerahmte Bilder großer Segler und ein rot-weißer Schwimmring. Die Luft war dick, der Rauch stand unter der niedrigen Holzdecke. Immerhin war es warm; der Ofen leistete ganze Arbeit. Die Feuchtigkeitsflecken an Krells Mantel, der an der Garderobe hing, schrumpften, und seine Hände waren wieder beweglich. Krell achtete auf die Geräusche um ihn herum. Ein Mischmasch tiefer Stimmen lag in der Luft, ein Wörterbrei wie aus einer Kulisse, bei dem man vor allem verstand, dass Dialekt gesprochen wurde, das breite Hafenplatt. Er, der Bahrenfelder Beamtensohn, gehörte nicht zu diesen Männern; wenn man sie fragte, würden sie ihn als Fremden ansehen. Trotzdem fühlte er sich unter ihnen heimisch. Nach all den Jahren war Sankt Pauli noch immer sein Zuhause.

»Weißt du, Hannes, wer sich äußerlich fügt, braucht mehr innere Stärke als jeder andere, wenn er ein aufrechter Kerl bleiben will.«

»Schön gesagt. So ähnlich schnackt Wiebke auch. Wer weiß, ob's stimmt. Vielleicht gibt man einfach auf, und die innere Stärke fliegt davon.«

Euler gehörte nicht dem Verein der Rechthaber an. Wer seine Überzeugung nicht annahm oder teilte, wurde nicht mit weiteren Argumenten bombardiert. Schweigend rauchten und tranken sie, und es dauerte lange, bis Euler den Faden wieder aufnahm.

»Heutzutage ist in unserem Staat das große Ganze wichtiger als das Kleine. Aber wenn man die Dinge anders sieht und aufs Kleine schaut, aufs Private, dann hast du alles, was man wirklich braucht. Ein Haus, eine Frau, zwei Kinder. Ich würde behaupten, danach haben Männer immer gestrebt.«

»Kann sein. Aber ich zahle einen hohen Preis.«

»Du zahlst das, was es dir wert ist.«

Krell dachte über diese Worte nach und fand sie treffend. Hätte er sich selbst und seine Moral über die Familie gestellt, dann hätte er irgendetwas gegen Schweikert unternommen und ihn zur Strecke gebracht. Aber das hatte er nicht getan. Es war allerhöchste Zeit, einen letzten Strich unter die Angelegenheit zu ziehen. Er hatte sich doch entschieden. Warum haderte er noch damit?

»Wenn ich mir wenigstens einen Witz ausdenken könnte«, sagte er zu Euler.

»Einen mit zwei S? Wie: schöne Scheiße?«

»Zum Beispiel. Oder: selber schuld.«

»Das ist gut.« Euler drehte sich zum Nachbartisch, der nahe an ihrem stand und an dem drei Männer saßen. »Warum hat die SS ihren Namen?«, fragte er.

»Weiß nicht.«

»Selber schuld.«

Die drei lachten. Einer von ihnen gab die Erklärung sogleich an den nächsten Tisch weiter. Auch von dort kam ein Lachen.

ZWEIUNDDREISSIG

In der Schule verloren sie kein Wort über ihr Abenteuer, sie grinsten sich nur manchmal verstohlen an, was den Klassenkameraden aber verborgen blieb. Elisabeth bekam nichts mit, sie war ganz mit ihren neuen, alten Zielen beschäftigt und bestrebt, in jedem Fach Klassenbeste zu sein. Björn und seine Freunde sangen in den Pausen Parteilieder oder marschierten über den Hof, als könnten sie es nicht abwarten, in den Krieg zu ziehen. Doch es waren Christian und Gregor, die vor ihnen allen ihre Einberufungsbescheide erhielten.

Jette erfuhr nicht von den Jungen selbst davon, sondern aus Doktor Petersens Mund, der sich langatmig darüber ausließ, dass der nationalsozialistische Staat seine Mittel habe, junge Leute zu disziplinieren, wenn sie sich ihm entgegenstellten. Sie rechnete mit einer seiner allgemeinen Reden, die bald auf die Heimatfront und das Jahr 1918 zu sprechen käme. Zunächst verharrte er bei der überlegenen arischen Rasse und der deutschen Weltanschauung, die andere in die Knie zwang. Im Westen gab es bereits keine Gegner mehr, denn es sei nur eine Frage der Zeit, wann der kümmerliche englische Widerstand zusammenbreche, zumal Feldmarschall Rommel mit seinen Truppen in Nordafrika das ehemalige britische Weltreich zu Grabe trüge. Jugoslawien und Griechenland seien besiegt, der Vormarsch in Russland unaufhaltsam. Das Deutsche Reich siege auf ganzer Linie.

Doktor Petersen stand vor ihnen und hielt seinen Stock wie einen Marschallstab in Brusthöhe vor sich, als wollte er ihnen zeigen, dass er ihn nicht benötigte und eigentlich in einer körperlichen Form war, um an vorderster Front mitzukämpfen.

»Es ist über 100 Jahre her«, erklärte er, »dass die Briten ähnlich starke Soldaten in ihren Reihen gehabt haben. Daraus erkennen wir, dass das Vereinigte Königreich seine beste Zeit im 19. Jahrhundert hatte.«

Jette rechnete damit, dass Doktor Petersen sie nun abfragen würde. Sie ging davon aus, dass er auf die napoleonischen Kriege anspielte, die sie behandelt hatten. Das passte auch zeitlich, diese Dinge lagen mehr als 100 Jahre zurück. So war ihr Tipp Admiral Nelson, der zwar, anders als Rommel, ein Seekapitän gewesen war, aber ein listiger und tapferer Befehlshaber. Wenn sie gefragt würde, würde sie diesen Namen nennen.

Doch Doktor Petersen fragte nicht, er redete weiter. Die Klasse hörte zu.

»Im Übrigen ist das Militär ein erprobtes Mittel gegen alle Formen jugendlichen Unsinns. Die Armee hat noch jeden geschliffen. Das Kollegium begrüßt es deshalb einhellig, dass zwei besonders renitente junge Männer aus unserer Schule eingezogen werden.«

Er hielt inne. In der Klasse war es mucksmäuschenstill. Keiner rührte sich.

»Ich füge hinzu: aus unserer Klasse.«

Jette hielt die Luft an. Sie brauchte nicht zu fragen, auf wen sich Doktor Petersen bezogen hatte. Erstens gab es nur zwei Jungen, die er unerziehbar fand, und zweitens war Gregor geradezu weiß im Gesicht und hielt den Kopf gesenkt. Christian hatte die gleiche Haltung. Beide starrten auf die Tischplatten und auf ihre Hände, die darauf lagen.

»Warum hast du es mir nicht gesagt?«, fragte sie Christian in der Pause.

»Ich hatte noch keine Möglichkeit. Der Brief ist erst gestern gekommen.«

Sie schluckte. »Wann ist es soweit?«

»Am Montag muss ich mich in der Kaserne melden.«

Das waren noch drei Tage, mehr nicht. Drei kurze Tage. Ihr schoss der Gedanke durch den Kopf, dass Christian weglaufen sollte, irgendwo untertauchen oder sich ins Ausland durchschlagen. Vielleicht ins neutrale Schweden. Sie machte sich klar, wie sinnlos diese Idee war. Wo sollte er sich unterwegs verstecken, zumal der Winter anbrach? Was bekäme er ohne Marken zu essen? Gleichzeitig müsste er immer fürchten, verraten zu werden. Und der Weg nach Schweden führte über das von der Wehrmacht besetzte Dänemark.

Sie nahm seine Hand. Es war ihr jetzt egal, dass die anderen sie sehen konnten und über sie reden würden. »Wo ist deine Grundausbildung?«

»Ich glaube, das darf ich nicht verraten. In der Lüneburger Heide.«

»Wie lange dauert sie?«

»Sechs Wochen.«

»Und dann?«

»Ich habe keine Ahnung, wohin sie mich dann schicken. Hoffentlich nicht nach Russland.«

Auch mit Gregor suchte sie das Gespräch. Es war mühsam, weil er wieder in die Haltung, mit der er aus dem Gestapogefängnis gekommen war, zurückgefallen war. Er redete nicht mehr, sondern zog sich von allen zurück und blieb für sich. Meistens starrte er nur in die Luft. Auch den gemeinsamen Heimwegen wich er aus. Immerhin brachte Jette in Erfahrung, dass ihm sein Bescheid ein paar Tage vor Christian zugestellt worden war. Er musste sich ebenfalls Montagmorgen in einer Kaserne melden, seine lag im Alten Land, auf der anderen Elbseite.

»Es tut mir leid«, erklärte Jette, als sie einen Weg nach Hause mit ihm erzwungen hatte. Sie hatte ihn abgepasst, versteckt hinter einem Gebüsch, und war herausgekommen, als er daran vorbeiging, um ihm diese vier Worte zu sagen. Damit meinte sie nicht nur seine Einberufung, sondern auch die Enttäuschung, die sie ihm bereitet hatte. Inzwischen hatte er wie alle anderen in der Klasse verstanden, dass sie und Christian ein Paar waren, denn sie standen nun jede Pause zusammen, oft Hand in Hand. Was Gregor darüber dachte, wie er empfand, ließ er sie nicht wissen. Seine Schotten waren dicht.

Am Sonnabend trafen sich Jette und Christian nach dem BDM-Nachmittag auf der Straße und spazieren Arm in Arm durch den anbrechenden Abend. Am Sonntag kam er zu ihr. Er hatte es angekündigt. Sie hatte den Impuls gehabt abzulehnen, besann sich aber eines Besseren. Es war das zweite Mal, dass er sie besuchte. Beim ersten Mal war er heimlich durchs Fenster gestiegen. Nun klopfte er an der Tür, reichte ihren Eltern die Hand und stellte sich vor. Ihr Vater kannte ihn schon. Mareike schaute ihn neugierig an. Christian hatte seine Platten unter dem Arm, alle zwölf Stück, mit einem Paketband ordentlich zusammengebunden.

Er übergab sie ihr, als sie in Jettes Zimmer waren. »Bitte pass auf sie auf.«

Sie überlegte, ob es nötig war, sie zu verstecken, und wo ein guter Platz dafür sei. Der Kleiderschrank wahrscheinlich. Ihre Zimmertür war angelehnt, sie hatte sich nicht getraut, sie richtig zu schließen, ihre Eltern sollten keinen falschen Eindruck bekommen.

Er nahm ihre Hand. »Morgen früh fahre ich los.«

Sie nickte. Es war eine langsame, schwerfällige Bewegung, die sie mit dem Kopf vollzog, als wäre sie nicht bei der Sache. All das war für sie kaum vorstellbar. Gerade erst hatte sie ihn gefunden, nun würde sie ihn schon wieder verlieren. Sie war manchmal traurig und verzweifelt und oft vor allem wütend auf Doktor Petersen und alle anderen Nazis. Außerdem hatte sie von Soldaten geträumt, die versuchten, ihre Gewehre zu laden, während sie verletzt im Schlamm lagen. Nichts davon konnte sie ihm sagen.

Sie schloss die Zimmertür und setzte sich direkt davor auf den Fußboden, sodass man sie von außen nicht öffnen konnte. Als sie ihn anschaute, hockte er sich neben sie. Rein äußerlich sah er mit seiner Hornbrille und den langen Haaren aus wie immer. Aber er wirkte ernster, viel ernster. Auch stiller. Er wusste, was ihm bevorstand. Ob er seine Entscheidungen, für den Swing und gegen die HJ, noch einmal so getroffen hätte, wenn er die Konsequenzen geahnt hätte? Es war müßig, darüber nachzudenken, denn nun war alles zu spät.

Er strich ihr über den Kopf und begann, sie zu küssen, erst auf die Wangen, dann auf den Mund. Sie fühlte wieder seine weichen Lippen auf ihren. Sie legte ihren Arm um ihn. Das war alles, was sie sich wünschte. Christian. Seine Nähe. Seine Hände auf ihrem Körper und ihre auf seinem.

Er nahm die Brille ab. Beim letzten Mal hatte sie sein Gesicht ohne Brille nicht erkennen können. Jetzt sah sie es. Es wirkte anders, zarter und verletzlicher. Sie drückte sich an ihn und traf die Entscheidung, dass sie an diesem Tag, am Nachmittag, bevor er in die Kaserne musste, seine Frau werden würde. Ganz ausziehen konnte sie sich nicht, auch dann nicht, wenn sie beide mit ihren Körpern die Tür versperrten. Das war zu gefährlich. Doch sie zog Pullover und Unterhemd aus, schob ihren Rock hoch und streifte die Unterhose ab.

Er küsste ihre Brüste. Sie schloss die Augen. Dann ertappte sie sich dabei, wie sie sich an ihn klammerte, als müsste sie ohne ihn ertrinken, und so kam es ihr auch vor. Sie trudelte. Es war so falsch, dass sie ihn verlieren sollte, und sie hatte Angst, dass es über ihre Kräfte gehen würde. Er fühlte sich so gut an, und sie gehörte zu ihm. Sie öffnete die Augen, schaute ihn an, ließ sie wieder zugehen. Er öffnete seine Hose, es gab wieder das »Plopp«, das sie neulich noch so erschrocken hatte. Diesmal wusste sie es einzuordnen. Sofort darauf hielt er seinen harten Penis gegen ihre Scheide, aber irgendetwas war schwer, er kam nicht weiter, offenbar funktionierte es nicht richtig, obwohl er es mehrfach versuchte. Sie wusste den Grund nicht, konnte ihn auch nicht ergründen, denn seine Flüssigkeit, dieses Sperma, lief bereits über ihre Oberschenkel und den hochgeschobenen Rock. Das besorgte sie mehr als alles andere – ihre Mutter durfte den Fleck auf keinen Fall sehen. Sie würde den Stoff auswaschen müssen, aber das ging erst, wenn ihre Mutter aus dem Haus war. Solange musste sie ihn verstecken.

Er streckte sich neben sie. »Tut mir leid, ging nicht besser.«

»Christian«, flüsterte sie und hielt seine Hand. Im gleichen Moment überkam sie eine neue Welle von Traurigkeit. Sie hätte heulen mögen und wahrscheinlich bald geschluchzt, sie riss sich nur zusammen, weil er da war, damit er keinen falschen Eindruck von ihr bekam und sie ihn nicht belastete. Doch der Schmerz blieb, er lag auf ihrer Brust und verschwand auch nicht, solange Christian da war. Fast war sie erleichtert, als er sagte, er müsse gehen. Da waren sie längst wieder angezogen, und sie hatte den feuchten Rock in den Schrank gestopft.

Sie begleitete ihn hinaus. »Schreibst du mir?«, fragte sie, als sie am Gartentor standen.

»Na klar.«

»Regelmäßig, ja?«

»Und du?«

»Auch. Natürlich.«

Er küsste sie auf den Mund, bevor er davonging. Sie schaute ihm nach, bis er um die Ecke gebogen war. Vom nächsten Tag an begann sie sich für den Frontverlauf zu interessieren. Das Reich erklärte den Vereinigten Staaten den Krieg. Jette stellte sich vor, dass Christian mit seiner Einheit nach Amerika gebracht würde, in das Land, dessen Musik er so sehr liebte. Vielleicht würde er sich mit den amerikanischen Soldaten besser verstehen als mit den eigenen Kameraden und mit ihnen auf irgendeinem Feldgrammofon Jazz hören, bevor sie ihn schließlich gefangen nahmen. In der Folge würden sie darauf achteten, dass ihr Musikkumpel aus Deutschland gut versorgt wurde. Sie behielt diese Fantasien für sich. Es war sowieso abwegig, dass die Wehrmacht ihre Truppen in die USA brachte. Über den Atlantik – das war einfach zu weit. Doktor Petersen hatte von solchen Plänen auch noch nie gesprochen.

In der Schule setzte sie sich nicht mehr neben Elisabeth, sondern auf den frei gewordenen Platz an Karls Bank. Es war ungewöhnlich, dass sich Mädchen und Jungen in ihrem Alter die Bank teilten, aber das war ihr egal. Elisabeth gehörte in ihren Augen zur anderen Seite, zu denen, die dafür verantwortlich waren, dass Christian in den Krieg musste, und deshalb sträubte sich alles in Jette, ein gutes Verhältnis zu ihr vorzugaukeln.

Karl dagegen war anders. Als sie zum ersten Mal ihren Ranzen neben seinem auf den Boden stellte und sich auf Christians Stuhl setzte, verstand er den Grund. Er drehte sich zu ihr und sagte: »Er wird wiederkommen. Ganz bestimmt.«

»Ja, ich weiß.«

Jeden Tag ging sie zum Briefkasten. Er schrieb seltener, als erhofft und erzählte nie, wie es ihm ging, sondern nur, dass man ihm die Haare geschnitten hatte und das Essen gut sei.

Möglicherweise hatte er Sorge, dass seine Briefe gelesen wurden. Sie ließ ihn wissen, wie sehr sie ihn vermisste, schwenkte aber bald auf seinen Tonfall ein und erzählte dann, was sie in der Schule lernten. Die Briefe hatten etwas Belangloses, und dennoch schaute sie immer nach, und wenn einer gekommen war, eilte sie damit auf ihr Zimmer und las ungeduldig. Bald war sie davon überzeugt, dass er Vorsicht walten lassen musste. Ihr Vater bestätigte ihre Vermutung.

»Das kann man nie wissen«, sagte er.

Von da an entwickelte Jette den Ehrgeiz, ihm zwar zu schreiben, was sie für ihn empfand und wie sehr sie ihn vermisste, aber auf eine Art, die ein fremder Leser nicht durchschauen konnte. Sie schilderte, wie sie am Strand von Tinsdal gewesen war und auf die Elbe hinausgeblickt hatte. Wie leer es unter der Eiche im Schulhof war. Und einmal, als sie sich besonders mutig fühlte, auch, dass sie in der Nacht den Eindruck gehabt hatte, es klopfe jemand an ihr Fenster. Aber das sei ein Irrtum gewesen.

Weihnachten musste er in der Kaserne verbringen. Soweit sie zurückdenken konnte, hatte sie sich immer auf Weihnachten gefreut, mehr sogar als auf ihren Geburtstag, weil es ein Tag für alle war, für die ganze Familie, an dem sie zusammenkamen und sich gegenseitig beschenkten, und niemand stand, wie an Geburtstagen, stärker im Mittelpunkt als die anderen. In diesem Jahr war es kalt. Eine dünne Schicht aus Schnee und Eis lag auf den Straßen und Wegen. Morgens, wenn Jette aus dem Haus ging, zog sie den Schal höher und den Mantel fest zu. Christian schickte sie eine selbstgestrickte Mütze, obwohl sie nicht wusste, ob er sie aufsetzen durfte. Vielleicht musste er immer seinen Soldatenhelm tragen.

Im Januar, als die sechs Wochen der Grundausbildung beinahe abgelaufen waren, schrieb er, dass er nach Finnland verlegt wurde. Urlaub erhielt er immer noch nicht, aber sein Zug fuhr von Altona aus, und er fragte sie, ob sie zum Bahnhof kommen würde.

Zwei Tage vorher traf sie Gregor auf der Rissener Dorfstraße, dort, wo die Geschäfte waren. Ihre Mutter hatte ihr die Lebensmittelmarken gegeben und sie einkaufen geschickt. Gregor sah in seiner Wehrmachtsuniform wie verkleidet aus, wie ein Junge in Männersachen. Die Jacke war zu groß, die Stiefel wirkten klobig, sein weiches Gesicht mit der aufgeworfenen Lippe passte nicht zu dem schweren Helm. Sein Blick hatte nach wie vor etwas Verträumtes.

»Jette!«, rief er, als er noch viele Meter von ihr entfernt war. Und noch einmal: »Jette!«

»Wie kommt es, dass du in Rissen bist?«

»Ich muss mich morgen melden. Um 6 Uhr früh«, setzte er stolz hinzu.

»Wohin schicken sie dich?«

»Was meinst du?«

»Kommst du nicht an die Front?«

»Ich bewache den Hafen. Ein Flak-Turm. Wir sollen Tommy-Flugzeuge anleuchten und vom Himmel holen.«

»Du bleibst in Hamburg? Wie hast du das geschafft?«

Er zuckte mit den Achseln; es sah aus, als habe er ihre Frage nicht verstanden. In ihr stieg etwas Bitteres auf, ein Geschmack wie von einer faulen Nuss zog die Speiseröhre hinauf und blieb schließlich im Mund, wo er sich unangenehm anfühlte. Am liebsten hätte sie ausgespuckt. Aber sie war nun einmal ein Mädchen.

»Dein Vater, stimmt's?«, sagte sie.

»Ja, glaub schon. Er redet nicht darüber. Aber wahrscheinlich ist es so.«

Sie verlangte von sich, trotz ihrer Bitterkeit nicht ungerecht zu sein und es ihm zu gönnen, dass er einen einflussreichen Vater hatte. Er konnte schließlich nichts dafür, auch nicht dafür, dass es Christian weniger gut erging, und wahrscheinlich wäre auch Gregor tausendmal lieber zur Schule gegangen und hätte das Abitur gemacht.

»Da hast du Glück gehabt. Sei froh.«

Aus Verlegenheit begann sie, ihm von Christians letztem Brief zu erzählen und davon, dass er an die finnische Front musste. Als sie sah, wie er bei ihren Worten seinen Blick verengte und sich der Mund zusammenzog, brach sie ab.

Aber da war es schon zu spät.

Sie wusste nicht weiter und wäre am liebsten fortgegangen.

»An die Front?«, stammelte er. »Das … das kann doch nicht wahr sein! Und ich …?«

Jette nahm sich zusammen. »So ist es nun mal«, sagte sie. »Du kannst nichts dafür, Gregor. Sei dankbar, dass du hierbleibst.«

Er nickte. Beide verstummten. Gregor reichte ihr die Hand und sagte: »Auf Wiedersehen, Jette.«

Ohne ein verbindliches Wort gingen sie auseinander. Jette kaufte ein, was ihre Mutter ihr aufgetragen hatte, vergaß aber die Milch und musste noch einmal los. Das Zusammentreffen mit Gregor verschwand nicht aus ihrem Kopf. Mehrfach schalt sie sich, weil sie ungerecht zu ihm gewesen war. Ja, sie hatte Angst um Christian. Es war Winter, und in Finnland wahrscheinlich so kalt, dass man erfrieren konnte, wenn man nicht aufpasste, und auf der anderen Seite der Front lagen die Russen, die Rote Armee, und warteten nur darauf, Deutsche zu erschießen. Wahrscheinlich gab es auch dort gefährlichere und weniger umkämpfte Abschnitte. Christian hatte nicht geschrieben, wo er stationiert werden würde, sicherlich waren genauere Bezeichnungen verboten, was aber dazu führte, dass sie keine greifbare Vorstellung entwickeln konnte. Auf der Landkarte sah sie nur, wie unendlich lang die Grenze zwischen Finnland und der Sowjetunion war. Sie reichte bis zum Polarkreis und weit darüber hinaus. Irgendwo dort würde er in Zukunft sein, und sie hätte keine Ahnung, wo, und kam sich noch verlorener vor. Ihr blieb nur zu hoffen und für ihn zu beten. Ziemlich wenig, fand sie.

Ob sie Gregor einen Vorwurf gemacht hatte, dessen war sie nicht sicher. Manchmal reichte schon der Tonfall für eine Anschuldigung, und Gregor war empfindlich, außerdem hatte er ihr gestanden, wie viel sie ihm bedeutete. Seine Worte damals in der Wallanlage hatte sie nicht vergessen, es klang ihr noch im Ohr, wie er gesagt hatte, im Gestapogefängnis habe er gemerkt, wie sehr sein Lebenswille mit ihr zusammenhing. Daraus folgte, dass ihm ihre Ansichten wichtig waren. Umso mehr hoffte sie, dass er ihre Fragen nicht falsch aufgefasst hatte, und gleichzeitig trieb sie die Sorge um, dass es so gewesen war.

Nach dem Abendbrot sagte sie ihrer Mutter, dass sie zu Gregor ginge.

Ihre Mutter runzelte die Stirn und schaute sie von unten an.

»Es ist wahr, Mutti. Ich muss ihm etwas sagen und bleibe auch nicht lange.«

»Draußen ist es dunkel.«

»Ich weiß. Ich bin bald zurück.«

Sie nahm ihren warmen Mantel, Schal und Wollhandschuhe, und trotzdem kroch die Kälte in sie hinein, kaum, dass sie auf der Straße war. Es war so finster, dass man nicht sah, wo man hintrat. Sie beschleunigte ihren Schritt. Wenn sie Gregor anträfe, müsste sie ihm irgendeine Erklärung für ihren Besuch geben. Sie entschied sich dafür, ihm vorzuschlagen, dass sie sich manchmal treffen könnten und er ihr Bescheid geben sollte, wenn er bei seinem Wachdienst einen freien Tag hatte. Es war eine heikle Sache, denn sie wollte nicht, dass er sich Hoffnungen auf sie machte. Aber sie brauchte einen Grund für ihren Besuch.

Als sein Vater ihr öffnete, ahnte sie, dass sie zu spät kam. Er hatte die Ausstrahlung eines gebeugten alten Mannes, das Gesicht war eingefallen, die Augen blickten sie stumpf an, und die Körperhaltung wirkte kraftlos.

»Jette«, sagt er, »bitte, komm doch herein.«

»Ist Gregor nicht da?«

Er schüttelte den Kopf. Sie trat ein und nahm die Mütze vom Kopf, wollte aber ihren Mantel nicht ausziehen und ihn erst recht nicht an die Garderobe hängen, denn schließlich war sie nicht gekommen, um sich mit Jacobys zu unterhalten. Doch sie wünschte sich eine Erklärung, die Herr Jacoby aber nicht gab. Gregors Mutter kam in den Flur. Sie hatte ein langes schwarzes Kleid an. Jette dachte an eine Beerdigung.

»Immer, wenn es ernst ist, kommst du her«, sagte sie. »Du scheinst einen siebten Sinn zu haben.«

»Ich habe Gregor heute getroffen. Er wirkte seltsam auf mich. Deshalb …«

»Er ist verschwunden«, sagte Herr Jacoby.

»Wohin?«

»In die Kaserne. Er hat sich nicht einmal verabschiedet. Vielleicht ist das die Quittung …«

»Aber er kommt doch wieder«, entgegnete Jette. Sie redete plötzlich schnell. »Er wird doch freie Tage haben. Und so weit ist es ja nicht vom Hafen hierher.«

»Er hat uns einen Brief hinterlassen. Wo ist er?«, fragte Jacoby seine Frau.

»Liegt auf deinem Sekretär.«

»Ist ja auch egal. Er schreibt, dass er sich freiwillig für den Fronteinsatz meldet.« Jacoby öffnete den Mund wie ein

Fisch, der nach Luft schnappt. Offenbar hatte er Schwierigkeiten, das auszusprechen, was er sagen wollte. Jette wartete.

»Russland«, stieß er schließlich hervor.

Jette brauchte etwas, um sich festzuhalten. Sie tastete hinter sich und fand einen Beistelltisch, den sie gegen die Wand drückte. Es machte ein knirschendes Geräusch.

Zwei Tage später fuhr sie mit dem Zug nach Altona. Es war Sonnabend, sie hätte zum Mädchenbund gemusst. Sie log ihre Mutter nicht an, diese Zeiten waren vorbei, sondern sie teilte ihr in nüchternem Ton mit, dass sie nicht gehen werde, weil sie Christian verabschieden wollte. Auch fragte sie nicht um eine Entschuldigung. Die Konsequenzen ihres Fernbleibens beschäftigten sie nicht weiter. Sollte es welche geben, würde sie sie klaglos tragen. Die Jungen hatten ein weit schwereres Los. Beinahe hatte sie den Wunsch, auch etwas abzukriegen.

»Dann schreibe ich dir etwas. Dass du krank warst.« Ihre Mutter legte ihr die flache Hand auf die Stirn. »Ganz eindeutig: erhöhte Temperatur, vielleicht sogar Fieber. Kind, so kannst du nicht zum BDM. Da steckst du ja alle an.«

Jette fiel auf, dass es weit mehr Frauen als Männer im S-Bahn-Abteil gab, und die Männer waren entweder weißhaarig und hielten sich an Gehstöcken fest, oder sie trugen Uniform und hatten einen Arm oder ein Bein verloren. Sie selbst hatte einen Sitzplatz am Fenster und schaute hinaus. Es hatte wieder geschneit, eine saubere weiße Schicht lag auf Feldern und Hausdächern. Sie stellte sich vor, wie wunderbar es wäre, diesen Winter mit Christian zu verbringen, mit ihm auf einem zugefrorenen See Schlittschuh zu laufen oder an der Elbe spazieren zu gehen, wenn sich die Eisschollen am Ufer auftürmten und ein kalter Wind von der Nordsee blies. Stattdessen würde sie zu Hause sitzen und Frontberichte lesen und wahrscheinlich immer noch nicht wissen, wo genau er in Finnland stationiert war.

Sie hatte Unruhe in der Bauchgegend, ein Grummeln, als müsste sie zur Toilette. Es war aber etwas anderes, sie war aufgeregt, Christian nach so vielen Wochen wiederzusehen. Was war, wenn er nicht so große Sehnsucht nach ihr hatte wie sie nach ihm? Gleichzeitig konnte sie nicht von der Vorstellung lassen, dass er sterben könnte. Sie sah sich in ein Loch fallen, in einen Brunnen, aus dem es keinen Weg zurück ans Licht gab. Wie vielen der Frauen im Abteil mochte es so gehen? Wie viele von ihnen hatten bereits Todesnachrichten erhalten? Man sah es ihnen nicht an. Alle wirkten sie ernst. Im Zug wurde kaum gesprochen.

Als der Trübsinn zu groß zu werden drohte, zwang sich Jette zu anderen Gedanken und erinnerte sich daran, wie sie zum ersten Mal mit Christian nach Altona gefahren war. Kaum zu glauben, dass das erst ein halbes Jahr zurücklag. In dieser Zeit war so viel passiert. Für ihre Begriffe war sie groß geworden. Sie wusste nun, was sie richtig fand und was nicht. Das Wichtigste aber war, dass es jemanden gab, mit dem sie ihr Leben verbringen wollte. Sie wünschte sich nur eines, nämlich dass dieser Jemand zurückkam.

Als der Zug in Othmarschen hielt, kehrte ihre Unruhe zurück, in Bahrenfeld war es ihr nicht möglich, länger auf ihrem Platz sitzenzubleiben, sie stand auf und schritt langsam durch das Abteil. An den Türen blieb sie stehen und schaute durch die Scheiben, und als sie in den Altonaer Kopfbahnhof einfuhren, spähte sie hinüber zu den Gleisen der Reichsbahn. Zwei der Bahnsteige waren voller Menschen, man sah Köpfe, Hüte, Wintermäntel, Rucksäcke und Waffen. Die grüne Farbe der Wehrmacht dominierte. Dazwischen gab es aber auch viele Zivilisten. Alle wollten Abschied nehmen. Jette stieg aus. Sie wusste nicht, auf welchem Bahnsteig sie Christian finden würde. Er hatte ihr aber geschrieben, dass sein Zug in Richtung Baltikum fuhr. In Reval musste er umsteigen und mit dem Schiff übersetzen.

Sie schob sich durch die Menschenmenge vorwärts. Unter dem Bahnhofsdach hallte ein wildes Stimmgewirr wider, wie ein Konzert, wenn auch unharmonisch, geradezu durcheinander. Im Gegensatz zur S-Bahn gab es hier Lebendigkeit, überall umarmten sich Männer und Frauen, Väter drückten ihre Kinder an sich, Tränen liefen, Taschentücher wurden gezückt, aber es wurde auch gelacht.

Endlich entdeckte sie Christian. Es war das erste Mal, dass sie ihn in Uniform sah. Anders als Gregor kam er ihr nicht wie ein verkleideter Junge vor, aber wie ein richtiger deutscher Soldat wirkte er auch nicht. Das lag nicht daran, dass er zu jung war, sondern er hatte immer noch diese Lässigkeit an sich, die sein Markenzeichen war, seine Jacke war nicht zugeknöpft, der Kragen verrutscht, die Hose schlackerte um Hüften und Oberschenkel, und selbst der Helm hing locker am Gürtel. Er stand mit seiner Mutter und dem Großvater zusammen. Die Mutter sah anders aus als zu Hause, die Eleganz war verschwunden, ihre Augen waren gerötet, das Gesicht teigig und blass. Jette hätte sie am liebsten umarmt.

Sie trat zu ihnen.

»Jette!«

Christian breitete die Arme aus, und auch sie nahm keine Rücksicht auf mögliche Zuschauer, sie ließ sich in sie fallen und drückte ihn fest an sich. Seine Wange lag an ihrer, sie fühlte die warme Haut, die ihr inzwischen vertraut war. Sie gab ihm einen Kuss, aber das war ihm nicht genug, er suchte ihren Mund und drückte, als er ihn gefunden hatte, seinen fest darauf, und im nächsten Moment begegneten sich ihre Zungen. Jette hatte Scheu, sie wollte die Intimität beenden und dachte die ganze Zeit an Christians Verwandte, die danebenstanden. Ihn schienen solche Sorgen nicht zu plagen. Also erwiderte sie seinen Kuss und spürte seine Hände an Schulter und Rücken. Und als sie einander schließlich ein wenig freiließen, stellte sie fest, dass Christians Mutter und Großvater sich ein Stück entfernt hatten.

»Du musst sie wieder herrufen«, sagte sie. »Deine arme Mutter.«

»Mache ich. Aber vorher muss ich etwas wissen. Wartest du, bis ich wiederkomme?«

Er schaute sie durch seine Hornbrille an. Seine Augen waren groß und wirkten ernst.

»Ja, Christian«, flüsterte sie, »ich warte auf dich. Aber du musst mir auch etwas versprechen: dass du heil zurückkommst.«

»Ich verspreche dir, alles dafür zu tun. Dass ich vorsichtig bin und so. Ich wünsche mir nichts mehr, als dich wiederzusehen.«

Sie nickte. »Wir wollen Gott bitten.«

»Da sind wir nicht die Einzigen. Zurzeit hat der arme Kerl viel zu tun.«

Sie war sich nicht sicher, ob er sich lustig machte, beschloss aber, darauf nicht weiter einzugehen. »Ich werde jeden Abend beten. Und morgens auch. Gleich nach dem Aufwachen.«

»Hoffen wir mal, dass der Krieg nicht mehr lange dauert.«

Auch als Christians Mutter und sein Großvater wieder bei ihnen standen, hielten sie sich ununterbrochen an den Händen. Die Mutter tat Jette leid. Erst war ihr Mann zur Wehrmacht gekommen, jetzt ihr einziger Sohn. Der Großvater gab Christian Ratschläge und meinte, er sollte in seiner Truppe nie ganz vorne sein, aber auch nicht Letzter.

»Ein guter Mittelplatz, das ist das Sicherste.« Er legte ihm die Hand auf die Schulter. »Du mookst dat schon, min Jong.«

Jette und Christian ließen einander erst los, als ein durchdringender Ton aus der Pfeife des Schaffners erklang und der Ruf kam, dass alle Reisenden einzusteigen hätten. Christian umarmte seinen Großvater und die Mutter und als Letztes Jette, die er noch einmal fest an sich zog.

Am Abteilfenster drängten sich so viele Männer, dass Christian sich nicht vorschieben konnte. Schließlich ergatterte er einen Platz am Rand, gerade ausreichend für den Kopf und eine Hand. Als er aus dieser Position winkte, sah er aus wie ein Clown, wie jemand, der scherzte. Sie bekam einen Stich und fragte sich, ob er den Ernst der Lage begriffen hatte.

Auch die Lok stieß einen schrillen Pfeifton aus. Heller Rauch füllte die Halle. Der Zug setzte sich in Bewegung, begleitet von Hunderten von winkenden Armen. Jette wäre am liebsten neben Christians Waggon den Bahnsteig entlanggelaufen, aber es war so voll, dass man sich kaum bewegen konnte, so winkte auch sie von ihrem Platz. Sie behielt Christian im Auge, solange es möglich war, und wiederholte still ihr Versprechen, dass sie auf ihn warten werde.

DREIUNDDREISSIG

Hannes Krell verbrachte den ganzen Tag zu Hause, was, von Sonntagen abgesehen, seit Ewigkeiten nicht mehr vorgekommen war. Er gab sich alle Mühe, die Zeit zu genießen. Mittags und am Nachmittag zeigte sich die Sonne, die seinen Garten in ein milchiges Winterlicht tauchte. Er stand am Fenster. Die Obstbäume mussten geschnitten werden und einige der Büsche auch, ansonsten herrschte Ordnung, die Schuppentür war verschlossen, das Laub hatte er im Herbst zu einem Haufen zusammengekehrt, der nun unter einer Schneedecke verschwunden war, sodass man meinen konnte, er habe einen kleinen Hügel am Rande seines Rasens.

Er hatte sich verboten, weiter an die Mordfälle Limba und Hispel und den Angriff auf Jan Weller zu denken, aber es fiel ihm schwer, weil Jan ihm bei einem zweiten Besuch im Krankenhaus einen neuen Hintergrund aufgezeigt hatte. Hispel war ein 175er gewesen und hatte Sturmbannführer Schweikert nach Limbas Tod ebenfalls erpresst, aber nicht um Geld, sondern damit drei homosexuelle Freunde aus dem Lager entlassen würden. Krell gingen diese Dinge durch den Kopf, es konnte es nicht verhindern, und dann verlangte es ihn nach einer Zigarette. Es fiel ihm verdammt schwer, sich mit den Verhältnissen zu arrangieren. Er musste Geduld mit sich haben. Das Wichtigste war der Wille, sich anzupassen. Die Entscheidung war getroffen, er wollte kein Zurück. Jetzt galt es, darauf zu achten, dass er nicht rückfällig wurde.

Wiebke hatte mehrfach und zu unterschiedlichen Gelegenheiten das Gespräch mit ihm gesucht und ihn auffallend oft gefragt, wie es ihm ging. Er war ihr ausgewichen und hatte nur angedeutet, wie er in Zukunft zu arbeiten plante. Es gefiel ihm nicht, ihr Einzelheiten seiner inneren Auseinandersetzung mitzuteilen; das war etwas, was er mit sich alleine ausmachen musste, zumal er sich für seine Schwierigkeiten schämte. Sie aber war erleichtert über die Entscheidung, die er ihr mitgeteilt hatte. Sie hatte ihn umarmt und geküsst und ihm nette Sachen gesagt. Nun stand sie in der Küche und kochte.

Am Nachmittag spielten sie mit Mareike *Mensch ärger dich nicht*. Jette war unterwegs. Es war gut, manchmal Zeit mit nur einem Kind zu haben. Obwohl es anders wirkte, kam Mareike hier und da zu kurz. Jette natürlich auch, und sie, die Eltern, genauso. Eine Familie zu sein, hieß, dass man die Zeit und die Aufmerksamkeit aufteilte. Krell war bereit dazu. Es gab Erfordernisse seines Berufs, doch derzeit nicht die Notwendigkeit für übermäßiges Engagement; im Gegenteil, womöglich war das eher schädlich.

Mareike ging es besser als noch vor zwei Wochen. Sie war und blieb ein dürres Kind, hohlwangig, oft mit geröteten Augen, sehr anfällig, schnell fiebrig. Umso schöner war es, wenn sie, wie jetzt, ein wenig Farbe auf den Wangen hatte. Sie würfelte mit Schwung. Wenn es ihr gelang, eine der Figuren ihrer Eltern rauszuwerfen, jauchzte sie. Wiebke hatte sogar Kekse gebacken. Es war erstaunlich, wie viel es trotz Markenbewirtschaftung und nach zwei Kriegsjahren noch zu kaufen gab. Man musste nicht hungern, nicht einmal auf viel verzichten. Krell hatte keine Vorstellung, wie die Regierung das schaffte. Das würde er nie verstehen.

Er tat zweimal so, als übersehe er eine Möglichkeit, Mareikes Stein rauszuschmeißen, und hoffte, dass er nicht zu gut würfelte. Mareike gewann das erste Spiel. Sie wollte eine weitere Runde. Wiebke stieg aus, um Abendbrot zu machen, aber er blieb, und sie spielten nun schnell und schlugen die gegnerischen Figuren, wo immer es eine Möglichkeit dazu gab. Ein kleines Gemetzel. Dabei lachten sie einige Male laut und anhaltend, und er dachte, dass er eine solche Ausgelassenheit bei einem seiner Kinder lange nicht erlebt hatte.

Jette kam, als es bereits dunkel war und sie das Brettspiel gerade weggeräumt hatten. Auch wenn sie tapfer war und nach Krell'scher Art nicht über sich redete, glaubte er, ihr ansehen zu können, wie es um sie stand. Sie war erst 16, aber in den letzten Monaten mit Siebenmeilenstiefeln gereift. Ihr Ausdruck war ernst, ihr Gesicht hatte seinen kindlichen Ausdruck verloren, was Krell ein Gefühl von Wehmut gab. Er erkannte sich selbst in seiner Tochter. Auch er war damals schnell erwachsen geworden, vielleicht zu sehr. Seine Situation war eine ganz andere gewesen, er hatte im Krieg Dinge erlebt, die er nicht hatte vergessen können. Doch auch Jette wirkte gezeichnet.

»Komm«, sagte er in freundlichem Ton zu ihr, »setz dich zu uns.«

»Ich möchte lieber in mein Zimmer gehen.«

Sie verschwand und schloss die Tür hinter sich. Zum Abendbrot holte Wiebke sie. Sie aß wenig, sagte kaum etwas und verzog sich schnell wieder. Dafür war Mareike aufgekratzt und plapperte beinahe ununterbrochen. Hauptsächlich ging es darum, wie sie die Steine ihres Vaters rausgeschmissen hatte.

Als die Kleine schlief, ging Krell zu Jette. Förmlich klopfte er an ihre Tür und trat erst ein, als sie die Erlaubnis dazu gegeben hatte. Sie lag auf dem Bett, ohne Buch, beide Hände wie ein Kissen unter dem Kopf. Das Fenster war verdunkelt, der Vorhang zugezogen. Nur eine Kerze brannte. Jette starrte in die Luft.

»Ich dachte«, sagte er, »wir könnten gemeinsam ein wenig Musik hören. Wenn du magst, leg doch eine Platte von deinem Christian auf.«

Sie kam so weit hoch, dass sie sich mit dem Ellenbogen aufstützen konnte. Offenbar war sie so überrascht von seinem Angebot, dass sie ins Stottern geriet. »W… wo?«, fragte sie.

»Na auf unserem Grammofon.« Er zeigte mit dem Daumen Richtung Wohnzimmer. »Ein anderes haben wir nicht.«

Es dauerte eine Weile, bis sie aufstand. Widerwillig wirkte sie nicht, eher vorsichtig, als traute sie seinem Angebot nicht. Die Platten, die Christian ihr vor einigen Wochen gebracht hatte, lagen, zu einem Paket verschnürt, in ihrem Wäscheschrank. Sie nahm sie heraus. Im Wohnzimmer löste sie den Knoten. Wiebke saß da und schaute zu.

»Alles Swingmusik?«, fragte Krell.

»Ja.«

»Dazu haben wir früher auch getanzt, deine Mutter und ich.«

»Ehrlich?«

»Wenn ich es dir sage. Bis es verboten wurde.«

Sie hatte eine Plattenhülle in der Hand. Er erkannte das blaue *Telefunken*-Schild. Also deutsche Musik, glaubte er. Aber das stimmte nicht.

»Das Lied heißt *Goody-Goody*. Er …«

»Was?«, fragte Wiebke, als sie ihren Satz nicht beendete.

»Christian«, sagte sie, während sie die Platte aus der Hülle gleiten ließ, »liebt es sehr.«

Es erklang ein Stück, das Krell augenblicklich in die Beine fuhr. Ihm fiel ein, wie ihn neulich im *Café Heinze* die Tanzlust überfallen hatte. Auch jetzt war sie da, und er stellte sich vor, Wiebke aufzufordern oder vielleicht sogar Jette. Er hatte gesehen, wie gut sie tanzen konnte. Aber er blieb sitzen und sagte sich, dass es nicht der richtige Moment war, obwohl sich auch Jettes Knie bewegten. Sie hatte sich aufs Sofa gesetzt. Ihr Ausdruck war das glatte Gegenteil von der Ausgelassenheit, die Mareike am Nachmittag gezeigt hatte. Bei Jette gab es nicht einmal den Hauch eines Lächelns. Sie war, glaubte er, mit den Gedanken weit weg.

Plötzlich schluchzte sie auf. Als wäre etwas in ihr aufgebrochen, strömten ihr Tränen über die Wange.

»Jette«, rief Wiebke.

Krell setzte sich zu ihr und legte vorsichtig den Arm um ihre Schulter. »Was ist denn los?«

Sie schnäuzte in ihr Taschentuch und weinte zu sehr, um antworten zu können. Krell zog sie vorsichtig zu sich, und sie gab nach und sank gegen seine Brust.

Erst als sie sich wieder aufgerichtet hatte, begann sie zu sprechen. »Ich habe den Text bis jetzt nicht verstanden. Christian hat ihn mir gesagt, er handelt von einem Mädchen, das sein Herz verliert. Mehr nicht. Aber jetzt habe ich weitere Zeilen begriffen.«

»Und?«, fragte Krell.

»Da heißt es: ›And he broke it in little pieces‹.«

»Pieces? Was bedeutet das?«

Sie starrte ihn an. »Er hat es in kleine Stücke zerbrochen.«

Es lag Verzweiflung auf ihrem Gesicht und Unglaube in ihrem Blick. Konnte das Leben so hart sein, so bitter?

»Kind.« Er nahm ihre Hand. »Das hat Christian doch nicht getan.«

»Doch«, sagte sie mit Tränenstimme, »irgendwie schon. Auch wenn er nichts dafür kann.« Sie hielt wieder ihr Taschentuch gegen die Augen. »Es tut so weh, Vati«, brachte sie hervor.

Wiebke kam und setzte sich auf ihre andere Seite. Beide hielten sie je eine Hand ihrer Tochter.

»Ich weiß, min Deern«, sagte Krell. »Ich weiß.«

CLAUDIUS CRÖNERT
Das Kreuz der Hugenotten